KB043012

청연

청연

1판 1쇄 찍음 2021년 2월 17일
1판 1쇄 펴냄 2021년 2월 25일

지은이 | 안정원
펴낸이 | 고운숙
펴낸곳 | 봄 미디어

기획·편집 | 박나영, 이조은, 최수향, 임지윤
표지 디자인 | 우물

출판등록 | 2014년 08월 25일 (제387-2014-000040호)
주소 | 경기도 부천시 원미구 길주로 64, 1303(굿모닝 오피스텔)
영업부 | 070-5015-0818 편집부 | 070-5015-0817 팩스 | 032-712-2815
E-mail | bommedia@naver.com
소식창 | http://blog.naver.com/bommedia

값 12,000원

ISBN 979-11-6632-141-2 03810

청연

안정원
장편 소설

1. 그 남자 그 여자

뉴욕 맨해튼 38가 8 애비뉴 A 아파트 1809호.

딩동.

어렵게 누른 초인종 소리가 빈 복도 끝으로 맥없이 사라졌다. 하지만 이곳까지 찾아온 용기가 밀려나도록 내버려 둘 수 없었다. 정원은 쭈뼛거리는 손가락을 다시 들어 지체 없이 초인종을 눌렀다.

딩동. 딩동.

야무진 의지를 담은 벨 소리가 다시금 복도 안쪽으로 사라져 갔다.

부재중인가.

얇게 벌어진 입술 사이로 안도의 한숨이 새어 나왔다. 그 순간 놀랍게도 찰칵하고 문이 열렸다.

상쾌한 비누 냄새가 먼저 코끝에 닿았다. 그리고 막 샤워를 마친 듯 남자의 젖은 머리가 눈에 들어왔다. 살짝 치켜 올라간 남자의 한쪽 눈썹은 눈앞의 방문객이 예상치 못한 인물임을 나타내고 있었다.

"불청객인가요?"

"그럴 리가요. 김치찌개 말고 와인도 괜찮다면."

쑥스러움을 겨우 숨기고 있는 두 귀에 편안하면서도 시원한 답변이 돌아왔다.

"설마 아직 식사 전?"

정원은 가만히 고개를 흔들어 보였다.

"혼자……세요?"

"그렇지 않다면요?"

"어쩌면 다행일 수도 있고요."

의미를 알 수 없는 남자의 미소 앞에서 이번엔 겸연쩍음을 숨겼다.

그 모습을 보았는지 귓가로 휘어 올라가는 남자의 미소가 부드러워졌다.

"들어와요."

남자가 성큼 안으로 들어섰다. 그러나 정원은 쉽사리 문턱을 넘어설수가 없었다.

들어서는 기척이 없어서인지 남자가 다시 현관을 향해 돌아섰다. 바깥으로 열린 현관문 앞에서 정원은 꼼짝 않고 서 있었다.

벽 한쪽에 오른쪽 어깨를 비스듬히 기댄 남자는 어떤 재촉도 하지않은 채 그녀를 가만히 내려다보았다.

정원 역시 현관에 서서 민혁을 바라보았다. 정원이 윤민혁이라는 남자를 머리부터 발끝까지 오롯이 마주하는 것은 지금이 처음이었다.

"서이현 씨."

그의 눈길이 정원의 편안한 옷차림을 지나 손에 들린 작은 쇼핑 봉지에 닿았다.

"……네."

"편하게 나선 걸음이면 편한 마음으로 들어와요."

가만히 뱉어 낸 호흡을 끝으로 정원은 그제야 제가 한껏 긴장하고있었음을 알아차렸다.

짧은 산책을 위해 호텔방을 나섰다. 낮이면 열심히 걷고 저녁이면 곯아떨어지기 바빴던 뉴욕에서의 다른 날들과 달리 오늘은 온종일 객실 침대에서 시간을 보냈다.

해가 거의 지고 나서야 야경을 구경하러 나선 길이었다. 그때만 해도 제가 그의 집 현관에 서 있으리라 상상하지 못했다.

호텔을 나서며 호주머니 안에 그의 주소를 찔러 넣은 것도 의식 속에 한 행동이 아니었다.

브루클린 브리지에서 바라본 맨해튼의 아름다운 야경이 손가락 끝에 걸리적거리던 주소를 향해 걸어온 이유라면 이유였다.

"그렇다고 티 나게 마음 놓으면 곤란합니다. 모두 서이현 씨 하기 나름이니까."

정원은 짧은 웃음소리를 뱉어 내며 현관에 들어섰다.

단정하고 깔끔한 실내. 주방을 겸한 거실 한편에는 그에게 작아 보이는 3인용 소파가 창을 등지고 있었다.

오른쪽 벽에 걸린 삼단 선반의 두 칸에는 책들이 빈틈없이 빽빽하게 꽂혀 있고, 나머지 칸에는 자잘한 장식물이 놓여 있었다. 아쉽게도 실내조명이 어두워 책의 제목들은 잘 보이지 않았다.

주방에는 2인용 식탁이 놓여 있고, 문이 활짝 열린 왼쪽의 침실은 거실 크기에 비해 꽤 넓어 보였다.

"앉아요."

정원은 잠시 소파와 식탁 중 어디에 앉아야 할지 망설였다.

"맥주, 와인. 둘 다 가능합니다."

싱크대 선반을 여는 그의 뒷모습을 보며 조용히 물었다.

"차는 없나요?"

그가 몸을 돌렸다.

"커피밖에 없는데. 커피 잘 안 마시잖아요?"

어떻게 알았을까. 정원의 눈이 살짝 커졌다.

"지난번 성당 앞 카페에서 민트 초코 마셨죠. 기내에서는 커피 대신 주스를 시켰던 것 같고."

이 남자, 의외로 섬세한 스타일인가. 아니면 주변을 느끼면서 사는 게 습관일까. 스치고 말 인연에게까지 그러긴 쉽지 않을 텐데. 괜스레 마음이 무겁다.

"술 마시면…… 긴장이 풀릴까 봐."

"긴장하고 싶어요? 혼자서 뉴욕 택시도 잘 타고 뉴욕 밤거리도 용감히 걷는 사람이."

혼잣말처럼 조용히 읊조리는 정원을 향해 그가 싱긋 웃음을 지었다.

"사주를 본 적 있었는데, 제겐 나쁜 사람은 안 꼬인대요."

"성당 다니는 사람도 사주를 믿어요?"

정원의 눈이 다시 커졌다. 타국의 도시에서 우연히 만난 고국의 남자와 가벼운 몇 마디 대화. 거기서 자신에 대해 너무 많은 것을 드러냈던 것일까.

다시 볼 일이 없다는 이유로 허전했던 마음을 한껏 내보였나 보다. 정원의 마음 한편이 씁쓸해졌다.

저와 이야기를 하면서도 부지런히 움직이던 그는 와인 한 병과 치즈를 내왔다.

"저녁 늦게 괜히 손님 치르게 하네요."

말이 떨어지기 무섭게 그가 다시 웃어 왔다.

"오늘의 언어 표현은 꽤 고상한데요?"

"윤민혁 씨!"

역시나 그는 지난번 펍에서 어쩌다가 분위기에 휩쓸려 나온 제 말까지 기억하고 있었다.

"놀리는 거 아닙니다. 너무 오랜만에 들어 보는 표현이라."

미간을 찌푸리는 정원을 향해 그가 사과의 눈빛을 보냈다.

"표현이 그렇게 고리타분했나요. 하여튼 와인은 마음 놓고 마셔도 될 것 같아요. 전 남이 한 말을 잘 기억하는 사람 앞에선 절로 긴장하는 편이니까."

"의미심장한 말인데요. 자신이 한 말을 잘 기억하는 남자는 별로라……."

가져온 잔에 와인을 따라 붓는 그의 표정은 사뭇 진지했다.

"긴장된다고 했어요. 하긴, 굳이 말하자면 제가 한 말을 대충 흘려듣는 남자가 좋긴 하네요."

"보통은 제 말을 기억해 주지 못한다고 서운해하지 않나요?"

"그건 연인이나 부부간일 때죠."

"아닐 때는 대충 던지고 잊고 살자?"

피곤함이 느껴져 절로 미간이 찌푸려졌다.

"긴장 좀 풀었으면 해서 농담 한번 던져 봤습니다. 서이현 씨, 이 집에 들어온 순간부터 너무 경직된 듯해서."

싱긋 웃는 그를 믿지 않게 흘기고는 와인을 한입 가득 머금었다. 혀끝에 닿는 순간 약간 달지 않나 싶었던 와인이 목으로 넘어간 후엔 깔끔한 식감만 남았다.

향도 복잡하거나 강하지 않았다. 단맛을 가진 와인치고 조금 묵직하면서도 산뜻했다. 처음과 끝 맛이 완전히 다른 와인이었다. 그 만족감을 알아챘는지 그가 빙긋이 웃으며 물어 왔다.

"괜찮아요?"

"좋아요. 사실 평소에 드라이한 것을 즐겨서 입에 맞을까 걱정했거든요. 근데 이건 달콤한데도 끝 맛이 깔끔하네요."

"판매용이 아니죠. 광활한 대륙답지 않은 호주의 깊숙한 산골 와이너리에서 두 병 얻어 온 겁니다. 피곤할 땐 약간 달콤한 것도 괜찮거든요."

"덕분에 귀한 걸 마시네요."

"오늘은 어딜 다녀왔어요?"

"음, 브루클린까지 지하철 타고 갔다가 브루클린 브리지를 건너왔어요."

가벼운 그의 질문에 마음이 한결 편안해져 왔다.

"그 거리를 걷다니. 힘들었을 텐데."

"수확이 더 컸어요. 브리지 건너편에서 바라본 맨해튼의 야경이 정말 아름다웠거든요."

"걷는 거, 좋아해요?"

"제 별명이 3보 승합차였어요."

"……?"

"3보 이상 걸어야 하면 일단은 운전석에 앉았던 것 같아요."

"여기에선 차가 없어 어쩔 수 없이 걷고 있다?"

그가 다시 웃었다. 정원은 선한 얼굴에서 나오는 낮고도 청량한 웃음에 한여름의 더위가 잊혀지는 듯했다.

"원래 그렇게 잘 웃으세요?"

어느새 비어 버린 잔에 와인을 따르는 그를 바라보았다.

"그러고 보니 이현 씨 앞에서 계속 웃고 있네요. 바보 같나요?"

"웃음소리가 시원해서 기분 좋아요."

"처음 들어 보는 소린데요."

자신의 잔에도 와인을 가득 채운 그가 말을 이었다.

"이현 씨는 생각보다 유쾌한 분 같아요. 언제나 제 예상을 벗어나요."

말없이 저를 바라보는 그의 시선이 부담스러워 얼른 화제를 돌렸다.

"한국을 떠난 지는 얼마나 됐어요?"

"3년 다 되어 갑니다."

"계속 맨해튼에 있었나요?"

"아닙니다. 런던, 파리에도 좀 있었습니다."

정원은 '런던, 파리, 그리고 여기 뉴욕. 다음은?' 하고 물으려다 그만두었다. 가벼운 말을 주고받으며 한결 편해지긴 했지만 여전히 저를 향한 그의 시선이 불편했다.

"저, 화장실 좀 써도 될까요?"

"미처 정리를 못 하고 나왔어요. 침실 쪽을 써요."

"아."

자신이 누른 벨 소리를 듣고 그가 급하게 나온 이유를 그제야 알아차렸다.

안내를 위해 일어난 그를 따라 일어서던 순간 갑자기 일어나는 현기증에 몸을 비틀거렸다.

"괜찮아요?"

얼른 팔을 잡아 오는 그에게 무안함을 감추려 입이 엉뚱한 소리를 내뱉었다.

"절대 의도한 연출 아니에요."

"속아 넘어갈 만큼 순진한 사람도 아닙니다."

이마를 살짝 튕기는 그의 손가락 타박에서 왠지 모를 다정함을 느꼈다. 그런 제가 낯설면서도 뻔뻔하게 느껴졌다.

"따라와요."

침실은 정갈했다. 거실과 마찬가지로 침대 머리맡 쪽의 넓은 창으로 드러난 야경이 아름다웠다. 여름밤의 습한 바람에 커튼이 나부꼈다.

욕실은 물기 하나 없이 청결했다. 욕실 용품 역시 세면대 거울 앞에 칫솔과 컵 하나 그리고 타월 두 장이 전부였다.

정원은 거울 앞에 서 있는 낯선 여자의 얼굴을 보고 정신을 차리려 고개를 작게 흔들어 보았다. 양 볼에 피어오른 홍조와 약간 오른 취기 때문인지 두 눈이 나른해 보였다.

정신을 차리려 찬물로 손을 씻었다. 다시금 힘차게 고개를 흔든 뒤 물기 있는 손으로 머리를 매만졌다. 와인 두세 잔으로 이럴 리가 없는데. 오늘 걸은 거리가 역시나 만만치 않았던 모양이다.

거실로 나오니 그는 와인 잔을 들고 창가에 서서 야경을 내려다보고 있었다. 브루클린 브리지에서 바라보았던 보름달이 높다란 빌딩 위로 가로등보다 밝게 걸려 있었다.

"따로 야경을 보러 나갈 필요가 없겠어요."

"이 시간에는 집에 있을 일이 별로 없어요. 밤엔 주로 펍에 있으니까."

정원이 가만히 고개를 끄덕여 보였다.

"한 잔 더 괜찮겠어요?"

테이블에 놓인 정원의 잔을 가지러 가던 그가 멈칫 고개를 들고 물었다.

"괜찮지 않아 보여요?"

"그건 아니지만 혹시나 싶어서. 억지로 마실 필요 없어요."

잔을 채우고 제 곁으로 다가와 서는 그에게서 여전히 상쾌한 냄새가 났다. 빌딩 숲의 불빛들이 하나둘 꺼져 가는 대신 꼬리에 꼬리를 무는 밤거리의 자동차 후미등 불빛들이 빨간 꽃잎들인 양 넘실대고 있었다.

꼴깍. 실내의 정적이 깊으니 와인 삼키는 소리가 유난히 크게 들렸다. 침묵이 어색한 관계임에도 불구하고 마음이 편안한 제가 낯설다.

정원은 문득 깨달았다. 누군가의 시선을 개의치 않는다는 것이 그 사람에게서 자유로울 수 있다는 것임을.

"손수건, 우산, 아이리시에서의 일, 거기다 오늘의 와인까지. 너무 많은 것을 받았어요. 주시는 김에 어깨도 좀 내어 주시면 더 좋고요."

예의를 가장한 말을 던지고 그의 왼쪽 어깨에 머리를 살짝 기대었다. 서양 아가씨들의 자유로운 표현력에 익숙해진 탓일까. 그에게선 별달리 놀라는 기색이 보이지 않았다.

"나 역시 바다가 내려다보이는 곳에 살지만 이렇게 창밖을 볼 여유는 없었어요."

여전히 말이 없는 그의 표정이 궁금했다. 정원은 고개를 돌려 그를 올려다보았다. 여전히 담담한 표정과 달리 그의 눈빛은 검게 가라앉아 있었다.

16

낯선 남자가 두렵지 않다. 두렵기는커녕 그의 넓은 가슴에 머리를 묻고 아주 잠깐 눈을 붙이고 싶다. 정원은 이런 생각을 하는 자신이 두려웠다.

대접하겠다는 그의 말을 빌미로 편하게 그의 집 대문 앞에 섰다. 그러나 현관 앞에서 벨을 누를 때엔 제 행동이 무엇을 의미하는지 스스로도 알고 있었다.

늦은 저녁 자신을 집 안에 들인 그의 마음 따위는 궁금하지 않았다. 또한, 지금의 제 행동을 그가 어떻게 생각할지도 염두에 두고 싶지 않았다.

여기는 뉴욕이고 자신은 서정원이 아니라, 서이현이었다. 저를 옭아매고 가두던 모든 시선과 굴레에서 벗어나 그저 어린 날 엄마의 그늘 아래서 까르르거리던 서이현일 뿐이었다. 이국땅에서 처음 만난 이의 입을 통해 어린 날의 이름을 찾았다.

그의 입에서 이름이 불릴 때마다 '이현아' 하고 불러 주던 엄마의 따뜻했던 목소리가 귓가에 들려오는 듯했다. 그 따스함이 그의 가슴에 머리를 묻게 했다.

윤민혁. 오로지 아는 것이라고는 이름 하나. 어쩌면 그것도 그의 진짜 이름이 아닐지 모른다.

중요한 것은 이 낯선 남자의 손길이 아무렇지 않다는 것이었다. 처음부터 그랬다. 건네 오는 손수건도, 우산을 건네던 그 손길도 아무렇지 않았다.

"May I help you?"

그의 입을 통해 처음 들은 말은 영어였다. 인천 공항을 떠나 도착한 밴쿠버에서 열흘을 보내고, 다시 뉴욕으로 향하던 길이었다.

밴쿠버발 뉴욕행 에어 아메리카 기내 통로에서 처음 만난 그에게 작은 도움을 받았다.

캐리어를 짐칸으로 들어 올리려던 순간, 한동안 치료를 받아 괜찮았던 어깨 통증에 저도 모르게 짧은 탄성을 뱉고 캐리어를 기내 바닥으로 떨어뜨리듯 내려 버렸다. 통로를 막고 있었는지 뒤에서 기다리던 남자가 뱉은 말이었다. 캐리어를 해결해 준 그는 통로를 낀 제 옆자리에 앉았다.

인천에서 캐나다 밴쿠버까지에 비하면 밴쿠버에서 뉴욕까지 다섯 시간 남짓한 비행은 잠깐이었다. 얼마 안 되는 비행시간 동안 그의 도움을 또 한 번 받았다.

비행시간을 겨우 한 시간 정도 남겨 놓았을 때였다. 정원의 왼쪽 창가에 앉아 있던 여성이 스튜어디스에게 음료를 청했고, 그것을 건네받으려던 찰나 통로 편에 앉아 있던 앞자리 남성이 화장실을 가려고 했는지 갑자기 일어서며 스튜어디스와 살짝 부딪쳤다.

쏟아진 음료수에 옆자리 여성이 'Oh, my god'을 외칠 때 정원은 제가 뭐라 말했는지도 기억나지 않았다.

기억나는 것은 하의가 엉망으로 젖어 버린 옆자리 여성의 치마를 스튜어디스가 열심히 닦아 내릴 때 그가 자신에게 건넨 말뿐이었다.

"필요하십니까."

그것이 한국말이고 그가 한국인이라는 것을 의식한 것은 그의 손수건을 화장실에서 간단히 빨아 핸드 드라이기에 말린 후 돌려줄 때였다.

"감사했어요."

매끄럽게 잘빠진 그의 입술이 보기 좋게 미소를 지었다.

"이렇게 돌려드려도 될지 모르겠어요."

"괜찮습니다. 캐리어 내려 드릴까요?"

아직 물기가 약간 남아 있는 그녀의 바짓단을 바라보며 그가 물었다.

"아니에요."

캐리어엔 여유분 하의가 들어 있지 않았다. 제 얼굴에 묻어난 작은 미소를 엿본 것인지 의례적이던 그의 미소가 다소 부드러워졌다. 한국 분이시군요. 서로의 미소 속에 숨어 있었던 말은 그것이었지 싶다.

한국 사람을 피해 간 곳에서 여름 방학을 모두 소진했다. 제 나라 사람들을 피해 바다를 건너 놓고 열흘 만에 들은 모국어가 반가웠다. 단순히 반갑다라는 표현이 인색할 만큼 그의 중저음에 마음이 푸근해졌다.

따끈한 기운이 가슴 밑바닥에서부터 몽글거리며 올라왔다. 윤민혁이라는 남자가 특별해서라기보다 서로가 서 있던 곳이 철저히 타인의 땅이기 때문이었다.

한국의 거리에서 받은 손길이라면 무안을 주며 스쳐 갔을 인연이었을지도 모른다. 평소 자신답지 않은 일을 할 수 있던 것은 무엇에도 얽매일 필요 없는 타국이었기 때문이다.

이국의 땅 뉴욕은 꼬리처럼 물고 물리는 가족이라는 이름과 억제된 삶 속에서 살게 하는 사회적 통념 따위 다 버려도 좋은 곳이었다.

"으음."

나른한 신음이 정원의 입술을 뚫고 터져 나왔다. 그의 손길에 메마른 영혼이 물을 만난 듯 온몸이 절로 반응을 했다.

손끝에 묻어나는 다정함으로 그가 자신의 욕망을 위해서가 아니라 저를 위해서 이 밤을 보내고 있다는 것을 알 수 있었다.

정원이 아랫입술을 깨물며 신음을 삼키려 들자 쇄골을 더듬어 내리던 그의 입술이 다시 그녀의 입술을 머금었다. 입술을 핥던 혀가 천장을 향해 꼿꼿이 돋아 선 유두를 머금었다.

"하아……."

현란한 신경들의 반란에 정원은 손톱이 아프도록 시트를 움켜쥐었다. 순간 드러난 가슴 위로 서늘한 기운이 감돌았다. 가늘게 뜬 두 눈으로 정면을 응시하자 두 팔로 침대를 받친 그가 반라의 자신을 내려다보고 있었다.

부끄러운 마음에 재빠르게 고개를 돌려 눈길을 피했으나, 부드럽게 턱을 잡아 돌리는 그의 손길로 인해 그의 시선에 갇혀 버렸다. 온몸을 옭아맬 듯한 그의 애연한 시선에 저도 모르게 팔을 뻗어 그의 등을 쓸어내렸다.

어떤 사정으로 이곳에서 하루살이를 하고 있는지는 알 수 없지만 저 역시 지친 그의 영혼을 위로해 주고 싶다.

정원의 손길에 움찔하던 그가 한 손을 뻗어 협탁 위 스탠드를 껐다.

"긴장 풀어요."

부드러운 그의 목소리에 마음이 녹아내리고, 짙어져 가는 그의 숨결과 손길에 온몸이 들썩거렸다.

"아앗."

그의 손이 몸 한가운데를 덮쳤다. 뜨끈하고 촉촉한 무언가가 다리 사이를 타고 흘러내렸다. 실체를 알 수 없는 묘한 쾌감에 몸이 들썩거렸다.

그의 엄지가 다리 사이 민감한 부분을 살짝 건드리자 제 의지와 상관없이 몸이 꼬이며 튕겨 올랐다.

"아. 자, 잠깐만요"

갑작스레 두려움이 일었다. 두 눈을 크게 뜬 정원이 그의 팔을 힘껏 움켜잡았다. 다정한 눈매에 담긴 눈동자는 칠흑같이 어둡고, 담담하게 내려 보는 그의 입술에서 열띤 숨이 묻어나고 있었다.

가만히 끄덕여 오는 그의 고갯짓에 정원도 천천히 고개를 끄덕이고 눈을 감았다. 이 밤에 일어나는 일들이 무엇인지도 모른 채 그저 그의 다정함에 몸을 맡겼다.

부드러운 그의 손길은 어느새 자신의 은밀한 곳까지 내려와 그의 분신이 들어갈 길을 찾고 있었다. 긴 손가락이 민감한 곳을 쉼 없이 헤집기 시작했다.

"그만해요."

그의 머리카락을 한 움큼 움켜쥐었다. 그러나 금세 그 손은 그에게 속박당하고 말았다.

"제발 그만. 아."

온몸이 전율하며 허리가 절로 비틀렸다. 부르르 떨던 그녀의 몸이 침대로 튀어 올랐다가 침대 아래로 축 늘어졌다.

잔뜩 차올라 눈앞을 흐리게 만든 눈물방울이 톡 하고 흘러내렸다. 그의 입술이 눈물을 훔치는 동시에 그녀의 안으로 들어갔다.

"아."

정원이 크게 내지르는 비명과 함께 그가 멈칫했다. 그의 미간에 깊게 새겨진 주름이 그의 고통을 그대로 드러냈다.

"숨을 크게 들이마셔요."

한없이 낮고 허스키한 목소리였다.

그의 말을 따라 정원이 깊은숨을 들이마시는 순간 그가 힘껏 들어왔다.

"흐윽……."

"천천히 뱉어 내고."

숨쉬기를 반복하는 사이 민혁이 그녀의 위에서 리듬을 타기 시작했다. 얼마 지나지 않아 고통인지 쾌감인지 모를 나른함이 그녀를 엄습했다.

귓불과 목덜미를 스쳐 내려온 그의 입술이 유두를 머금었다. 그의 아래에 있는 정원의 온몸이 침대 시트를 짓이기며 요동쳤다.

"아흣."

정원은 들썩거리는 허리를 이기지 못해 그의 목을 힘껏 끌어안고 그의 가슴에 얼굴을 묻었다.

그녀의 눈물과 그의 땀방울이 만나 그의 넓은 흉곽과 그녀의 가슴골을 타고 흘러내렸다. 정원은 손을 뻗어 헉헉거리는 그의 얼굴에 묻어나는 땀방울을 훔쳤다.

그 손길이 자극이 된 것인지 그의 속도가 더욱 빨라졌다. 몸 중앙으로 피어오르는 열꽃에 정원이 허리를 힘껏 뒤틀었다.

"윽."

민혁이 내지르는 소리에 게슴츠레하던 정원의 두 눈이 활짝 떠졌다. 모든 동작을 멈춘 그의 얼굴에 고통이 묻어났다. 긴 호흡을 들이마신 그가 정원에게 깊은 키스를 했다.

유영하듯 천천히 움직이던 그의 허리가 점점 더 깊게 들어오더니 그녀의 가장 안쪽까지 닿았다.

"하아, 하아."

깊고도 빠른 그의 몸짓만큼 쾌감과 고통이 정원을 덮쳤다. 그가 온 힘을 다해 돌진해 왔다.

"아웃."

전신이 떨리는 두 사람의 신음을 끝으로 그가 그녀에게서 빠져나갔다. 지친 듯 늘어져 있던 정원이 엄습하는 여진에 다시 몸을 떨었다.

맞잡은 손의 미동을 느끼며 그가 그녀의 손등을 살그머니 쓸어내렸다. 나락의 세계로 빠져든 두 사람에게 깊은 어둠이 몰려들었다.

피부에 와 닿는 공기의 서늘함에 눈을 떴다. 한꺼번에 몰려드는 부끄러움으로 정원은 살며시 시트를 끌어 올렸다.

그 순간 민혁이 침대에서 빠르게 몸을 일으켜 그녀를 안아 들었다. 그가 하는 대로 몸을 맡긴 정원은 쑥스러움을 묻어 버리듯 그의 가슴에 얼굴을 파묻었다.

"얼굴 들어 봐요."

목소리에 웃음기가 가득했다. 살그머니 고개를 들어 보니 좁은 욕실 안에서 마주 앉아 있었다. 민혁은 욕조 가득 물이 차오르는 동안 거품이 듬뿍 묻은 타월로 정성스레 정원을 닦아 내렸다.

정원은 한 사람이 누우면 꼭 들어맞을 것 같은 백조 모양 욕조 안에서 두 무릎을 꼭 그러안은 채 그에게 몸을 맡기고 있었다. 그의 손이 두 허벅지 사이로 미끄러지듯 들어왔다.

"제가 할게요."

더한 것도 한 사이지만 어쩐지 부끄러워 그의 팔을 잡고 그 손에서 타월을 빼내려 했다.

"등만 닦으면 돼요."

정원을 안은 그의 긴 두 팔이 그녀의 등을 부드럽게 닦아 내렸다. 움찔, 하고 정원이 살짝 움직이는 바람에 그의 손에서 타월이 떨어져 내렸다. 타월이 떨어졌는데도 거품이 묻은 그의 손이 멈추지 않고 그녀의 목 뒤를 마사지해 나갔다.

목과 어깨 근육이 조금씩 이완되는 반면 점점 발가락이 오그라들며 찌릿한 긴장감이 등줄기를 타고 올랐다.

그의 손이 목선을 따라 쇄골로 내려올 때였다. 정원이 두 손으로 그의 양팔을 거머쥐었다.

새까만 눈동자가 미동도 없이 그녀를 바라보았다.

"난 이렇게 쑥스러워 죽을 것 같은데."

그의 어깨에 화끈거리는 얼굴을 숨겼다. 볼에 닿는 그의 맨살 역시

데일 듯 뜨거웠다.

"나까지 그러면 안 될 것 같아서."

그가 그녀의 귓불을 살며시 물었다. 귓불에 머물었던 입술이 목선을 훑어 오자 정원은 몸을 비틀었다. 그녀의 부드러운 살결이 스쳐 지나가자 자극을 받은 민혁이 몸을 흠칫거렸다. 쏴 하고 흘러내리던 물소리가 한순간에 사라졌다.

욕조에서 벌떡 일어난 그가 세찬 물줄기로 그녀의 몸을 대충 훑어 주고는 샤워기를 꺼 버렸다. 그리고 그녀를 그대로 안고 침대로 향했다.

"당신 하기 나름이라고 말했었지. 이젠 나도 어쩔 수 없어."

다시 정원의 몸 위에 올라탄 남자는 좀 전의 그가 아니었다. 친절히 캐리어를 짐칸에 올려 주던 그도, 손수건을 건네던 그도, 펍에서 경쾌한 목소리로 맥주를 받아 주던 그도 아니었다.

오로지 한 여자를 집어삼키기 위해 사력을 다하고 있었다. 삐걱거리는 침대 소리와 두 사람의 신음이 엉키어 실내는 열기로 달아올랐다.

정원은 처음으로 경험하는 극한의 쾌감과 고통에 그대로 무너져 내렸다. 까마득해지는 의식 너머로 쾌감에 젖은 그의 탄성을 들은 것도 같았다.

가느다랗게 뜬 두 눈 사이로 희뿌연 빛이 파고들었다. 옅은 색 커튼 너머로 여명이 스며들고 있었다. 동시에 지난밤의 기억이 그녀를 엄습했다.

조심스럽게 고개를 돌려 보니 그가 저를 향해 모로 누워 있었다. 조심스럽게 들이마시는 호흡을 따라 제 가슴에 올려진 그의 팔이 함께 오르내리고 있었다. 낯선 방, 낯선 광경에도 차분한 자신이 당황스러웠다.

잠시 동안 꼼짝도 하지 않은 채 남자를 바라보다. 규칙적인 숨소리가 한창 잠이 들어 있는 것을 알려 주었다.

무슨 좋은 꿈이라도 꾸고 있는지 잠들어 있는 그의 표정이 아이처럼 순하고 맑아 보였다.

짙은 눈썹, 깊고도 시원하게 뻗은 눈매, 베개에 깊이 묻혀 있는 날렵하게 잘 뻗은 코와 매끄러운 턱선. 정원은 언젠가 관상에 그 사람의 성품이 드러나기 마련이라던 조모의 말을 떠올렸다.

느낌이 좋은 얼굴이었다. 매끄럽게 빠진 얼굴선이 언뜻 차가워 보이기도 하지만 유쾌하게 웃어 주던 얼굴에서 차가움보다 시원한 아름다움을 먼저 발견했다.

이불 위로 드러난 넓은 가슴팍과 매끄럽게 뻗은 어깨선이 보여 주는 탄탄한 남성미에 저도 모르게 매료되었다. 어린 날 읽었던 그리스 신화 속 아폴론이 이런 모습이 아닐까 우스운 생각까지 들었다.

말끝에 묻어나는 교양과 남다른 분위기를 보아 뉴욕 거리의 술집에서 맥주나 뽑을 가벼운 사람은 아닌 듯했다.

무슨 일로 한국을 떠나 이 먼 곳까지 와서 떠돌고 있는 걸까. 정원은 손을 뻗어 조각처럼 그려진 눈썹을 만지고 싶은 충동으로 들어 올렸던 팔을 이내 다시 내려놓았다.

'서정원, 정신 차려.'

그가 깨지 않도록 살그머니 몸을 일으켜 침대를 빠져나왔다. 바닥에 흩어져 있는 옷을 챙겨 입고 그의 옷을 정리해 침대 옆 협탁 위에 올려놓았다.

벽시계는 6시를 가리키고 있었다. 비행기 시간이 얼마 남지 않았다. 조용히 방을 빠져나와 거실에서 메모지를 찾았다.

싱크대의 작은 서랍에서 발견한 수첩을 꺼내어 낱장 하나를 뜯으려는 순간이었다. 수첩 사이에 끼어 있던 작은 메모들이 쏟아져 내렸다. 허리를 숙여 그것을 주우려던 시선이 함께 떨어진 사진 한 장에 멈추었다.

그의 옆에서 해맑게 웃고 있는 아가씨가 시선을 끌었다. 이지적인 이목구비와 영민해 보이는 그녀의 얼굴에 수줍음을 담은 앳된 미소가 머물러 있었다. 함박웃음을 머금고 그가 그녀의 머리를 장난스럽게 헝클어뜨리고 있는 모습이 사진에 담겨 있었다.

정원은 조용히 사진과 수첩을 제자리에 돌려 두고 현관문을 나섰다.

복도는 휑했다. 지난밤 저를 꽉 채운 충만감들은 이 휑한 복도를 나서는 순간 물거품처럼 모두 사라지겠지만 결코 잊지 못할 테다.

맨해튼 38가 8 애비뉴 A 아파트 1809호.

그리고 윤민혁이라는 남자는 더더욱.

캐나다 밴쿠버 공항. 비행기 시간을 기다리기 위해 카페에 잠시 들어가 몸을 쉴 때였다.

새벽 시간에 손님이라고 해 봐야 몇 되지 않았다.

이국땅에서 같은 나라 사람을 만나면 누구나가 고향 사람을 만난 듯 반가워진다고 했지만 민혁은 동양인, 더구나 한국인에게는 눈길도 주지 않았다.

그러니 그의 자리에서 멀지 않은 창가에 앉은 여자가 처음부터 눈길을 끈 것은 아니었다.

펼쳐진 신문을 접어 다음 장으로 넘기려는 순간, 소리 없이 흘러내리던 폭포수 같은 눈물이 눈에 들어왔다.

훅 하고 여자가 들이마시는 것이 흘러내리는 눈물이었는지 입으로 머금던 커피였는지 갑자기 궁금해졌다.

그렇게 스쳤던 여자의 캐리어를 기내에서 들어 줄 일이 생기리라고 그는 생각지도 못했다.

그리고 마주친 뉴욕 74번가의 작은 성당 앞에서 우두커니 서 있던 여자의 얼굴에선 영혼의 빛이라곤 단 한 줄도 보이지 않았다.

"필요하십니까."

손에 들고 있던 우산을 불쑥 내밀었다. 낯선 사람의 손길이라 놀랄 만도 한데, 천천히 저를 향하는 눈망울엔 흔들림이 없었다. 낯선 이가 건넨 말의 대상이 본인이라고 인지하지 못하는 것 같았다.

여자의 영혼이 제자리를 찾는 데는 시간이 좀 필요할 거라고 여겼다. 들고 있던 우산을 다시 들어 보였다.

"괜찮다면 쓰셔도 됩니다."

잠잠하던 그녀의 눈빛이 미세하게 흔들렸다. 그러고도 입을 열기까지 얼마간의 시간이 필요했다.

"아, 기내에서……."

기내에서의 만남을 기억해 낸 그녀의 얼굴에 얼핏 미소가 걸리다 사라졌다. 아마도 화장기가 지워진 자신의 얼굴 모양새를 짐작하는지 겸연쩍은 미소였다.

보통 관광객들은 역사가 있는 성 요한 성당이나 세인트 패트릭 성당으로 발길을 향했고 74번가의 구석진 곳에 있는 이 작은 성당에 들르지 않았다. 그리고 미국 거주 한국인들은 이곳에서 멀지 않은 곳에 있는 한인 성당을 이용했다.

그렇기에 저보다 두 줄 앞에 앉아 있는 낯선 동양 여자가 한눈에 들어왔다.

그때까지만 해도 며칠 전 밴쿠버를 다녀오던 기내에서 우연치 않게 작은 도움을 주었던 여자라는 것을 알아차리지 못했다. 기내에서와 달리 편한 옷차림에 머리는 자연스레 풀어헤치고 있었다.

앞으로 모은 두 손에 고개를 숙이고 있던 여자의 어깨가 쉼 없이 흔들리는 것을 보고 다시 눈길이 머물렀다. 곧 잠잠해지리라 여겼던 떨림은 그칠 줄을 몰랐다.

얼마나 시간이 흘렀을까. 자리에서 일어서 제 곁을 스쳐 지나는 여자에게서 풍겨 나오던 은은한 향기가 그때의 기억을 먼저 깨웠고, 올려다본 옆얼굴에서 그녀를 알아보았다.

"세 번의 도움은 과한데요."

난감한 듯 빗줄기를 바라보는 그녀의 비음 섞인 목소리가 귀에 감미롭게 와닿았다. 오랜만에 듣는 색다른 음색의 모국어였다.

"저 주시면 그쪽은 어떻게 해요."

"비 맞는 이방인보다 낫지 않을까요."

그녀의 눈꺼풀이 빠르게 위로 치켜 올라갔다.

"맞아요. 뉴욕에 살고 있습니다."

"그래도……"

"저 앞 코너를 돌면 작은 카페가 있어요. 조금 있으면 그칠 소나기 같은데 거기까지 함께 쓰죠. 아직 커피 한 잔 못 했거든요."

"기내에서 빌려주신 손수건, 답례하게 해 주신다면요."

"꽤 비싼 손수건인데 어쩌죠?"

"가능해요. 여행 경비가 좀 남았거든요."

웃음기를 드러낸 여자의 맨얼굴이 묘하게 마음을 끌었다.

민트 초코와 아메리카노를 앞에 두고 두 사람은 긴 대화를 나누지 않았다. 그녀가 캐나다 밴쿠버에서만 열흘을 보내다 왔다는 것, 뉴욕에서도 그만큼 머물 거라는 정도였다.

민혁은 가게 출근 시간이 촉박하여 서둘러 자리에서 일어났다. 그때 혹시 맥주 한잔이 생각나면 들르라며 정원에게 펍 이름과 거리를 알려 주었다. 커피 잔에 입을 대기도 전에 이미 비는 그치기 시작했다.

세 번의 만남이 우연이었다면 네 번째의 만남은 그녀의 선택이었다.

에멧 오로니스 아이리시 펍, 특별한 관광이 목적이 아니라고 했던 그녀는 이름 하나만으로도 그 가게를 잘 찾아왔다. 손에는 우산이 들려 있었다. 지하 창고에 있다가 알렉스의 호출을 받고 올라간 그에게 그녀는 손에 든 우산을 흔들어 보이며 눈인사를 해 왔다.

"용케 찾았네요."

"제가 찾은 게 아니에요. 택시 기사가 찾았어요."

"택시 잡기 힘들었을 텐데요."

"운이 좋았어요."

민혁은 여자의 얼굴에서 처음으로 보조개 파인 미소를 보았다.

"용감했어요."

민혁이 가만히 고개를 내저었다.

"부산 거리도 만만치 않게 지랄 맞아요."

지랄 맞다고? 순진무구한 얼굴에서 나온 이질적인 단어에 그의 눈썹이 빠르게 치켜 올라갔다.

"부산 거리라면……."

"네, 부산에 살아요."

그녀가 고개를 끄덕이며 작은 웃음소리를 냈다.

"그리고 지랄은 욕이 아니에요. 표현하기 애매한 행동을 묘사할 때 자주 쓰는 제 애용어일 뿐이에요."

"그래도 꽤나 자극적인데요. 애매한 행동을 보이는 사람이 주변에 많나 봅니다."

"바글바글하죠."

이마에 주름까지 잡으며 대답하는 그녀를 바라보는 그의 눈이 다시 커졌다.

깔깔거리며 웃는 그녀를 보며 민혁은 그녀가 이틀 전 성당에서와 같은 사람일까 하는 의구심이 들었다.

"죄송해요. 맥주가 생각나면 오라고 하셨는데, 말 상대가 필요했나 봐요."

"같은 말입니다. 잠깐만요."

민혁이 맥주 두 잔을 뽑아 들고 왔다.

"뉴욕 스타일 에일입니다. 마셔 봐요."

"영업 중에 마셔도 되나요?"

"여기는 뉴욕이에요. 점심시간에 오피스 맨들도 잠깐 들러 한잔하고 가곤 하죠. 게다가 지금 시간은 알렉스 혼자서도 커버됩니다."

알렉스를 향해 눈짓하자 그가 멀리서 손을 흔들어 보였다.

"그래서 바글바글한 대상들이 주로 남잡니까, 여잡니까."

그의 질문에 정원이 어깨를 으쓱해 보였다.

"남자도 여자도 아니에요."

어김없이 그의 눈썹이 치켜 올라갔다.

"중학교 남학생들을 상대해요. 국어를 가르치고 있다고 하기에는 제 애용어가 조금 민망하죠?"

"무슨 뜻인지 이해했습니다. 그리고 미스?"

민혁이 시원하게 웃음을 지어 보였다.

"서이현이에요."

"대상이 대상이니만큼 이현 씨 언어 표현에 이해가 갑니다. 사투리가 아니라 그런지 그다지 과격하게도 들리지 않아요."

"고향은 경기도예요."

민혁이 가만히 고개를 끄덕여 보였다.

"그런데 미스터?"

"윤민혁입니다."

"윤민혁 씨는 뉴욕에 머무른 지 오래됐나요?"

"1년 넘었어요."

더 이상은 실례일 것 같아 정원은 그저 고개를 끄덕여 보였다.

"자유로워 보여서 부러워요. 저는 겨우 3주밖에 안 돼서 그런지 힘들더라고요."

뭐가 힘이 드는지 그가 눈으로 물어 왔다.

"음식이죠. 김치찌개, 된장찌개, 열무김치. 한국에서 그다지 즐기지 않았는데 말이에요. 살이 꽤 찐 편이었는데 한국 떠난 지 3주 동안 제

30

대로 못 먹어서 이렇게 날씬해진 거예요."

과장되게 자신의 몸을 부풀리는 그녀를 보며 민혁이 고개를 뒤로 젖
히며 웃어 보였다. 꼬맹이와 주고받은 국제 전화 이외에는 이렇게 한
국인과 한국말을 오래도록 섞어 본 건 처음이었다.

"이곳까지 어렵게 찾아와 준 서이현 씨께 제대로 된 선물을 주고 싶
은데요."

"네?"

"김치찌개, 된장찌개. 조미료 없이 제대로 된 육수로."

민혁이 제 집 주소를 건넨 것 또한 카페에서 일하던 펍을 알려 주었
던 것처럼 자연스러운 대화의 일환일 뿐이었다. 그녀가 들르리라 생각
지도 않았다.

만약 온다고 해도 누군가를 핑계 삼아 꼬맹이가 고생해서 보낸 김치
와 된장으로 한 상 차려 내는 것도 나쁘지 않을 거라 여겼다.

그녀에게서 처음 한국을 떠나오던 때의 자신의 모습을 보았다.

무엇인가에서 벗어나기 위해 이곳 뉴욕까지 와서 거리를 헤매는지
는 몰랐다. 그저 야무진 말 품새와 명랑을 가장한 얼굴 속에 박힌 그녀
의 눈빛이 마음에 걸렸다.

섬세하고 부서지기 쉬운, 모든 것을 포기한 것 같은 눈동자였다. 가
슴팍에 날아와 안기는 한 마리 새처럼 자신의 품에 파고드는 그녀를
모른 척할 수 없었다.

아니, 변명에 지나지 않았다. 그녀를 품에 안는 순간 혈관을 타고
흐르며 꿈틀대는 욕망을 자제하기 어려웠다. 미세한 근육 하나하나가
꿈틀거리는 것을 참을 수가 없었다.

급기야 그녀를 다시 안으면서 자신을 잃어버렸다. 그런 정욕을 모른
척 살아왔다는 것이 신기하고도 당황스러웠다.

길게 뻗은 왼팔로 침대를 더듬어 내렸다. 언제나 혼자 눈을 뜨던 아

침이었다. 그러나 어슴푸레함 속에서도 지난밤의 따스했던 만족감을 기억한 팔이 본능적으로 그녀를 찾았다.

민혁은 서늘한 침대 감촉에 몸을 벌떡 일으켰다. 침대 정중앙이 아니라 한편에 놓인 그의 몸과 정갈하게 놓여 있는 침대 오른쪽 상단의 베개, 그리고 협탁 위에 잘 개어져 있는 그의 옷.

지난밤 벨 소리와 함께 집 안으로 들였던 사람이 옆집 마틴이 아닌 것만은 확실했다. 오랜만에 취한 깊은 숙면 속에 함께했던 여인이 꿈속의 인물이 아니라 실재한 것도.

이불을 걷어 젖히고 서둘러 욕실 문을 열어 보았다. 더 둘러볼 것도 없이 한눈에 들어오는 집 안 어디에도 그녀는 보이지 않았다.

천천히 옷을 걸쳐 입고 커피 한 잔을 내렸다. 지난번 가게에서 짧게 나누었던 소소한 이야기를 돌아보았다.

열흘 일정이라고 했다. 공항에서 그녀를 만났던 날을 되돌아보았다. 결국, 머그잔에 가득 채워진 모닝커피는 그의 몫이 되지 못했다.

급하게 집을 나서 엘리베이터 앞에 섰다. 1층에서 18층까지 한순간에 올라온 엘리베이터의 시간이 더디게 느껴졌다.

스텀프타운 카페. 어느 유명 예능 프로그램에서 방영된 이후 한국 사람들에게 잘 알려졌다는 그 카페 때문에 호텔을 선택했다고 했다. 제 기억이 맞는다면 ACE 호텔에 숙박하고 있는 것이 분명했다.

한숨에 택시를 올라타고 그곳으로 향했지만, 불안했던 마음에 답을 하듯 그녀는 이미 체크아웃 상태였다.

혹시나 하고 대기시켜 놓았던 택시에 다시 올라 망설일 것 없이 케네디 공항으로 향했다. 각국의 인종들이 인산인해를 이루는 국제선 대기실에서 지나가는 동양 여자들을 수도 없이 돌려세웠다.

9시 30분 인천행 아메리칸 에어라인이 곧 이륙 예정임을 알리는 낭랑한 안내 방송이 국제선 청사에 울려 퍼졌다. 민혁은 멈춰 선 발걸음을 급히 돌려 탑승자 명단을 확인했다.

어디에도 '서이현'이란 이름은 보이지 않았다.

탑승자 명단에 존재하지 않는 것인지, 서이현이라는 이름 자체가 존재하지 않는지 알 수가 없었다.

또한 그 답을 영원히 알 수 없을지도 몰랐다.

2. 우리 구면이죠?

청연건설 기획본부장실.

"그래서요?"

"그래서 말입니다. 그게 그러니까……."

자신보다 몇 살이나 어린 상사의 입술 사이를 비집고 흘러나온 한마디에 기획실장 영석은 바싹 긴장을 했다. 그의 이마에 송골송골 맺혔던 땀방울이 귀밑머리를 타고 또르르 흘러내렸다.

긴 호흡을 한 뒤 영석은 될 대로 되라는 심정으로 말을 쏟아 냈다.

"마인드스토리에서 아쉽게도 이번 아파트 광고 건에서 손 떼야 되겠다고 합니다."

"말 그대로 아쉬운 건 그쪽인데 김 실장님이 쩔쩔매는 이유는 뭐죠?"

최근 들어 그룹 본사에 자주 불려 가는 본부장이었다. 다른 일로 바쁜 탓에 아파트 신축 건엔 다소 무신경해진 건지 아니면 자신을 시험하려 드는 건지 영석은 상사의 심중을 헤아릴 길이 없었다.

어찌 되었든 본격적으로 진행된 일은 아무것도 없었다. 마인드스토리의 PT에 이쪽의 요구 방향성을 담은 CD(Creative Director)를 위한 회의 두어 번이 전부였다. 또한, 기업 생리로 여기며 우리 측에서도 중간에 일을 틀어 버린 일 역시 수없이 많았다. 신경 쓰이는 일이 있다면 회사 이름을 타이틀로 건 아파트 이름이 벌써 세간에 알려졌다는 점 정도였다.

영석은 여전히 무심한 상사의 얼굴에 다소 긴장을 풀며 입을 열었다.

"마인드스토리가 이번 광고 PT에서 유리했던 건 '청연 올렌티아'라는 신축 아파트명을 내놓은 업체였기 때문입니다. 홍보 광고에선 미디 미디어 PT 쪽이 좋다는 의견도 있었습니다."

매끄럽게 이어지던 영석의 말이 잠시 끊어졌다. 그는 민혁의 입꼬리에 스쳐 지나간 비웃음을 놓치지 않았다.

"그러니 마인드스토리가 이 일에서 빠져나간다고 해도 시일에 큰 문제는 없, 없을 겁니다."

스멀거리며 다시 올라오는 긴장감을 숨길 수 없었다. 그에 결국은 말을 조금 더듬고 말았다.

"말씀대로 아파트 공사가 마무리되기까지 새 광고를 기획할 시간 정도는 있습니다. 그런데 걱정하는 것은 그게 아닐 텐데요."

실내를 꽉 메운 후덥지근한 공기가 영석의 숨통을 조여 왔다.

"좋아요. 저희가 손해 보는 장사는 아니네요. 아파트 이름을 공으로 먹게 생겼으니. 설마 브랜드명도 백지화시키겠다는 말씀은 아니실 테죠. 그랬을 경우 발생할 초유의 사태에 대해선 김 실장님도 잘 아실 테고."

꿀꺽 침을 삼키는 영석의 목울대가 크게 울렁거렸다.

"그리고, 말씀처럼 미디 미디어 광고 기안 좋았죠. 그러나 그쪽 콘셉트는 소형 아파트를 겨냥한 우리 아파트와 어울리지 않는다는 거, 김 실장님은 정말 모르셔서 하시는 말씀입니까."

민혁이 앞에 놓인 보고 상황판을 그대로 덮었다.

"각종 신문을 통해 청연건설이 처음 세우는 아파트가 '청연(淸緣) 올렌티아'라는 게 세간에 알려진 건 벌써 6개월 전이었습니다. 미디 미디어가 어떻게 그 숙제를 해결할지 모르겠군요."

민혁이 더 나눌 말도 없다는 듯 자리에서 일어나 데스크와 좀 떨어진 곳에 있는 옷걸이에 걸린 재킷을 집어 들었다.

"마인드스토리와 명확히 말씀 나누십시오. 어디서부터 어디까지 손을 떼겠다는 건지."

영석은 나가지도 못하고 그렇다고 다시 말을 붙이지도 못한 채 어정쩡하게 서 있었다.

자신의 상사가 꼭꼭 짚어 준 일에 대한 사태. 마인드스토리 쪽의 브랜드명 백지화 요구에 대해선 아직 말도 꺼내지도 못한 상태였다. 재킷을 걸치며 민혁이 싸늘한 얼굴로 다시 말을 뱉었다.

"주인도 없는 방에 혼자 계실 건가요?"

"정원아, 꼭 이래야 하니?"

"선배야말로 꼭 그래야 했어?"

"미안하다. 그런데 다시 말하지만 대망건설하고 청연건설하고는 완전히 다른 회사야. 그래서 굳이 말할 필요도 못 느꼈어."

"그럼 그 대망건설은 어디로 간 거야? 결국은 회사 이미지 때문에 이름만 바꾼 거잖아. 그 나물에 그 밥이야."

날 선 톤으로 진욱과 말을 주고받던 정원이 제자리로 돌아와 앉았다. 그리고 혼잣말인 듯 낮은 소리로 뱉었다.

"선배를 탓할 필요도 없어. 청연건설이 대망그룹 자회사인 걸 몰랐다니. 어이없다, 정말. 이렇게 무식한 애가 무슨 건설 업체 광고를 하겠다고. 나야말로 미안해."

"인마, 그렇게 말하면 내가 더 미안해지잖아."

진욱이 마른세수를 하고는 정원의 자리로 다가왔다.

"이번 한 번만 눈감고 가자. 네가 이 업계 잘 몰라서 그래. 청연건설, 그동안 지방 소형 재건축 일만 주로 맡으면서 브랜드 이미지 깨끗하고 탄탄하게 쌓아 왔어."

애원하듯 말을 잇는 진욱을 보기 어려워 정원은 눈앞에 펼쳐진 노트북만 노려보았다.

"아파트 하면 대망이었잖아. 탄탄했던 대망이 사장단을 비롯해 물갈이도 싹 하고 5년 동안 자숙하고 있다가 이제야 새 아파트를 짓는다고. 응?"

정원의 입에서 헛웃음이 크게 새어 나왔다.

"탄탄했던 대망? 어떻게 그런 말이 나와? 내가 태어나기도 한참 전인 70년대 와우아파트 붕괴 사건을 기억하는 사람이 아직 있어. 그리고 내가 초등학생 때 일어났던 삼풍백화점 사건 역시 이 뇌리에 선명하고."

정원이 노트북 전원을 꺼 버리고 자리에서 일어섰다.

"불과 5년 전에 무너져 내린 그 끔찍한 '대망의 높은 꿈' 사건 벌써 잊은 거야?"

"어떻게 모를 수가 있겠어. 그 아파트 홍보 카피 따 보려고 발에 땀이 나도록 뛰어다녔던 내가."

가방을 집어 드는 정원의 앞을 막은 진욱이 난처한 듯 말을 이었다.

"그런데 정원아, 정말 미안한데 회사가 좀 어려워."

늘 낙천적이라 주변 사람들에게 긍정 바이러스를 전파하는 그였다. 그런 진욱이 얼굴의 모든 근육을 찌푸린 채 매달렸다.

"분명히 청연 쪽에서 그냥 넘어가지 않을 거야."

정원 역시 곤혹스러웠다. 그러나 이 일만은 인정에 연연하여 그가 원하는 대로 할 수 없었다.

"이렇게 선배를 곤란하게 할 줄 알았으면 출판사에 그대로 있을 걸 그랬어. 미안해, 선배."

정원은 부산에 있는 학교를 그만두고 서울로 무작정 올라왔다. 졸업하고 바로 임용이 된 터라 어디에 이력서를 내야 할지도 몰랐다. 몇 개월 이곳저곳 기웃거리다 배운 울타리 안에서 그나마 구할 수 있는 출판사에 취직했다.

편집 팀에서 교정과 편집을 위해 지난 2년간 책 속에 눈을 박고 살았다. 그런 그녀에게 대학 선배 진욱이 손을 뻗어 왔다.

같은 학교 국문과 출신인 그가 카피라이터로 출발해 마인드스토리라는 국내 건설 광고 업체를 차려 업계에서 꽤 이름을 알리고 있다는 것은 진욱의 동기와 결혼한 친구 소연을 통해 알고 있었다.

진욱은 정원이 입학 당시 3학년 예비역이었다. 재수를 하고 들어왔던 그는 정원보다 다섯 살이나 많았다. 털털하고 오지랖이 넓었던 그는 늘 학과 선후배에게 술을 사거나, MT를 주최하며 무리를 이끌었다.

정원은 1학년 때엔 뭣도 모른 채 대선배인 그에게 이끌려 이것저것 학과 일에 동참했다. 그러나 2학년이 되면서 교직 이수와 아르바이트로 바빠지면서 학과 사무실에서 진욱을 마주치면 피해 다니기 바빴다.

졸업하는 해에 바로 임용에 합격해 부산으로 내려온 이후 정원은 소연의 남편인 재영의 험담과 함께 간간히 등장하던 그의 이름을 전해 들었다.

재영은 진욱보다 한 살 적었지만, 학창 시절부터 죽이 맞는 술고래 절친이었다.

정원은 서울에 와서도 진욱을 볼 일이 없었다. 그러다 소연의 첫아이 돌잔치에서 우연히 그를 만났다. 오랜만에 만나는 절 붙잡고 무턱대고 자신을 좀 도와줬으면 좋겠다는 소리에 또 학교 때 버릇이 나왔구나 싶었다.

의례적인 인사를 끝으로 자리를 일어서려던 그녀에게 진욱이 명함

41

한 장을 내밀어 왔다. 아파트 건설 홍보 카피라이터라는 낯선 단어에 정원은 자신이 없다고 고개를 가로저었다.

진욱은 학창 시절 캠퍼스 UCC 콘서트에서 그녀가 탔던 상금으로 거하게 한잔했던 날들을 시작으로 그녀의 많은 가능성을 언급하며 끝없이 설득했지만, 정원은 회사를 옮길 생각이 없다고 단호히 말하고 돌아섰다.

그러고도 진욱은 자주 전화를 걸어 와 참신한 문구에 대한 아이디어를 의논해 왔다. 그런 그가 귀찮아서 대충 받아 준 일을 시작으로 여기까지 와 버린 것이었다.

건설사 이름은 청연, 새로이 비상하는 건설사가 첫 아파트 이름을 공모한다고 했다.

경기도 일대 산자락을 낀 공기 좋은 신도시에 들어설 아파트는 대단지 규모의 소형 평수 아파트였다.

청연 올렌티아. 건설사명인 청연의 뜻은 알 수 없으나 정원은 맑을 청(淸), 인연 연(緣), 그리고 향기라는 뜻을 가진 라틴어 올렌티아를 붙여 카피를 짰다.

그것이 6개월 전 일이었다. 기억에서 잊혀질 때쯤 진욱으로부터 연락이 왔다. 아파트 이름이 채택되었다고, 상금은 대수롭지 않다고 했다. 그러나 아파트 광고는 따 놓은 당상일 거라고.

맑은 인연의 향기를 품을 수 있는 아파트, 청연.

새 출발을 하는 신혼부부, 열심히 부은 적금으로 생애 첫 보금자리를 마련한 젊은 세대, 자식들을 모두 출가시킨 노부부만의 안식처가될 청연건설의 새 아파트는 '청연 올렌티아' 라는 이름으로 대중들에게 순식간에 다가섰다.

그 후 작은 일만 있어도 진욱이 연락을 해 왔고, 급기야 몇 달 전부터 마인드스토리로 출근을 하고 있었다. 그의 회사에 들어오고 보니 출판사보다 시야가 넓은 일에 재미가 붙었다. A4 1매용 카피 문구에 머리를 박고 있었던 일보다 즐거웠다.

처음 동참한 일이 이렇듯 뜻하지 않게 어그러지게 되자 정원 역시 어떻게 해야 할지 난감했다. 그러나 청연건설과 일하고 싶은 마음은 눈곱만큼도 없었다.

"인마, 자꾸 그런 말 마. 그럼 정원아, 광고 PT는 없던 걸로 하고 브랜드명은 그냥 넘기자. 아깝지만."

진욱은 오늘 낮 서슬 퍼런 상사의 표정까지 묘사해 가며 어떻게든 그녀를 설득하라는 청연건설의 기획실장 영석의 전화 내용을 떠올렸다.

정원의 표정을 보니 씨알도 먹히지 않을 것 같아 하는 수 없이 초유의 사태만 막아 보려 조심스럽게 말을 꺼냈다.

"그럴 수 없어. 그 브랜드명이야말로 대망과 어울리지 않는 이름이야. 애초에 대망그룹 자회사인 줄 알았으면 그런 카피를 쓰지도 않았어."

기어코 정원의 인상이 구겨졌다. 진욱의 얼굴은 더욱 곤혹스러워졌다.

"어떻게 하겠니? 그쪽은 그 이름과 카피가 마음에 들어 맡겼다는데. 아마 아파트 이름만 통으로 삼키려 할 거야. 그렇지 않으면 막대한 손해 배상을 청구해 오겠지."

"자기네들이 안 맞을 땐 멀쩡한 계약서까지 틀어 버리는 사람들이야."

"그러니 억울하면 성공해야지. 더러운 것 딛고서라도."

결국 같은 말의 반복이었다.

"알았어. 다음에 연락 오면 내가 직접 만나 볼 테니 내 연락처 줘. 아니면 저작권 침해 소송이라도 해야지."

이런 경우 저작권 침해 소송이 가능한 건지 알 수는 없었다. 그저 제 의지가 명확하다는 뜻을 나타내고 싶었다. 진욱은 더없이 가라앉는 정원의 목소리에 조금 긴장했다.

한 번 아니다 하면 돌아보는 법이 없는 후배였다. 이제는 추억이 되어 버린 학창 시절의 여러 일들이 절로 떠올랐다. 다른 지원군이 나타날 때까지 일단 지금은 몸을 낮추어야 할 때였다.

"정원아, 여기!"

희진은 급하게 카페 안으로 뛰어 들어오는 정원을 향해 손을 흔들었다.

"미안해. 많이 기다렸지?"

약속 시간에서 30분이나 지나 있었다. 정원은 제 용무로 그녀를 불러 놓고 늦어 버린 게 미안해 지하철에서 내려 카페까지 한참을 달렸다. 얼마나 뛰었는지 자리에 앉고도 여전히 숨을 헐떡였다.

"뭐 하러 뛰어와. 서로 늦으면 책이라도 읽으면서 기다리자고 북 카페에서 보기로 해 놓고선."

희진은 아이같이 말간 웃음을 띠며 숨을 고르는 정원을 나무랐다.

"어때? 회사는 다닐 만해? 거리가 너무 멀어 힘들지?"

정원의 호흡이 조금 안정되는 걸 보며 희진이 걱정스럽게 물어 왔다.

"그러게. 생각보다 힘드네. 부산의 출퇴근과 비교도 안 돼."

그땐 몇 걸음 이상을 걸어 본 적도 없었다. 서울로 와서야 대중교통으로 출퇴근하는 이의 고충을 경험하고 있었다. 동동거리며 버스를 기다리는 것만으로 살이 빠질 지경이었다.

"그러지 말고 옷가지만 챙겨서 얼른 들어와. 이번 주말이라도 당장 가방 싸서 오라니까. 그 집 나갈 때까지 어떻게 기다려?"

"안 그래도 오늘은 못 이기는 척 항복하려고. 웃기지? 내가 납작 엎

드려 부탁해야 할 판에."

몇 번이나 제집으로 들어오라고 말하던 희진이었다. 그때마다 거절한 마음이 미안해 정원의 얼굴에 쑥스러운 미소가 떠올랐다.

"정말? 정말 이번 주말에 들어올 거야?"

"대신 생활비 꼭 받아야 해."

들뜬 목소리로 기뻐해 주는 희진이 새삼 고마웠다.

"알아서 잘 모시겠습니다. 내가 집주인은 아니지만, 그 돈 잘 챙겨 시집갈 때 삥땅할게요."

희진의 너스레에 정원이 소리를 내어 웃었다.

"그럼 그 큰 집 내가 다 차지하면 되나? 아, 그러려면 주연이도 시집보내야 하는구나. 그런데 주연인?"

"주연이 오늘 진상 아주머니 한 분 때문에 야근해야 한대."

"진상 아주머니?"

물잔으로 손을 뻗던 정원이 희진을 향해 눈을 동그랗게 떠 보였다.

"응. 그 집 아이들 학교 문제, 친정 문제, 문제란 문제는 다 들고 와서 상담하고 있대. 어서 그 소송이 끝나야 할 텐데."

"변호사도 쉽지 않은 일이네."

"그러게. 똑 부러지던 애가 난데없이 검사는 때려치우고 이혼 전문 변호사가 뭐야. 고집 그만 부리고 제 아버지 로펌이나 들어가면 될 텐데……."

희진이 하던 말을 멈추고 핸드백 속을 뒤져 휴대폰을 꺼내 들었다.

"이럴 게 아니라 이 기쁜 소식을 알려야지. 드디어 내 꿈이 실현되었어. 여자 셋이 한집에 모여 사는 거."

희진의 얼굴에 드러난 함박웃음이 기쁜 마음을 그대로 드러내고 있었다. 희진은 2년 전 서울로 오게 되었다는 정원의 연락을 받자마자 끊임없이 자신의 집에서 함께 지내길 원했다.

고등학생 시절 정원은 모교와 자매결연이 되어 있던 일본 아그네스 고등학교에서 한 달을 보내는 기회를 얻게 되었다. 2학년 겨울 방학, 치열한 학교 내 경쟁률을 뚫고 가게 된 아그네스 학교에서 희진을 만났다.

정원은 전국 고등학교에서 온 한국인 여덟 명 중 학년은 같았지만 나이는 자신보다 한 살 많은 희진과 가장 죽이 잘 맞았다.

그 후 경기도 이천에 사는 정원과 서울에 사는 희진은 주로 메일과 전화로 연락을 주고받았다. 정원이 서울에 있는 대학을 다니는 4년 동안은 자주 만났지만, 부산으로 발령을 받고 나서는 희진이 여름이면 부산으로 내려와 보는 게 다였다.

먼 거리에 사는 탓에 만나는 횟수는 덜했지만, 둘 다 엄마를 일찍 여읜 만큼 마음을 나누는 깊이는 남달랐다.

"아직도 신기해. 회사 일 마치고 부르면 뽀르르 달려와서 만날 수 있다는 게. 항상 몇 달을 기다리고 서로의 일정을 맞추고 그랬는데. 가까이 있으니까 좋다, 그치?"

희진이 연신 주연에게 톡을 날리며 말을 이었다.

"그러게."

정원이 웃으며 답했다.

"그런데 우리가 정말로 같은 집에서 살게 된다니. 이게 웬일이야?"

"그러게 말이야."

"정원이 넌 실은 별로 아냐? 반응이 뭐 그래? 걱정돼서 그래?"

"걱정도 좀 돼. 성격 까칠한 거 드러나서 싸우면 어쩌나 싶어. 친한 친구라도 여행 갔다가 싸우고 돌아온다고 하잖아. 우리는 여행이 아니라 계속 함께 살 거니까."

정원이 짐짓 심각함을 담아 말했다.

"걱정 마. 너보다 훨씬 성격 까칠한 주연이하고도 5년째 싸움 한 번 안 했으니까."

"주연이한테 일러 준다."

"어머, 안 돼. 말이 그렇다는 거지, 말이. 걔 잘 삐진단 말이야. 너랑 다르다고. 얼마나 소심한데."

"그 말은 정말 고자질해야겠다."

두 손을 흔들며 말리는 그녀가 귀여워 정원은 장난기가 발동을 했다.

"서정원. 아무래도 너랑은 싸울 일이 있을 것 같다. 이렇게 언니를 놀려 먹어?"

희진의 얼굴이 점점 붉어지는 것을 본 정원의 마음이 따뜻해졌다.

희진은 누구와도 친해질 수 있는 사람이었다. 여전히 사라지지 않고 있는 그녀의 소녀 감성이 함께하는 이들의 마음을 편안하게 해 주었다.

그러나 자신은 아직도 사람 속에 섞여 웃으며 살아갈 용기가 없었다. 때문에 번번이 그녀의 권유를 다음이라는 핑계로 거절했다.

그러다 몇 주 전, 퇴근하여 돌아와 보니 집이 난장판이 되어 있었다. 누군가 함부로 문을 따서 별로 가져갈 것도 없는 집을 헤집어 놓고 간 것이었다. 얼마나 놀라고 무서웠는지 그날 경찰에 신고한 뒤에도 다시 집에 들어갈 수 없었다.

근처 찜질방을 찾아 사람 많은 대형 라운지 한가운데 가만히 누워 밤을 꼴딱 지새웠다. 걱정할 것이 뻔한 희진에게 차마 그 사실을 말하지 못한 채 그녀의 집으로 들어갈 결심을 한 것이었다.

메시지 알림 소리에 희진이 얼른 휴대폰을 들고 웃으며 말했다.

"주연이가 이번 주말에 네 입주 파티 거대하게 해 주자는데?"

"그런데 너무 갑자기 말한 거 아니야? 방도 치워야 할 텐데."

"이러려고 그랬는지 오늘 네가 쓸 방 주인을 부르고 싶더라니. 어차피 뺄 짐도 얼마 없어."

"방 주인?"

"응, 방 주인이자 집주인. 그 방이 남향이라서 가장 좋아. 그런데 이

인간은 왜 아직이야?"

희진이 정원의 어깨 너머 카페 입구에 시선을 주며 입술을 볼통하게 내보였다.

"요즘은 꼭 이렇게 늦는단 말이야. 예전엔 칼같던 인간이 이름 바뀌고 나니 딴사람이 됐어. 이걸 그냥."

익숙지 않은 희진의 거친 입담에 정원이 눈썹을 치켜올리는 순간이었다.

"꼬맹이. 혹시나 '이걸'에 해당하는 사람이 나는 아니겠지?"

막 휴대폰을 꺼내 드는 희진의 머리 위로 낯선 남자의 목소리가 들려왔다.

희진과 정원의 고개가 동시에 위로 향했다. 키가 아주 큰 남자였다. 일어서서 마주해도 눈이 마주치기 어려운 위치에 있는 남자 때문에 정원이 저도 모르게 의자를 뒤로 뺐다.

"표정에 완전히 너 말고 누가 있니, 라고 쓰여 있네."

"아."

남자의 중지가 희진의 이마를 튕기자 희진의 입에서 짧은 비명이 새어 나왔다.

"한 시간이나 늦은 양반이 폭력 행사까지?"

"양반? 이 녀석 볼 때마다 말버릇이 불량해지는데. 어디 날 한번 잡아?"

"지각한 사람에게는 그것도 정중한 표현이니까 조용히 앉으시죠. 올려다보는 꼬맹이 고개 아프니까."

희진이 그를 위해 제 자리를 내어 주고 안쪽 의자로 옮겨 앉았다. 그 바람에 정원은 공교롭게도 처음 보는 남자와 마주 앉게 되었다. 앉은키도 한참 큰 그의 얼굴을 마주하는 순간 정원의 심장이 쿵 하고 떨어져 내렸다.

헤어스타일도, 복장도, 분위기도 모든 것이 달라져 있었지만 그 남자의 얼굴이었다.

희진을 향해 있던 남자가 정원을 향해 고개를 돌렸다. 아주 짧은 찰나 그의 눈썹이 꿈틀거렸다.

확실히 태평양 너머 뉴욕의 그 남자였다. 어떻게 그가 여기 서울 한복판에, 그것도 희진의 옆에 앉아 있을 수가 있는 것인지.

정원의 눈망울이 빠르게 테이블 아래로 떨어졌다. 호흡이 멈춘 건 이미 오래전이었다.

"소개해 줘야지?"

남자가 먼저 입을 열었다.

"오빠. 지난번에 말했지? 오빠 방 주고 싶은 사람 생겼다고. 그 당사자. 이름은?"

희진이 정원을 향해 소개를 재촉했다.

"안녕하세요. 서……정원입니다."

짧은 순간 그를 마주했던 정원의 눈빛이 다시 땅으로 떨어져 내렸다.

"정원이. 이번 주말부터 우리 집에 들어오기로 했어. 오빠 방 쓰게 했으면 하는데. 괜찮지?"

민혁은 집의 명의는 제 앞으로 되어 있었지만, 그 집은 누가 뭐라고 해도 희진의 것이라 여겼다. 그렇지 않다고 한들 그녀의 부탁이면 못 들어줄 게 없었다. 이렇듯 들떠 있는 희진을 보는 얼마 만인지 몰랐다. 그 모습만으로 흐뭇했다.

"참. 정원이 너, 우리 오빠 처음 보지?"

이번에도 역시 스스로 하라는 듯 희진이 말간 눈으로 민혁을 바라보았다.

"차민혁입니다."

두 사람의 눈이 처음으로 마주했다. 짧은 순간일 뿐이었다. 실례가 안 되도록 살짝 끄덕여 보인 정원의 고개가 자연스레 비껴갔다.

"완전히 자연스러워졌어, 그 이름."

희진이 입술을 샐쭉거리며 말했다.

"섭섭해? 언제는 빨리 적응하라면서 집에서 쫓아냈으면서. 게다가 이젠 쓰던 방마저 치워 버리고."

"섭섭하긴 누가. 게다가 한 달에 겨우 한 번 들를까 말까 하시는 분이 무슨 말씀이세요? 그리고 또 오면 자고 가기를 했어?"

"이제 일도 웬만큼 방향이 보이고 해서 자주 갈 생각이었지."

"그래서? 오빠 방 쓰지 말라는 말이야, 뭐야?"

"희진아, 나는 괜찮아. 괜히 나 때문에⋯⋯."

미안한 마음에 정원이 조심스레 희진을 말리고 나섰다.

"아니야. 우리 오빠 괜히 그러는 거야. 비어 있는 방 많으면 안 좋다며 다 정리하고 이사 가라고 하는 사람이라니까. 윤⋯⋯ 아니, 차민혁. 정말 왜 이래? 정원이 미안하게."

정원의 말을 자른 희진이 속사포로 그를 다그쳤다.

"맞습니다. 지난번에 방을 빌려주고 싶은 사람 있다고 해서 그러라고 했습니다."

"요즘은 왜 이렇게 얄미운지 몰라."

믿지 않게 그를 흘겨보는 희진의 얼굴에서 그를 향한 애정이 흠뻑 묻어났다.

희진에게 오빠가 있다는 것은 알고 있었다. 일본에서 함께하던 한 달 동안 그녀가 오빠와 통화하는 것을 옆에서 들은 적이 있었다.

일본에서 돌아오는 날 공항으로 마중 나오기로 한 오빠가 나오지 않았다고 섭섭해하던 그녀를 달랬던 기억도 났다. 그리고 오빠에게 그런 투정을 부릴 수 있어 좋겠다고 부러움을 표시하기도 했다.

윤희진, 차민혁. 두 사람의 공통분모 윤민혁.

태초에 누가 옷깃만 스쳐도 인연이라는 말도 안 되는 소리를 만들어 놓았는지. 그저 우연일 터였다. 빈번한 우연이라고 해서 그걸 인연이라고 승격시켜 줄 수는 없었다. 인연이라 하기엔 오늘의 재회는 부끄러웠고 수치스러웠다.

복합된 감정과 난처함에 정원은 정신이 아득해졌다. 불편한 마음이 명치끝에서부터 통증을 불러일으켰다.

"응? 정원아!"

"아, 무슨……."

잠시 제 생각에 빠져 있느라 희진의 말을 놓쳐 버렸다.

"뭐 마시겠냐고. 그리고 오빠도 얼른 정해."

희진이 메뉴판을 들고 두 사람을 번갈아 보았다.

"식당 예약해 놨으니까, 식사부터 해."

"정말? 기대해도 되는 거지?"

"너 좋아하는 이태리 레스토랑. 괜찮으시죠?"

갑자기 의사를 물어 오는 민혁의 시선에 당황하여 정원은 엉겁결에 고개를 끄덕이고 말았다.

"언니나 여동생 있습니까?"

레스토랑의 분위기는 꽤 우아했다. 예약된 좌석에 착석한 후 민혁은 조잘대는 희진의 수다에 짧은 답을 하거나 그저 묵묵히 고개만 끄덕여 주었다. 그런 민혁이 갑작스럽게 물어 오는 질문에 정원은 순간 당황했다.

"네?"

"정원인 여자 형제 없는 걸로 아는데?"

희진이 파스타를 돌돌 말아 입에 넣고 그녀를 대신해 대답했다. 정원이 가만히 고개를 끄덕였다.

"갑자기 왜?"

"닮은 사람을 알아서."

툭 뱉은 그의 대답에 정원의 다시 명치끝이 쿡 하고 쑤셔 왔다.

"누구?"

"글쎄."

"작업 멘트야?"

"이름, 사는 곳은 다른데 신기하게 닮았어. 쌍둥이처럼."

정원은 가만히 제게 닿는 시선에 얼굴이 화끈거렸다.

"그래? 정원이 닮았으면 미인이겠다. 어디서 어떻게 만났는데?"

"같은 사람이 아닌가 생각될 만큼 닮은 사람이 세상에 세 명은 존재한다는 이야길 들었어요."

정원이 조용히 그들의 대화를 뚫고 들어갔다. 느릿하고 여유 있는 손놀림으로 고기를 썰던 그가 나이프를 내려놓았다. 입술 끝에 알 수 없는 미소가 비치다 사라졌다.

"비슷한 이야기는 들어 봤어. 그런데 이 넓은 지구상의 인구 중에 형제도 아닌데 쌍둥이처럼 닮은 사람을 만난다는 게 어디 쉬워? 분위기도 정원이랑 비슷해? 그럼 되게 매력적이겠다."

"희진아."

계속 되는 희진의 찬사에 정원이 결국 무안함을 감추지 못했다.

"그러고 보니 분위기는 다른 것도 같고. 서정원 씨를 만난 지 이제 두 시간이 지났으니 알 수가 없지."

민혁은 과장된 동작으로 손목 세계를 확인했다.

"오빠가 서정원 씨라고 그러니까 좀 우습다. 하긴 오늘 처음 만났으니까."

희진이 아이처럼 천진하게 웃었다.

"그래도 오빠, 우리 정원이도 나한테 하는 것처럼 잘해 줘야 해. 그런데 정말 궁금하네. 정원이 닮은 사람."

"희진아, 전화 받아."

정원이 여전히 그 화제에서 벗어나지 않는 희진에게 막 울리기 시작하는 휴대폰을 눈으로 가리켰다.

"아, 주연이다."

몇 점 입에 들지도 못한 스테이크가 걸린 듯 정원은 숨쉬기가 버거웠다.

"응, 주연아. 여기 강남에 있는 이탈리아 레스토랑 'AMORE'. 이제 마쳤어? 그래? 응, 있어."

희진이 통화 중 민혁의 얼굴을 힐긋 쳐다보았다.

"잠깐. 오빠, 식사하고 바로 일어날 거야?"

"음, 바로 본가에 들어가 봐야 해."

"응. 그래, 집에서 보자."

무슨 일인지 전화를 끊는 희진의 표정이 약간 흐려졌다.

"주연이한테 무슨 일 있니?"

"아냐."

금세 해맑은 웃음을 짓는 희진이 민혁을 돌아보았다.

"그리고 오빠, 정원이 이번에 회사 옮겼거든. 우리 잘난 오빠 덕 좀……."

"희진아."

정원이 얼른 그녀의 말을 끊고 나섰지만, 민혁이 희진의 말에 관심을 보였다.

"회사를 옮겼다고?"

"응. 출판사에서 일하다가 몇 달 전에 광고 회사로 옮겼어. 집하고 거리가 너무 멀어서 겨우 허락이 떨어진 거야."

"서정원 씨 대단한 분이네요. 희진을 그렇게 안달나게 하다니. 아직 미성숙한 우리 꼬맹이 잘 부탁합니다."

윤민혁, 그 남자가 맞았다. 그의 웃음 속에서 마음속 서랍 깊숙이 담아 놓은 윤민혁을 느꼈다. 그의 부드러운 미소가 뉴욕의 기억을 몰고 왔다.

✢　✣　✢

기획실장 영석은 일 처리가 명확하고 신속한 편이었다. 그런데도 이 일에선 사족이 길었다. 민혁이 영석의 말을 잘라 버리고 결론으로 달렸다.

"결국은 손해를 감안하더라도 마인드스토리가 손을 떼겠다는 말입니까?"

"네, 그게 그러니까……."

"지난번에 분명히 말씀드렸습니다. 아파트명은 돌이킬 수 없는 일이라고. 그렇게 전달이 되었습니까."

"네, 말은 했습니다만."

"김 실장님."

"네, 본부장님."

더없이 톤이 낮은 상사의 목소리에 영석의 손등에 찌릿 하고 전율이 타고 올랐다.

"혹시 마인드스토리 광고 대표와 친분이 있습니까?"

"아, 아닙니다."

"그런데 왜 이번 일은 김 실장님답지 않게 처리를 하시죠?"

"그게 왠지 이번엔 저도 모르게 사심이 자꾸 들어가서 말입니다."

"사심이 들어간다. 무슨 뜻이죠?"

"사심이라기보다 오래 묵혀 둔 제 양심이라고 해야 할지……."

영석은 살짝 구겨지는 상사의 미간을 보며 말을 바꿔 보려 애를 썼지만 적당한 말이 떠오르지 않았다.

"편하게 말씀해 보세요."

민혁이 다소 누그러진 목소리로 영석의 말을 재촉했다.

"그곳 대표와는 제가 대망건설에서 일을 할 때 모 회사의 일개 카피라이터로 만났습니다. 젊은 사람이 밤낮 가리지 않고 열심히 하던 모습이 보기 좋더니 결국은 자력으로 자회사를 차렸습니다."

상사의 차분한 눈빛에 힘을 얻은 영석은 허심탄회하게 제 말을 이어 갔다.

"본부장님이 말씀하신 것처럼 연줄이나 친분으로 성장한 광고 회사들이 건설, 특히나 아파트 광고를 다 차지하는 것이 현실입니다. 그 속에서 마인드스토리는 작은 광고부터 시작해 발에 땀이 나도록 뛰어다니며 조금씩 성장해 갔습니다. 마침내 규모는 작지만 건설 업계에서는 꽤 괜찮은 광고 회사로 알려졌고요."

영석이 잠시 말을 멈추었다가 난처한 듯 말을 이었다.

"그때 '대망의 꿈' 브랜드 공모전에도 참가했습니다. 이 친구 PT가 선택되는 게 확실시되는가 하는 찰나에 대망건설 사장님께서……."

"그러니까 정당한 경쟁에서는 마인드스토리가 거의 선택될 뻔했는데 로비를 받은 쪽을 선택했다?"

"꼭 로비를 받아서가 아니라 아무래도 알음알음 알고 계시는 분들이 많다 보니까……."

아무리 부정한 일을 저지르고 회사에서 축출된 대표라고 해도 마음에 있는 말을 선뜻 내뱉을 수는 없었다. 눈앞에 있는 본부장이 대망건설 전 사장 박기태와는 원수보다 못한 관계에 있다 한들 어찌 되었든 그들은 혈연으로 묶인 관계였다.

"하지만 이번 일은 그쪽에서 못 하겠다고 한 것 아닙니까?"

"그게 알고 보니까, 마인드스토리 대표가 일을 틀려고 하는 게 아니라 아파트 이름을 지은 카피라이터가 반대한다고 하더라고요. 차라리 다른 방향으로 PT를 준비하라면 했지, 그 이름은 안 되겠다고……."

우물쭈물 말을 마무리하던 영석이 재빠르게 제 속마음을 털어놓고 말았다.

"그럼, 본부장님 말씀처럼 일을 처리하는 수밖에 없는데, 그럼 마인드스토리가 거의 문을 닫아야 할 판입니다."

"그러다 보니 그 젊은 대표가 안돼 보여서 사심이 섞인다?"

"네."

뱉어 내고 보니 별것 아니다 싶은지 주눅이 들어 있던 영석의 눈빛 조금씩 살아났다.

"김 실장님, 그걸 친분이 있다고 하는 겁니다. 꼭 혈연, 학연으로 묶여야 친분입니까. 안면 있고, 그 안면으로 잘되었으면 좋겠고, 그렇게 사심이 섞여 일을 원칙대로 처리하지 않는 것."

"그런데 본부장님, 본부장님께서 처음 회사에 오셨을 때. 저희가 대망건설이라는 간판을 내리고 그저 청연이라는 이름 하나만 바뀌는 게 아니라 완전히 새로 거듭나야 한다고 말씀하셨습니다."

"그랬죠."

어디 해 보라는 듯 민혁의 목소리에 흥미로움이 묻어났다.

"적어도 건설 쪽 일은 사람을 담는 일이라고 하셨습니다. 편안한 시트에 앉아 일을 할 때 몸이 편해지듯 안전한 건물을 지어 사람들을 편안히 품는 기업이 되자고 말씀하셨지요."

"그래서요."

"미디 미디어 스튜디오 기획안도 나쁘지 않았지만, 이왕 이렇게 된 거 본부장님께서 저에게 시간을 조금 더 주시면 제가 한 번 더 설득해 볼까 합니다. 패기 있게 시작한 마인드스토리의 대표가 대망과도 인연이 안 좋았는데, 이번 일로 망하는 것을 보면 마음이 너무 불편할 것 같습니다."

영석의 목소리에 힘이 실리고 눈이 반짝였다.

"본부장님이 말씀하셨던 것처럼 혼자서 일어선 젊은 CEO를 마지막까지 품어 보면 어떨까 생각합니다. 호기롭게 시작한 저희 첫 아파트가 건설되기도 전에, 막 발돋움하려던 회사가 망해 버린다면 그것만큼 불운한 일이 어디 있겠습니까."

무슨 생각을 하는지 눈앞의 상사는 한참동안 말이 없었다. 그의 입이 열리기를 기다리는 영석의 이마에 땀방울이 송골송골 올라왔다.

2년간 함께 일해 온 상사였다. 40년 전통 대망건설은 5년 전에 시공한 아파트의 부실 공사로 인해 한순간에 무너져 내렸다. 그 후 국내에서는 어떤 건설 수주도 받지 못했다.

대망에서 일했던 직원들은 중국, 베트남, 중동 등 다른 나라로 뿔뿔이 흩어져야 했고, 그 인력들을 분산하고도 대망은 수많은 실업자와 이직자를 양산했다.

영석 역시 중국에서 몇 년을 보냈다. 그런 그를 불러들인 이가 지금 눈앞에 있는 민혁이었다.

그는 회사 이름을 청연으로 바꾸고 바닥부터 다시 일을 시작했다. 대기업 건설사가 거부하는 허드레 재건축과 작은 빌라부터 시작하는 그를 보며 영석은 반신반의했다.

공부나 많이 했겠지 건설 쪽 일을 뭐 하나 알겠느냐며 우습게 보았다. 그런 영석의 생각은 1년도 못 가서 뒤집혔고, 이젠 그의 앞에서 이렇듯 쩔쩔매고 서 있는 실정이었다.

"그러니까 김 실장님 말씀은."

민혁이 천천히 입을 열기 시작했다.

"사람을 품는 기업이 되자고 했던 청연답게, 함께하기로 했던 광고사가 하루아침에 못 하겠다고 백지화해 버리는 그 약속조차도 꾹 부여잡고 좋은 연으로 마무리해라?"

"아, 아닙니다. 그런 뜻이 아니라, 그들을 다 이해하자는 것이 아닙니다. 모두가 이 프로젝트에 참가하고 싶어서 난리인데, 무리하게 다 된 밥을 걷어차는 이유라도 들어 주자고 말씀드리는 겁니다. 사람을 품는 청연의 첫 일환으로."

민혁의 입에서 피식하고 작은 웃음이 새어 나왔다. 그게 비록 비웃음이라고 해도 차갑고 날카로운 상사의 얼굴에서 처음 접하는 표정이었다. 동그래진 영석의 두 눈이 한참을 껌벅거렸다. 옅은 미소가 빈정대는 웃음은 아니었다.

"김 실장님이 이런 센티멘털한 성격인 줄은 몰랐군요. 뭐, 일단 나쁘지 않습니다. 상사의 옛 발언을 기억하고 일침을 가할 수 있는 과감함 역시."

"아닙니다. 일침이라뇨."

"그래서 어떻게 설득하시겠다는 거죠?"

"제가 그쪽 카피라이터 서정원 씨를 한번 만나 보려고 합니다. 대표는 이 일에 계속 참여하고 싶어 하는 것 같더군요. 그런데 그 카피라이터……."

"지금 카피라이터 이름이 뭐라고 했습니까?"

민혁이 영석의 말을 잘랐다.

"네?"

"카피라이터 이름이 서정원이라고 했습니까?"

"네."

"대표가 일개 카피라이터 때문에 일을 튼다는 게 가능합니까?"

"잘은 모르지만 동문 선후배라는 소리를 들었습니다. 그리고 서정원 씨가 아파트 이름을 냈다고 했습니다. 처음 낸 시안이 덜컥 경쟁에 채택돼서 어안이 벙벙하다는 소리를 들었던 것 같습니다. 그래서 꽤 좋아했고요."

'서정원.'

며칠 전 희진과 만난 자리에서 고개 한 번 제대로 들지 못하고 아랫입술만 자근 씹어 대던 한 여자의 얼굴이 스쳐 지났다. 겨우 이름 하나 같을 뿐인데.

"정원이, 출판사에서 일하다가 몇 달 전에 광고 회사로 옮겼어."

58

귓가에 스쳐 지나가는 희진의 말에 그는 갑자기 마음이 바빠졌다.

"제가 한번 만나 보죠."

"네?"

"잘라 내든 다른 조건을 제시하든 얼른 이 일 마무리하죠."

"네. 약속 잡도록 하겠습니다."

제가 할 수 있는 만큼은 다 했다. 영석은 5년 전 그에게 갈비탕 한 그릇 얻어먹은 게 이렇게 오래도록 큰 짐이 될 줄은 몰랐다.

당시 자신도 일이 그렇게 틀어질지 몰랐다.

하여튼 이게 모두 그 빌어먹을 박기태 때문이었다. 능력은 쥐뿔도 없으면서 부모를 등에 업고 큰 회사의 오너 자리에 앉아 몇 년 만에 회사를 말아먹은 인물.

나라를 경악게 하고 많은 사상자를 내어 놓고도 타국에서 여자를 끼고 유흥이나 즐기고 있을 그놈. 그놈보다 더 나쁜 인간, 박기태의 모친 차화연이라는 여자.

그 여자 하나 때문에 영석은 그 후 대망그룹의 차태석 회장을 비롯한 차씨라면 이가 갈렸다.

"하."

헛웃음이 절로 나왔다. 대망의 요직에 앉아 있는 사람 중 차씨 아닌 인물을 찾을 수나 있을까. 수많은 사람들의 피눈물을 뽑아 이룩한 차씨 왕족의 나라에서 밥을 먹고 있는 자신이 할 말은 아니었다.

또한 제가 모시고 있는 바로 위 상사는 어떤 남자인가. 자신의 의지와 상관없이 인생을 '차'라는 족쇄 앞에 송두리째 내던져야 했던 인물이 아니었던가.

그를 보면서 늘 생각했다. 태생보다 더 중요한 건 성장 환경이라는 것을. 어찌 보면 민혁이 나름 사람다운 향기를 가진 것도 남의 둥지에 버려져 자란 가혹한 운명 덕분인지도 모른다고.

영석은 그나마 차민혁이라는 사람을 상사로 모시고 있는 것으로 보아 자신이 완전히 복 없는 인간은 아니라고 생각했다.

"이름 서정원. 나이 29세. 부모님은 현재 경기도 이천에 거주 중이며, 2년 전부터 파주에 있는 여명 출판사 편집부에서 카피라이터로 일하다가 몇 달 전에 광고 회사 마인드스토리로 옮겨 왔습니다. 저희 청연 아파트 브랜드명 광고 기획사 입찰에서 서정원 씨의 '청연(淸緣) 올렌티아'가 채택되어 마인드스토리가 이번 아파트 광고 건을 따게 되었다고 해도 무방할 것입니다."

대부분 아는 이야기였다.

"현재 거주지는?"

"파주 출판사 근처입니다만 주인집 말로는 방을 내놓았다고 합니다. 마인드스토리 대표와는 동문 선후배로 알려져 있습니다."

"그게 다야?"

역시나 알고 있는 이야기였다.

"간략한 신상 정보를 알아보라고 하셔서. 좀 더 알아볼까요?"

"파주 이전의 거주지는 알 수 있어?"

"네."

비서실의 이 대리가 손에 들고 있던 서류를 뒤적이며 말을 이었다.

"연희대학을 졸업하고 바로 부산에 직장을 얻은 것으로 나와 있습니다만, 직장란은 비워져……."

서류를 훑어 내리던 이 대리가 고개를 갸웃거리는 걸 보고 민혁이 말을 잘랐다.

"알았으니까. 그만 나가 봐."

"네."

이 대리가 방을 나가자 민혁은 창밖으로 시선을 돌렸다.

'부산에서 올라온 지 2년이라. 적어도 모든 것이 거짓말은 아니었나.'

이 대리의 보고에 의하면 뉴욕에서 돌아온 지 얼마 안 되어 서울로 옮겨 온 셈이었다. 출판사 일은 국문과와 무관하지 않은 곳이기도 했다. 그때 교사라는 말이 사실이었다면 왜 나쁘지 않은 직장을 그만두고 파주로 옮긴 것인지 궁금해졌다.

서이현과 서정원. 다른 이름, 같은 얼굴로 나타난 여자가 2년 전 그 여름 속의 기억으로 자신을 불러들였다.

민혁은 뉴욕 생활에 종지부를 찍게 한 이유에 그녀가 있는지 알 수 없었다. 그녀와의 우연한 만남이, 하룻밤의 열정이 제게 무슨 의미인지도 알지 못했다.

그렇기에 눈을 뜨자 사라지고 없는 그녀를 이해할 수 있을 것 같으면서도 쉽게 받아들이기 어려웠다. 하룻밤 안기고 버림받는 여자들의 심정이 이런 것인가 하는 모멸감도 느꼈다.

그녀에게 자신은 타지의 땅에 놓여 있던 또 하나의 경험에 지나지 않았을 것을 알면서도 받아들이기 힘들었다. 이제껏 해 왔던 뉴욕 생활이 무의미하게 느껴져 그대로 짐을 쌌다.

한국으로 돌아와서 얼마간은 그녀를 생각할 겨를이 없었다.

홀로 내버려 둔 희진에게 미안해 함께 시간을 보낼 생각이었다. 돌보지 못한 집과 마당도 가꾸어야 했다. 그러나 본가에서 보내는 사람들로 인해 어떤 것도 마음대로 되지 않았다.

그때 어리다고만 생각했던 희진이 단호하게 나섰다. 차민혁으로 살아야 한다면 하루라도 빨리 시작하라고. 윤민혁이 차민혁이 된다고 윤희진의 오빠가 아닌 게 아니라고. 더 이상의 혼란은 민혁 자신도 싫었다.

그길로 본가로 찾아가 대망에서 일하겠다고 밝혔다. 대신 조건이있었다. 더 이상 대망건설은 존재하지 않을 것이라고. 청연건설이 있을 뿐이라고. 세상에 청연건설이 알려졌을 때, 그때 다시 대망그룹의 어디에 자신이 서야 할지를 생각해 두겠노라고 못을 박았다.

대망건설의 부도덕한 행적들을 청산하는 일은 쉽지 않았다. 대표 한 명 물러난다고 해서 관행이 바뀌지는 않았다. 이름만 세워 놓았을 뿐 그의 사람이라고는 한 명도 없는 청연건설에서 밤낮없이 서류와 싸우며 힘든 시간을 보냈다.

1년쯤 지났을 무렵이었다. 지금 건설 계획 중인 아파트 부지를 둘러볼 겸 부산으로 출장을 갈 일이 생겼다. 하지만 갑작스러운 기상 악화로 비행기가 뜨지 않아 부득이하게 KTX를 이용하게 되었다.

늘 무언가에 제 몸과 의식을 시달리게 하며 바쁜 일상을 보낸 그는 원치 않았던 부산까지의 시간적 여유가 견디기 힘들었다.

잠들지 못하는 깊은 밤엔 위스키 몇 잔을 빈속에 들이붓고 침대에 몸을 뉘었다. 사색과 감상이 자신을 찾지 않도록 모든 의식을 죽이고 살았다.

그저 대망그룹의 숨겨진 아들 차민혁, 새롭게 비상하는 청연건설의 차민혁만 있을 뿐. 인간 차민혁은 어디에도 두지 않으려고 작정했다.

덕분에 윤민혁이라는 이름은 벌써 세상에서 지워지고 있었다. 그런 민혁이 부산역에 내리자마자 한 일은 서이현, 그녀를 찾는 것이었다.

몇 년 전 부산동부지청으로 발령받아 내려와 있던 동기에게 바로 전화를 걸어 서이현이라는 여교사를 알아봐 달라고 했다. 그리고 돌아오는 대답은 간단했다.

—교육청 소속은 아니지만, 이것 하나는 확신하지. 국어과에 네가 찾는 서이현이라는 여교사는 없다고. 설마 40대 여교사를 찾는 건 아니지?

이후 그 여자를 잊었다고 생각했다.

부산에서 아이들에게 국어를 가르친다는 그녀의 것인지도 알 수 없는 이름, 서이현. 그저 뉴욕이라는 이름 앞에 비석처럼 새겨져 있을 뿐이라고 생각했다.

서정원이라는 여자를 만나기 전까지.

오후 4시. 약속 시간에서 한참 지나 있었다. 국제 통화가 길어진다며 기다려 달라고 하길 30분째였다.

자리에서 일어선 정원이 데스크 앞에 나란히 앉아 있는 두 사람 중 남자 비서 앞에 다가섰다.

"이만 가 봐야겠어요."

그때 삐 하고 울리는 인터폰 벨 소리가 정원의 다음 말을 막았다. 굳게 다물린 입술에서 언짢음이 그대로 드러났다.

"네, 본부장님. 네, 알겠습니다."

전화를 받은 남자 비서가 짧은 대답을 끝으로 정원을 향해 말했다.

"서정원 씨, 본부장실로 안내해 드리겠습니다."

안내 받은 본부장실의 테이블에 앉고 다시 5분이 지났다. 짜증을 숨기지 못한 정원이 정면을 바라보았다.

대형 갈색 원목 데스크 뒤쪽의 창을 가리고 있는 두 겹 콤비 블라인드의 틈을 통해 새어 들어오는 햇살 한 줄기가 시야를 방해했다.

어렴풋이 눈에 들어온 남자는 윤기 감도는 진 그레이 슈트를 착용하고 있었다. 미끈하게 빠진 어깨 라인을 가진 남자는 이쪽의 존재조차 모르는 듯 서류에 집중하고 있고 있었다.

사람을 무시하는 것도 정도껏이지. 더 이상 참기 힘들었다.

"저기요."

정원이 자리에서 벌떡 일어나 데스크 앞으로 다가갔다.

"이 건물로 들어온 지 45분. 이 방에 들어온 지 정확히 6분이나 지났어요. 얼마나 더……."

남자가 고개를 드는 동시에 그녀의 말문이 막혔다.

손에 들고 있던 펜을 내리는 남자의 표정은 무덤했지만, 정원의 낯빛이 한순간에 변했다.

"이런, 손님을 너무 오래 기다리게 했군요."

민혁이 천천히 자리에서 일어나는 동안 정원은 절로 한걸음 뒤로 물러섰다.

"굳이 변명을 해야 한다면, 마인드스토리 측에서 꼭 3시 반이어야 한다고 해서."

정원이 입술을 질끈 깨물었다. 원래 약속이 4시이긴 했다. 하필 오늘에야 방이 나가는 바람에 일이 끝나는 대로 파주로 가야 하는 정원이 양해를 구한 것이었다.

"이쪽에서 양해한 것으로 알고 있습니다만."

"사정상 며칠 내로 다시 약속 시간을 잡기가 힘들었어요. 미팅 시간에서 30분 줄이도록 하죠."

한쪽 어깨를 으쓱여 보이며 무심하게 뱉는 그의 말투가 묘하게 정원의 심기를 긁었다.

남자가 맞은편 자리를 권하며 앉았다.

"우리 구면이죠?"

가만히 정원이 앉기를 기다리던 그가 다시 말문을 열었다.

"조금 전의 그 저돌적인 모습은 어디 가고 꿀 먹은 벙어리가 됐습니까. 성함이?"

"그사이, 이름을 잊어버리지 않으셨다면 구면이 맞는 것 같군요."

도전적으로 들리는 남자의 말에 정원도 약간 까칠해졌다.

"남들의 시선이 없는 곳이라 다시 이름이 궁금해져서 말입니다."

빈정거림이 느껴지는 말투와 달리 표정은 사뭇 진지했다. 뚫어질 듯 던져 오는 시선은 며칠 전과는 또 다른 사람처럼 낯설어 보였다. 희진의 오빠 차민혁과 청연건설 기획본부장 차민혁은 또 다른 사람이었다.

"서정원입니다."

이쪽 역시 희진의 친구 서정원이 아니라 마인드스토리 카피라이터 서정원이자고 마음을 다잡고 천천히 말문을 열었다.

"그렇군요, 서정원 씨."

자리에서 다시 일어선 그가 인터폰을 눌렀다.

"한 실장, 차 좀 부탁해요. 마인드스토리 광고 자료도."

비서가 들고 온 서류들은 그저 테이블을 꾸미는 관상용일 뿐이었다. 그는 서류 한번 들추어 보지도 않고 일목요연하게 설명을 해 나갔다. 그러나 그의 명확하고 또렷한 발음에도 어느 내용 하나 제대로 와닿지 않았다. 그녀의 귀에는 손해, 그리고 배상이라는 두 단어만 남아 있었다.

"결정하시죠, 서정원 씨."

짧은 호흡을 한 정원은 잠시 침묵을 지켰다. 요컨대 마인드스토리가 문을 닫을 것인지, 아니면 입 닥치고 이 프로젝트에 계속 참가할 것인지 둘 중 선택하라는 것이었다.

"제가 결정할 사항이 아닌 것 같은데요. 저희 대표……."

"마인드스토리 대표 이진욱 씨의 뜻은 묻지 않아도 알 텐데요."

민혁이 그녀의 말을 망설임 없이 자르고 들어왔다.

"어느 대표도 회사 문을 닫을 결정은 하지 않을 테니까. 아니면 내가 마인드스토리를 너무 무시한 건가요. 혹시 손해 배상을 할 재력이 갖추어져 있다면 저희 변호사 연락처를 알려 드리죠."

이쪽 사정을 훤히 알면서도 모른 척 비꼬는 그의 말투와 능숙한 언변이 다시 그녀의 신경을 긁어 놓았다. 아니, 그의 얼굴을 확인한 순간 엉망이 되어 버린 마음이었다.

선배 진욱이 바라는 게 무엇인지 잘 알고 있었다. 그러나 도저히 이 일을 진행할 수 없기에 여기까지 걸음을 한 것이었다. 짐작은 했지만 이렇게까지 회사에 타격을 줄 거라고 생각하지 못했다.

아니, 알았다고 한들 아파트 이름 하나 바꾸는 게 사람 이름 개명하는 것과 다를 게 무엇 있겠나 하고 여긴 게 솔직한 심정이었다. 건설 쪽 일에 너무 쉽게 덤벼들었다는 생각이 들었다.

그런데 이 남자, 차민혁이 진심으로 원하는 게 무엇인지 궁금해졌다.

아파트 이름이 마음에 들어 고집하는 건지, 보잘것없는 작은 광고 회사 하나 따위가 돌연히 자신들과 잡은 손을 놓아 버리는 게 마음에 안 드는 건지 알 수가 없었다.

"손해 배상 능력이 안 되면요. '청연 올렌티아'로 알려진 많은 홍보비와 이미 진행된 일을 되돌리는 데 드는 손해 배상을 지불할 수 없다면 어떻게 되는 거죠?"

"저희 쪽 변호사와 의논하시면 됩니다."

"변호사와 이야기해야 한다는 것은 이미 알고 있어요. 단, 변호사는 수치상의 금액 산출만 정확히 해 주겠죠. 그 합의가 제대로 이루어지지 않을 때 본부장님께서 가하실 압력이 어디까지인지 묻고 있는 겁니다."

"따로 가할 압력 따윈 없습니다. 절차대로 할 뿐."

"절차?"

"돈으로 배상이 안 될 때는 몸으로 때우는 거죠."

벙긋 열리는 정원의 입으로 한탄을 닮은 헛웃음이 새어 나왔다.

"철창에 넣겠다는 말인가요?"

"제가 넣는 게 아닙니다."

입술을 잘근 씹어 대는 정원을 바라보는 그의 표정은 냉담했다.

"차선책을 말해 주세요. 설마 이제껏 대망이……."

"청연입니다."

"청연 또한 이제껏 진행하던 프로젝트를 두고 상대 거래처와 일을 틀어 본 적이 단 한 번도 없다고는 말씀 못 하실 거예요. 사람이 하는 일에 절대적이란 있을 수 없으니까요. 이런 최악의 해결이 아니라 차선책을 말씀해 주시는 게 어떨까요."

"기업과 기업이 하는 일입니다. 절대적이란 단어가 필요합니다. 그리고 피해를 본 측에서 그 피해 보상을 하라는 게 최악의 해결입니까? 청연은 자선 단체가 아닙니다."

조금씩 속이 타들어 가는 정원과 달리 그의 말투는 여전히 여유로웠다.

"차선책은 그냥 이대로 진행하든가 아니면 이 일에서 조용히 손을 떼는 것이죠."

"결국은 그거였네요. 저희 측이 기안한 아파트 이름을 날로 먹겠다. 그렇게 하진 못하겠는데요."

"날로 먹겠다? 서정원 씨, 지금 뭔가 대단히 착각하고 계시는데요."

낮은 그의 목소리에서 서늘함이 묻어났다.

"아파트 이름 짓는데 몇 날 며칠을 새우고 얼마만큼의 경제적 투자를 하셨죠?"

"……."

"마인드스토리를 믿고 일을 진행했습니다. 그것을 백지화시켰을 때 서정원 씨가 아파트 작명에 투자한 시간과 경제력에 비교할 수 없을 만큼의 거대한 액수를 손해 본다는 말입니다."

날카롭게 던져 오는 그의 차가운 눈빛은 한 치 어긋남 없이 정원을 쏘아보고 있었다. 정원의 몸이 절로 쭈뼛거렸다.

"돈만이 문제가 아닙니다. 이제껏 기반만 잡아 오던 청연은 청연 올렌티아라는 이름으로 대중들과 첫 만남을 했습니다. 그걸 이제 와서 백지화시킨다? 그것이 청연의 신뢰도와 이미지에 얼마나 대미지를 줄지 생각해 보셨나요."

경제적 실익을 떠나 신뢰와 이미지를 들고 나오는 그 앞에 정원은 뭐라고 할 반박이 없었다. 달싹거리는 입술을 다시 씹었다.

'저래서 입술이 남아날까?'

민혁은 상대를 위협하듯 한껏 으름장을 놓고도 불쑥 마음에 파고드는 작은 사심에 속으로 웃음을 삼켰다.

"작명값 원합니까? 얼마면 됩니까? 보통 아파트 브랜드 공모전에 수상하면 얼마죠? 저희와 하루아침에 계약을 파기하고 그 푼돈만 받아 챙겨 가면 마인드스토리의 체면이 서나요?"

민혁이 등 뒤로 묻었던 몸을 세워 테이블 맞은편의 정원 쪽으로 향했다. 정원은 자신도 모르게 흠칫 몸을 뒤로 물렸다.

"앞으로의 마인드스토리 위상은 어떻게 되는 거죠?"

"돈 따윈 필요 없어요. 청연과 일을 못 하겠다는 것뿐입니다."

힘이 빠진 목소리가 읊조리듯 흘러나왔다.

"이유가 뭡니까. 들어나 보죠. 하루아침에 청연과 일을 못 하겠다는 이유."

"아파트 이름, 다시 짓죠. 새로 기안해 볼게요."

처음부터 궁금한 것은 갑자기 청연과 일을 진행하지 못하겠다고 한 이유가 아니었다. 관심의 대상은 서정원이었다.

같은 얼굴 다른 이름, 서정원과 서이현의 차이가 궁금해서 그녀를 직접 이곳까지 불러들였다. 그러나 지금은 고집스럽도록 청연건설을 거부하는 이유가 궁금해졌다.

"경합에서 1, 2위를 다투었던 다른 이름 많습니다. 청연 올렌티아. 맑은 인연의 향기. 그 이름으로 결정 나면서 아파트를 지을 전국의 부지 확정을 달리했습니다. 도심보다는 좀 더 자연에 가까운 곳으로. 다른 이름이 있을 수 없습니다."

"어울리지 않아요."

민혁의 두 눈썹이 빠르게 위로 치켜 올랐다.

"대망과 어울리지 않는 이름이에요."

말뜻을 알아채지 못한 그의 눈썹이 미세하게 꿈틀거렸다.

"맞아요. 기업과 기업이 하는 일. 그런데 그 일에 사람이 끼어들어 대망건설이라는 큰 왕국이 무너진 것 아닌가요? 나라 전체를 경악에 빠뜨린 일에 사람 하나 빠지고 새 이름 달았다고 면죄가 되나요?"

민혁의 턱 근육이 살짝 굳어졌다.

"청연건설의 자금력은 결국 대망건설, 대망그룹 아닌가요? 엄청난 실수를 덮으려고, 눈속임을 하려고 이름만 바꾼."

"그러니까, 5년 전 아파트 붕괴 사건을 말씀하고 싶은 겁니까."

"네."

"그 일과 청연건설 아파트 건과 무슨 상관이 있을까요?"

"국민에게 신뢰를 잃은, 아니, 그 말도 너무 정중하네요. 사람들의 가슴에 씻을 수 없는 상처와 한을 남긴 대망건설이 세간의 기억과 입에서 잠잠해지기를 기다려 옷만 갈아입고 다시 세상으로 나오려고 하는 것이라는 생각을 지울 수 없어요."

떨리는 입술로 말을 잇고 있었지만 그녀의 눈빛만은 차갑고 날카로웠다.

"청연은 대망이 이름만 바꾼 건설사가 아닙니다. 아니, 이름만 바꾼 거라고 치죠. 말처럼 사람이 하는 한 번의 실수, 단 한 번의 일탈로 기업이 무너져 내려도 되는 겁니까. 그 밑에서 일하던 직원들은 어쩌죠?"

민혁 스스로가 늘 자문하던 말이었다.

"작은 설비 공사부터 시작해 국민의 보금자리를 지어 온 대망은 40년 가까이 나라의 경제를 받들며 생애 첫 집을 지어 주기도 한 우리나라 선두의 건설 업체였습니다."

그렇기에 갈수록 부도덕한 기업으로 변하던 대망건설을 지켜보기가 힘들었다.

대망이 건전하지 못한 대표를 만나 그런 참변을 맞이하게 되어 누구보다 유감스러운 건 민혁이었다.

"다른 건설사들이 정부의 강압에 못 이겨 어려운 사람을 위해 겨우 집 몇 채 내놓을 때 대망은 집 없는 많은 빈곤층을 위해서 재건축을 해 주거나 낮은 금리로 집을 마련해 주기도 했습니다."

누구보다 박기태를 잡아들이고 싶었다.

"소형 미분양 아파트는 임대 아파트로 돌리기도 하며 서민을 위해 집을 지어 왔습니다. 청연은 자숙하고 반성해서 보다 튼튼한 집을 짓겠다고 약속하고 일어선 건설입니다. 그렇기에 더 필요한 이름이기도 하고 말입니다."

결국 아무것도 해내지 못했다. 때문에 민혁은 청연건설을 더 올곧게 세워 보답해 나가고 싶었다.

"하. 무너져 내린 대망의 '드높은 꿈'도 언제나 그렇게 광고했죠."

정원의 입에서 짧은 헛웃음이 새어 나왔다.

"높은 꿈을 지니고 편안한 삶을 누리세요. 대망의 꿈, 카피 내용이었죠. 그런데 그렇게 세워진 아파트는 순식간에 한 동이 무너져 내렸어요. 한 채도 아니고 72채가 말이에요. 무너지지 않은 나머지 여덟 동도 부실 공사인 게 판명되었고요."

정원의 가슴에 불길이 일었다.

"누군가의 부모와 자식이 죽었죠. 신혼을 꿈꾸던 부부가 한순간에 운명을 달리했어요. 생애 첫 집이던 곳이 그대로 잿더미가 됐다고요."

시커멓게 타들어 가는 그녀의 마음을 대변하듯 목소리가 절로 갈라졌다.

"아직 사람들의 상처가 그대로 남아 있는데 이름 하나 바뀌었다고 새로워지나요? 그렇게 쉬워요? 단 한 번의 실수였다고요? 청연 올렌티아는 식구를 앗아 가고 한 가정을 무너뜨린 기업이 갖기에는 너무 거창하고 깨끗한 이름이에요."

"서이현."

흥분의 도가니에 떨고 있던 그녀의 입술이 한순간에 닫혔다.

"서이현, 그리고 서정원. 이름 하나 바뀌었을 뿐, 달라질 것은 없나요?"

정원은 굳은 표정을 지은 채 놀란 눈을 껌뻑였다.

"이름 하나. 큰 차이죠."

그의 목소리는 낮고도 조용했다.

"서정원 씨는 자신의 삶에 단 한 번의 실수와 일탈을 허용하지 않고 살아갑니까? 갑자기 궁금해지는데요. 서정원 씨에게도 단 한 번의 일탈이라 말할 수 있는 실수가 있는지. 그게 생애 무슨 의미인지."

정원의 가슴에 일어나던 불길이 싸하게 식어 갔다. 그러나 얼굴은 확 달아올랐다.

"내려앉은 아파트에 친족이라도 살고 있었습니까."

짧은 침묵이 흘렀다.

"그렇지 않으면 그 사건을 비난할 자격이 없나요? 모두가 친족이죠. 우리는 한민족이니까."

겨우 평정을 찾은 정원이 천천히 입을 열었다. 그러나 이미 전의는 상실한 상태였다.

"서정원 씨의 뜻은 잘 알았습니다. 어렵게 일어서는 청연건설이다 보니 저 역시 뜻을 함께하지 않는 사람과 일을 하고 싶지 않아요. 기획실장이 간곡히 청을 하기에 뜻을 꺾은 이유나 듣고 싶었습니다. 충분히 납득했습니다. 차후의 일은 변호사와 이야기하시면 됩니다."

민혁이 자리에서 일어나 데스크로 성큼 걸어갔다.

"한 실장, 마인드스토리와 미팅 끝났어. 손님 배웅해 드리지."

3. 실수였어요

"짐은 나중에 정리하고 옷만 갈아입고 나와. 일단 뭐 좀 먹어야지."

고개를 끄덕이는 정원을 뒤로하고 희진이 바쁜 듯 주방을 향해 뛰어갔다. 짐이라고 해 봐야 캐리어 가방 두 개가 전부였다.

오고야 말았다. 지난 월요일 이 집으로 들어오겠다고 말한 뒤 정원은 토요일인 오늘까지 몇 번이나 희진의 단축키 번호에 손가락을 대었다 떼기를 반복했는지 모른다.

2년을 한결같이 이곳으로 오라던 그녀에게 선심 쓰듯 그러자고 해놓고 다시 그 말을 거두어들이는 것은 도저히 못 할 짓이었다.

한 시간 반이나 걸리는 출퇴근 거리를 30분으로 해결해 주는 이곳. 방에 들어서자 가장 눈에 띄는 것은 화려한 침대보였다. 희진이 정성스레 새로 준비한 침구에 피식 웃음이 나왔다.

하얀 레이스가 우아하고도 길게 침대를 덮고 있었다. 침구와 세트인 듯 베개 커버 역시 화려한 레이스가 달려 있었다.

침대 옆으로 난 큰 창가 앞으로 폭 좁은 하얀 테이블이 길게 놓여있고 그 앞에 같은 톤의 나무 의자가 두 개 있었다.

그 의자에 살포시 손을 얹으며 앞마당을 바라다보았다. 소담하고 아름다운 뜰이 한눈에 들어왔다. 희진이 언제나 마당이라고 칭하던 그곳은 마당이라기엔 넓고 멋졌다.

뜰 한편에 원목 그네가 설치되어 있고, 큰 버섯 모양의 돌 테이블을 둘러싼 작은 버섯 모양의 의자들 위로 늘어진 등나무 가지와 무성한 잎사귀들이 조화를 이루고 있었다.

대문에서 현관으로 들어오는 길에는 사람 걸음 너비마다 디딤돌이 놓여 있었다. 그 돌 옆으로 정성스레 손질한 잔디가 깔려 있고, 담벼락 밑에는 이름 모를 꽃들과 정원수들이 어우러져 계절의 변화를 알려 주었다.

희진의 아버지가 손수 벽돌을 고르고 쌓아 올려 지은 집이라고 들었다. 돌아가시기 전에 리모델링을 한 집의 상태는 상당히 양호했다. 사람이든 집이든 사람의 정성 어린 손길만이 아름다움을 소유할 수 있는 법이었다.

눈앞에 펼쳐진 뜰의 풍광과 드넓은 창으로 들어오는 햇살에 마음이 편안해져 왔다. 이렇게 아늑한 저만의 공간을 가져 본 게 얼마 만인지.

긴 숨을 들이마시며 천천히 방 안을 둘러보았다. 새로 도배한 듯한 깨끗한 벽지. 화이트 톤의 옷장, 그 옆에 놓여 있는 전신 거울. 혼자 쓰기에 꽤 넓은 방이었다.

창가 앞 테이블 끝에 맞물려 세워져 있는 책장에 빽빽하게 꽂혀 있는 손때 묻은 책들과 책상이 아니었다면 신혼 방이라 해도 손색이 없을 것 같았다.

정원은 아직도 사람의 온기가 전해지는 듯 손을 많이 타 반들반들해진 의자를 살그머니 꺼내어 앉아 보았다. 그리고 책상 위에 가지런히 놓여 있는 대학 노트를 펼쳐 습관처럼 연필을 굴렸다.

2019년 9월 12일. DI. 새 보금자리로 입성하다.

미끄러져 내리는 연필의 감촉이 좋았다. 아직도 연필로 글을 적어 내려가는 책상의 주인이 갑자기 궁금해졌다. 순간 정원은 무언가에 놀란 듯 화들짝 의자에서 일어섰다.

차민혁. 일주일 내내 머릿속을 헤집어 놓던 남자의 실체를, 이 집에 들어서는 순간까지 가슴을 짓누르던 남자의 존재를, 그 남자의 방에 들어와서는 완전히 잊고 있었다니.

12시 종소리에 신데렐라가 누더기 아가씨로 변신하듯 방 주인의 얼굴이 순식간에 그녀를 현실로 돌려놓았다. 정원의 입에서 탄식을 닮은 한숨이 절로 터져 나왔다.

윤민혁. 그녀의 의식이 오랫동안 잊고 있던 과거의 시간으로 다가가고 있었다.

낯선 일, 새로운 선택 앞에서는 오랜 망설임을 동반하던 자신이 윤민혁, 그 남자는 거침없이 받아들였다. 거침없이 받아들였다, 라고 표현하는 것은 그의 입장에서 억울한 말일지도 모른다.

누구에게나 뻗을 수 있는 작은 친절을 빌미로 그의 영역 안으로 성큼 들어갔다고 표현하는 것이 옳았다.

서정원이란 이름 석 자를 떨쳐 버리고 싶었다. 그러면 가슴속에서 저를 울리는 엄마 역시 떨쳐 버릴 수 있을 것 같았다.

ACE 호텔에 짐을 푸는 순간부터 뉴욕 시내를 걷기 시작했다. 관광객들이 찾는 곳은 모두 제쳐 두고 구석진 곳을 찾아 걸었다.

그날도 마찬가지였다. 뉴욕 거리를 돌아다닌 지 나흘째 되는 날이었다.

돌아갈 곳이 있는 자의 자유와 방종을 맘껏 누리며 철저한 이방인이 되어 이곳저곳을 걸었다. 그리고 맨해튼 74번가 어느 귀퉁이의 작은 성당. 그 앞에서 윤민혁을 만났다.

그것이 남자와의 시작이었다.

세 번의 만남에서 그는 자신에 대해 어떤 것도 물어 오지 않았다.

아이러니하게도 그런 그에게 신뢰가 갔다. 그리고 호감을 느꼈다.

그러나 그가 자신을 어떻게 생각하는지 관심이 없었다. 그랬기에 더 자유로울 수 있었고, 보이는 대로 그를 느꼈다.

그날 밤 그가 보여 주었던 배려와 열정이 떠올랐다. 정원은 저도 모르게 저릿해 오는 손끝을 말아 쥐었다. 고개를 세차게 가로저으며 의자에서 일어났다.

그가 희진의 오빠라니. 하물며 청연의 기획본부장 차민혁이라니. 그의 사무실에서 '서이현'이라고 이름이 불려지던 순간이 떠오르자 정원의 심장이 다시금 쿵쿵 소리를 내며 뛰기 시작했다.

'어쩌자고 그가 쓰던 방에 덜컥 들어온 걸까.'

갑갑한 명치 한가운데를 부여잡고 큰 숨을 들이마실 때였다. 똑똑, 하는 노크 소리와 동시에 방문이 벌컥 열렸다.

"내려오지 않고 뭐 하고 있어?"

"내려가려는 참이었어……."

"아직 책상은 못 치웠어. 다른 건 마음대로 치웠는데 책이랑 책상 서랍 물건들은 좀 그래서. 이번 주에 와서 정리하라고 했어. 지저분하지?"

책상에 어정쩡하게 서 있는 그녀의 곁에 다가서며 희진이 말했다.

"지저분하긴. 오빠 책이야?"

"응."

정원은 빼곡히 꽂힌 책장의 책들에 다시 눈을 주었다. 대부분이 법률 서적이었다. 책을 바라보는 희진이 눈매가 아련해 보였다. 어떤 작은 일만 있어도 전화로 미주알고주알 이야기해 오던 친구였다. 그런 희진이 성이 다른 오빠에 대해 아직 입을 열지 않은 데에는 이유가 있을 것이었다.

"뭐 해, 다들? 부르러 간 사람도 함흥차사야."

주연 역시 방으로 불쑥 들어왔다. 정원이 놀라 딸꾹질을 했다.

"정원이 너 오늘부터 당장 익숙해지지 않으면 안 될 일 중 하나야. 주연이 남의 방 들어올 때 노크 안 하는 버릇."

희진이 주연을 나무라며 쯧쯧 하고 혀를 찼다.

"적어도 나는 저녁 식사 이후 방문에는 노크를 한단다."

주연이 콧방귀를 뀌며 답했다.

"그게 무슨 의미가 있을까. 신혼 방도 아닌데."

희진이 지지 않고 대답했다.

"됐어. 나는 늘 문을 잠그고 있을 테니까 걱정하지 마."

"뭐?"

주연과 희진이 동시에 정원을 향해 목소리를 높였다.

"그럼 이 방에 자유로이 드나들 수 있는 사람은 나뿐인가."

세 사람의 눈길에 동시에 목소리의 주인공을 향해 고개를 돌렸다. 민혁이 오른손의 열쇠를 들어 보이며 한쪽 입꼬리를 올리고 있었다.

"오빠, 언제 왔어?"

반가움으로 희진의 목소리가 높아졌다.

"이젠 셋이라고 현관문 열어 둬도 되나? 오늘은 무용지물이었어, 이 열쇠."

"지방 내려간다더니 일찍 왔네."

"나의 역사가 이 방의 새 주인에게 애물단지가 되면 안 될 것 같아서."

책상을 한번 훑어 내린 민혁의 시선이 정원에게 와 멈추었다. 자연스레 정원의 눈길이 아래로 떨어져 내렸다.

"오랜만이야, 민혁 오빠."

"그래, 잘 지내지?"

"결혼에 대한 환상이 깨지려고 해. 매일 부부 싸움 이야기만 들어서."

"고집 접고 아버지 밑으로 들어가."

"볼 때마다 같은 소리 지겹지도 않아?"

민혁을 향한 주연의 수줍은 미소에 정원의 시선이 머물렀다. 언제나 당당하고 자신감 넘치는 친구의 새로운 모습이었다.

"회포는 나가서 풀고, 정원이는 얼른 옷부터 갈아입어. 그리고 오빠 그 열쇠 반납하시죠. 정원이가 문을 걸어 잠그든 말든 이제 방 주인이 알아서 할 일이니까."

희진이 그의 손에서 열쇠를 낚아채는 순간이었다.

"전수식도 없이 열쇠를 내놓을 수는 없지."

민혁이 뺏기지 않으려는 듯 열쇠를 쥐고 있는 손을 높이 들어 올렸다.

"전수식?"

"서른 해 가까이 쓰던 방이었어. 거하게 배는 채워 줘야 덜 허전하지 않겠어?"

"뭐야? 이렇게 갑자기 와서는. 오기 전에 전화하라고 했잖아."

"미리 전화하면 할 수 있는 건 있고? 또 코스 요리 주문하게?"

그가 희진의 이마를 콩 하고 때리며 놀렸다.

"점심도 제대로 못 먹고 달려왔으니까 재주껏 준비해 봐. 그동안 책상 비워 둘 테니까. 그리고 수거할 사람 보낼 테니까 버리도록 해."

"괜찮다면 책상은 제가 써도 될까요?"

정원이 조심스럽게 두 사람의 대화에 끼어들었다.

"새로 하나 사요. 오래돼서 서랍도 매끄럽지 않고 불편할 겁니다. 희진이 너 웬만한 오피스텔엔 붙박이 가구 다 있는데 너무 부실한 방 내놓은 거 아냐? 옷장도 그렇고."

"그렇지?"

희진이 미간을 쓰며 고개를 끄덕였다.

"그럴 필요 없어. 얼마나 있을 거라고. 책상 다리만 튼튼하면 돼."

"얼마나 있을 거라니? 정원이 너, 오늘 들어와 놓고 벌써 나갈 생각하는 거야?"

"그런 말 아니야. 멀쩡한 물건 내다 버리는 것도 아깝잖아. 그리고 새 가구 냄새도 싫어."

"준비해서 내려와요. 책부터 정리해 드릴 테니까."

세 사람이 방을 나갔다. 정원은 널뛰듯 요동치는 가슴을 가라앉히고 옷을 갈아입었다. 그와 단둘이 마주하는 게 두려워 바쁜 몸놀림으로 방을 빠져나오던 순간이었다. 방문 옆 책장의 두 번째 단에 놓인, 작은 액자가 눈에 들어왔다.

희진과 민혁, 그리고 주연 셋이서 찍은 사진이었다. 그의 팔은 두 여동생의 어깨를 두르고 있었다.

"아......"

잠자고 있던 기억의 단편이 머릿속에 섬광을 일으켰다.

주연을 처음 봤을 때 어딘가 낯이 익다고 생각했다. 기억엔 없지만 어디선가 꼭 한 번 스쳐 지난 것 같은 느낌.

희진에게 처음 주연을 소개받았을 때 우리 어디선가 보지 않았냐는 질문을 건네기도 했다. 그때 주연은 흔한 얼굴이니까, 라고 시니컬하게 대답했다.

뚜렷한 이목구비에 지적인 분위기, 첫인상이 강한 주연을 뉴욕 맨해튼의 한 아파트에서 오늘처럼 사진으로 먼저 만났다는 것을 이제야 알아차렸다.

그 사진을 보고 남자 역시 저와의 시간이 하룻밤의 일탈일 거라 생각했다. 어떤 사정으로 연인과 떨어져 있는지는 모르나 서로의 일탈이 고단한 삶에 주는 하룻밤의 달콤한 위로가 되길 바랐다.

평생 기억 저편에 있어야 할 일이 2년이나 흐른 지금, 일상에 균열을 일으키며 제 삶 속으로 비집어 들고 있다. 정수리에서 왼쪽 귓가로 둔탁한 통증이 타고 내렸다. 방문 손잡이를 잡던 정원의 손이 툭 하고 떨어졌다.

2년, 이제야 겨우 남들과 같은 일상을 살아가고 있을 뿐이었다.

남들처럼 아침에 눈을 떠 출근을 하고, 매달 월급을 받고, 생활비를 아껴 가며 작은 적금을 부어 가는 삶. 주말이면 읽고 싶은 책을 끌어안고 방 안을 뒹굴었다.

많은 것을 바라지 않았다. 다른 이들에겐 별 볼 일 없는, 지루하기 짝이 없는 생활. 아무도 제 삶 안으로 깊숙이 끼어들지 않는, 더 이상 누군가에 휘둘리지 않는 그런 생활만을 바랐을 뿐이었는데.

"정원아, 아직 멀었어?"

방문 넘어 주방에서 불러오는 목소리에 정원은 참았던 숨을 터트리며 눈을 떴다. 윤민혁과 차민혁. 그가 누구인들 이젠 감내해야 했다.

주방엔 희진 혼자였다. 열린 거실 창 너머로 등나무 가지 아래서 고기를 굽고 있는 민혁이 눈에 들어왔다. 그 옆에서 주연은 썰어 놓은 버섯과 감자를 올리고 있었다.

"거기 야채 바구니 마당에 가져다줄래?"

희진의 목소리가 한껏 들떠 있었다. 정원은 마당 테이블 위에 바구니를 올려 두고 얼른 몸을 돌렸다.

"정원아 앉아. 대충 다 들고 왔어."

뒤따라 나온 희진이 그녀에게 자리를 권했다.

"오프너는?"

민혁이 익숙한 솜씨로 고기를 구우며 희진을 향해 물었다.

"아, 가져올게. 정원이 넌 앉아 있으라니까. 아직 주방 구분도 못 하는 애가. 제발 가만히 있으세요, 정원 씨. 오늘은 당신의 입주 환영회이니 정신 못 차리게 먹어만 주면 된답니다."

희진이 자리에서 빠르게 일어나려는 정원을 나무랐다. 정원이 엉거주춤 자리에 앉았다.

"파주에서 왔으면 시장할 텐데 어서 들어요."

"그래, 정원아 너 배고프겠다. 자, 한번 먹어 봐. 오빠가 고기 하나는 잘 구워."

민혁의 말에 주연이 정원의 접시에 구운 버섯과 쇠고기 몇 점을 올려 주었다.

"인마, 이왕이면 '고기도'라고 하면 좀 좋아? 꼬맹이와 살더니 점점 닮아 가."

"주연이 원래 칭찬에 인색한 거 알면서 왜 나를 싸잡아 평가 절하시키실까."

희진이 오프너와 치즈를 테이블에 놓으며 민혁을 밉지 않게 흘겨보았다.

"하긴. 그동안 주연이 오빠에겐 과하게 넉넉했지. 그러나 이젠 오빠도 그 군번에서 예외가 되어야지? 짠순이 주연이는 기훈 오빠 비위 맞추기도 힘들 테니."

"윤희진."

주연이 매운 목소리로 희진을 불렀다.

그들의 대화에 가만히 귀를 열고 있는 정원의 입꼬리가 이제야 조금 부드러워져 갔다.

"와인, 안 합니까?"

저를 향한 듯한 민혁의 목소리에 정원이 퍼뜩 고개를 돌렸다.

"돌아갈 걱정 안 해도 되는 밤이야. 마셔."

구슬이 또르르 굴러가는 목소리로 희진이 재촉을 했다.

"그래, 마셔야지."

정원이 민혁에게 잔을 내밀었다.

"좋아, 내가 오늘을 얼마나 고대했는데. 자, 잔 채웠으면 다 같이 건배."

"정원아, 환영해."

희진이 잔을 높이 들고 소리를 높였고, 주연이 특유의 낭랑한 목소리로 환영해 주었다.

"오빠, 한마디 안 해?"

"30년 세월을 그대로 넘겨드릴 테니, 앞으로 내 방 잘 부탁드립니다."

정원은 더없이 낮고 부드러운 그의 목소리에 어떻게 답을 해야 할지 몰랐다. 며칠 전 그와의 설전이 여전히 귓가에 쟁쟁거리고 있었다.

"오빠, 왠지 섭섭해 보이는데. 진짜 그래?"

희진의 말이 떨어지자 더욱 어찌해야 할지 몰랐다.

"왜? 섭섭하다면 서정원 씨 다시 내보낼 거야?"

"오빠!"

"인마, 귀청 떨어진다. 농담이니까, 그만 자리에 앉아."

자리에서 벌떡 일어나며 희진이 내지르는 소리에 정원과 주연도 화들짝 놀라 희진을 바라보았다.

"주연아, 오빠 좀 달라졌지? 예전에는 사람이 군더더기라고는 없어서 때론 덧정 없게 느껴졌잖아."

주연이 의례적으로 고개를 약하게 끄덕였다.

"남의 나라에서 외로웠나? 말수도 훨씬 는 것 같아."

이번엔 동감하는지 주연의 고개가 크게 끄덕이고 있었다.

"지난번에는 뜬금없이 정원이 닮은……."

"말수는 모르겠는데 남자치고 말씀을 잘하는 편이라고 생각은 했어."

불편한 이야기가 거론되자 정원이 화제를 바꾸려 대화 조용히 속으로 끼어들었다.

"전직 검사님이신데 말씀이야 잘하시지. 그런데 그게 법정 앞에서 범인 취조할 때가 전부라 문제였지."

주연의 건네 오는 말에 정원의 눈꺼풀이 빠르게 치켜 올라갔다.

"몰랐어? 희진이가 이야기 안 했어?"

"오빠에 관해 이야기할 틈이 어디 있어. 오랜만에 만나면 서로 안부

묻기도 바빴는데."

희진이 별일 아니라는 듯이 받아넘겼다.

"그럼 오빠가 대학 4학년 때 사법 고시 통과한 수재였다는 이야기도 못 들었겠네?"

"정원인 졸업하는 해에 바로 임용 붙었는데, 그게 뭐 대단하다고."

"희진아, 비교할 걸 해야지."

민망함을 감추지 못하고 정원이 얼른 희진의 말을 받았다.

"왜? 요즘은 선생님 되기가 더 만만치 않다고 하던데?"

고스란히 꽂히는 민혁의 시선에 더 이상 말을 잇지 못하는 정원의 얼굴에 난처함과 민망함이 그대로 드러났다.

"그건 그래, 임용 고시는 경쟁률도 만만치 않잖아. 그러고 보면 사법 고시는 어쩌면 자신과의 싸움이라고 볼 수 있지."

주연이 고개를 주억이며 와인병을 들었다.

"대단한 정원 씨 한잔 받으시죠?"

"주연이, 너까지……."

"얼른 받아. 들어가서 겉옷 좀 가져올 테니까."

"앉아 있어. 내가 가지고 올게."

정원의 잔에 와인을 채우는 주연을 대신해 민혁이 일어섰다. 희진이 그의 옷자락을 잡아당겼다.

"눈치 좀 있어. 기훈 오빠에게 전화하려는 거잖아. 기훈 오빠 재판 끝내고 몇 주 만에 보자고 했는데 주연이 계집애 안 나가고 오늘 이러고 있는 건데."

"기훈이도 이리로 부르지, 왜?"

민혁이 주연의 뒷모습을 슬쩍 보며 말했다.

"부르라고 했지."

희진의 표정이 조금 달라 보였다.

"나도 괜찮은데."

정원이 말을 보탰지만 희진은 더 이상 말이 없었다.

지난 크리스마스이브에 희진과 주연에게서 기훈을 소개받았다. 큰 키는 아니었지만, 서울중앙지검 소속 검사답게 누구에게도 밀리지 않는 강한 위압감을 갖추고 있었다.

그런 기훈이 주연을 바라볼 때면 눈가에 자리 잡은 잔주름이 도드라져 보일만큼 부드러운 눈매를 보였다. 여자 셋의 소란스러운 수다에 조용히 귀를 기울이며 간간이 적절한 멘트로 분위기를 만들었다. 그의 인상이 나쁘지 않았다.

희진과 주연의 대화를 미루어 기훈과 주연의 집안 어른들도 잘 아는 사이인 듯했다. 결혼을 전제로 사귀는 게 아닐까 짐작만 하고 있었다.

그런데 오늘 보니 민혁을 바라보는 주연의 눈빛이 예사롭지 않아 보였다. 그의 아파트 서랍 속에 묻혀 있던 주연의 사진이 다시 정원의 뇌리를 스쳐 지나갔다.

"꼬맹이, 전화 받아."

민혁의 목소리에 정원이 얼른 고개를 들었다. 제 생각에 빠져 희진의 휴대폰이 울리는 줄도 모르고 있었다.

"네, 예슬이 아버님. 예슬이가요? 네, 잠시만요."

정원에게 눈짓으로 양해를 구하고 희진이 집 안으로 들어갔다. 걱정스러운 마음에 고개를 끄덕여 준 정원은 이내 그와 둘만 남겨진 난감함에 어찌할 바를 몰랐다.

민혁이 정원의 앞으로 팔을 불쑥 내밀었다.

"아직 조금 남았어요."

민혁은 정원이 마시던 와인을 제 잔에 따라 부었다. 그리고 새로 딴 와인을 따라 주었다.

"우리끼리 하죠. 열쇠 전수식."

그가 잔을 들어 건배를 청했다. 얼떨떨함을 숨기지 못한 채 정원이 잔을 들었다. 그의 시선을 피하며 잔에 입을 댔다.

사르르 내려앉던 그녀의 눈꺼풀이 살짝 치켜 올랐다. 절로 와인병에 눈이 갔다. 처음 것과 다른 와인병엔 어떤 라벨도 붙어 있지 않았다.

설마.

정원이 민혁을 힐긋 쳐다보았다. 그가 어깨를 으쓱여 보였다. 잔을 들어 와인을 다시 머금은 후 천천히 삼켰다.

"오랜만이죠, 이 와인. 그리고 서이현 씨."

"콜록."

미처 넘어가지 못한 와인이 기도에 걸렸다. 빠르게 자리에서 일어난 그가 정원의 등을 가볍게 두드렸다.

"괜찮아요?"

그가 건네 온 물을 한 모금 마시고 겨우 진정했다.

"조금 더 두고 볼까 하다가. 꼭 저승사자를 앞에 두고 보는 얼굴이라."

"그런 적 없어요."

말과 다르게 일직선으로 굳어진 입매에서 긴장이 묻어났다.

"카페에서 처음 만났을 때부터 계속 쭈뼛거리던데요. 그다지 유쾌하지 않은 눈빛으로 힐끔거리기도 하고."

"낯가림이 좀 있을 뿐이에요."

"그런데 어쩌죠? 오히려 지금 마음 내려놓는 티가 나는데? 좀 더 벌을 세울 걸 그랬나."

능글거리는 말투가 얄밉기 그지없다.

"벌받을 짓 하지 않았어요."

발끈하는 마음이 그의 시선을 제대로 받아냈다.

"그래요. 벌받을 짓 하지 않았죠. 그런데 그날 아침 왜 흔적도 없이 사라졌을까요. 꼭 죄지은 사람처럼."

"비행기 시간이 촉박해서 나왔을 뿐이에요. 깨우기엔 당신이 피곤해 보였고."

"나를 위한 배려였다?"

정원은 저를 바라보는 그의 진지한 눈빛이 버거워 다시 외면해 버렸다.

"아무리 비행기 시간이 급했다고 해도 따뜻한 안식처를 내준 이에게 인사 한마디 없이 사라지는 건 너무한 것 같은데. 아무리 뜨내기들이 많은 뉴욕이라지만 이름도 속이고 말입니다."

"한쪽은 성, 한쪽은 이름을 달리 말했을 뿐이에요"

"달리 말한 적 없습니다. 그땐 윤민혁이었습니다."

"어릴 때 불렸던 제 이름이에요. 저 역시 속인 것이라 할 수는 없어요."

"어떻게 내가 전직 국어 선생님인 당신 말발을 따라갈 수 있을까."

"전직 국어 교사가 감히 전직 검사의 말발에 견주어지니 감사할 따름이죠."

그의 호통한 웃음이 마당을 가득 채웠다.

"뉴욕에서 만난 게 당신이 확실하군요. 너무 다른 분위기에 정말 쌍둥이처럼 닮은 사람일 뿐인가 했는데. 어쨌든 앞으로도 그렇게 당당해요. 또 어느 자리에서 보게 될지라도 주뼛거리지 말고."

민혁이 잔을 높이 들어 건배의 모양을 보이고는 와인을 마셨다.

"죄송하게 생각해요."

"뭐가 말입니까?"

민혁의 한쪽 눈썹이 슬며시 치켜 올라갔다.

"그날 밤 일……."

점점 줄어들던 목소리가 급기야 꼬리를 드러내지 못하고 사라졌다. 그러나 그의 침묵이 다음 말을 재촉하고 있었다.

"인정하고 싶지 않지만 취했어요."

미안한 마음이 그의 눈을 다시 마주하게 했다.

"와인, 그리고 달빛……. 실수였어요."

무감해 보이던 그의 눈동자가 마당의 조명 불빛을 튕겨 냈다.

"실수라. 보통 드라마에선 남자 쪽 대사인 경우가 많던데."

그가 빙긋 웃어 보였다. 그러나 읽히는 감정은 없었다.

"서이현 씨. 아니, 서정원 씨, 여러 가지로 나에게 많은 경험을 하게 하는데요."

느릿하면서도 담담한 그의 말에 정원은 묘한 긴장감을 느꼈다.

"그리고 보통 드라마 속 여자들은 그러죠. 자신은 하룻밤의 노리개가 아니라고. 그러니 책임지라고."

그리고 이어지는 침묵에 정원이 가만히 고개를 들었다. 눈이 마주치자 그가 이내 말을 이어 왔다.

"그 밤의 실수에 대해 책임지시죠, 서정원 씨."

"책임지라뇨?"

놀란 눈이 주인 허락도 없이 껌뻑였다. 천연한 낯빛으로 제 얼굴만 바라보는 남자가 괘씸했다.

"그날 밤, 피차 나쁘지……."

정원이 이내 제 입술을 깨물었다.

"맞아요. 피차 나쁘지 않았죠. 그래서 더욱 실수라 생각해 본 적이 없어서 말입니다."

그의 얼굴에 묘한 미소가 자리하고 있었다. 깊고 진한 눈동자가 위험한 빛을 발산하고 있었다.

그제야 정원은 제가 한 실수가 뭔지를 제대로 알아차렸다. 저 역시 그날 밤의 일을 실수라고 생각해 본 적은 없었다. 벼랑에 몰린 듯한 상황이 그 말을 낳았다.

"한 번의 실수, 한 번의 일탈에 그다지 허용적인 사람이 아니지 않습니까, 서정원 씨는. 그러니 그 실수에 대한 책임을 지시는 게 어떻겠습니까."

"잠시만요. 차민혁 씨."

생각지도 못한 전개에 입술이 절로 떨리고 있었다.

"미안해. 희진이도 거실에서 전화 받고 있는 줄 몰랐네. 무슨 이야기를 그렇게 즐겁게 하고 있어?"

웃옷 몇 가지를 들고 온 주연의 두 사람의 대화를 갈라놓았다.

"오빠."

잇따라 나온 희진의 표정이 울상이었다.

"무슨 일이야?"

"나 사거리 앞 세진 소아과에 가 봐야 할 것 같아."

"왜? 예슬이한테 무슨 일 있어?"

세진 소아과는 예진이 아빠가 하고 있는 병원이었다. 주연이 놀라 물었다.

"예슬이, 맹장염으로 수술 받았대. 그런데 예슬이 아빠가 급한 볼일이 생겨 나가 봐야 하는데 예슬이가 울며불며 안 떨어지려고 해서 잠시만 봐 달라고."

"유치원 선생이 보모도 아닌데 그런 일로 불러. 애 엄마는?"

민혁이 미간을 찌푸렸다.

"몇 년 전에 돌아가셨대. 미안해, 정원아. 나 병원 가 봐야 될 것 같아."

희진의 기대 속에서 시작된 저녁 만찬이 한 시간도 지나지 않아 마무리되었다.

창 너머의 하늘이 온종일 잿빛이었다. 그것이 이토록 기분을 가라앉게 만드는 것인지 아니면 며칠 전부터 하루에 두세 통씩 찍혀 있는, 이천에서 걸려 온 부재중 전화 때문인지 정원은 알 수 없었다.

매도 먼저 맞으면 마음 편한 것을, 결국은 연락하고 말면서도 모른 척 답을 미루고 있는 마음이 편치 않았다. 연락을 해 봐야 할머니 핑계를 대며 다녀가라는 소리일 게 뻔했다.

희진의 집에 들어간 후 언제나 밝고 에너지 넘치는 그녀 덕에 시간이 어떻게 흐르고 있는지도 모르는 나날이었다.

새집에서의 생활은 잘 적응하고 있었지만, 옮긴 지 4개월이 되어 가는 회사 생활은 갈수록 불편해졌다.

대표인 진욱의 아버지가 췌장암이라는 진단을 받아 정신이 없는 탓도 있었지만, 제 고집 때문에 직원들이 다 함께 의욕적으로 준비했던 청연건설의 광고 건이 스톱되면서 그들을 대하는 마음이 편치 않은 탓도 있었다.

내막을 모르는 직원들은 진욱과 선후배 관계에 있는 그녀에게 왜 광고 건이 무산되었는지를 하루에도 몇 번을 물어 왔다.

그렇지 않아도 오늘은 진욱에게 청연과 이야기가 이렇게 마무리됐는지 물어보려던 참이었다. 그런데 아버지 담당의를 만나고 온다는 전화 한 통만이 있었을 뿐 그는 아직도 출근 전이었다.

"정원 씨, 전화 받아요."

"네?"

"무슨 생각을 그렇게 하고 있어요. 전화 돌립니다."

맞은편 책상의 콘티라이터 이 대리에게 수화기를 흔들어 보이며 전화를 연결했다.

"네, 서정원입니다."

—청연건설 본부장 비서실입니다. 잠시 기다려 주세요. 본부장님께 전화 돌려드리겠습니다.

청연건설 본부장실이라는 소리에 정원의 눈썹이 화들짝 올라갔다.

"그 실수에 대한 책임을 지시는 게 어떻겠습니까."

지난 주말 희진의 집에서 그가 뱉었던 말이 귓가에 생생히 울려왔다. 이내 전화선을 타고 목소리의 주인이 자신을 알렸다.

—차민혁입니다.

"……네."

—시간 좀 내시죠.

"무슨 일이시죠?"

—무슨 일인지 말씀드리려고 만나자고 하는 겁니다.

"전화로 말씀하세요."

—시간 내기가 어렵다면 사무실로 가겠습니다.

"네?"

—마인드스토리로 가서 말씀을 나눠도 된다는 말입니다. 현재 이진욱 사장은 아버님 일로 회사 일에 신경을 쓸 상황이 아니기에 서정원 씨께 전화드린 겁니다. 사무실 불편하지 않으시겠어요?

"시간과 장소, 말하세요."

조용히 뱉어 내는 말 사이로 한숨이 함께 섞여 나왔다.

거리를 지나는 사람들 차림이 달라졌다. 높은 일교차로 인해 사람들의 팔에는 얇은 트렌치코트가, 여자들의 목에는 살랑거리는 스카프가 걸쳐져 있었다. 하늘이 온통 먹빛이라 그런지 하루 사이에 긴 옷차림이 더욱 늘어 가을을 알리고 있었다.

창가에서 실내로 고개를 돌리는 순간, 말쑥한 슈트 차림의 한 남자가 카페로 들어왔다.

목선부터 어깨를 따라 떨어지는 네이비블루의 더블 슈트가 멋스러웠다. 거리에 흔하게 널린 프랜차이즈 커피숍에서 볼 수 있는 스타일의 남자가 아니라는 건 충분히 알 수 있었다.

그의 걸음걸이를 따라 테이블 곳곳에 앉아 있는 여자들의 시선이 함께 움직였다. 성큼 걸어오던 발걸음이 혹시나 하던 정원의 테이블 앞에서 멈추었다.

"늦었습니까?"

"제가 좀 일찍 나왔어요."

직원이 바로 다가와 주문을 받았다.

"아메리카노 부탁합니다."

"블루베리 티. 따뜻하게 부탁드릴게요."

주문을 마친 정원은 그를 지나쳐 먼 창가에 시선을 두었다.

"사적인 이야기가 마무리되어야 공적인 이야기 진척이 빠르겠지요."

민혁이 바로 말문을 열었다.

"저희들이 나누어야 할 사적인 이야기가 있나요?"

정원의 고개가 천천히 민혁을 향해 돌아섰다.

"지난번 집에서 하던 이야기 마무리 지어야지요."

"윤, 차민혁 씨."

절로 올라간 목소리가 주변 사람들의 시선을 모았다. 짧은 침묵 뒤에 정원은 차분한 목소리로 입을 뗐다.

"무슨 이야기가 하고 싶으세요?"

"만나 보죠, 우리."

"네?"

미처 말뜻을 헤아리기도 전에 그의 목소리가 매끄럽게 이어졌다.

"한번 사귀어 보자는 말입니다. 순서가 뒤바뀌긴 했지만."

혹을 맞은 듯 놀란 정원의 눈이 대꾸할 말을 찾지 못했다. 가만히 그를 올려다 바라보았다. 습관적으로 웃고 있는 눈에서 역시나 감정을 읽을 수 없었다.

"……차민혁 씨와 제가 말인가요?"

"윤민혁과 서이현이어도 상관없어요."

정원이 고개를 크게 가로저었다. 답답한 마음을 어떻게 설명해야 할지 몰랐다.

"이러지 마세요. 차민혁 씨. 요즘 세상에 누가 잠자리 한 번 했다고."

잠자리라는 단어가 주는 분위기가 민망했다.

"쉽게 생각해요. 남자, 여자가 사귀는 계기는 많잖습니까. 눈만 맞아도 사귀는데, 하물며."

"하물며 마지막까지 간 마당에 왜 못 사귀냐고요?"

애매하게 말을 마무리하는 그의 명확한 의도에 헛웃음이 솟아났다.

민혁이 천천히 잔을 들어 커피를 마셨다.

"우린 2년 전 뉴욕에서 엇갈린 인연이에요."

"그런데 이렇게 만났지 않습니까. 그것도 무시하기 쉽지 않은 '관계'의 인연으로."

'관계'라는 단어를 부러 강조하며 말하는 그의 얼굴을 가만히 주시했다. 그의 황당한 제안에 여태까지 머쓱했던 감정이 사라졌다.

"무시하기 힘든 관계의 사람들에게는 어떻게 설명할 건가요."

"첫눈에 반했다고 할까요?"

장난인지 진심인지 살피는 정원의 시선 앞에 그는 아이 같은 웃음을 입가에 걸었다. 그러나 눈은 웃고 있지 않았다. 장난은 아니라고 선을 긋는 듯하였다.

"전 차민혁 씨와 사귀고 싶은 마음 없어요."

차분한 목소리였다. 인내를 시험하듯 자신을 몰아가는 그의 의도에 휘둘릴 수는 없었다. 카페에 들어와 처음으로 물잔에 손을 가져갔다.

"싫고 말고의 문제가 아닐 텐데요. 분명히 난 하룻밤의 실수 대상이 되고 싶지 않다고 말했으니까. 제가 여자가 아닌 걸 다행으로 알아요. 그날 아기라도 가졌으면 그 순간 서정원 씨 인생은 몽땅 사라졌을 테니까."

"풋."

언제나 예상을 깨뜨리는 남자였다. 웃음기 하나 머금지 않은 말에 물을 잘못 삼켰다. 긴 팔이 손수건을 건네 왔다. 낯설지 않은 상황이었다.

"허, 기가 차서."

역시나 손수건을 받아 드는 제가 한심스럽다.

"내가 해야 할 말 같은데요? 이쪽 입장에서 단 한 번이라도 생각해 봤나요?"

어느 여름밤 홀연히 찾아온 여자, 하룻밤의 유혹, 단 한마디 인사도 없이 사라져 간 여자가 2년 만에 동생의 친구로 나타났다. 그리고 자신의 집 자신의 방에서 살아간다. 뚫어질 듯 주시해 오는 눈이 말하고자 하는 것은 짐작하고도 남았다.

정원의 시선이 테이블 아래로 천천히 떨어졌다. 찻잔을 집어 드는 손길이 조심스러웠다. 이미 식어 버린 블루베리 티는 가끔 생각날 때 마시던 그 맛이 아니었다. 달콤한 맛이 지나쳐 절로 인상이 찌푸려졌다.

짧게 스쳤던 만남으로 커피를 즐기지 않는다는 사실까지 알아챘던 뉴욕의 윤민혁이 떠올랐다. 상대의 말을 경청할 줄 알았고, 적절한 위트로 유머를 잃지 않던 그였다.

그의 섬세한 배려에 모든 긴장감을 날리고 몸을 맡겼다. 그의 손길에 떨던 저를 잊을 수 없어 한동안 괴로웠다. 제 감정에 빠져 그가 받았을 상처 따위는 돌아볼 여유가 없었다.

입 안의 속살을 지그시 깨물며 찻잔을 내려놓는 손이 미세하게 떨렸다.

"예상치 않은 재회였어요. 처음 본 카페에서부터 그저 놀라고 당황하는 바람에 제가 뭐라고 떠들고 있는 줄도 몰랐어요."

섭세하고 예민한 남자였다. 어떤 말이 그의 마음을 보듬어 줄 수 있을지 몰라 조심스럽다.

"나 자신을 버리고 싶어 간 뉴욕이었어요."

조용히 이야기를 듣고 있던 그에게서 작은 기적이 느껴졌다.

"안 좋은 생각을 한다거나 그런 것은 아니었고요."

엉겁결에 정원이 짧은 변명을 했다.

"그런 생각을 품은 적도 있었지만, 그럴 때마다 자기애가 강한 제 자신만 알아 갔죠."

정원이 스스로를 비웃듯 작게 코웃음을 쳤다.

"나를 버리고 싶다는 것은 좋은 포장에 불과했어요. 결국, 나를 둘러싸고 있는 모든 것이 지긋지긋하고 마음에 들지 않았던 거죠. 비행기를 타고 간 그 먼 곳에서 가서야, 누구하고도 타협하고 살아갈 수 없는 지독한 나의 이기심을 발견한 거죠. 더 절망스러웠어요."

고개를 들었다. 미동도 없이 제 이야기를 듣고 있는 남자를 바라보았다.

"그날 밤, 진심이었어요."

처음 만난 사람에게 어떤 진심을 담았냐고 물으면 할 말은 없었다.

그러나 그의 입에서 '하룻밤의 노리개'라는 비유를 들었을 때 무던히 속이 쓰렸다.

"윤민혁 씨의 손길, 너무 따뜻했어요. 고마웠어요."

진심이었다. 그리고 스스로에 대한 비난은 있었어도 후회는 없었다.

"그렇게 나와 버린 게 늘 마음에 걸렸어요. 그러나 나 자신조차 버리고 싶어 간 곳에서 만난 새로운 인연, 감당할 자신도 없었어요."

이 남자 앞에 있으면 어김없이 무방비 상태가 되어 버린다. 그 이유가 도망치듯 아파트를 빠져나오게 했다. 지그시 와 닿는 그의 시선이 묵직하게 가슴을 짓누른다. 힘겹게 말을 이었다.

"당신에 대한 배려가 없었던 것, 한순간의 실수로 치부해 버린 것 모두 사과할게요. 자존심, 아니, 마음 상하게 해서 죄송합니다."

"그렇게 보입니까?"

차분한 눈빛, 차분한 목소리였다.

"실수였다는 서정원 씨 말에 마음이 상해서 그런 제안을 한 거라고 생각하나요?"

여전히 차분한 얼굴이지만 묘하게도 눈빛은 깊고 짙다. 그 아래 깔린 감정의 실체가 무엇이든 간에 할 수 있는 것은 다 했다. 먼 장소 먼 시간에서 일어난 일을 오래도록 붙잡고 있었다. 해방되고 싶다. 그 역시 해방시켜 주고 싶다.

"이제 어디에도 윤민혁이라는 남자는 없어요. 서이현이라는 여자 역시."

민혁의 얼굴에 작은 감정의 변화가 일었다. 세상 어디에도 윤민혁은 존재하지 않는다. 스스로 수없이 되뇌었던 말이었다. 그녀의 입으로 듣는 같은 말의 무게는 다르게 와닿았다.

"난 그날의 꿈같은 일들이 지금의 내 일상에 어떤 영향을 주는 걸 원치 않아요."

그의 눈이 점점 명도를 높여갔다.

"윤민혁이면 되는데 차민혁은 안 된다. 왠지 섭섭해지는데요."

"윤민혁 씨든 차민혁 씨든 어느 쪽도 잘 모르는 것은 마찬가지예요. 굳이 해명하자면 이곳이 아니기에, 뉴욕이었기에 가능했다고 해 두죠."

"내 나라가 아니어서 가능했던 작은 일탈의 시간이었다는 말이군요."

두 사람 사이에 짧은 침묵이 놓였다.

"서정원 씨 뜻이 정 그러하다면 안타깝지만 받아들여야겠지요. 차였다는 사실을."

유순하게 올라간 입술이 어쩔 수 없다는 듯 작은 미소를 지었다.

"그런데 서정원 씨, 지금 실수하고 있는 건지도 모릅니다. 차민혁이라는 남자, 윤민혁 못지않게 괜찮은 인물일 수도 있는데."

뜻 없는 농담에 기대어 정원은 무거웠던 마음을 조금 내려놓았다.

"꿈같은 일들이 일상에 어떤 영향을 주지 않기를 바라는 서정원 씨의 뜻을 존중하죠. 대신 서정원 씨도 청연에 기회를 한 번 주시죠."

말뜻을 알아들을 수 없는 그녀의 눈동자가 흔들렸다.

"대망이 이름만 바뀌었다고 굳게 믿고 있으니 이해하기 쉽게 대망이라고 하죠."

설마. 그녀의 입술이 벙긋 열렸다.

"오랜 역사를 가진 대망건설의 실수와 일탈이 청연의 현재와 앞날에 영향을 주지 않도록 서정원 씨가 한발 물러서시죠."

모든 의례적인 웃음이 사라지고 없었다.

"비열하게."

채도를 높여 가는 그의 눈빛이 경고를 발하고 있었다.

"이러려고 그랬던 건가요."

황당함에 말이 이어지지 않았다.

"앞서 제 말은 장난이 아니었습니다."

민혁이 차갑게 정원을 말을 잘랐다.

"난 인간 차민혁에게도 청연에게도 만회의 기회를 주고 싶을 뿐이에요. 그것이 실수든 일탈이든 한 번 조각난 것에 대해 최선을 다하고 싶은 마음입니다."

어떤 반박도 할 수 없는 그녀의 입술이 꿈틀거리고 있었다.

"지금 부탁에 가까운 제안을 하고 있는 겁니다. 정말 비열한 게 무엇인지 가르쳐 드릴까요?"

어느새 그는 청연건설 기획본부장 차민혁으로 눈앞에 앉아 있었다. 그 명확한 경계에 온몸이 쭈뼛거렸다.

"당신 선배이자 마인드스토리 대표 이진욱 씨가 얼마나 곤경에 처한 줄 모르는 것 같아서 알려 드리죠. 서정원 씨가 회사에 들어오기 전에 벌써 주식으로 많은 빚이 있더군요. 그의 아버님 수술비 역시 고민을 하고 있을 텐데요. 서정원 씨 고집이 그를 더 궁지에 몰고 있는 거 알고 있습니까?"

겨우 닫힌 그녀의 턱이 다시 떨어져 내렸다.

"손 내밀어 줄 때 못 이기는 척 잡는 게 회사를 살리고 서정원 씨 입장을 살리는 길이라는 걸 아셨으면 합니다. 설마 그의 인생이 무너져 내리는 걸 지켜보겠다는 것은 아니겠죠."

이미 비워진 물잔을 바라보는 그녀의 입술이 꽤 말라 보였다.

"오늘이 지나면 다시 밟고 싶지 않은 청연건설의 복도를 걸어 들어와 제게 부탁해야 할 일이 생길지도 모릅니다."

치밀한 남자였다. 그의 사적인 용무와 공적인 용무를 모두 듣고 나서 드는 생각은 오르지 그것뿐이었다.

눈꺼풀의 무게를 이기지 못해 눈을 감았다. 목적은 청연건설의 아파트 건이었다. 바보처럼 제 마음을 한참 주절거리고 말았다.

그러나 더 이상 그와 씨름을 할 힘이 없었다. 진욱이 그렇게까지 힘이 든 상황에서도 자신을 몰아붙이지 않은 것이 미안하기도 또 고맙기도 했다.

민혁은 문득 궁금해졌다. 이토록 대망이 싫은 이유가 단지 그 아파트 붕괴 때문인지.

"먼저 일어나야겠습니다. 최종 답은 이진욱 씨를 통해 듣도록 하죠."

해가 지도록 자리를 뜨지 못한 그녀의 앞으로 직원이 따뜻한 물을 내어 왔다.

"아주머니, 여기 깍두기 좀 더 내어 주세요."

대망그룹의 안주인 정희수 여사가 주방 아주머니에게 민혁의 젓가락이 자주 가는 반찬을 더 내어 오라고 일렀다. 그 외에 차태석 회장과 민혁 그리고 희수 세 사람의 사이에는 어떠한 대화도 오가지 않았다.

태석의 식사가 끝나 갈 무렵 희수가 자리에서 일어섰다. 그리고 연청록 사기에 뽀얗게 잘 끓여진 숭늉을 담아 태석과 민혁의 옆으로 다소곳이 내려 두었다.

태석이 민혁을 향해 첫 말문을 열었다.

"새로 짓는 아파트는 계획대로 되어 가고 있는 거냐."

"네."

"박 실장 건으로 네 고모가 가만히 있지 않을 거야."

"전무님 시조카만 아니었다면 바로 해고 조치 사항이었습니다."

숭늉 한 모금을 마지막으로 태석의 모든 식사가 끝났다.

"박 실장이 그렇게 오랫동안 장부 조작을 해 왔다니."

어처구니없는 사실 앞에서 태석의 얼굴에 씁쓸함이 묻어났다.

"그뿐만이 아닙니다. 대망건설 당시부터 근무하고 있는 청연건설 간부들의 근태 상황은 눈 뜨고 보기 힘든 실정입니다."

"그렇다고 하루아침에 모두 물갈이할 수 없는 일이야."

뜨거운 김이 모락모락 올라오는 숭늉을 한 수저 뜬 뒤 민혁이 식탁 위로 숟가락을 내려놓았다.

"오전 내내 사우나에서 보낸 후 뒤늦게 사무실에 출근합니다. 결재판의 내용 확인도 제대로 하지 않고 사인을 끝내고는 골프채를 들고 다시 나가는 이들입니다. 회사 직급 계보를 채우기 위해 앉혀 놓으실 생각이라면 상관없습니다."

"그래서 정말 다 쳐 낼 생각이냐?"

"대망그룹은 선대 회장님께서 대망건축으로 시작해 하나하나 쌓아 올린 기업입니다. 오명을 쓴 대망건설의 이름을 버리고 그저 새 브랜드의 아파트만 지어 팔면 된다고 생각하시는 건 아니시겠지요."

인중에 머물던 아들의 시선이 처음으로 제 눈을 직시했다. 태석은 자신의 기에 한 점 눌리지 않는 민혁의 단단한 눈매가 마음에 들었다. 그러나 모든 것이 제 걱정 때문임을 아는지 모르는지 건조하기 이를 데 없는 말투가 입 안을 버석거리게 했다.

"안다. 네가 왜 굳이 힘든 건설 쪽 일을 선택했는지. 그곳이 아니었으면 굳이 내 밑으로 들어오겠다고 하지도 않았겠지. 네 고모가 가만히 지켜보지 않을 거야."

"여보, 본부장 출근해야 해요. 긴 말씀은 다음에 하세요."

희수가 두 사람 앞으로 소담하게 깎아 담아 온 과일 접시를 내려놓았다.

"얼굴이나 자주 비춰야 긴말을 하지."

불퉁한 말투에 섭섭함이 묻어났다.

"지난밤에 당신이 일찍 잠드는 바람에 아침에라도 얼굴 보고 간다고 여기서 묵었잖아요. 잠자리가 바뀌어 불편했을 텐데."

"집 놔두고 왜 좁은 오피스텔에서 청승 떨고 있어. 들어오면 되지."

"정 그러고 싶으면 고모 출입 좀 줄여 주시든가요. 하루가 멀다 하고 들이닥쳐서 집안을 시끄럽게 하니 마음이 편하겠어요."

"네 고모 때문에 많이 불편한 거야."

"밤늦은 귀가가 대부분이라 회사 근처가 편합니다."

태석이 먼저 자리에서 일어섰다.

"알았다. 그리고 조만간 청연 대표 이사로 발령 낼 게다."

민혁이 뭐라고 입을 떼려는 순간 태석은 한 손을 들어 보이며 거절을 받아들이지 않겠다는 의사 표시를 했다.

"언제까지 거기서 그러고 있을 거야. 정리할 게 있으면 얼른 하고 그룹으로 들어와야지. 혹여나 청연건설 하나만 번듯하게 제자리로 돌려놓고 또 밖으로 나갈 생각은 아예 하지도 말아라. 싫든 좋든 넌 차민

혁이다. 날 원망하는 마음은 괜찮다만 이것만은 알아 둬. 내가 널 외면
한 적은 한 번도 없다는 것. 내가 알았으면……, 컥."

"회장님."

"여보."

격한 감정을 이기지 못한 태석이 급한 기침을 해 댔다. 놀란 희수와
민혁이 자리에서 벌떡 일어섰다.

"괜찮아. 호들갑 떨지 말고 앉아."

"당신도 참. 본부장도 알고 있어요. 그리고 이제 회사 일 시작한 지
2년 됐어요. 무슨, 아들을 찾은 거예요, 당신 대신할 일꾼을 찾은 거예
요?"

"당신도 잘한 거 하나도 없어. 내가 몸만 멀쩡했으면……."

"몸만 멀쩡했으면 이혼 도장 찍었다고요? 그럴 거 뭐 있어요. 당장
찍읍시다. 저도 하루라도 건강할 때 도망가서 제 살길 궁리해야지요."

희수가 민혁을 향해 농담이라는 듯 눈신호를 보내며 태석에게 으름
장을 놓았다.

"시끄러. 이 아이 출근이나 시켜."

태석이 지팡이를 짚고 일어나 자신의 방으로 향했다. 희수와 민혁,
두 사람의 시선이 어쩔 수 없이 그의 불편한 왼쪽 다리에 머물렀다.

"이해해. 한 번도 자식이라는 걸 가져 본 적이 없다 보니까 좋은 마
음을 어떻게 표현해야 할지 몰라서 그런 거니까."

"……."

"나이가 들어서 약해지셨는지 전에 없던 투정도 하시는구나. 어차
피 이렇게 된 거 본부장도 마음 좀 더 열어 줘. 자주 봐야 정이 들지."

"네."

"그리고 희진이에게 이번 주에 내가 합정동 집으로 한번 들러도 되
겠냐고 물어봐 줄 수 있어?"

"네."

낮고도 담담한 목소리였다.

현관으로 나서는 그를 바라보는 희수의 눈에 아련함이 깔렸다. 달려가서 출근하는 그의 등이라도 쓸어 주며 잘 다녀오라는 말을 하고 싶었다. 그러나 여전히 좁혀지지 않는 거리에 선뜻 손이 나가지 못했다.

이렇듯 장성하지 않고 조금 어리기라도 했으면. 태석의 말처럼 자신이 잘못한 것일까. 거실 창가에 서서 민혁의 차가 출발하는 것을 지켜보는 희수의 마음이 오래도록 편편찮았다.

"좋다."

따뜻한 허브티 한 모금에 주연이 나른한 소리로 탄성을 질렀다.

"희진이 살림 솜씨가 생각보다 더 대단해."

작은 바구니에 담긴 여러 종류의 티를 바라보며 정원이 말했다. 유치원 행사 때문에 희진의 퇴근이 늦었다. 정원과 주연은 둘이서 식사를 끝내고 모처럼 함께 차를 마시고 있었다.

"광고 회사 일은 어때?"

"아직 제대로 된 일을 못 해 봐서 어떤지 잘 모르겠어."

"지난번에 말한 아파트 광고 건이 잘 안 됐어? 굉장히 의욕적이었잖아."

가느다랗게 새어 나오는 정원의 한숨 소리를 알아챈 주연이 눈을 살짝 치켜떴다.

"계약 앞에서 까이는 게 한둘이 아니잖아."

"그렇구나."

주연이 가만히 고개를 끄덕여 보였다. 짧은 침묵을 앞에 두고 정원은 약간 망설였다.

그 아파트 건이 청연건설이었다고. 알고 보니 희진의 오빠가 일하던 회사더라고 가볍게 말하면 그만인데 입이 선뜻 열리지 않았다.

사진 속 주연의 얼굴이 계속 마음을 불편하게 하고 있었다.

"정원아."

"……응?"

"뭘 그렇게 놀라?"

정원이 고개를 바싹 치켜들자 주연이 풋 소리를 내고 웃었다. 마음을 들킨 사람처럼 정원은 조용히 차만 들이켰다. 불러 놓고도 주연이 입을 쉽사리 떼지 않았다.

"왜? 너야말로 무슨 일 있어?"

주연이 빠르게 고개를 가로 지으며 다시 웃었다. 얼굴에 묻어나는 겸연쩍음이 평소와 달랐다.

"사실은 기훈 씨가 며칠 전에 홍대 근처 카페에서 너랑 민혁 오빠가 같이 있는 거 봤다기에."

정원의 치켜 올라간 두 눈썹이 공중에서 멈췄다.

"모르는 사이도 아니고, 이상할 것 없는데……."

예상외의 반응인지 주연의 말투가 조금 더 조심스러워졌다.

"두 사람 모두 심각해 보여서 선뜻 알은체 못 했다고. 물론 오빠도 다른 일행이 있기도 했대."

"청연건설."

"청연건설?"

불쑥 뱉어 내는 정원의 말을 주연이 되물었다.

"의욕적으로 준비했다던 PT 건이 청연건설 아파트 건이었어."

"그래? 왜 말 안 했어?"

순식간에 커진 주연의 눈에 안도의 빛이 스쳐 지났다.

"청연건설과 희진이 오빠를 어떻게 연관을 지었겠니."

"이야기할 때 계속 아파트, 아파트 그랬지. 청연건설이라는 소리가 한 번도 안 섞여 나왔구나."

약간은 들뜬 듯 신기해하는 주연의 말을 들으며 정원은 담담히 고개를 끄덕여 보였다. 그때 현관 입구에서 둔탁한 소리가 들려왔다.

"희진이 왔나 보다."

두 사람 모두 희진을 맞으러 거실로 나갔다. 희진이 웬 아이와 들어섰다.

"이 꼬마는 누구실까?"

"꼬마 아니거든요? 예슬이에요, 송예슬."

희진의 손을 꼭 잡고 선 예슬이 잔뜩 심술이 올라 주연을 향해 입술을 삐죽거렸다.

4. 그의 왕국으로 입성하다

긴 호흡을 했다. 그리고 다섯을 세고 다시 숨을 들이마셨다. 옆으로 앉은 콘티 작가 성환이 조용한 목소리로 물었다.

"어디 불편하세요?"

"뭘 잘못 먹었는지 좀 체한 것 같아요."

대충 둘러대는 정원의 말에 진욱의 표정이 걱정스러워졌다.

사실 먹은 것이라곤 우유 한 잔이 전부였다. 속을 타고 오르는 갑갑함에 정원이 다시 깊은 숨을 들이마셨다.

"괜찮아?"

보다 못한 진욱이 조심스레 물었다.

"안 괜찮아요. 화장실 잠깐 다녀올게."

"어, 그래. 얼른 다녀와."

얼굴 전면에 미안한 표정을 담은 진욱이 얼른 일어나 문을 열어 주었다. 정원은 말이라도 괜찮다고 해 주고 싶은 생각이 전혀 없었다. 청연건설 사옥 7층 회의실에서, 청연건설 홍보 팀과 정식 미팅을 앞두고 있었다.

"본부장님께서 곧 내려오실 겁니다."

몸에서 신호를 보내온 것은 그 말을 들은 이후부터였다. 작은 광고사와의 미팅에 왜 그가 참석하는지 알 수 없었다.

지난 주, 며칠 만에 출근한 진욱의 얼굴을 본 순간 정원은 전의를 상실했다. 아버님 수술이 잘되었는지 묻기도 전에 그냥 뱉어 버렸다.

"해요, 그 광고 건. 아니, 선배가 해야겠다면 해야지. 청연건설 광고 못 해서 모두가 길바닥에 나앉아야 한다면 해야지. 몇백 사람 목숨은 귀하고 한 사람 목숨은 귀하지 않나, 뭐."

말뜻을 채 알아듣지 못해 얼마간 멍하니 서 있던 진욱은 얼마지 않아 벚꽃이 만개하듯 설렘과 기쁨의 표정을 드러냈다. 제 손을 덥석 잡으며 고마움을 표시하는 그의 앞에서 정원은 잠시 양심의 가책을 느끼기도 했다.

그러나 청연건설 본부장, 차민혁의 얼굴을 직면해야 한다는 사실 앞에서 그 모든 것을 되돌리고 싶었다.

휴. 긴 한숨이 세면대 앞 거울에 뽀얀 김을 서리게 했다. 서서히 맑아지는 거울 속에 비친 정원의 얼굴엔 핏기라곤 볼 수 없었다.

단순한 스트레스만으로도 사람이 죽을 수 있겠다는 생각이 들었다. 여전히 흘러내리고 있는 물줄기에서 손을 떼고 물기를 탈탈 털어 냈다.

머릿속의 잡음도 함께 털어 내고 싶었다. 티슈 한 장을 뽑아 마지막 물기를 닦아 내고 돌아서는 발걸음에 힘을 실었다.

"서이현?"

몇 걸음 떼기도 전에 낯선 듯 익숙한 목소리가 몸을 세웠다.

"너 이현이지?"

순간 으스스 몸을 떨었다. 세월을 얼마나 건너뛰면 저 이름이, 저 목소리가 낯설 수 있을까. 절로 멈춰서 버린 몸이 원망스러웠다.

아무것도 못 하고 있는 사이 상대는 벌써 저를 지나쳐 눈앞에 서 있다. 서지훈이었다.

"정원이야."

안 봐도 한껏 찌푸리고 있을 제 표정이었다.

"그래, 서정원."

자신의 찡그린 표정에도 아랑곳없이 그는 여전히 웃고 있었다.

"오랜만이다."

이곳이 아무리 청연건설이라고 우겨 봤자 무슨 소용일까. 대망건설에 있어야 할 그가 이곳에 있는데. 다시 올라오는 구토감에 정원은 입술을 한일자로 꾹 다물었다.

"2년 좀 넘었지?"

아들이 서울 대기업에 취직을 했다고 그의 모친은 온 동네에 떡을 돌렸다. '대망'이라는 낯선 단어가 처음으로 제 반경으로 들어온 때였다.

"여긴 어쩐 일이야?"

그를 까맣게 잊고 있었다는 사실이 기특하기도 낯설기도 했다.

"그동안 어떻게 지냈어? 서울에 와 있었던 거야?"

고집스러울 정도로 외면하고 있어도 떨어져 나가지 않는 그의 시선, 짜증스럽다.

"미안한데 내가 좀 늦었거든."

짧은 대답을 남기고 지나치는 정원의 팔을 지훈이 잡아챘다.

"이대로 가면 어떻게 해."

"놔. 내가 늦을 자리가 아니야."

"연락처나 주고 가."

"놓으시죠, 서지훈 씨."

낯선 목소리가 끼어들었다. 지훈의 손을 쳐 내려던 정원의 손이 공중에서 멈췄다.

"서지훈 씨 역시 늦을 자리가 아닐 텐데요."

정원과 지훈, 두 사람의 시선이 머문 곳에 민혁이 서 있었다.

지훈의 손이 스르르 풀려나갔다. 정원은 작은 현기증을 느끼고 몸을 휘청거렸다. 재빠른 민혁의 손이 지훈보다 먼저 뻗어 나갔다.

"의도한 것 아니에요."

기억 속 한 장면이 정원과 민혁의 머릿속을 동시에 스쳐 지나갔다.

✤　　�　　✤

"반갑습니다, 콘티의 달인 이성환 씨. 명성 익히 들었습니다."
"과찬이십니다. 저도 만나 뵙게 되어 영광입니다. 청연의 새 아파트에 기대가 큰 한 사람입니다."
민혁이 내민 손을 잡는 성환의 얼굴은 사뭇 설레어 보이기까지 했다. 평소답지 않은 빠른 말투와 긴 인사말이 그 증거였다.
"분양 계획 있으십니까."
"저보다 여자 친구가 마음을 빼앗겼습니다."
"감사합니다. 프리랜서로 활동 중이라고 들었는데 마인드스토리와도 연이 있었나 보네요."
민혁이 성환을 스쳐 진욱의 앞에 섰다.
"저희 김 실장님과 능력 있는 이성환 씨까지. 두 사람 마음을 쥐고 있는 이진욱 대표님의 매력이 궁금하던 참입니다."
진욱은 눈꼬리가 처지는 특유의 선량한 웃음을 지으며 두 손으로 그의 악수를 받았다.
"별말씀을요. 앞으로 잘 부탁드립니다."
마지막으로 민혁의 시선이 정원의 앞에 머물렀다.
"서정원 씨, 불편하시면 앉으셔도 됩니다."
그가 의자를 향해 손을 건넸다. 그렇게 티가 났나. 정원은 멍하니 있던 시선을 퍼뜩 들었다. 인사를 생략한 그는 이미 제 앞을 지나쳐 있었다.

"그럼, 저희 식구들을 소개해 주시죠. 실장님."

"네."

기획실장 영석이 차례로 함께 온 이들을 인사시켰다. 아트디렉터와 여자 CM라이터, 프로듀서는 일이 있어 함께하지 못했다는 전달과 함께 영석이 마지막으로 지훈을 소개했다.

"반갑습니다. 홍보팀장 서지훈입니다."

모든 소개가 끝나고 다들 자리에 앉았다. 미팅은 민혁의 주도 아래 진행되었다.

"실무는 서지훈 홍보팀장이 담당할 겁니다. 시놉시스 및 기타 사항은 서 팀장을 통해 제게 바로 결재 형식으로 올리시면 됩니다."

진욱이 고개를 끄덕이며 그의 이야기를 경청했다.

"광고 제작은 저희 DM프로덕션에서 일괄 맡기로 했으니 그쪽도 서 팀장이 바로 콘택트할 겁니다. 예산 및 다른 불필요한 과정 역시 홍보팀장이 알아서 지시할 겁니다. 이번 작업에서 이진욱 씨는 오로지 CD(Creative Director) 일에만 전념하시면 됩니다."

기쁨과 설렘을 감추지 못하는 진욱의 표정이 실룩거렸다.

"대신 이진욱 씨가 저희 쪽 아트디렉터와 디자이너들과 함께 작업하는 것을 양해해 주셨습니다. 콘티라이터 역시 저희 사람을 쓸까 했는데, 이성환 씨가 콘티라이터라는 말을 듣고 마음을 바꾸었습니다. 잘 부탁드립니다."

성환이 고개를 약간 끄덕이며 그의 말에 답을 했다. 성환의 실력은 익히 알고 있었지만, 그가 업계에서 이렇게 인정받고 있는 줄은 처음 알았다.

모든 것이 순식간에 진행되고 있었다. 지난 서너 달 동안 늘 광고주와 시행 프로덕션을 오가며 진땀을 빼고 있던 진욱이었다. 회사 일에 집안일까지 겹쳐 몇 주 사이 그의 얼굴이 수척해진 걸 모르지 않았다.

남의 일인 듯 오가는 대화에서 혼자 떨어져 나와 있던 정원의 시선이 잠시 진욱에게 머물렀다. 모처럼 그의 표정에 드러난 생기가 나쁘지 않았다.

언뜻 느껴지는 시선에 정원이 고개를 살짝 돌렸다. 뚫어질 듯 지훈의 두 눈이 자신을 향해 있었다. 모른 척 고개를 돌렸지만, 민혁 때문에 그쪽 역시 시선을 두기에 마땅치 않았다.

신년 초에 희진과 함께 장난삼아 읽었던 한 해 운수가 얼핏 떠올랐다.

이쪽으로 가도 저쪽으로 가도 다리 뻗을 구석이 없는 사면초가. 하나를 털어 내면 두 개의 짐짝이 올려다 붙는다.

짐짝이면 짊어지고서 다른 데 던져두고라도 오면 될 것을. 서지훈, 그의 존재를 완전히 잊고 있었다니. 짐작이나 했다면 진욱이 망하든 말든 제가 이 자리에 앉아 있을 일은 없었다.

"……원 씨."

머리가 지끈거렸다. 굳이 오늘 미팅에 저까지 참석할 필요는 없는 듯한데. 아니, 이 프로젝트에 제가 있어야 할 이유는 또 뭐지.

정원은 절 부르는 소리를 깨닫지 못하고 상대측 맨 왼쪽에 앉아 있는 CM라이터를 바라보았다. 조금 전 소개에서 그녀는 인쇄 매체의 카피만 해 온 제게 영상 카피에 대한 도움을 주려고 투입했다고 들었다. 결국 자신은 끼워 주기식 인력일 수도 있었다.

"정원아."

"아, 네."

다급한 진욱의 목소리에 정원의 의식이 제자리로 돌아왔다.

"서정원 씨, 컨디션이 계속 안 좋아요?"

바로 맞은편에 앉아 있던 기획실장 영석이 걱정스레 물었다.

"아닙니다. ……무슨 일 있나요?"

"제가 불렀습니다."

낮은 목소리를 향해 고개를 돌렸다. 민혁의 무심하고 건조한 얼굴이 그녀를 바라보고 있었다.

"네, 말씀하세요."

"중간에 작은 마찰로 일정이 약간 늦어졌습니다. 앞으로 서정원 씨 역할이 크다는 것, 잊지 마시기 바랍니다. 실무는 서 팀장이 알아서 하겠지만 최종 카피와 콘티는 제 손에서 OK 사인이 나야 할 겁니다."

"그래서 말인데요."

정원이 조심스럽게 민혁의 말을 잘랐다. 그가 고개를 끄덕여 보이며 말을 재촉했다.

"굳이 청연에서 많은 경비를 들여 가며 카피라이터를 둘이나 쓸 필요가 있나요. 그냥 이한주 씨 한 사람으로 해 나가는 게 일의 효율성이니 여러 면에서 좋지 않을까요?"

"그건 안 되겠는데요."

또랑또랑한 여자의 목소리가 다부지게 끼어들었다. CM라이터인 이한주 그녀였다.

"모르시겠지만 서정원 씨, 제가 좀 바쁜 사람이에요."

그녀가 손에 쥐고 있던 펜을 테이블 위로 탁 소리 나게 내려놓았다. 약간 뒤로 앉아 있던 그녀가 테이블 앞으로 몸을 쑥 내밀며 제 존재를 더욱 드러냈다.

"현재 손에 들고 있는 광고 건이 몇 개나 되죠. 차민혁 본부장님께서 하도 간절히 부탁하는 바람에 이 자리에 있긴 하지만."

간. 절. 히. 부. 탁.

그녀가 드러내는 악센트가 타의에 의해 이 일에 참여하고 있음을 확연히 나타내고 있었다.

"무엇보다 난, 서정원 씨처럼 감성적인 카피를 만들 자신이 없어요."

작은 한숨을 쉬어 보인 그녀가 갑자기 정원을 향해 한쪽 눈을 찡긋거렸다. 돌연한 그녀의 행동에 정원은 멍하니 눈만 껌벅거렸다.

"이 자리에 앉아 있는 진짜 이유는 사실 본부장님 때문이 아니라, 서정원 씨 얼굴을 한번 보고 싶어서였어요."

회의실의 모든 사람들이 갸웃했다.

"'허락되지 않는 너' 가사 쓴 사람, 서정원 씨 맞죠?"

정원의 얼굴이 확 달아오르고 주변 사람들은 관심을 가졌다.

"요즘 이서영이 그 노래 리메이크해서 뜨고 있던데. 나는 원곡이 더 좋아요. 가사 구절구절이 얼마나 가슴을 후려치는지. 가사 만든 JW 이니셜 주인공 찾는다고 시간 좀 썼어요."

속사포처럼 쏟아 내는 빠른 말투가 그녀의 관심을 그대로 보여 주고 있었다.

"까맣게 잊고 있다가 서정원 씨 광고 기획안 보고 느낌이 확 왔어요. 아, 나 때문에 이야기가 옆으로 샜네요. 나중에 다시 이야기 나눠요."

그녀가 다시 정원을 향해 눈을 찡긋해 보였다.

"말씀처럼 이한주 씨는 처음 영상 카피를 쓰는 서정원 씨가 혹시 겪을지 모를 어려움에 조언을 줄 사람일 뿐입니다. 더 이상 이 프로젝트가 지체될 수는 없습니다. 4부에 이르는 연속 광고입니다. 1부 반응을 보고 아니다 싶으면 마인드스토리의 멤버들을 모두 철수시킬 수 있습니다."

단호한 민혁의 말에 진욱의 얼굴이 굳어졌다.

"그리고 앞서 이진욱 씨하고 합의한 대로 다음 주 월요일부터 이곳 청연건설로 출근하시면 됩니다."

무슨. 획 하고 돌아간 정원의 시선 안으로 진욱의 난처해하는 얼굴이 들어왔다.

'이거였어?'

요 며칠 눈도 제대로 마주치지 못하던 그의 태도가 그제야 이해가 되었다. 틀어질 뻔했던 청연건설과의 계약 재개 때문만이 아니었다.

'이진욱. 그냥 오늘 이대로 마인드스토리에 불을 질러 버려?'

끝까지 자신의 얼굴을 외면하는 진욱을 향하는 그녀의 눈에 불길이 일었다.

똑똑.

"들어와."

희진이었다.

"카페에서 차 한잔해."

1층 정원의 방 맞은편, 희신의 부모님이 쓰시던 빙을 작은 실내 카페로 개조했다.

마당을 향한 벽을 허물어 전면을 유리문으로 만들고, 마당과 이어지는 넓은 베란다를 야외 테라스로 만들어 놓았다. 실내 한쪽 벽에 짜 넣은 붙박이 바에는 와인과 차, 그리고 각종 다기와 찻잔들이 멋스럽게 진열되어 있었다.

긴 원목 테이블과 패브릭 의자를 두고, 커다란 전축 옆엔 장인이 만든 안락의자가 음악을 편히 감상하도록 유혹하고 있었다.

보기에도 고가인 대형 스피커 덕에 야밤에 커튼을 열어젖히고 음악을 듣고 있노라면 무수한 밤하늘로 빨려 들어가는 기분이 들었다.

시간은 쑥쑥 잘도 흘렀다. 이 집에 들어온 지 벌써 3주나 흘러 어느덧 이곳이 제집처럼 편안해졌다. 누군가와 더불어 사는 게 불가능하다고 여긴 것이 까마득한 옛일로 느껴졌다.

민혁은 자신이 이 집으로 들어오던 첫날 이후 얼굴을 비치지 않았다. 때문에 정원은 제가 사용하고 있는 방이 그가 머물던 곳이라는 걸 조금씩 잊어 갔다. 카페 한쪽 벽에 걸려 있는 가족사진이 아니었다면 어느덧 편해진 이 공간에서 그를 느낄 이유도 없었다.

사진 속 희진은 여전히 키는 컸지만 처음 만났을 때보다 앳된 모습이었다. 소녀의 얼굴에 활짝 핀 미소는 지금과 다르지 않았다.

남매의 앞에 앉아 있는 모친은 상당한 미인이었다. 희진이 나이 들면 저렇지 않을까 싶을 만큼 화사한 미소를 지닌 그녀는 희진과 분위기가 닮아 있었다. 인자함과 후덕함이 그대로 묻어나는 그의 아버지에게서도 희진의 모습이 엿보였다.

희진의 옆에 서 있는 청년 모습의 그는 지금보다 더 풋풋하게 느껴졌다. 고등학생? 아니면 대학생? 됐다, 내가 이걸 고민해서 뭐 해.

정원은 부질없는 생각을 지우듯 고개를 흔들며 폭신한 소파에 몸을 묻었다.

희진이 중학생 때 어머니가 돌아가셨다고 했으니, 아마도 이 사진이 마지막 가족사진일지도 몰랐다.

그녀의 아버지 부고 소식을 들은 건 부산에 발령을 받고 내려간 지 얼마 안 된 어느 날이었다. 망연자실하고 있을 친구를 위해서 당연히 비행기에라도 몸을 싣고 왔어야 했지만, 학교에서 첫 담임을 맡고 수련회에 묶인 몸이라 자리를 뜰 수 없었다.

어쩌면 민혁과는 애초에 만났을지 모를 인연이었다. 순서가 엇나가지 않았다면 주연처럼 오빠라 부르며 잘 따랐을 수도.

정원은 다시 한번 제 생각을 털듯 짧은 도리질을 재빠르게 반복했다. 최근 들어 시도 때도 없이 그를 의식 안으로 불러오는 제가 못마땅했다.

지난주부터 청연건설로 출근 중이었다. 다행히 그의 얼굴을 볼 기회는 없었다. 일에 정신이 팔리다 보니 그곳이 청연건설인지 마인드스토리인지 느낄 새도 없었다. 그러나 하루에도 두어 번씩 광고 기획실에 드나드는 서지훈, 그의 얼굴을 보는 것은 고역이었다.

118

한 주 내내 끈덕지게 따라붙는 그의 시선을 따돌리기 위해 정원은 제 일이 남았음에도 진욱과 성환이 점심을 위해 자리를 뜰 때 급하게 따라나서야 했다.

어제 역시 두 사람이 나가고 없는 틈을 타 말을 걸어오는 그를 피해 한주에게 점심을 함께하자고 청했다.

저보다 서너 살이 많은 한주는 시원스레 탁 트인 성격이었다. 경험에서 오는 것이 다르기도 했다. 일에서도 배울 게 많은 여자였다.

그러나 더 이상 이렇게 피할 수만은 없었다. 정원의 깊은 한숨 소리가 카페 유리를 칠 듯 거칠게 새어 나왔다.

"웬 한숨?"

"복식 호흡 중이었어."

때마침 들어오는 주연을 향해 정원이 생긋 웃음을 만들어 보였다.

"청연선설로 출근한다더니, 연일 얼굴이 파김치인 거 알아? 민혁 오빠가 그렇게 부려 먹어?"

"그런 거야? 내가 백 좀 써 줄까?"

뒤따라 들어온 희진이 포트를 전선에 꽂으며 물었다.

"너희 오빠 얼굴 볼 일은 거의 없어. 아파트 광고가 처음이다 보니까 숨이 차는 거지. 게다가 처음 하는 거치고 스케일이 너무 커."

"오빠가 힘들게 하면 말해. 너 하나 정도는 내가 키워 줄 수 있으니까. 오르고 싶은 자리까지 쭉쭉 출세시켜 줄게."

의기양양한 희진의 말에 정원과 주연은 동시에 풋 하고 웃음을 터트렸다.

"왜, 내 능력 못 믿겠어?"

"아니. 오빠를 닦달할 네 능력이야 충분히 믿지. 다만, 공과 사가 확실한 오빠가 네 등쌀 속에서 차라리 삶을 포기할까 겁나는 거지."

"그렇겠지? 차민혁에겐 통하지 않겠지?"

주연의 말에 희진이 한 손으로 제 턱을 받치고 꽤나 심각하게 말을 받았다. 동시에 두 사람이 다시 웃음을 터트렸다. 한집에 둥지를 틀고 있는 세 사람의 즐거운 일상이었다.

청연건설 사옥 5층 홍보실 바로 옆에 '청연 올렌티아 광고 기획 팀'이라는 간판이 붙어 있었다.

"본부장님께서 오늘 출장이 잡히셔서 1차 시안은 내일 보자고 하셨습니다."

지훈이 월요일마다 있는 오전 주간 미팅을 마무리 지으며 덧붙였다.

"이후 시간은 여유를 좀 즐겨도 되는 건가요?"

진욱이 노트를 덮었다.

"네. 지난 한 주 퇴근도 늦으셨고 힘드셨을 텐데 오늘은 일찍 나가셔도 눈감아 드리겠습니다."

"그럼 서 팀장 믿고 오늘은 아버지 병원에 들렀으면 하는데."

"그러십시오. 다들 밀린 일 있으시면 보셔도 됩니다. 단 점심시간은 넘기셔야 저도 다른 홍보실 직원에게 면목이 섭니다."

지훈의 말을 끝으로 정원은 테이블에서 급하게 일어섰다.

"서정원 씨."

보는 이목이 많았다. 정원이 공손하게 그를 향해 돌아섰다.

"네, 팀장님."

"오늘 점심 같이하죠. 할 이야기도 조금 있고."

"여기서 마무리하시죠."

결국은 까칠한 목소리가 새어 나왔다. 진욱과 성환이 힐끗 눈치를 보며 슬그머니 자리에서 일어났다.

"업무 이야기 아닙니다. 아, 다들 아시죠? 서정원 씨하고 저, 동향인 거."

지훈이 그들의 향해 거리낄 것 없다는 소리를 일부러 높여 말했다.

"동향? 고향이 어딘데요?"

사무실을 나서다 말고 한주가 돌아서 관심을 나타냈다.

"이천입니다."

"경기도 이천? 경기도 이천이면 다들 그렇게 친근해? 한동네였어?"

"네, 같은 동네에서 자랐습니다."

"그랬어? 그런데 왜 그동안 알은체 안 했어?"

"계속 알은체했습니다. 공적인 자리 외에서."

"공적인 자리 외에서라. 오호."

한주가 흥미롭다는 시선을 던진 후 옆에 있던 성환에게 말했다.

"그럼 나중에 점심은 우리 둘이서 해야겠는데?"

"어떡하죠? 여친이 회사 앞으로 오기로 했는데."

"알았네요, 알았어. 그럼 나는 내 본적지에서 밥을 먹어야겠네요. 자, 그럼."

한주가 나가고 뒤이어 성환이 나가 버렸다. 정원은 모두가 떠나고 둘만 남아 휑한 회의실이 갑갑해졌다.

"죄송하지만 팀장님. 오늘 점심 선약 있어요."

"잘됐네. 그렇지 않아도 저녁이 더 좋았거든. 5시 30분 로비에서 보자."

급한 일이 있는지 손목시계를 확인한 그는 그녀의 답도 듣지 않고 빠르게 회의실을 벗어났다.

차라리 점심 식사에 따라나설걸 하는 뒤늦은 후회가 밀려왔다. 오후엔 희진이 원내 선생님들과 회식이 있다고 해서 그녀를 대신해 예슬을 데리러 가야 했다.

다들 이른 퇴근을 생각하는지 회의실을 빠져나온 이들은 모두 정신 없이 각자의 일에 빠져 있었다.

정원은 기획실장 영석에게 전화를 걸어 과거 대망의 아파트 광고 영상물을 부탁했다. 오전 내내 자료실에서 시간을 보내고 돌아오니 다른 이들의 책상이 깨끗하게 비워져 있었다.

혼자 먹기도 뭐해서 점심을 건너뛰고 들고 온 자료를 분석했다. 많은 자료에 정신이 뺏겨 시간 가는 줄도 몰랐다. 시간을 확인한 정원이 급하게 가방을 챙겨 들었다. 어린 예슬을 기다리게 할 수 없었다.

엘리베이터에서 내려 1층 로비를 걷던 정원은 멀찌감치 서 있는 지훈을 보고서야 오전의 일을 깨달았다.

"이른 퇴근 괜찮다고 했는데, 융통성 없는 건 여전하구나."

로비의 벽시계가 6시 5분을 지나고 있었다. 그의 말처럼 정확히 6시에 자리에서 일어난 정원이었다. 지훈이 그대로 자신을 지나치는 그녀의 팔을 잡았다.

"놔."

웬일인지 이번엔 스르르 팔이 풀렸다.

"저녁 같이하자고 했잖아."

"그래, 하자고 했지. 그런데 난 한다고 한 적 없어."

"나 피하는 거야?"

정원은 획 하고 돌리던 몸을 멈추고 천천히 지훈을 바라보았다.

"몰라서 묻는 거야?"

"왜?"

"같이 밥 먹고 싶지 않으니까."

"그러니까. 왜?"

"밥은 편한 사람하고 먹고 싶어."

"내가 왜 그 편한 사람에서 제외된 거지?"

정원이 탁한 숨을 뱉어 냈다.

"넌 언제나 내게 그런 사람이 아니었어."

"서정원."

지훈은 다급하게 그녀의 이름을 불러 놓고는 다음 말을 잇지 못했

122

다. 짧은 침묵 뒤에 그가 다시 입을 열었다.

"사과할 시간은 줘야지."

"무슨 사과?"

"들었어. 우리 어머니가 부산까지 가서서 너 곤란하게 하셨다는 소리."

언제 적 이야기를. 헛웃음을 삼킨 그녀의 얼굴은 여전히 담담했다.

"그래서?"

"그 일로 네가 학교 그만뒀다는 이야기도 들었어."

"알았어. 사과받은 걸로 할게. 덕분에 출세해서 이런 대기업과도 일을 하고 있으니까 그만 잊어버려. 2년이나 지난 일이야."

제 할 말을 마친 정원이 그를 지나쳤다. 지훈의 손이 다시 정원의 팔을 콱 움켜잡았다. 그 눈빛이 이번엔 쉽사리 놓을 것 같지 않았다.

"이렇게 다른 여자 팔 함부로 잡아도 될 신분 아니잖아. 또 무슨 오해 받으려고."

"나 이혼했어."

정원의 눈썹이 재빠르게 치켜올랐다. 이내 아랫입술을 질끈 깨문 정원의 낮은 목소리가 으르렁거리듯 새어 나왔다.

"그쪽 와이프 생각은 단 한 번도 해 본 적 없어. 또 어디선가 지켜보고 계실 당신 어머께 머리채 잡히고 싶지 않으니까 이거 놓으라고."

"내가 너한테 입이 열 개라도 할 말이 없다는 건 알아. 그래도 한번 들어는 줄 수 있잖아. 그리고 이야기는 해야 하잖아. 어디 가서 이야기할 거야? 누구한테 할 거냐고. 나한테 해. 매번 너 혼자 꾸역꾸역 삼키지 말고 퍼부어. 나한테 퍼부으라고. 그런 일을 당해 놓고 왜 따지러 오지도 않았어?"

"서지훈 팀장님. 이거 놓으시라니까요. 지금 저 목 빠지게 기다리는 사람 있거든요."

정원이 그의 팔을 힘껏 뿌리쳤다. 그래도 지훈의 손에서 팔은 자유로워지지 않았다. 그녀의 자유로운 한 손이 지훈의 손가락을 억지로 잡아 풀려는 순간이었다.

누군가의 큰 손이 정원의 팔을 잡고 다른 한 손이 지훈의 팔목을 비틀어 떼어 냈다.

"서 팀장, 회사 내에서 당당하게 일하라고 일렀다지만 이런 모습 너무 자주 보이면 곤란해. 다른 사람들 시선도 조금은 신경을 써야지."

목소리의 주인은 민혁이었다. 로비 1층, 퇴근하는 사람들의 시선을 꽤 모은 상태였다.

당황한 지훈을 뒤로하고 민혁은 정원의 팔을 잡은 채로 로비 정문을 향해 걸었다. 정원은 종종걸음으로 그를 따라야 했다.

"차 문 열어."

로비 밖에서 기다리고 있던 김 비서가 뒷문을 열어 주었다. 정원은 민혁의 손길에 밀려 뒷좌석에 올라탔다. 따라 차에 오르는 민혁의 뒤로 지훈의 모습이 보였다. 제 얼굴만을 쫓아오는 그의 안타까운 눈빛에 마음이 아렸다.

그의 죄였다.

그곳에서 태어난 죄. 그런 어머니를 둔 죄.

그리고 자신의 죄였다.

같은 곳에서 태어난 죄. 그런 집안을 배경으로 둔 죄.

"아저씨, 누구예요?"

"꼬마 소개부터 하시지."

"저 꼬마 아니고 예슬인데요."

"나 아저씨 아니고 오빤데."

"피, 거짓말."

예슬이 입술을 삐죽거렸다.

"거짓말 아닌데."

"한참을 늙었는데, 어떻게 예슬이 오빠가 될 수 있어요?"

"늙었어? 그런 말 처음 들어 보는데. 예슬이 눈이 나쁜가?"

"예슬이 오빠 하기에 늙었다고 하는 말이에요."

"예슬이 오빠라고 하지 않았는데? 나 예슬이 선생님 윤희진 오빠인데."

"아, 그렇구나."

예슬이 조그만 입술을 한껏 벌리고, 고개를 끄덕거렸다.

"아 그렇구나, 하고 끝내면 안 되지. 예슬이처럼 귀엽고 착한 아이는 죄송합니다, 늙었다고 해서 삼촌 마음 상하게 했습니다, 하고 사과해야 하는 거야. 그래야 윤희진 선생님의 착한 제자지."

"죄송합니다. 희진 신생님 오빠, 전혀 안 늙으셨어요. 그리고 삼촌 정말 잘생겼어요."

주방 안에서 두 사람의 대화를 듣던 정원의 입이 벙긋 열렸다. 어른이든 아이든 자신이 의도한 대로 대화를 풀어 가는 그의 재주에, 그가 누구인 줄 알고는 금세 태도를 바꾸는 예슬의 깜찍함에 절로 고개가 저어졌다.

엉겁결에 그의 차에 올라탔다. 얼마지 않아 정신을 차린 정원이 차를 세워 줄 것을 부탁했다. 그러나 오늘 볼일은 합정동이라는 민혁의 짧은 답만 들었다. 희진과 미리 연락이 된 건지 차는 집이 아니라 희진의 근무하는 유치원으로 바로 향했다.

유치원으로 가는 30여 분 동안 정원은 좁은 차 안이 그렇게 불편할 수가 없었다.

처음 타 보는 검정 세단의 뒷좌석은 꽤 넓었지만 옆에 앉아 있는 그의 존재가 자신을 압박하고 있었다. 목적이 합정동이라던 말 이후 예슬을 태우고 집에 도착하기까지 단 한마디 말도 없는 그가 무던히 신경 쓰였다.

집에 도착하자마자 기사는 트렁크 뒤에 실린 상자들을 주방으로 옮겼다. 기사의 말을 들어 보니 마산에 다녀오는 길이라며 내용물은 해산물이라고 했다.

"예슬아, 간식 먹어."

"네."

베란다로 옮겨 민혁과 도란도란 이야기를 이어 가던 예슬이 거실로 쪼르르 달려왔다.

"이건 홍차예요. 차민혁 씨 기호를 몰라서."

뒤따라 들어온 그에게 정원이 차를 내밀었다. 오늘 따라 그는 유난히 말이 없었다.

예슬이 과자 하나를 집어 먹으며 정원의 얼굴을 빤히 쳐다보았다.

"왜?"

"왜 정원 이모는 삼촌 이름을 막 불러요? 선생님 오빠면 삼촌이 이모보다 나이가 많지 않아요? 왜 오빠라고 안 불러요?"

모처럼 기분이 좋아 보이는 예슬에게 정원이 난감한 듯 웃어 보였다. 그의 한쪽 입술이 말려 올라갔다.

"어른들은 나이가 많다고 아무에게나 오빠, 언니라고 부르지 않아. 그게 실례일 수가 있어."

"아무나 아니잖아요. 선생님은 정원 이모 친구고, 삼촌은 선생님 오빠고. 친구 오빠면 오빠 맞는데? 나도 지원이 오빠에게 찬민이 오빠라고 하는데?"

"예슬이 말이 맞아. 친구 오빠면 오빠라고 부르는 거야. 역시 윤희진 선생님 제자 맞구나. 정말 똑똑한데?"

민혁은 예슬의 머리를 쓰다듬으며 칭찬을 아끼지 않았다.

"예슬이도 아는 걸 왜 정원 이모는 모를까? 유치원 다닐 때 안 배웠나?"

만면에 웃음을 드러내며 즐기고 있었다.

"차……."

정원이 그의 이름을 크게 부르려다 말고 입술을 꾹 다물었다.

"오늘부터 호칭 개정하지. 민혁 오빠로. 안 그래도 요즘 내 이름 함부로 부르는 사람은 서정원 씨뿐인데."

"그만하시죠. 본부장님. 생각만 해도 기분 별로니까."

미처 잊고 있던 호칭을 겨우 찾았다.

"집에 와서 사내 직함을 사용하는 건 또 무슨 예의지? 예슬이 머리 아프겠는데?"

"이모, 방에 들어가서 간식 먹어도 돼요?"

"그럼, 이모랑 같이 올라갈까?"

예민한 아이였다. 괜히 눈치를 보게 한 것 같아 미안한 마음에 정원이 따라 일어섰다.

"혼자 책 읽으면서 과자 먹을래요. 그리고 기분이 별로일 때는 잠을 푹 자고 일어나면 괜찮다고 아빠가 말해 줬어요. 그러니까 이모도 삼촌이랑 싸우지 말고 푹 자요."

똘망똘망한 눈빛으로 민혁과 정원을 차례로 돌아본 예슬이 접시를 들고 희진의 방으로 향했다. 벙긋 입만 벌리고 있는 그녀를 보며 민혁이 낮은 웃음소리를 냈다.

"왜 괜히 아이 불안하게 그럽니까. 그냥 좋게 한번 부르고 말지."

"본부장님이야말로 정말 왜 그러세요. 별로 친하지 않아서 그런 거라고 한마디만 해 주면 알아듣잖아요."

"우리가 별로 친하지 않습니까?"

몰랐던 사실이라는 듯 그가 어깨를 으쓱여 보였다.

"영민한 아이 같은데. 그렇게 얼버무리면 또 무슨 말을 해 올지 모를 텐데?"

"차민혁 씨."

"거참, 호칭 좀 통일하지. 듣고 있는 나도 헷갈리잖아."

그의 웃음소리가 거실을 울릴 때였다.

"민혁 오빠, 언제 왔어?"

대문 소리도 없이 언제 들어왔는지 주연이 현관에 서 있었다.

"주연아, 왔어?"

정원이 소파에서 얼른 일어서 주연을 맞았다.

"응. 오빠, 어쩐 일이야?"

"마산에 출장 갔다가 해산물 좀 가져왔어."

"잘됐다. 오늘 내가 식사 당번인데. 저녁 먹고 갈 거지? 얼른 옷 갈 아입고 식사 준비할게."

주연은 소파로 오다 말고 빠른 걸음으로 다시 2층 계단으로 향했다.

"주연아, 오늘은 내가 준비할 테니까 본부장님이랑 말씀 나누고 있 어."

정원이 주연을 불러 세웠다.

"그럼 그럴까?"

"아니. 지금 나가 봐야 해."

두 사람의 대화를 깨고 민혁이 일어섰다.

"식사는 해야 하잖아."

"본가로 들어가 봐야 해. 서정원 씨, 차 잘 마셨어요. 그리고 다른 아가씨들과 호칭 통일하는 것도 고려해 보시길."

정원을 향해 제 할 말만 남긴 채 민혁은 현관으로 향했다. 주연은 그를 배웅해 주려는 것인지 곧장 따라갔다.

대문 앞에 세워진 그의 차에 전조등이 들어왔다. 전조등은 한참을 꺼지지 않았다. 정원의 머릿속에 생각이 하나둘 늘어 갔다.

"다시 하죠."

정원의 눈이 한순간 반짝거렸다.

"어디가 마음에 안 드시는지 구체적으로 알고 싶습니다."

말은 공손했지만, 말투에서 묘한 전의가 묻어났다. 같은 장면의 콘티가 벌써 세 번째 물을 먹고 있다.

첫 콘티는 진욱과 콘티라이터 성환을 포함한 모두가 있는 자리에서 검토를 받았다. 단 한마디, '다시 하죠'가 다였다.

누구도 그의 말을 거부할 수 없었다. 광고가 완성되기까지 청연건설로 출퇴근하는 마인드스토리 직원들은 홍보실 직원들의 직급에 기준하여 진욱은 팀장, 성환은 대리 그리고 정원에겐 신입 사원 월급을 따로 지급 받는 것으로 계약이 이루어졌다. 즉 광고주와 광고대행사의 관행적인 계약 외에 지급 받는 인센티브인 셈이다.

누 직원의 월급을 청언에서 지급하니 마인드스토리의 대표인 진욱에겐 더할 수 없는 성과금이었고, 성환과 정원의 입장에선 마인드스토리의 월급에 비교할 수 없는 금액이니 표면적으로는 광고 제작 기간이 길어져도 손해 볼 것은 없었다.

다른 계약을 물고 있지 않은 진욱은 마음이 느긋했다. 1차 광고가 나가는 순간 광고 수익금과 인센티브가 따로 지급되는, 광고대행사에서 보기 드문 파격적인 조건이었다.

시즌 4까지 제작 예정되어 있는 청연건설의 광고 하나만 잘 해내면 몇 년 동안 다른 광고를 제작하지 않아도 되었다.

무엇보다 이 건은 진욱을 광고계에서 제대로 된 입지를 다지게 해줄 터였다. 그러나 앞서 민혁이 이야기했듯 1차 광고에서 대중들의 호응을 불러오지 못한다면 그동안의 수고는 한순간에 백지화되고 아이디어만 남발한 채 다른 업체와 다시 재경합을 해야 했다.

하지만 진욱은 한 번도 그런 앞날을 생각해 본 적이 없었다. 그러니까라면 까야 했다. 첫 콘티를 물먹인 민혁은 그날 사무실을 나서며 말했다.

"수정 콘티는 앞으로 서정원 씨가 직접 내 방으로 들고 오도록."

단 한마디도 토를 달 수 없었다. 첫 콘티의 가장 문제점이 카피에 있었다는 것을 스스로도 알고 있었다. 그렇게 두 번째 콘티도 물을 먹었다.

이번에는 그에게 OK 사인을 받고 말겠다는 다짐으로 수정한 콘티를 가지고 본부장실로 찾아갔다. 그는 가만히 앉아 콘티 노트를 보더니 데스크 위에 탁 소리 나게 내려놓으며 말했다.

"장면과 흐름은 좋아."

"그런데요?"

"그럴수록 카피가 묻혀."

결국은 또 카피가 문제였다.

"임팩트가 부족해."

"구체적으로 어떻게 부족한지 납득이 가지 않아요. 추구하고자 하는 콘셉트가 편안함과 안락함, 아니었나요?"

제 얼굴에 닿는 그의 느긋한 시선에 속에 찬 열이 얼굴로 올라왔다.

"서정원 씨, 노래 가사 작업한 적이 있다고 그랬죠."

갑자기 그 얘기는 왜 꺼내는 것인지. 갑작스러운 주제에 눈썹이 움찔거렸다.

"……잠깐 취미 삼아."

"발라드였습니까?"

"……네."

"하이라이트."

"네?"

"곡의 클라이맥스와 사람들의 입이 기억하는 가사가 일치하나요?"

말뜻을 알아차리려는 정원의 눈동자가 바쁘게 움직였다.

"제목은 기억하지 못해도 기억에 남는 노래 가사 한 구절은 입에 남아 있죠. 그것이 곧 클라이맥스와 일치하는 경우도, 그렇지 않은 경우도 있죠. 노래를 만든 사람이 주장하는 임팩트와 대중이 선호하는 임팩트가 일치하느냐 않느냐는 차이이기도 하고."

모호하던 의미가 그의 설명이 이어 갈수록 뚜렷한 형태를 만들어 갔다. 정원은 그가 하고 싶은 말이 어떤 것인지 알 듯했다.

"발라드라……."

짧은 침묵을 앞에 두고 그가 다시 입을 열었다.

"청연 올렌티아를 주인공으로 두고 감성을 키워 보면 어떨까요. 이한주 실장이 반할 정도라면 가능하지 않겠습니까. 처음부터 마음에 들지 않았던 청연건설이었다고 부러 그러진 아닐 테고."

"말도 안 되는 억지 부리지 마세요. 할 수만 있다면 차민혁 씨 마음에 쏙 드는 카피 당장이라도 만들어서 얼른 이곳을 벗어나는 게 소원인 사람이거든요."

매일 출근하는 곳이 청연건설임을 잊었다. 때때로 그것이 억울할 때도 있고 발끈하게 만들기도 했다.

"서정원 씨는 지남력이 다른 사람보다 조금 떨어지나 봅니다. 회사와 집이 그렇게 구분이 안 되나."

서늘하고 차가운 말투였다. 정원이 주춤했다.

"상대방 말에 대한 문맥 이해력도 떨어지고?"

회사라는 사실을 깜빡했다. 아무리 열이 받는다고 상사의 이름을 부르다니. 도를 넘어섰다.

그러나 그 역시 상사의 도를 넘어섰다. 언제나 그의 인중에 가 있던 시선을 옮기자 민혁과 눈을 마주했다.

그는 그녀가 무슨 말을 내뱉을지 내심 궁금해졌다.

"갑자기 본부장님께 사적인 관심이 생기는군요. 왜 검사를 그만두셨는지. 이 자리보다 그 자리가 훨씬 어울리실 것 같은데."

민혁의 미간에 미세한 주름이 생기다 이내 사라졌다.

"상대방으로 하여금 원하는 답을 말하게 하는 재주, 좋은 능력이죠. 그러나 잘못한 게 없어도 죄를 지은 사람처럼 느끼게 하는 못된 재주는 어쩔 수 없는 직업병인가요?"

독설을 앞에 두고 그의 표정은 덤덤했다. 정원은 그런 그의 반응에 약이 올랐다.

"타고나길 그렇다면 저 역시 생각해 볼 일이에요. 사람을 울리는 감성을 타고났는지, 주변이 만들어 준 상황에 수저만 얹었던 건지."

여전히 무덤한 그의 표정이 더 해 보라는 듯 부채질을 하고 있었다.

"자신의 일에 관해선 역시나 인정하고 싶지 않은 건가요. 아니면 본부장님 역시 문맥 이해력이 떨어지든지."

정원은 데스크 위에 놓인 콘티 노트를 집어 들었다. 꾸벅, 인사를 한 후 몸을 돌렸다. 그대로 본부장실을 나가려는 그때였다.

"원 나잇 상대에 전 애인까지, 상대하기 불편한 남자들이 주변에 너무 많은 건가. 그래서 생각만큼 일이 진척되지 않는 거고?"

갑작스러운 민혁의 말에 노트가 툭 하고 바닥으로 떨어져 내렸다. 놀란 마음을 에써 숨기며 몸을 돌려 민혁을 바라보며 한쪽 입꼬리를 올렸다.

"연애 경험 있는 여자들은 사회생활을 다 접어야겠네요. 게다가 일이 진척되지 않는다는 건 억지죠. 본부장님이 딴지만 거시지 않으면 충분히 진행하고도 남았을 거라 생각하는데요."

평온을 가장하는 입술이 조금 떨려 왔다. 당황함인지 분함인지 구분할 수 없었다.

"내가 지금 일부러 콘티를 계속 백 시킨다고 생각하고 있는 건가?"

자리에서 일어난 민혁이 데스크를 돌아 노트를 집어 들었다.

"그럼 서정원 씨가 말해 봐요. 현란한 광고 영상에 묻어 갈 생각 말고, 완성된 청연 올렌티아의 건물이 정지 화면으로 섰을 때, 단 한 줄의 카피로 어떤 문구를 걸고 싶은지."

데스크에 노트를 올려 둔 민혁이 정원을 바라보았다. 침잠한 그의 눈빛에서 알 수 없는 위협이 느껴졌다.

"십수 억에 이르는 아파트를 살 수는 없어도, 발걸음 떼지 못하도록 마음을 잡는 문구는 뭔지. 살 수 없으면 포기해야 하는데, 그 포기가 안타깝도록 미련을 못 버리게 하는 문구가 뭔지."

자신 있게 내걸 수 없는 문구가 없다. 그걸 모르지 않기에 비참했다. 비참한 만큼 그의 도발에 넘어가고 있었다.

"본부장님께서 사적인 일로 절 몰아붙이고 계시니까 드리는 말이었어요. 그리고 전 애인이라니. 무슨 말씀을 하시는지 모르겠는데요."

"서 팀장으로부터 당신이 첫 여자라는 말을 들었는데. 내가 상식적으로 해석하지 못한 건가."

며칠 전 한주와 점심을 하러 가던 중 로비에서 지훈과 맞닥뜨렸다. 한주는 민혁의 의사도 묻지 않고 지훈에 성큼 다가가 식사를 청했다. 그녀는 가게에 들어가 앉자마자 궁금해하던 정원과의 일을 물었다.

"같은 동네에서 자란 게 다야?"

"……."

"노코멘트가 더 위험한데. 상상에 맡기면 안 될 텐데?"

"첫 여자였습니다."

"첫 여자? 첫사랑도 아니고 첫 여자라니, 묘한데?"

"그리고 마지막 여자였으면 좋겠습니다."

정원의 얼굴이 순식간에 굳어 갔다.

"설사 그런 관계였다고 해도 지난일이에요. 이미 과거의 인연들 따위에 흔들릴 일은 없어요."

무의미한 실랑이였다. 조금 전까지 목소리를 높여 자신의 의견을 주장하던 모습은 어디 가고 전의를 상실한 목소리는 낮고도 가냘팠다.

그러나 서지훈이란 이름 하나에 바뀐 그녀의 태도가 민혁을 자극했다.

"서정원 씨가 말하는 그 인연들 따위엔 나까지 포함이 된 건가?"

어느새 민혁이 그녀의 앞에 섰다. 뒤에 놓인 소파가 그녀가 더 이동할 수 없도록 막고 있었다.

"흔들일 일은 없다니 다행이지만, 장담할 수 있어?"

빠르게 다가온 그의 손이 그녀의 허리를 감았다.

"무슨 짓이에요?"

"어쩌지? 당신의 심장은 다른 말을 하고 있는데."

"이것 놓지 못……."

한순간에 덮쳐 온 입술이 그녀의 말을 막았다. 가차 없이 뚫고 들어온 그의 혀가 거침없이 그녀를 감아 왔다. 몸부림을 치던 정원은 생각지 못한 통증에 이내 반항을 멈추었다.

그녀가 순해지자 그의 키스도 금세 부드러워졌다. 그의 의도가 뭔지 파악할 틈도 없이 정원은 아득해지는 정신을 놓지 않으려 안간힘을 썼다. 잡고 있던 민혁의 셔츠가 구겨지는 순간이었다. 그의 입술이 갑자기 떨어져 나갔다.

민혁이 비틀거리는 그녀의 팔을 잡아 바로 세웠다. 짙고도 뜨거운 눈빛에 델 것 같았다. 민혁은 잡고 있던 정원의 오른손을 그녀의 왼쪽 가슴 아래에 가져다 댔다.

"파동이 대단하지 않나?"

팔딱거리는 심장 박동으로 손바닥이 살짝 움직였다.

"무기력하고 무료한 일상은 감성도 떨어뜨리지. 활력이 필요하거든 언제든 찾아오도록 해요. 언제든 동참해 줄 테니까."

말을 마친 그가 사무실 문을 향해 손을 뻗었다. 키스를 당했다는 모멸감보다 돌아서 나올 때 떨리던 다리가 더 경멸스러웠다.

휘어잡은 문손잡이에 들어간 분노가 큰 소리를 내며 문을 닫았다.

이 대리의 놀란 눈을 뒤로 하고 비서실을 빠져나왔다.

나쁜 자식. 뺨을 날리기는커녕 아득하게 반응하며 휩쓸린 제가 더 미웠다. 같은 사람에게 이렇듯 다른 감정을 느낄 수 있다니.

정원은 데스크 앞에서 업무에 집중해 있는 그를 접할 때마다 언뜻언뜻 뉴욕에서의 일이 떠오르곤 했다. 그 이유가 아직도 그를 제대로 바라보지 못하게 했다.

그리스 신화에 나오는 아폴론은 얼어 죽었다. 그는 아레스였다. 잔인하고 못된 신, 아레스.

화창한 가을 기운을 머금은 금빛 햇살이 거실 깊숙이 들어차 있었다.

"이모. 주연 이모."

베란다 발코니에 바싹 붙어 흐드러지게 피어 있는 꽃을 바라보던 예슬이 주연을 급하게 불렀다.

"왜?"

거실 소파에 앉아 읽고 있는 책에서 눈을 떼지 않으며 주연이 건성으로 대답했다.

"이 꽃 이름이 뭐예요?"

"재스민."

"재스민은 왜 이렇게 이상한 냄새가 나죠?"

"이상해? 이모는 좋기만 한데?"

예슬의 질문이 이어지자 주연은 읽던 책을 테이블 위에 올려 두고 예슬이 있는 발코니 쪽으로 향했다.

"이상해. 머리가 아파."

"그렇게 꽃송이에 깊숙이 코를 가져다 대지 말고 조금 떨어져서 맡으면 좋은 냄새가 나."

예슬이 꽃에서 얼굴을 떼고 한 걸음 뒤로 물러섰다.

"꽃잎 뜯어도 돼요?"

"안 돼."

"왜 안 돼요?"

딱 잘라 말하는 주연의 단호한 말에 예슬이 눈을 빛냈다.

"꽃이 아파하니까."

"꽃이 아파해요?"

"누가 예슬이 팔을 꼬집거나 잡아당기면 아픈 것처럼 꽃도 아야 해."

주연은 진작부터 귀찮았던 마음을 작은 한숨으로 삼켰다.

"흐응, 아야 하는구나."

그 말을 하는 동시에 예슬이 꽃 서너 송이를 잡아 톡 하니 떼어 버렸다.

"야, 송예슬."

"꽃이 아프다고 안 하는데요?"

"요게. 예쁘다, 예쁘다 해 주니까 어른을 가지고 놀아."

주연이 예슬의 머리를 콩 하니 쥐어박았다.

"왜 때려요? 아프잖아요!"

"네 머린 아프면서 꽃을 그렇게 쥐어뜯었으니 꽃은 안 아프겠어?"

"아프다고 안 하잖아요."

"꼭 말을 해야 아픈 줄 알아?"

약이 오른 주연이 예슬의 이마를 다시 한번 손가락으로 튕겼다.

"왜 때려요? 말을 안 하는데 어떻게 알아요? 예슬이는 아프다고 말을 해도 아무도 모르던데."

기어코 예슬이 울음을 터트렸다.

"뭘 잘했다고 울어? 그럼 묻기는 왜 물었어? 처음부터 그냥 뜯지.

아주 조그만 게 못됐어."

"예슬아, 무슨 일이야?"

방으로까지 들려오는 예슬의 울음소리에 정원이 급히 뛰어나왔다.

"우리 예슬이 왜 울어?"

예슬은 정원이 등을 쓸어 오자 더 큰 소리로 울어 댔다.

"주연이 이모가 내 이마를 때렸어요. 그리고 손가락으로 아프게 튕겼어요."

정원의 어리둥절한 표정에 주연은 고개를 잘래잘래 저으며 소파로 가서 다시 책을 집어 들었다.

"주연이 이모가 그럴 사람이 아닌데 왜 그랬을까. 우리 착한 예슬이를."

"주연이 이모는 저보고 못된 아이래요."

"못된 아이지. 착한 아이기 악한 꽃송이를 그렇게 쥐어뜯어?"

책에 눈을 박은 채 주연이 다시 큰소리를 냈다.

"어린아이를 때린 이모는 못된 어른이에요."

눈이 마주친 정원과 주연이 동시에 풋 하고 웃음을 삼켰다. 때마침 마트에 다니러 갔던 희진이 거실로 들어섰다.

"선생님!"

"아주 이산가족 상봉이 따로 없네."

"주연이 이모 미워요."

빈정대는 주연에게 눈길을 주며 예슬이 큰 소리로 말했다.

"나는 네가 무섭다."

예슬은 희진이 사 온 아이스크림을 먹고야 겨우 진정이 되었다.

"넌 왜 어린애랑 아웅다웅이야? 그렇지 않아도 심리가 불안정한 애를 그렇게 울려야 해?"

낮잠에 빠진 예슬을 제 침대에 눕히고 나온 희진이 조용히 주연을 나무랐다.

"누구보다 영민한 애야. 어떻게 하면 자신에게 관심이 쏠릴지 빠르게 파악하고 있어. 그거 자꾸 받아 주다간 애 성격 버린다."

대꾸할 가치도 없다는 듯 주연은 책에서 눈을 떼지 않고 심드렁하게 말을 이었다.

"어른도 낯선 환경에서 힘들 건데, 하물며 어린애가."

"그러게. 아이 아빠 어쩌고 여기서 벌써 며칠째야."

기어코 주연은 소리 나게 책을 내려놓고 희진의 정면으로 앉았다.

"안 그래도 너한테 물어보고 싶은 게 있어. 실은 예슬이 아빠 소아과에 문제가 좀 생겼거든."

"문제?"

"응. 진료 받으러 온 아이에게 간호사가 주사약을 잘못 투약했대."

"뭐?"

정원과 주연이 동시에 소리를 질렀다.

"늘 써 오던 항생제였는데 약 케이스를 잘못 뜯어서 사용했나 봐. 다행이라면 다행인지 저녁이라 환자가 많지는 않아서 잘못 맞은 애가 두 명밖에 없었대."

"무슨 말 같지도 않은 소리를."

툭 털어진 입을 겨우 다물고 정원이 중얼거렸다.

"근데 하필 그 간호사가 제대로 된 자격증이 없었다나 봐."

"가지가지 하네. 도대체 예슬이 아빠 간호사를 어떻게 뽑는 거야?"

주연이 혀를 찼다.

"간호 학원을 다니긴 했는데 수료를 못 했대. 자격증을 위조했다나 봐. 예슬이 아빠도 이번 사건이 터지고 알았대. 정원이 환영 파티 하던 그날, 경찰소에서 갑자기 호출 받아 가느라 내게 연락한 거였고."

"변호사는 구했어?"

"나도 잘 몰라. 이 이야기도 다른 원생 부모님께 들었어. 예슬이가 낯선 사람하고 안 있으려고 떼를 쓰니까 너무 미안해하면서 부탁해 오신 거야."

"돌봐 줄 다른 친척들은?"

"근처에 할머니 내외가 사시는데. 마침 회갑연 여행을 떠나셨대."

"오늘 이 부녀가 여러 가지로 날 어이없게 하네."

주연이 또 고개를 잘래잘래 흔들었다.

"법 쪽으로는 네가 낫지 싶어서 물어볼까 하다가 괜히 민폐 끼치는 것 같아서."

"민폐? 하! 정원아, 지금 얘가 나보고 민폐라고 그랬니?"

"희진이 제 일이 아니라 그런 거겠지."

"우리 원생들 집안에 문제 생길 때마다 네게 부탁할 수도 없잖아."

희진이 얼른 정원의 말을 받아 덧붙였다.

"민폐 운운하면서 애도 키워 본 적 없는 집에 애는 왜 업고 들어와."

"원에서도 그렇고 요즘 예슬이 상태가 안 좋아서 나도 답답해."

"예슬이는 왜 저렇게 까칠해? 무슨 일이 있었어?"

정원이 걱정스레 물었다.

"맹장 터지기 전날 예슬이 아빠가 빠질 수 없는 학회가 있었대. 예슬이 봐주는 아주머니가 좀 더 계셔 주시기로 했는데 약속 시간 다 되니까 30분 있으면 아빠 올 거야 하면서 애만 두고 가 버렸나 봐. 하필 예슬이 아빠는 조금 늦게 모임이 끝났고."

희진은 지금 생각해도 혼자 아파했을 예슬이가 가엾고 안쓰러워 가만히 한숨을 내쉬었다.

"예슬이 혼자 거의 두 시간 동안 통증에 시달렸나 봐. 송 선생님이 집에 와 보니까 거의 탈진 상태였대. 그 뒤로 그냥 응석이 좀 늘었나 했는데, 소아정신과의 말로는 불안 증세가 심하다고."

"여섯 살밖에 안 된 애를 혼자 두 시간이나? 통증으로 혼자 뒹굴었다고? 그 아주머니 어떻게 된 거 아니니? 하루 잠깐 보는 사이도 아니었을 텐데."

정원이 벌컥 소리를 높였다. 지나치게 격앙된 그녀의 반응에 놀랐는지 주연이 소파 뒤로 몸을 살짝 뺐다. 저라면 모를까 평소의 정원답지 않았다.

희진에게 듣기로 어릴 때 엄마와 떨어졌다고 했다. 어릴 때의 제 감정에 이입이 된 건가 싶으니 이해가 갔다. 주연이 정원의 등을 가만히 쓸어내리며 희진을 바라봤다.

"쉽지 않은 문제야. 의료 고용 과실도 문제지만 잘못된 주사약을 맞혔다니. 병원 문을 닫아야 할 수도 있어. 예전에 비슷한 사건 담당한 선배가 있어. 연락해 볼게."

"고마워, 주연아."

"저 얄미운 꼬마 아가씨 이모 노릇이 쉬울 수가 있겠니."

주연은 예슬이 잠들어 있는 희진의 방을 향해 턱짓을 해 보이며 코를 찡긋거렸다.

어쩔 수 없이 영특하고도 얄미운 꼬마 손님에게 모두 정이 들어 버린 모양이었다. 거실은 온통 솔솔 불어오는 바람 따라 들어온 재스민 꽃향기로 가득했다.

5. 천하의 양아치

이 대리는 보이지 않고 비서실엔 비서실장인 승연 혼자 있었다. 정원은 그녀를 무시하고 바로 본부장실 문 앞으로 향했다.

"지금 본부장님……."

어깨 너머로 들려오는 승연의 목소리를 모른 척 짧은 노크를 했다. 그리고 안쪽 대답을 기다리지 않고 그대로 문을 열었다.

처음 이곳을 방문했을 때부터 은근히 자신을 무시해 오던 그녀였다. 잠시 머물다 가는 곳이니 신경 쓰지 않을 생각이었다.

그러나 며칠 전 콘티 시안을 들고 올라왔을 때, 그가 안에 있는데도 불구하고 문 앞에서 10분이나 기다리게 한 일은 그냥 넘어가 줄 마음이 없었다.

"제가 화장실 다녀온 사이에 들어오셨나 보네요."

민혁이 방의 안쪽에서 인터폰을 해 왔을 때 승연이 천연덕스럽게 뱉어 낸 변명이었다. 다시 생각해도 그녀의 어이없는 장난에 부아가 치밀었다.

이토록 자신을 무시하는데 이쪽 역시 더 이상 그녀를 그의 비서실장으로 대우해 줄 생각은 없었다.

"아!"

본부장실 안으로 한 발을 내딛은 정원이 짧은 비명을 내지르고 그대로 문을 닫았다.

정원은 쿵쾅거리며 울려 오는 심장을 제지하려 문 앞에 기대어 섰다. 호기심을 숨기지 않는 승연의 시선에 평정심을 짜내어야 했다

하지만 아무리 심호흡을 해 봐도 감정을 추스를 수 없어 본부장실을 뛰쳐나왔다. 그녀의 끈질긴 시선은 문이 닫힐 때까지 따라왔다.

'천하의 나쁜 자식. 여기저기 가는 곳마다 흘리고 다니는 양아치 같으니라고.'

승강기 안쪽에서 혼자 뱉어 낸 낮은 욕지거가 그대로 제 귀에 와서 박힌다. 답도 듣지 않고 불쑥 문을 열어 버린 제 잘못이었다. 그의 방에서 그가 어떻게 행동하든 그것은 그의 프라이버시일 뿐이었다.

✤   ✦   ✤

미처 알아차릴 사이도 없이 한주에게 넥타이를 휘어잡혔다. 민혁이 한주의 손목을 잡았다. 코앞까지 다가온 그녀의 입술이 소곤거리듯 말을 뱉었다.

"잠시 가만히 있어."

그녀의 뒤로 열리는가 했던 문이 이내 쾅 소리를 내며 닫혔다. 민혁이 한주의 손목을 거칠게 떼어 냈다.

"뭐 하는 짓이야."

"조금 전에 정원 씨 맞지? 제대로 오해했겠지? 자기랑 나랑 키스했다고?"

한주가 엄지를 세워 어깨 너머 문을 가리켰다.

"뭐?"

"계급장 떼게 해 주면 뭐 하는 짓인지 말할 테고."

매끄럽게 빠진 고양이 눈매가 어쩔 거냐는 듯 그를 빤히 바라보았
다.

"5분."

퉁명스런 말투가 땅으로 툭 하고 떨어졌다.

"차민혁 씨가 조금 솔직해지셨으면 해서."

"솔직해지다니."

"당신, 정원 씨에게 마음 있잖아."

그의 한쪽 눈썹이 짧은 순간 꿈틀거렸다. 그런 그의 모습을 놓칠 리
가 없는 그녀였다.

"무슨 소릴 하고 싶은 거야?"

"당신, 서 팀장 때문에 정원 씨 벌주고 있는 거 나 알거든."

그녀의 얼굴에 빙그르르 웃음이 떠올랐다.

지난번, 민혁과 점심 식사를 하기 위해 내려가다 우연찮게 지훈을
만났다. 정원과 동향이란 말에 호기심이 생겨 옆에 있는 민혁은 깜빡
잊은 채 무작정 그를 끌고 갔다.

그런데 지훈의 대답이 이어질 때마다 묘하게도 민혁의 표정이 달라
져 갔다. 정원이 마지막 여자였으면 한다던 지훈의 말이 결국 일격을
가했는지 식사하는 내내 말이 없던 그가 드디어 입을 뗐다.

"내가 알기론 서 팀장 유부남인 걸로 알고 있는데."

"이혼했습니다. 얼마 전에."

굳어 있던 그의 턱선이 앙다문 어금니로 하여금 실룩거렸다. 그 순
간 한주는 세 사람으로 인해 앞으로 꽤 흥미진진해질 것 같은 예감에
사로잡혔다.

"아니라고는 하지 마. 증거가 될 정황을 몇 가지나 읊어 줄 수 있으
니까."

직함을 떼면 민혁과 한주는 꽤 가까운 사이였다. 한주의 전 남편 태원은 민혁의 법학과 동기였고, 그녀 자신은 같은 학교 문예창작학과를 나왔다.

세 사람은 학교 시절 꽤 어울려 다녔던 친구였다. 사법 고시 공부를 위해 놀이터는 주로 도서관이었다. 한주는 그곳으로 음료와 과일을 챙겨서 뻔질나게 드나들었다.

비록 지금 두 사람은 이혼했지만 쿨하게 학교 동문의 연은 계속 이어 가고 있었다.

"심증에 해당하는 상황상 정황은 증거가 되지 못하지."

민혁의 말에 한주가 소리 나게 콧방귀를 뀌었다.

"남녀 간의 일에 물질적 증거를 대라는 건 말이 안 되니까 조용히 하시고, 이 선배가 충고할 때 잘 들어 둬."

소파로 다가간 한주가 느긋이 몸을 기댄 후 민혁을 불렀다. 손짓에 느껴지는 그녀의 거만함에 민혁이 헛웃음을 날렸다. 그러나 다소곳이 제 앞에 앉는 그를 보며 한주 역시 속웃음을 삼켰다.

"좋은 남자 하든지, 나쁜 남자 하든지 하나만 해. 유치해."

그의 미간이 살짝 구겨졌다. 유치하다는 말이 그를 거슬리게 할 것을 그녀는 알고 있었다.

"물론 정원 씨 카피에서 아직은 아마추어 느낌 나. 대신 때 묻지 않은 신선함이 숨어 있고. 그래서 마인드스토리로 정한 거잖아. 이런저런 시비 걸면서 닦달하지 말고 제대로 키워 줘."

민혁은 그제야 한주가 왜 자신의 방으로 쳐들어와 잔소리를 해 대는지 이해가 갔다. 며칠 전 정원과 있었던 실랑이를 들었던 모양이다.

"하긴, 그러고 싶으니까 비싼 돈 들여 나를 투입한 거겠지만. 투입된 김에 적극적으로 개입해 보려고."

"무슨 소리를 얼마나 엿들었는지 모르겠지만 당신이 생각하는 그런 거 아니야."

"내가 생각하는 게 뭔데."

한주가 파우치에서 담배를 꺼냈다.

"실내 금연이야."

민혁이 그녀의 손에서 담배를 뺏었다.

"이렇게 고리타분하다니까."

"할 말 끝났으면 그만 나가 보시지."

"진전을 시키든 후진을 하든 제대로 해 보란 말이야. 꼭 초등학생처럼. 쯧."

"초등학생?"

유치하다는 말에 구겨졌었던 그의 미간이 더 구겨졌다.

"왜 있잖아. 마음에 드는 여자애 고무줄뛰기하는 곳에 가서 고무줄 끊고 도망가는 것으로 관심받는 초딩들. 꼭 그 수준이야. 하긴, 여자 마음을 제대로 살필 기회나 있었으려고."

"이한주."

민혁이 낮은 목소리로 위협하듯 그녀의 이름을 불렀다.

한주가 과장된 몸짓으로 떠는 시늉을 해 보였다. 그리고 파우치를 들고 자리를 박차고 일어났다. 문으로 향하는가 했던 그녀가 그의 귓가에 얼굴을 바싹 가져다 댔다.

"마지막 여자이길 바랍니다. 서지훈 씨 멘트 죽이지 않니?"

"그만 나가라니까. 5분 지난 지 한참이야."

한주가 킥킥 소리를 내며 웃었다. 우직한 그의 변화무쌍한 표정이 통쾌했다.

"네에, 본부장님. 나가 드리죠. 그 전에 마지막 팁 드립니다. 그녀의 입에서 오늘 건에 대해 어떤 식으로든 언급이 있다? 그럼 좋은데, 단 한 마디도 안 나오면 그냥 조용히 서 팀장에게 보내세요. 괜히 짜증 나는 남자 되지 마시고요."

손가락을 흔들어 보이며 그녀가 나갔다.

민혁은 밀린 결재 서류를 두고도 데스크에 앉지 못하고 창가에 다가 섰다.

사귀어 보자고 건넨 말을 남자의 다친 자존심 때문이라 치부해 버리 던 그녀였다. 장난도 아니었지만 간절함도 없었기에 그녀의 반응이 마음에 남지도 않았다.

처음 만난 그 순간부터 제겐 여자로 보였지만 이쪽을 남자로 받아들 이지 않는다는 여자에게 뭘 더 어찌할까.

먼 이국에서의 시간들을 그저 생의 일탈로 여기겠다는 그녀의 마음 을 이해할 수 있었다. 정작 이해할 수 없는 것은 비열하다는 소리까지 들어 가면서 그녀를 굳이 옆에 두고 있는 제 마음이었다.

그리고 서지훈, 그가 그녀의 곁에서 맴돌고 있는 것이 왜 이리 못마 땅한지. 빌딩 아래, 8차선 도로를 달리는 자동차의 속도가 제각기 달 랐다.

"초등학생이라."

민혁의 입술 사이로 피식, 하고 낮은 웃음소리가 터져 나왔다. 서정 원, 정말 여러 가지 경험을 하게 만드는 여자였다.

✤   ❋   ✤

어느새 집 앞에 도착했다. 파란 대문을 바라보는 정원의 입에서 가 느다란 한숨이 새어 나왔다. 지하철역에서 집 앞까지는 8분 거리였다. 그러나 오늘은 배 이상의 시간이 걸렸다.

지구의 중력이 제 몸만 끌어당기는 듯 축축 늘어지는 발걸음을 감당 할 수가 없었다. 주연과 희진의 방을 바라보니 모두 불이 밝혀져 있었 다. 대문 손잡이를 향해 손을 뻗으며 호흡을 정리할 때였다.

"이현아."

서늘한 밤공기를 가로지르는 부드러운 목소리. 제 이름을 부르는 그의 목소리는 언제나 공기를 정화하는 듯한 능력을 품고 있었다.

이현아, 하고 이름이 불리어 올 때면 우울한 공기는 산 뒤편으로 넘어가고 따뜻하고도 평온한 공기만이 제 곁에 남아 있었다. 그럴 때면 어린 이현은 어린 그에게 기대어 모든 것을 잊을 수 있었다.

"서이현."

그러나 그 대가가 너무나 컸다.

"서정원이라고 했지."

정원이 지훈을 향해 휙 돌아섰다.

"아, 나도 모르게."

"왜 웃어."

반갑지 않은 인사가 소리까지 내며 웃고 있다.

"내가 자동 주름 제조기 같아서."

"회사에선 잘도 부르면서."

한껏 찌푸리고 있는 제 모습이 겸연쩍고, 이 상황에서도 웃기만 하는 그가 바보스러워 말은 절로 퉁명스러워졌다.

"회사에 있는 넌 서정원 같아서."

"이 골목에 있는 난 뭐가 달라서?"

"둘뿐이잖아."

"어떻게 왔어? 회사에서부터 따라온 거야?"

나직한 목소리에 체념의 한숨이 섞여 나왔다.

"어쩌다 보니까."

정원이 지훈을 빤히 바라보았다.

"회사에서 너 난처하게 만들기 그렇고. 그러다 보니 길거리고, 그러다 보니 지하철이었어."

지훈이 멋쩍게 긴 설명을 늘어놨다. 늘 외면만 하던 그녀가 제 얼굴을 주시하고 있었다. 지훈이 긴 팔을 뻗어 정원의 입술에 손가락을 살짝 댔다. 정원이 반사적으로 고개를 돌렸다.

"그러지 마. 입술 피 나."

그제야 정원은 제가 입술을 씹고 있다는 것을 알아차렸다.

"이러지 마, 지훈아."

안타까움과 피곤이 공존한 정원의 목소리가 매끄럽지 못했다. 얼핏 우는 게 아닌가 싶어 지훈이 고개를 숙여 정원의 얼굴을 살폈다.

"알았어. 네가 그러지 말라면 안 그럴 테니까 우리 어디 가서 잠시 이야기 좀 나누자."

"무슨 얘기? 난 서씨 성을 가진 사람이라면 아주 지긋지긋한 사람이 야. 내 이름 앞에 붙은 '서'도 지겹도록 증오하는 사람이라고. 이 성을 버릴 수만 있다만 다른 국적을 가진 남자와 살림이라도 차리고 싶을 만큼."

지훈의 눈썹이 위로 활짝 치켜 올라갔다.

"농담 같아? 정원 제임스. 마츠시마 정원. 이상하다 해도 방법이 그 것밖에 없다면 나쁘지 않아."

그냥 던져 보는 소리가 아니었다. 정원은 여성의 목소리와 지위는 철저히 무시하면서 자신의 본은 죽을 때까지 가져간다는 이유로 우리 나라 여성의 지위가 가장 높다고 떠들어 대는 말에 절대 동조할 수 없 었다.

"잘도 그러겠다. 싫다 해도 넌 할머니 많이 닮아서 외국인과 결혼해 서 살지 못할 거야."

"헛소리 집어치우고 돌아가. 나 피곤해."

할머니를 닮다니. 가장 싫어하는 말인 걸 알면서. 냉정하게 등을 돌 린 정원이 돌계단에 한 발을 올렸다. 지훈이 급하게 정원의 팔을 잡아 끌었다.

그녀의 발이 돌계단 아래로 떨어지며 그의 품 안으로 휘청이며 쓰 러졌다. 그에게서 풍기는 연한 시트러스 향이 가을바람에 섞여 콧날을 간질였다. 싸구려 스킨 냄새를 풍기던 어린 날의 지훈이 아니었다.

평생 함께 가는 사람은 없어도 사람의 기억은 평생 따라간다더니. 이 순간에도 할머니의 고약한 잔소리가 귓가를 맴돌다니. 정원이 헛웃음을 터트리며 그의 품에서 벗어나려는 때였다.

"로맨틱한 상황에 끼어든 것 같아 미안하지만 대문 앞에서 연출하기에 적당한 풍경은 아니야. 이 동네는 모두 토박이분들이시라 말들이 많으실걸."

중저음의 목소리가 조용하게 귓가를 울려왔다. 반사적으로 지훈의 가슴팍을 쳐 냈지만 정원의 왼쪽 팔이 여전히 지훈에게 속박되어 있었다.

"어쩌다 내 눈에만 자주 띄는 광경인지 그것도 아니면 연일 이러는 건지 말이야."

그는 뻐딱한 자세로 두 사람을 바라보다 지훈에게 잡힌 정원의 왼쪽 팔에 시선을 두었다.

"회사가 아닙니다. 상관하지 마시고 본부장님 갈 길 가시지요."

"내 집 앞에서 나는 소란을 묵과하기도 힘들지. 게다가 한집에 사는 사람의 일이고 보니 더욱."

지훈의 얼굴이 눈에 띄게 굳어 갔다.

"이만 돌아가. 얼른."

정원이 팔을 비틀었지만 그의 악력이 만만치 않았다.

"먼저 들어가십시오. 잠깐 이야기 좀 나누고 들여보내겠습니다."

"그렇게는 안 되겠는데."

"이현이가 여기 머무는 이유는 모르지만 본부장님께서 저희들 일에 왈가왈부할 자격 없습니다. 사적인 일입니다."

"그만하고 가라니까. 밝을 때 이야기해."

정원이 난처한 듯 지훈을 말렸다.

"서정원 씨가 첫 여자라 그랬나? 그럼 나도 자격은 있지. 나는 저 여자의 첫 남자니까. 그러니 그 팔 먼저 놓지."

"본부장님!"

기겁하는 정원의 목소리 이상으로 지훈의 얼굴에 당황스러움이 떠올랐다.

"집에선 오빠라고 불러도 좋다고 했을 텐데?"

호를 그리고 있는 입술과 달리 민혁의 눈빛은 냉담했다. 당황한 탓인지 지훈은 잡고 있던 손에 힘을 풀었고, 민혁은 그 틈에 정원을 데리고 집으로 들어왔다.

화를 내야 하는 것도, 황당한 것도 이쪽이었다. 그러나 상대할 여력이 없었다. 그저 몰려드는 한기를 피하고 싶었다.

"도대체 무슨 생각으로 그런 말씀을 하신 거예요?"

불이 켜진 채 집은 텅 비어 있었다. 정원은 주방으로 들어서기 무섭게 물 한 컵을 그대로 비웠다. 물잔 내려놓는 소리가 주방 안으로 둔탁하게 울려 퍼졌다.

"희진인 요즘 계속 늦어?"

"본부장님, 무슨 생각으로 그런 말씀을 하신 거냐고요."

엉뚱한 말만 늘어놓는 그에게 짜증이 더욱 솟았다.

"뭘?"

그는 자신은 아무것도 모른다는 듯 순진한 표정을 지으며 능청을 떨었다.

"몰라 물으세요?"

"나도 물 한 잔 줘요. 두 사람이 대문을 가로막고 있는 바람에 한참을 목이 탔어."

도대체 언제부터 그 자리에 있었던 건지. 정수기에서 물을 받아 그의 앞으로 소리 나게 내려놓았다.

"근처에 있으면 기척이나 내시든지요. 음흉하게 듣고 있다가 갑자기 나서서 말도 안 되는 소리를 해요?"

"말도 안 되는 소리? 난 진실만 말하는 사람인걸. 서정원 씨가 말했듯 전직 직업병으로."

"제 첫 남자라니 어디서 그런……."

따지듯 묻던 정원이 갑자기 입을 다물었다. 주방 출입구에 기대어 느긋이 절 바라보고 있는 그의 얼굴이 뉴욕에서의 일을 떠올리게 했다.

치솟아 올라오던 흥분이 한순간에 싸하게 식어 버렸다. 얼굴은 달아오르고 머리는 새하얘졌다.

새까만 그의 눈동자가 얼어붙은 듯 서 있는 그녀에게서 떨어질 줄 몰랐다. 그녀의 입매가 일그러졌다. 그 모든 것을 지켜보고 있는 그의 얼굴은 여전히 무심했다.

"나쁜 놈."

겨우 뱉어 낸 한마디의 강도가 성에 차지 않는다.

"나보고 하는 소린가?"

그가 과장되게 인상을 찌푸렸다. 뻔한 연출에 바싹 약이 올랐다. 정원은 물 한 잔을 더 따라 마셨다. 오전에 그의 방에서 못 볼 꼴을 본 이후 점심도 제대로 못 먹었다.

"아니면 당신 버리고 딴 여자에게 장가간 서지훈에게 하는 소릴까?"

처져 있던 그녀의 눈꺼풀이 위로 솟고 두 입술은 절로 떨어졌다.

"그렇게 황당한 표정 지을 것 없어. 서지훈이 유부남이라는 걸 회사 내에서 모르는 사람 없으니까. 이혼남이라는 사실을 아는 건 몇 안 되지만."

팽팽했던 고무풍선의 바람이 빠진 듯, 한순간에 사그라드는 그녀의 변화가 마음에 들지 않는다. 민혁의 얼굴에서 묻어나던 장난기도 싹 사라졌다.

"유부남이든 이혼남이든 서지훈 씨와 날 두고 더 이상 어떤 억측도 하지 말아요."

"억측 따윈 하지 않아. 그러나 더 이상의 풍기문란은 안 돼."

"풍기문란 같은 소리 하고 계시네요."

절로 말이 신랄해졌다.

"그런 당신은 업무 시간에 사무실에서 뭐 하는 짓인가요. 이 여자, 저 여자 바꿔 가며 그 짓을 하면 완전 양아치, 바람둥이 아니에요?"

그의 입에서 생각지도 못한 웃음소리가 터졌다. 호탕한 그의 웃음이 어이없어 정원이 외마디 헛웃음을 토했다.

"맞아. 이 여자, 저 여자 바꾸어 가며 그 짓을 하면 양아치지. 그럼, 단 한 여자에게만 그런다면 받아들일 수 있어?"

무슨 소리를 하는 거야. 알아들을 수 없는 그의 말에 정원이 미간을 찌푸렸다.

"당신으로 한정한다면 키스 받아 줄 거냐고 묻고 있는 거야, 지금."

"차민혁 씨!"

"당신 덕에 요즘 내 이름이 닳아 없어질 정도야. 정말 오빠라고 부를 생각은 없는 거야?"

새까만 그의 눈동자가 더욱 짙어졌다. 정원이 빠르게 고개를 돌리며 그의 눈빛을 피했다.

"당신이랑 더 이상 말 섞고 싶지 않아요."

그를 남겨 두고 주방을 나와 버렸다. 몇 발자국 움직이지도 않아 그대로 멈추어 섰다. 언제 돌아왔는지 주연이 거실에 서 있었다. 기훈과 함께였다.

"주연아. 그리고 기훈 씨, 언제 오셨어요?"

주연의 표정이 어두워 보였다.

"이제 들어오는 참이에요. 들려오는 목소리 차민혁 맞죠?"

기훈이 주방 쪽으로 턱짓을 해 보였다.

"그래, 인마. 다 저녁에 여자들만 사는 집엔 왜 쳐들어오는 거야?"

바로 등 뒤에서 민혁의 소리가 들려왔다.

"앞에 계시는 남정네는 무슨 일이십니까?"

기훈이 민혁의 어깨를 치며 밝게 웃었다.

"나야 보호자지."

"누구? 희진이 보호자이자 정원 씨 보호자? 정원 씨, 저에게도 오빠라고 불러 주면 보호자 해 드릴게요."

기훈의 농담에 정원의 얼굴이 홧홧해졌다.

"민기훈. 넌 주연이나 잘 챙겨."

"우와. 뭐야. 오늘 우리 집에 웬 손님들이 장사진을 이루네. 장 봐온 거 모자라는 거 아냐?"

양손에 장바구니를 들고 희진이 현관에 들어섰다.

"내가 먹을 먹은 복은 있다니까."

기훈이 희진의 손에서 장바구니를 받아 들었다.

"그런데 예슬이는 보이지 않네. 집에 놀아간 거야?"

"응, 어제 갔어."

"예슬이 부모가 무슨 소송에 걸렸다며?"

말이 길어진다 싶었는지 장바구니를 든 채로 소파로 다가섰다.

민혁과 희진의 대화가 이어졌다.

"주연이 선배가 송 선생님 변호 맡아 주기로 했어."

"선배 누구?"

기훈이 물었다.

"유태하라고. 내 바로 윗기수라 선배는 모를 거야."

"하여간 주연이가 수고가 많아. 늘 희진이 때문에."

곁에서 엉거주춤 그들의 대화를 듣고 있던 정원이 조용히 장바구니를 챙겨 들었다.

"이게 희진이 일이야? 쪼그만 예슬이에게 그새 정이 든 거지. 오빠도 마찬가지 아니야? 안 보인다고 찾는 거 보니."

"네가 없었으면 희진이 혼자 여기서 어떻게 지냈겠어. 늘 고맙게 생각해."

"자꾸 그럴 거야? 남처럼?"

수줍음이 돋아난 주연의 얼굴이 살짝 붉어졌다.

"하여간, 우리 주연인 민혁이 앞에서는 항상 순한 양이라니까."

기훈이 혀를 차며 끼어들었다.

"내가 뭘."

"저 봐. 내 앞에선 저렇게 기세등등하게 목소리를 키우잖아."

"희진아, 오늘 밥 많이 할 필요 없어. 기훈 선배 그냥 보내 버릴 거니까."

"너 줄 밥은 안 해도, 기훈 오빠 밥은 해야지."

"뭐? 이게."

주연이 희진의 귀를 살짝 꼬집었다. 질세라 희진도 주연의 볼을 꼬집었다. 옆으로 기훈과 민혁이 웃으며 서로 이기라며 싸움을 부추겼다.

꾀 많은 주연이 희진의 옆구리를 건드렸다. 간지러움을 많이 타는 희진이 결국은 항복했다. 주연의 웃음소리가 주방까지 들려왔다.

정원은 냉장고에 넣을 것만 대충 정리해 두고 주방을 나왔다. 그들을 살짝 지나쳐 제 방으로 향했다.

주연의 눈이 민혁을 쫓고 있었다. 그런 주연을 기훈이 바라보고 있었다. 조용히 닫히는 방문에 민혁의 시선이 닿는 것은 미처 알아차리지 못했다.

방 안의 온기에 하루의 피로가 한꺼번에 몰려와 겉옷도 벗지 않고 침대에 쓰러졌다.

'서지훈, 너를 어쩌면 좋을까.'

텅 빈 골목에 혼자 남겨진 그를 생각하는 정원의 가슴이 먹먹해졌다.

이혼은 언제 한 걸까.

누구보다 행복하길 바랐다. 그의 모친이 학교로 들이닥쳐 부린 패악을 모른 척 참아 낸 것도 그 때문이었다. 어린 날 누구보다 위로가 되어 주었던 친구에게 해 줄 수 있는 것은 그게 다였다.

더 이상 그 때문에, 그의 모친 때문에 제 마음이 누더기가 되도록 둘 수는 없다. 지훈을 애써 지워 내는 귓가로 엉뚱한 목소리가 날아 들어왔다.

"당신하고만 키스하면 받아 줄 거냐고."

귀를 막아 그의 목소리가 들어오지 못하게 했다. 소리를 막으니 그를 향한 주연의 수줍은 얼굴이 아른거렸다. 어떤 것을 막아도 자신을 괴롭혀 오는 것들에 정원은 어찌해야 할지 몰라 혼란스러워졌다.

지방 현장에서 사무실로 바로 출근을 했다. 이른 점심을 위해 민혁이 겉옷을 챙겨 들었다. 그 순간 호주머니에서 진동 소리가 울렸다.

—영감님, 백곰입니다. 통화 괜찮으십니까.

"말해. 다른 움직임이 보여?"

—신 21세기파 행동대장이 얼마 전 강현수 면회를 다녀갔습니다.

"강현수가 신 21세기파와도 연통을 하고 있었던 거야?"

—그렇진 않습니다. 강현수가 일하던 부산의 미래건설 북두파 조직원들도 면회를 다녀간 지 꽤 오래되었습니다. 도통 면회를 응하질 않으니까요. 그런데 신 21세기파 정대진은 만났다고 합니다. 아는 놈을 시켜 정대진의 지난 행적을 조사 중입니다. 북두파 출신이었나 해서요.

"엄기범 쪽에서 보낸 것은 아니야?"

예상보다 통화가 길어졌다. 민혁이 겉옷을 데스크 한편에 던져두고 의자를 끌어와 앉았다.

―강현수 출소 시기가 2년밖에 남지 않았으니 슬슬 움직일 수도 있습니다. 하지만 엄기범이 일선에서 물러난 지 벌써 5년이라.

"박기태가 움직였을 수도 있겠지."

―네. 그리고 한 가지.

"뭐지?"

―강현수에게 여자가 있는 것 같습니다.

"여자?"

겉옷에 다시 가닿던 손이 주춤 멈추었다. 아무래도 오늘은 밥과 인연이 없는 것 같다.

―벌써 형을 산 지 5년이나 되다 보니 다녀가던 사람들도 거의 발길을 끊었다고 보고받았습니다. 그런데 최근 두어 달에 한 번 면회를 받는다길래 알아보니 여자라고 합니다.

여자라. 강현수와의 첫 만남을 떠올리는 민혁의 눈이 절로 흐려져 갔다.

호남형에 인상이 좋은 남자였다. 사회를 바라보는 시선이 부정적이지 않고 정의감으로 뭉친 사내였다. 다른 전과 기록도 없었고, 다른 과업에 투여된 흔적도 없었다.

그는 미래건설의 실체는 모르고 입사한 듯했다. 불운한 어린 시절 탓에 뒤늦게 자격증을 따서 멋도 모르고 그곳에 발을 디딘 것이 그의 불행의 시작이었는지도 몰랐다.

비열한 사회 조직 구도가 뒷배가 있으면 죄지은 놈들도 활개를 치고, 그렇지 않으면 죄도 없이 철창신세를 지는 일이 허다했다.

민혁은 강현수를 생각할 때면 해야 할 일을 못다 한 사람처럼 마음이 불편하고 갑갑해졌다.

"그 여자 신상 정보는?"

―알아보고 있습니다. 그런데 영감님 쪽은 어떻습니까. 박기태가 대망에서 가만히 물러서 있지 않을 텐데요.

"그쪽은 내게 맡겨 둬. 그건 그렇고 언제까지 영감님 소리를 할 거야."

―아, 마땅히 불러야 할 호칭이. 차민혁 본부장님이라는 소리도 조금 어색하고.

"형님이라 불러. 태욱이 넌 어때? 할 만해?"

―형……, 이것도 어째 좀. 아무튼 전 정보 센터가 제법 자리를 잡았습니다. 예전에 밑에 있던 놈들 중에 이곳으로 오고 싶어 하는 녀석도 있고요. 앞으로 더 열심히 뛰어야죠. 모두 본부장님 덕분입니다.

"요즘 덕보고 있는 건 나야. 그럼, 여자 신원 밝혀지는 대로 연락해."

―네. 또 연락드리겠습니다.

박기태는 차화연의 아들로, 혈연을 따지면 제 고종사촌이자 전 대망건설의 사장이었다. 대망건설 사장에 취임하고 5년 동안 숱한 도박, 여자 문제 등으로 매스컴을 시끄럽게 달군 그가 사장 자리에 앉고 대망건설의 주가는 연일 떨어져 갔다.

뿐만 아니라, 대망그룹의 2대 주주였던 자신의 모친 차화연의 실세를 등에 업은 그는 대망의 많은 이사와 간부들의 조언을 무시했다. 아파트 건설 시 독단적으로 하도급에 발주를 주거나 하청 업체 선정에서도 많은 물의를 빚곤 했다.

대망그룹과 어떤 연고가 있을 거라고 상상도 할 수 없었던 서울중앙검찰청 시절 민혁이 처음 맡은 일은 국내 조직폭력배 소탕 작전이었다.

그때 알게 되어 지금껏 연을 맺어 온 인물이 백곰이었다. 백곰은 서울과 경기도에 거점을 둔 거대한 조폭 조직 운성파의 잔챙이 행동대원이었다. 운성파의 영역을 넘보던 육성파의 공격으로 백곰이 일하던 나이트클럽이 피바다가 될 때였다.

뒤늦게 출동한 민혁이 피투성이 된 그를 데려와 치료를 받게 했다. 이후 어떤 것도 묻지 않고 그를 돌려보냈다. 행동대원 몇을 족쳐 봐야 얻을 건 아무것도 없었다.

수도권에 뿌리박은 거대 지하 조직은 건설, 물류, 호텔 사업 등 하나의 큰 기업을 이루며 성장해 가고 있었다.

민혁은 조폭들의 계보와 사업 구조를 파악하여 국내 대기업과 공무원과의 연류 상황, 일명 관피아 조직을 파헤치는 일에 몰두했다.

그 첫선에 대망건설 박기태가 있었다. 주가 조작, 공급 횡령 비리를 쫓던 민혁은 대망건설이 아파트 건설 시에 하도급 선택으로 대부분 신흥건설을 선택하고, 신흥건설은 신 21세기파 엄기범이 대표라는 사실을 알아냈다.

수백 세대, 많게는 천 세대가 넘는 아파트를 건설할 때마다 공급 횡령과 뇌물 수수를 저질러 왔던 그들은 번번이 민혁의 손아귀에서 교묘하게 빠져나갔다.

거의 꼬리를 잡았다 여긴 순간 상부 지시로 무산된 적도 있었다. 검찰청, 그것도 윗선까지 마수의 거미줄이 뻗쳐 있다.

그러다가 터져 버렸다. 5년 전 경남의 한 신도시에서 대망 '드높은 꿈' 아파트 한 동 전체가 한낮에 와르르 무너져 내렸다. 선진 가도를 달린다고 하는 대한민국에서 18층이나 되는 건물이 폭삭 주저앉았다.

나라는 경악을 했다. 기획의 영상 자료로 그 당시의 상황 자료가 TV에 한 번씩 방영될 때면 아파트 거주자들이 불안함에 잠을 못 이룰 정도였다.

대형 참사로 온 나라가 들썩거렸지만, 당시 민혁은 하루아침에 목숨을 잃거나 가족을 잃거나 보금자리를 잃은 이들의 아픔을 돌아볼 여유가 없었다.

이 기회에 박기태를 잡지 않으면 제2, 제3의 아파트가 산산이 부서지고 또 다른 피해자가 생길 것이라 여겼다.

그러나 지금 그 죗값을 치르는 사람은 박기태가 아니라 사람 좋아 보이던, 젊은 현장 소장 강현수였다. 또한 대망그룹의 비리를 쫓던 저는 전 대망건설의 간부 자리를 차지하고 있었다.

우습지도 않은 운명의 실타래 속에서 거미줄에 걸린 파리처럼 꼼짝 없이 당하고 있는 저를 생각할 때면 명치끝에서부터 올라오는 통증과 화기를 참아 내기 어려웠다.

민현이 마른세수를 하며 자리에서 벌떡 일어섰다. 동시에 데스크 위의 인터폰이 길게 울렸다.

―본부장님, 서정원 씨 오셨습니다.

"들어오라고 해요."

데스크 앞에서 발소리가 멈췄다. 창가에 선 그는 여전히 돌아볼 기색이 없었다. 그녀 역시 한마디 입을 떼지 않고 있었다.

한참을 서 있던 민현이 천천히 정원을 향해 몸을 돌렸다. 자신의 발끝만 바라보던 정원은 데스크 위로 노트를 얌전히 올려놓았다.

"재작성해 왔습니다."

민혁은 말없이 노트를 들어 콘티를 살펴보았다. 그런 그의 모습을 보며 정원은 조금 긴장한 채 그의 입이 열리기까지 기다렸다. 시간이 조금 걸리리라 생각한 것과 달리 그의 입은 금방 열렸다.

"B-C 15컷부터 22컷 대사 수정, C-A부터 C-E컷은 전면 수정하는 걸로 하죠. D컷은 일단 이대로 진행하는 걸로."

노트를 손에 든 지 얼마 되지도 않아 그의 코멘트가 이어졌다.

"벌써 다 봤어요? 몇 분 되지도 않았어요."

"몇 분이든 아닌 건 아닌 걸로."

그가 내려놓은 노트를 정원이 다시 펼쳐 들었다. 교묘하게도 몇 번을 지웠다가 쓰기를 반복한 곳이었다.

"전체적인 라인은 OK인가요?"

노트를 내려놓으며 조심스럽게 물었다.

"식사하러 가야죠."

이렇다 할 대답 없이 그가 자리에서 일어났다.

"아, 네. 식사하셔야죠."

정원이 노트를 챙겨 들었다.

"노트 거기 두고 식사하러 갑시다."

"네?"

"식사 한 끼 같이하자는 소리를 몇 번이나 하게 합니까."

"전 괜찮습니다."

"굶을 거예요?"

"그건 아니고……."

"어서 나와요."

정원은 어느새 사무실을 사서는 그의 뒤를 쭈뼛거리며 따라나섰다. 식당은 빌딩 사이 블록을 미로 헤집듯 10분이나 걸어 도착한 곳에 있었다. 충무김밥이라는 간판이 걸린, 분식집이라 하면 딱 어울릴 만한 작은 식당이었다.

이걸 먹자고 한참을 걸어왔다는 건가. 왕복 시간을 제외하면 40분, 한 시간뿐인 점심시간이 아깝다. 아까워도 너무 아까웠다. 차 한 잔의 여유도 없는 점심이라니.

"이런 곳에 데려와서 실망입니까."

그녀의 마음을 알아차렸는지 그가 입술을 말아 올렸다.

"돈 많은 본부장님 지갑을 못 털어 실망인데요."

"맘껏 먹어요. 지갑 다 탕진하도록 사 줄 테니."

"40인분 포장해서 5층 홍보실 직원들 간식으로 돌리면 좋아할 텐데요."

"그건 반칙이지. 앞으로 이 지갑의 사비는 서정원 씨를 위해서만 털 생각이라."

또다시 알 수 없는 그의 발언을 못 들은 척하며 메뉴판으로 시선을 돌렸다.

"먹어 보면 다음엔 혼자 찾아올 겁니다."

그의 긴 손이 물을 따르고, 수저 세트를 꺼내 앞으로 놓아 주었다.

"본인 이야기인가요?"

"혼자 오기 싫어서 서정원 씨 데리고 왔잖아요. 지난번에 이한주 실장이 데리고 왔어요. 서 팀장도 함께."

지훈의 언급에 정원의 표정이 반사적으로 굳어졌다.

보통의 충무김밥 메뉴에 시래깃국과 제육볶음이 곁들여져 나왔다. 제육볶음은 부드러운 육질에 양념이 잘 배어 돼지고기를 즐기지 않는 정원의 입맛에도 괜찮았다.

무엇보다 쌀뜨물에 정성을 다해 끓인 국이 더할 수 없이 구수하고 시원했다. 쫀득한 밥알에도 김의 까슬거림이 그대로 살아 있는 김밥도 다른 가게보다 맛났다.

소담하게 쌓인 김밥이 잘도 줄어 갔다. 마지막 남은 김밥을 민혁이 밀어 줄 때였다.

"'허락되지 않은 너', 그 노래 주인공이 서 팀장입니까?"

"컥."

밥 한 톨이 목에 걸리고 말았다. 민혁이 정원의 앞으로 물잔을 내밀었다.

"음식이라도 삼키고 나면 말을 걸어요."

"그렇게 놀랄 질문인 줄 몰랐는데. 서정원 씨 번번이 내게 침을 튀기네요. 이 방법이 아니라도 방법은 많은데."

정원은 능글거리는 그를 흘겨보며 티슈 한 장을 뽑아 들었다.

"차민혁 씨, 사적인 이야기는 회사에서 삼가해 주세요."

"방금 말처럼 나, 지금 차민혁으로 묻고 있는 겁니다."

뭐라고 대꾸하려다 말고 수저를 들어 국물 한 수저를 떴다.

"묵비권을 행사하겠다?"

"저기, 본부장님. 김밥 하나 사 준다고 10분이나 되는 거리를 데리고 온 목적치곤 너무 무례한 거 아니에요?"

정원은 본부장이란 단어에 방점을 콕콕 찍어 말했다.

"오직 한 사람을 위한 마음."

정원의 아래턱이 툭 떨어졌다.

"사랑도, 슬픔도, 미움까지."

"본부장님."

경고를 알리는 그녀의 입술이 미세하게 떨리고 있었다.

"서 팀장이 하루아침에 변심이라도 했습니까?"

한주가 건네준 USB에 담겨 있던 '허락되지 않는 너'를 들은 이후 지훈과 그녀의 관계가 신경을 긁어 왔다.

"그게 궁금한 이유는요?"

눈빛이 도전적이었다. 민혁이 속으로 피식 웃음을 삼켰다. 당황할 때 으레 나타나는 그녀의 본능적 처세술임을 자신도 모르는 사이에 인지하게 되었다.

"지극히 사적인 관심이라고 해 두죠. 그 노래를 듣고 있으니 궁금해지더라고. 도대체 허락되지 않는 마음이란 무얼까 하고. 난 세상에 허락되지 않는 사랑이란 없다고 보거든."

뭐라고 한마디 해 올 법한데. 가만히 자세를 낮추는 그녀의 입에서 나올 말이 심히 궁금했다.

"아, 미처 생각을 못 했는데, 우리나라가 처한 현실을 생각해 보면 전혀 없지 않을 수도. 예전 이산가족 상봉 기획 프로를 보니까, 한국전쟁 때 헤어졌던 남매가 부부가 되었더라고. 결국 헤어진 걸로 들었죠."

민혁의 시선이 느긋하게 정원을 주시했다. 그게 도발이 되고 있음을 모르지 않았다.

"그게 아니고선 보통 주변 상황 때문에 한쪽이 포기하고 손을 드는 게 아닐까? 그건 결국 굴복인거나 도피인거지. 허락되지 않는 사랑으로 미화하는 건 결국 제 만족이고."

"바로 짚으셨어요. 서지훈, 서정원. 짚이는 게 없나요?"

여유롭던 그의 눈빛이 잠깐 미동을 했다.

"우리 남매예요. 엄마가 다른."

치켜 오르는 그의 눈썹을 보며 그녀가 피식 웃음을 터트렸다.

"또한 아버지도 다른."

민혁이 미간을 찌푸렸다.

"그렇다고 저희 새어머니가 데려온 자식도 아니죠."

이내 그 역시 피식, 하고 웃음을 터트렸다. 함께 있으면 절대 지루하지 않게 만드는 그녀였다. 그건 그렇고 새어머니? 그의 눈이 이내 침잠했다.

정원이 테이블 앞으로 몸을 쑥 내밀었다.

"단순한 관심에서 저도 하나 묻죠. 주연이와는 왜 헤어졌어요?"

그가 훅 하고 숨을 들이마셨다. 예상치 않은 반응에 물은 쪽이 되레 긴장했다.

"왜 헤어졌냐니. 무슨 말씀을 하시는지 모르겠는데요."

하여간 들은 소리는 잊는 법이 없다. 정원의 몸이 뒤로 쑥 물러났다. 못마땅함을 숨기지 않는 정원을 향해 민혁이 씩 웃어 보였다.

"빈틈이 없어. 여자가 너무 그러면 못 쓰는데."

"본부장님께 쓰일 여자 아니니까 염려 거두셔도 돼요."

정원이 생긋 웃어 보였다. 지지 않으려 애를 쓰는 그녀의 모습이 자못 귀엽다. 민혁의 입에서 낮은 웃음소리가 새어 나왔다.

"그리고 가사 주인공은 서 팀장님 아닙니다. 앞으로 더 이상 서지훈 씨와 저를 연관시키지 않으셨으면 해요."

여러모로 신경을 긁는 남자였다. 정원이 자리에서 먼저 일어났다.

"점심시간 5분 남았네요. 잘 먹었습니다."

계산을 하는 그를 두고 쌩하니 제 갈 길을 갔다. 어느새 쫓아온 민혁이 정원의 손목을 잡아챘다.

"뭐 하세요. 손 놓고 가세요."

민혁이 데리고 간 곳은 작은 로드 카페였다.

"아메리카노 하나, 민트 초코 하나 포장."

음료가 나오도록 민혁은 정원의 손을 놓아주지 않았다. 옆에 붙어 선 몇 분이 몇 시간이 되는 것처럼 정원의 마음은 어수선했다.

얼마 지나지 않아 나온 음료를 각자 받아 들고 돌아서려던 찰나였다. 갑자기 민혁은 긴 팔을 들어 올렸다. 그의 엄지가 정원의 가지런한 눈썹을 부드럽게 쓸었다.

"단 거라도 먹고 인상 좀 풀어요. 맛난 음식 먹고 체할까 걱정이니까."

시원한 미소를 날리고 민혁이 먼저 몸을 돌렸다.

손에 든 음료를 바라보는 그녀의 기분이 묘했다. 제 음료 기호를 기억해 주는 한 남자의 존재에 가슴 한구석이 알싸해졌다.

✦　❉　✦

"이천 양반댁 규수는 뭔가 달라. 냉장고의 묵은 반찬들로 어떻게 이런 저녁을 차릴 수가 있어. 게다가 이 숭늉, 너무 구수하다."

모두 늦은 퇴근을 했다. 시켜 먹을까 하다가 정원의 만류로 냉장고를 털었다.

어제 끓여 숨이 팍 죽은 콩나물국의 콩나물과 야채 칸에 오래 비치되어 있던 시금치를 살짝 데치고, 남은 반찬들로 만든 비빔밥이 생각 이상으로 괜찮았다. 무엇보다 소고기도 없이 사과와 양파를 다져 볶은 고추장이 맛의 풍미를 더했다.

식은 밥을 솥에 눌려 숭늉을 끓여 내어 오는 그녀의 솜씨에 희진의 극찬이 그칠 줄을 몰랐다.

"규수는 무슨. 아씨께 밥 차리는 시종이라 해야 바른 말이지."

수저를 내려놓는 정원의 콧등에 얇은 주름이 생겼다. 스쳐 지나는 소리라도 이천이란 소리는 반갑지 않다.

"먼저 올라갈게."

식사하는 동안 시종일관 말이 없던 주연이 먼저 일어났다.

"이주연."

희진이 그녀를 불러 세웠다.

"일이 좀 남았어. 후식은 너희들끼리 해."

"잠깐 앉아 봐."

특유의 유쾌함은 사라지고 쌀쌀함이 묻어나는 희진의 목소리에 빈 그릇을 치우던 정원이 돌아보았다. 며칠째 주연의 표정이 어둡긴 했지만 희진의 모습 역시 낯설었다.

"일이 많아, 피곤해."

주연이 그대로 의자를 밀어 넣었다.

"무슨 일이야? 사무실 일? 그럼 집에 와서 표 낼 일은 아니고."

"무슨 표를 내?"

지친 듯 주연의 목소리는 나직했다.

"너 요즘 계속 말도 없고 뽀로통하게 부어 있잖아."

"원래 말이 많은 사람은 너잖아. 그리고 뽀로통? 내가 애야?"

"뭣 때문에 화가 난 건데?"

"화 안 났어. 그리고 여기는 하루 동안 바깥일하는 사람이 들어와 편안하게 안식하는 집이야. 늘 셋이 모여 희희낙락 수다만 떠는 곳이 아니라고."

희희낙락이라는 말에 희진이 자리에서 벌떡 일어났다.

"그래, 네 말처럼 여긴 사람들이 편안하게 안식하는 공간이야. 그러기 위해선 힘든 일이 있으면 같이 고민해서 나누고, 좋은 일 있으면 함께해서 두 배로 즐겁고 그런 것 아니니? 그런데 너 요즘 계속 불편한 표정으로 우릴 눈치 보게 하잖아."

"눈치? 정원이 너, 요즘 내 눈치 보니?"

"어? 아, 아니."

정원은 갑자기 주연의 화살이 자신에게 오자 저도 모르게 말을 더듬었다.

"너 기훈 씨하고 무슨 일이 있니?"

"아무 일 없어."

"그런데 기훈 오빠 프러포즈는 왜 거절한 거야? 너 혹시……."

"윤희진!"

차갑게 내뱉는 주연의 목소리가 희진의 말을 끊었다.

"너 요즘 하도 이상해서 기훈 오빠에게 물어봤더니 조심스럽게 말하더라. 2년이나 만나 놓고, 왜? 내 기분도 이런데 오빠 입장에서 얼마나 어이없……."

"세상 여자들이 고민하는 일이 모두 남자 문제야? 그리고 모든 남녀가 연애하면 결혼하니? 기훈 씨가 뭘 어이없어 해? 내가 결혼을 전제로 만난 거야?"

뭘 잘못 건드렸을까. 언제나 냉정하던 주연의 목소리가 칼날처럼 날카롭고 커져 갔다. 희진이 짧은 순간 침묵을 했다. 지켜보는 정원도 놀라긴 마찬가지였다.

"그 말이 그렇게 흥분할 일이야? 남녀가 해를 넘겨 연애를 하면 자연스럽게 결혼을 생각하지 않니? 그 일이 아니라면 됐어. 그럼 무슨 일인지 말해 봐."

먼저 감정을 수습하는 희진의 얼굴에 친구를 향한 걱정이 묻어났다.

"희진아, 이제 우리 성인이야. 작은 일 하나도 시시콜콜 나누던 애들이 아니라고. 제발 남 일에 오지랖 넓히지 말고 네 앞가림이나 제대로 하고 다녀.”

“오지랖? 그리고 내 앞가림이라니?”

희진의 목소리가 바닥으로 툭 떨어졌다.

“너, 지난 주말 예슬이 부녀랑 어디 다녀온 거야? 그것도 기쁜 일, 슬픈 일 다 함께 나누자는 이 집에 같이 사는 우리에겐 말도 없이.”

그날, 목욕을 다녀오던 주연은 우연찮게 집 앞에서 희진을 데려다주는 한 남자를 보았다. 처음엔 옆집 신혼부부인가 했더니 자세히 보니 희진과 예슬의 아빠였다.

아침 일찍 나가고 없던 희진은 가벼운 점퍼와 백팩 차림이었다. 차 창 밖으로 손을 뻗어 인사하는 아이는 예슬이었다.

“너 요즘 예슬이 직접 집에 데려다준다며? 예슬이를 위해서 아무도 없는 원에 둘이 남아 있는 것보다 차라리 그게 낫다고? 그런데 다른 원생 부모님도 그렇게 생각하실까?”

“이주연, 너.”

희진의 목소리가 서늘해졌다. 더 이상 두면 위험 수위를 넘을 듯했다. 정원이 두 사람의 앞으로 다가섰다.

“흥분 가라앉히고…….”

“서정원, 넌 빠져.”

히스테릭한 주연의 목소리가 정원을 꼼짝 못 하게 했다.

“이주연, 너 지금 뭐 하는 거야. 왜 애꿎은 정원이…….”

높은 목소리보다 그녀의 얼굴에 드러나던 살기에 희진 역시 말을 더듬었다.

주연이 두 손으로 마른세수를 하며 감정을 가라앉혔다.

“정원아, 미안해. 내가 많이 흥분했다. 그 찰나에 네가 끼어들었어. 그런데, 정원아. 잠시 자리 좀 피해 줬으면 좋겠어. 이건 주연이하고 내 이야기니까.”

주연 특유의 똑똑 부러지는 말투였지만 정원의 눈을 제대로 보지 못

하고 있었다.

"이게 왜 너와 나의 이야기야?"

"나와 기훈 씨 이야기도 꺼내고 있잖아."

"그만."

엄한 목소리였다.

"둘 다 그만둬."

어떤 감정도 읽히지 않는 정원의 얼굴엔 누구도 함부로 할 수 없는 위엄이 실려 있었다.

"윤희진, 친구 걱정돼서 시작한 이야기가 왜 이렇게 됐어? 원하는 걸 얻지 못하겠다 싶으면 그냥 덮어. 능력 안 되고 재주 없으면 그냥 지켜보고 있으라고. 긁어 부스럼 만들지 말고."

높낮이 없는 목소리가 더없이 차갑게 들렸다.

치켜 올라간 희진의 놀란 눈썹이 크게 한 번 껌벅였다.

"그리고 이주연, 나도 애 아냐. 그러니 친구 셋이 어울리다 으레 하나는 소외되는 상황 정도는 나도 이해해. 그러나 내가 자리를 피해 주길 원하는 진짜 이유가 있어 그러는 거라면 제대로 말해."

정원이 의자를 식탁 밑으로 반듯하게 밀어 넣었다.

"더 이상 끼어들지 않을 테니 말 나눠. 단, 이 집은 내게도 일과 후의 안식할 집이야. 둘 다 소리 낮춰."

굳어 가는 주연을 뒤로하고 정원은 자리를 떴다. 희진과 작은 마찰도 겪어 본 적이 없었다.

늘 공간적 거리가 떨어져 있던 친구다 보니 만나면 헤어져야 하는 시간에 쫓겼다. 아쉬웠고, 더 주지 못해 안타까워했다.

마냥 사람 좋은 희진이 주연과 아이처럼 아웅다웅 입씨름이라니. 역시 어린 날부터 함께해 온 친구라 좀 다른 모양이었다.

주연을 생각하는 정원의 마음 역시 편치 않았다. 왠지 오늘 문제의 발단은 저인 것 같았다.

지난번 민혁이 집에 들렀을 때 주방에서 옥신각신하던 이야기를 들은 후 제대로 시선을 마주한 적이 없었다. 집 안에서 얼굴 보기도 힘들어지던 차에 오늘의 사달이 나고 말았다.

휴. 베개에 얼굴을 파묻은 정원의 입에서 깊은 한숨이 새어 나왔다.

그 순간 방문이 벌컥 열렸다.

"서정원. 일어나 봐."

정원이 침대에서 벌떡 일어나 앉았다.

"뭐? 능력 안 되고 재주 없으면 덮어?"

고인 침을 꿀꺽 삼키는 정원의 얼굴이 꽤 난감해 보였다.

"내가 네 학생이야?"

"미안해, 희진아. 내가 잠깐 욱했었나 봐. 많이 놀랐지?"

그대로 달려가 희진을 껴안았다.

"이거 놔. 아주 그냥 회초리라도 들지 그래? 교사 그만두었다고 했을 때 어이가 없더니 진작 잘 때려치웠어. 제 주변 사람이 모두 자기 학생이야, 학생. 응?"

"용서해. 응? 그런데 주연인?"

희진의 뒤를 두리번거리며 화제를 바꾸었다. 희진은 제 의도를 알면서도 넘어가 주려는 듯 입술을 한번 삐죽이고는 말했다.

"벙찐 얼굴로 올라갔어. 말발이면 자기가 제일인 줄 알다가 얼음이 쩍쩍 갈리는 듯한 네 목소리에 깜짝 놀랐을 거야. 내가 전부터 우리 셋 중에 제일 독한 사람이 너라고 누누이 말해 줬는데."

희진이 믿지 않은 눈길로 정원을 흘겨보았다.

"나 고래 싸움에 등 터져서 비명 한번 질렀을 뿐이야. 그것보다 주말에 어디 갔던 거야? 왜 말 안 했어? 왜 나만 몰랐어? 아!"

정원의 질문들을 꿀밤 하나로 해결한 희진의 얼굴은 사뭇 진지했다.

"답지 않게 호들갑 떨지 말고, 너나 대답해. 주연이와 너. 내가 모르는 뭔가 있었어?"

아무리 서늘하게 말했다 한들 정원의 한마디에 꼬리 내릴 주연이 아니었다. 뭔지 모르지만 진짜 이유를 말하라는 정원의 말에 주연의 표정이 흠칫거리는 게 희진은 마음에 걸렸다.

"있긴 뭐가 있어. 말은 괜찮다고 했지만 소외감에 섭섭해서 그런 거지. 그리고 나 회사 일이 좀 남았는데. 응?"

무덤한 정원의 살가운 애교 소리가 의심스러웠다. 그러나 밤이 늦었다. 생각보다 길어진 주연과의 실랑이도 꽤 피곤했다.

"너무 늦게 자지 마."

지쳐 보이는 희진의 등이 정원의 마음을 짠하게 했다.

"희진아."

희진이 가만히 돌아보았다.

"고마워."

말간 얼굴로 눈을 흘기는 희진의 미소가 사람 마음을 녹였다. 그녀가 있기에 이 공간이 제 집처럼 느껴졌다.

"언제나 네 편이야. 알지?"

희진의 얼굴에 작은 그림자가 생겼다.

가만히 고개를 끄덕이며 방문을 닫는 그녀의 뒤로 한 남자의 얼굴이 겹쳤다. 일상으로 불쑥불쑥 튀어나오는 남자의 얼굴을 지우려 다시 베개에 얼굴을 묻었다. 일찍 잠들긴 어려운 밤이었다.

6. 호기심을 자극하는 여자

"그 아이는 잘 있는 거냐."

"희진이를 말씀하시는 것 같구나."

태석의 빈 잔에 차를 더 따르며 희수가 말을 거들었다.

"네. 밝고 씩씩한 아이라 걱정할 것 없습니다."

"그래도 큰 집에서 혼자 지내는데 어찌 마음을 놓을 수가 있어. 어떻게 네 동생에게까지 그렇게 무심해."

"친구와 함께 지낸다고 말씀드렸잖아요. 이 변호사님 딸 주연이라고."

법무 법인 세진의 대표로 있는 주연의 아버지 이세한은 오랫동안 대망그룹의 변호사로 일을 했었다.

희수는 민혁이 한국을 떠나 있는 동안 간간이 합정동 집에 들러 희진을 살폈다. 그곳에서 우연히 주연을 만나 적잖이 놀랐다.

큰일을 치르고도 우정을 지키고 있는 두 아이가 기특하기도 했고, 아버지와 뜻을 달리하고 집을 나와 있는 주연을 보고 마음이 애잔하기도 했다.

"여자 둘이라고 뭐가 달라."

"얼마 전부터 다른 친구가 한 명 더 들어와 살고 있습니다."

"그래? 그럼 당신 꿈은 물거품이 되겠는데?"

뜻 모를 소리에 민혁이 고개를 들어 태석을 바라보았다.

"이 양반도 참. 뜻 없이 한 소리를 듣고 이러시는구나."

무안한 듯 희수가 태석을 향해 눈을 살짝 흘겨보았다.

"갈수록 이 큰 집이 적적하다며 네 동생 불러서 함께 지내면 어떨까 묻더구나."

희수의 마음을 대신하는 태석의 말투가 조금 부드러워졌다.

"이 대표 말을 듣기론 주연이가 만나는 사람이 있는 것 같다고. 결혼하고 나면 큰 집에서 혼자 지내기 힘들 테니 이리로 데려오면 좋겠다고. 합정동 집에 애정이 많다고 하니 그곳은 손질할 사람을 기거케 하고 말이다."

가만히 닿는 민혁의 시선이 쑥스러워 희수는 연거푸 차를 마셨다.

"늘 마음 써 주셔서 감사합니다. 지난번에 가져다주신 반찬들도 녀석이 많이 좋아했습니다. 늙도록 시집 안 가고 애먹이면 그렇게라도 부탁드리겠습니다."

인사치레에 불과한 제 말에 금세 화색이 도는 희수의 표정을 바라보며 민혁은 마음 한구석이 착잡해졌다. 저뿐 아니라 희진까지 자식으로 받아 안으려는 그녀의 마음이 고마우면서도, 한편으로는 더없이 불편했다.

"그러려면 너부터 이리로 들어와 있어야 할 거 아니냐. 동생하고 같이 있고 싶어 그런 거면 몰라도 왜 혼자 오피스텔에서 청승을 떨고 있어."

태석은 불과 5년 전에야 제게 아들이 있다는 것을 알았다. 기쁨보다는 죄책감이 더 컸다. 아들의 생모인 세정이 벌써 이 세상 사람이 아니었기에 그 죄책감은 이루 말할 수 없었다.

제 연민에 허덕이고 있을 때 민혁은 얼굴 한번 제대로 보여 주지 않고 이 나라를 떠나 버렸다. 그리고 존재조차 몰랐던 아들을 하루하루 기다리고 있는 스스로를 발견했다. 사람을 시켜 어디서 어떻게 기거하는지 매일 보고를 받았다.

그러던 어느 날, 남은 삶이 얼마 남지 않았을지도 모른다는 불안감에 불편한 몸으로 비행기를 탔다. 끝까지 만류하던 희수가 붙여 준 수행 비서 둘과 의사 한 명을 동반했다.

그렇게 낯선 곳에서 아들과 해후를 했다.

타지 생활에 대한 고독감 때문이었을까. 타인을 보듯 하는 시선은 여전했지만 냉랭하고 서늘했던 분위기는 조금 사라져 있었다. 그 앞에서 처음으로 눈물을 보였다.

그 만남 이후 2년도 더 지나서야 아들은 제 품으로 돌아왔다. 자신을 휩쓸었던 혼란으로부터 벗어난 민혁은 더 단단해져 있었다. 그리고 차민혁임을 더 이상 피하지 않았다.

마음까지, 뼛속까지 차민혁일 수 없다는 것을 태석도 잘 알고 있었다. 윤민혁이 차민혁이 된 지 2년. 점점 더 차태석의 아들 차민혁이 되어 갈 것이었다. 그 시간들 중 하루였다.

언제나 청담동 본가에 들르면 식사만 하고 각자의 거처로 돌아가기 바빴던 부자였다. 희수는 두 사람이 담소를 나누는 모습에 더없이 마음이 흐뭇해졌다.

민혁의 친모인 이세정, 33년 전 그녀의 서글서글한 눈매와 시원한 마스크를 여전히 기억하고 있었다. 처음 희진을 만났을 때 그 모습을 그대로 빼다 박은 모습에 숨이 멎을 뻔했다.

세정은 35년 전 대망의 선대 회장이자 민혁의 조부인 차기석의 비서였다. 기석은 갓 유학을 마치고 온 아들 태석을 대망건설 전무 이사로 발령을 냈다. 그리고 조금이라도 빠른 업무 파악을 돕기 위해 비서인 세정을 태석에게로 보냈다.

이미 태석의 배우자를 점찍어 놓았던 기석은 두 사람이 연인이 되리라고는 짐작도 하지 못했다.

당시 중공업 육성에 힘을 싣고 있던 기석은 자금난으로 힘들어하던 영산중공업을 인수 합병하면서 영산중공업의 장녀인 희수를 며느리로 맞아들일 준비를 끝내 놓았다.

비록 정략이긴 했지만, 영산중공업 사장 정해영과 기석은 젊은 날부터의 절친이었기에 태석과 희수는 자주 접했고, 동학년이라 친구처럼 자랐다.

희수는 으레 기업가 여식들이 그러하듯 당연한 일인 듯 결혼을 받아들였다. 그러나 예정했던 약혼이 자꾸 미루어지면서 이 결혼에 문제가 있음을 알게 되었다.

태석이 사랑하는 여인과의 약속을 지키기 위해 그의 부친을 상대로 얼마나 몸부림을 쳤는지는 모르지만, 사람들의 입을 통해 그의 행각이 고스란히 전해져 왔다.

흔히 있는 일이었다. 그리고 결국에는 집안의 뜻에 따라 다들 결혼했다. 그렇기에 모르는 척 기다렸다.

그러나 업계에 강골로 소문난 기석이 아들 마음을 꺾지 못해 결국 결혼식까지 미루어지는 사달이 일어났다. 무성한 소문 속에서도 침묵을 지키고 있던 희수의 부친 해영이 결국 처음부터 없던 일로 하자며 으름장을 놓기 시작했다.

다 무너져 내려가던 영산중공업은 이미 대망과의 합병 이외에는 길이 없었다. 그때 희수가 세정을 만나러 나선 것이었다.

세정은 미안하다고 했다. 이미 마음을 준 후에 정혼자가 있다는 것은 알았다고 했다. 커다란 눈에 떠오른 서글픈 미소. 그러나 전혀 주눅들지 않던 그녀를 보며 오기가 생겼다.

어떻게 했으면 좋겠냐고 물었다. 차태석, 그 사람은 결코 대망을 떠날 수 없는 사람이라고. 자신 또한 대망가에서 뼈를 묻을 것이라고. 이미 혼인 신고는 마쳤으니 결혼식 날이야 언제든지 잡으면 된다고.

혼인 신고를 마쳤다는 말에 담담하던 그녀의 표정이 깨졌다. 물기 없는 두 눈은 이미 모든 영혼이 다 빠져나가 있는 듯했다. 그 모습에 승리를 닮은 묘한 쾌감이 느껴졌다.

카페 문을 열고 들어설 때의 모멸감을 조금은 털어 버리고 일어날 때였다.

"배 속에 그의 아이가 자라고 있어요."

"아이?……지워요. 그럴 수 없다면 낳아서 나에게 보내요."

이세정과의 기억은 그게 다였다. 찾아오지 않는 그녀를 잊고 살았다. 당연히 그 아이의 존재도 의식에서 사라졌다. 그를 잡고 싶은 구실이었거니 그렇게 여겼다.

훗날 그녀가 대망의 변호인단 중 한 사람과 결혼했다는 것을 어느 해 대망 창립 기념회에 참석한 주연의 아버지, 지금의 법무 법인 세진 대표 이세한을 통해 우연히 듣게 되었다. 이후 그녀의 이름을 떠올릴 일은 한 번도 없었다.

까맣게 잊고 살 무렵 그녀가 찾아왔다. 여전히 고운 미소와 여유로운 분위기가 희수를 불편하게 했다.

그녀는 제 남자를 넘봤던 여자였다. 첫 만남에서 다른 여자의 남자를 탐하는 사람 특유의 초조함이나 주눅이 느껴졌다면 호기롭게 태석을 포기했을지도 모를 일이었다. 여자의 쓸데없는 경쟁 심리와 자존심이 그녀와 제 운명을 힘들게 했는지도.

그러나 두 번째의 만남에서 그녀의 여유는 타고난 천성이라는 것을 알게 되었다. 죽을 날을 받아 놓았다고 말해 왔다. 그리고 세상에는 비밀이 없다고 하니 언젠가 아들이 태석을 찾을 날을 위해 아들을 부탁해 왔다.

만약 아들이 영원히 모른 채 살아간다면 이제껏 그래 왔던 것처럼 희수도 모른 척 살아 달라고. 그리고 미안하다고 했다.

기가 찼다. 헛웃음을 터트리며 물었다. 제가 아이를 못 낳는다는 소리를 듣고 찾아온 것이냐고. 동그래진 눈에 연민이 떠올랐다.

웃음이 났다. 죽을 날을 받은 사람에게 받는 동정이라니. 어이가 없었다. 배 속에 있는 아이를 부정한 대가가 이렇게 돌아오다니.

그녀의 결혼과 동시에 아이의 존재마저 까마득히 잊어버린 제가 용납되지 않았다. 또한 소식 한 점 없다가 이십여 년이 지나 찾아온 그녀의 심보가 비밀 공유에 대한 책임을 묻는 듯해 괘씸하고 황당했다.

꼭 석 달 후 그녀의 부고 소식을 들었다. 절대 그럴 일이 없을 거라 여겼건만 태석도 모르게 우리나라 최고 대학 법학과를 다니고 있는, 벌써 청년이 된 아이를 제가 남몰래 지켜보고 있었다. 성인이 된 그의 대학 생활부터 군 입대와 퇴소 소식을 들었다.

그러던 중 아이의 아버지 윤석호가 말도 안 되는 일에 휘말려 있는 것을 알게 되었다. 어느덧 그의 사무실 앞에 서 있는 자신을 발견했다.

자신을 보고도 놀라지 않는 그를 보며 그도 아들 생부의 일을 알고 있다는 것을 알아차렸다.

이세정, 그녀가 좋은 남자와 만나 행복한 가정을 이루다 간 것을 알 수 있었다.

아이의 사법 고시 통과를 남몰래 기도하는 제 모습에 몸서리치게 놀랐다. 말없이 혼자 지켜보아 온 세월의 이유가 남편 태석에 대한 복수인지, 민혁이 상처받지 않고 제자리에서 잘 살길 바랐기 때문인지 희수는 아직도 알 수가 없었다.

그러나 분명한 것은 더 일찍 아들의 존재를 태석에게 알렸어야 했다는 것이었다. 그랬다면 5년 전 악연이 꼬리를 문 운명 속으로 태석과 민혁을 몰아넣지는 않았을 것이었다.

그때 일만 생각하면 아직도 살이 떨려 왔다. 아니, 애초에 잘못의 시발점이었던 33년 전 그날, 이세정을 그렇게 돌려보내지 말았어야 했다. 어떻게든 태석과 함께 해결하도록 했어야 했다.

희수는 지금도 밤낮없이 눈물을 흘리며 그녀의 영혼에 대고 기도를 했다.

당신의 귀한 아들을 이제 와 품에 안으려는 이기적인 마음을 용서하라고. 죽을 날을 받아 놓고 절 찾아와 아들을 부탁해 오던 그녀에게 차가운 미소밖에 돌려준 게 없음을 후회하고 후회했다.

긴 한숨을 뿜어내는 희수의 눈가가 뜨거워져 오는 순간이었다.

"너 여기 와 있었어? 안 그래도 내가 오빠 보고 너 좀 만나려 했는데, 잘됐구나."

날카로운 목소리가 거실로부터 주방까지 들려왔다. 부리나케 달려나가 보니 화연이 소파에 털썩 주저앉고 있었다.

"고모, 언제 왔어요?"

"언니가 안 알려 주면 내가 못 알아낼까 봐서. 그 잘난 전화번호 하나 알려 주는데 몇 날 며칠이 걸려요?"

희수는 며칠 전 태석의 여동생인 화연에게서 민혁의 휴대폰 전화번호를 알려 달라는 전화를 받았다. 뭔가 일이 있는지 잔뜩 약이 올라 있는 목소리에 곧 문자로 보내 주겠다고 하고는 그대로 묻어 버렸다.

"너 도대체 뭐야? 왜 비서들이 내 전화는 네게 안 돌리는 거야."

"자리에 없었겠지요. 제가 전무님 전화를 받지 않을 이유가 있겠습니까?"

"그런데 왜 잘난 폰 번호는 알려 주지 않는 거야? 어제 바쁘지만 않았어도 당장 비서실로 달려갔을 거야. 그 한 실장이라는 애는 도대체 누굴 믿고 그렇게 뻣뻣한 거야."

"제 개인 전화번호는 누구에게든 마음대로 알려 주지 않습니다. 대망호텔 비서실장은 전무님 전화번호를 아무 곳에나 뿌리나 봅니다."

느긋한 민혁의 말투에 화연의 약이 바싹 올랐다.

"야, 너······."

"고모."

차분하면서도 단호한 희수의 목소리가 화연의 목소리를 가로막았다.

"목소리 낮추세요. 그리고 '야' 라니요. 차 본부장 나이도 생각하세요."

"그럼 내 나이는요? 한참 아래 조카에게 그 소리가 무슨 흉이에요?"

화연이 앙칼지게 따져 들었다.

"조카라고 생각하신다면 좀 더 마음을 담아 대하세요. 오빠도 말을 그렇게까지 함부로 하지 않아요."

"뭐가 무서워서요?"

"그만들 해. 넌, 왜 갑자기 들이닥쳐서 집 안을 시끄럽게 만들어. 무슨 일이야?"

태석이 낮고 중후한 목소리로 끼어들었다.

"갈수록 어이없네. 언제는 내가 오빠 집에 오면서 연락하고 왔어? 그래, 이 집 부자지간이 어떤 예의를 갖추며 살든지 그건 내 알 바 아니야. 그런데 오빤 알고 있었어?"

"뭘 말이냐?"

"청연건설에 있던 박 이사 중국 지사로 발령 낸 거, 오빠도 알고 있었냐고. 그것도 바로 다음 달부터. 이런 경우가 도대체 어디 있는 거야? 정기 인사 발령도 아니고, 일 잘하고 있는 사람을 하루아침에 중국 지사 발령이라니."

흥분을 이기지 못한 화연이 태석과 민혁을 상대로 번갈아 쏘아 댔다.

"본부장밖에 안 되는 자리에 앉아서 이따위로 인사를 주물럭거리다니. 너 아주 일을 제대로 배워 가는구나."

"중국 현장을 지휘할 간부 자리가 필요했습니다."

"박 이사가 내 사람이라고 일부러 보내는 거 아냐? 저번 정기 인사 발령 때 박승현 실장, 지방으로 좌천시킨 것도 그렇고."

"청연에서 일하는 사람들은 모두 청연 사람인 줄 알았는데요. 대망 그룹 박상섭 부회장님 친인척들은 결국 전무님 사람이었나 보네요."

민혁의 무감한 얼굴과 무심한 말투에 화연의 속이 더 끓어올랐다.

"호랑이 새끼를 끼고 있나 했더니, 이제 보니 너구리 흉내를 내고 있구나. 요즘 새로 올린다는 아파트 때문에 건설 주가가 좀 오르더니 기고만장해서는 무서운 게 없지?"

"박승현 실장은 장부 조작에 내부 공금 비리가 밝혀져서 지방으로 좌천시켰습니다. 박 이사님도 거래 업체 선정에서 몇 차례 뇌물 비리가 있었고요. 마음 같아선 완전히 쫓아내고 싶었습니다만, 말씀대로 고모님의 사람들이라 하면 제 사람도 될 것 같아 한 걸음 양보한 겁니다."

달싹거리던 화연의 입이 그대로 닫혔다. 처음 나온 고모라는 말에 당황하기도 했고, 그의 입에서 속속들이 나오는 그들의 행적에 태석이 어떻게 나올지 신경 쓰였다.

"이제 겨우 그룹 계열 본부장 주제에 아버지 백 믿고 너무 설친다. 그러다 그대로 땅으로 머리를 처박을 수 있어."

"어른이 되어 가지고 말하는 품새 하고는. 민혁이 곧 사장 자리에 앉을 거야. 그러니 그쪽 일은 모두 민혁이 알아서 하라고 둬."

듣다 못한 태석이 쯧쯧 하고 혀를 찼다.

"그럼 기태는? 우리 기태는 안 불러들일 거야?"

"기태는 네가 보낸 거 아니냐."

"들어오면 아직 건설 쪽 일밖에 배운 적 없는 애를 어디에 앉힐 거냐고."

떼를 쓰듯 태석에게 매달리는 화연을 보며 희수가 고개를 작게 내저었다.

"너 설마 회사를 그 지경으로 만들어 놓고도 기태를 청연에 넣을 생각을 하고 있었던 거냐. 아직 세간의 눈들이 다 우리 대망을 주시하고 있어. 하물며 건설 쪽이야 더하고."

"공사하다 보면 어디든 하자가 나기 마련이야. 아파트 부실 공사가 우리뿐이야? 그걸 나라가 들썩거리게 만들어 놓은 장본인 여기 있잖아. 차민혁. 아니, 윤민혁 작품이잖아."

화연이 민혁을 향해 손가락질을 해 대며 흥분을 감추지 못했다.

"아가씨, 무슨 말도 안 되는 억지를 부리는 거예요. 그런 말 하시려거든 돌아가세요."

이제껏 듣고만 있던 희수가 엄한 목소리로 화연을 나무라며 일어섰다.

"하, 정말이지. 언니, 아니, 정희수 여사님. 지금 나보고 나가라고 한 거예요?"

화연 역시 세차게 헛웃음을 뱉으며 자리에서 일어섰다.

"저 애를 감싸는 언니 속을 정말 모르겠네요. 이 마당에 아들이 생기면 결국 언니에게 손해 아니에요? 상속 문제를 따져도 자식이 없어야 많아지는데."

이내 알 만하다는 듯 크게 고개를 주억거리고 말을 이었다.

"하긴 저 애 존재를 진작 알아 놓고도 5년 전, 회사 주저앉기 직전에야 밝힌 거잖아. 계산해 보니까 그게 더 남는 장사던가요? 날 속물 취급하더니, 알고 보면 언니 속이 더 시커먼 거 알고 있수?"

"말이면 다 되는 줄 아세요? 멀쩡한 민혁이 앞길을 망쳐 놓은 건 고모예요. 아무리 정이 없다고 해도 같은 피를 나누었다는 고모라는 사람이."

희수가 덧정 없는 듯 고개를 절레절레 저었다.

"제발 이제라도 정신 차리고 기태 사람 만들어 놓을 생각이나 하세요."

"누구보고 정신을 차리래? 그리고 우리 기태가 어때서요?"

"이리 달려와서 시비를 거는 것 보니 능력 있는 조카가 겁이 나긴 하나 보네요. 그러나 자업자득이에요. 어딘들 앉혀 놓는다고 그 빛이 가릴까요. 불안해하며 마음 졸이지 말고 지니고 있는 거나 잘 움켜쥐고 있으세요. 그나마도 뺏기기 싫으면."

"말 다 했어요?"

화연이 제 분을 이기지 못하고 몸을 떨었다.

"그만하지 못해. 화연이 너 올 때마다 집에 분란 일으킬 거면, 더 이상 드나들지 말거라."

"오빠, 정말 이러실 거예요?"

"내가 너를 너무 오냐오냐 거두었어. 어떻게 나이가 들어도 철없는 건 한결같아."

화연이 날 선 눈으로 민혁을 돌아보았다.

"그때 네 옷을 벗기지 말고, 오도 가도 못하게 구석진 시골로 좌천시켜 놓을 걸 그랬다. 무슨 생각으로 못 잡아먹어서 안달이던 이 집안으로 들어왔는지는 모르겠지만 네 뜻대로는 안 될 거야."

잡아먹을 듯한 시선으로 민혁을 쏘아보던 화연은 현관문을 소리 나게 닫고 나가 버렸다. 세 식구가 오붓하게 즐기려던 티타임이 결국은 무산되어 버렸다.

한결같이 무덤하던 민혁의 얼굴이 굳어 있었다. 그를 바라보는 희수의 마음이 아릿하게 저며 왔다.

도로가에 잠시 차를 세웠다. 차 창문을 약간 내리자 숨쉬기가 한결 수월했다. 정수리에서 왼쪽 머리를 타고 내리는 편두통은 여전했다.

청담동 집을 벗어나 잠시 사무실을 들렀다가 나오는 길이었다.

면회를 거부하던 전 대망건설 이진호 상무가 이번엔 면회에 응했다는 영석의 보고를 들었다. 민혁의 전언에 직접 그를 만나고 싶다고 말을 전해 왔다.

움찔거리며 두 눈을 감는 민혁의 미간이 한껏 구겨졌다. 청담동 집에 들어서기 전부터 컨디션이 좋지 않았다.

지난 2년간 쉬지 않고 달렸다. 서너 시간 이상 잠을 잔 적이 없었다. 아니, 5년 전 그 일 이후로 제대로 숙면을 취해 본 적이 없었다. 아파트 신축 공사가 시작되면서 지방 출장 또한 끊이지 않았다.

평소 자신만 보면 발톱을 드러내는 화연이었다. 그녀가 어떤 말을 해 와도 신경 쓰지 않았다. 그러나 스스로도 늘 의문이었다.

그녀의 말처럼 늘 제게 표적의 대상이었던 대망에서 자신이 무엇을 하고 있는 것인지, 제가 걸어가고 있는 일에 대해 회의를 느끼는 그였다.

5년 전 대망을 휩쓸고 갔던 태풍 속에서 차태석 회장은 뇌경색으로 쓰러졌다. 큰 신장에 풍채도 만만치 않은 그가 지팡이를 짚고 바다를 건너 런던까지 자신을 만나러 왔을 때 적잖이 놀랐다.

한 나라의 경제를 쥐락펴락해 오던 그가 보통의 사람보다 더 심약한 모습으로 눈앞에 나타난 것이었다.

건네지도 않은 제 손을 끌어 잡아 눈물까지 보이는 그를 차마 외면할 수 없었다. 그 탓으로 지금 이 자리에 이렇게 서 있는지 몰랐다.

그러나 여전히 제게 아버지라고 하면 오로지 윤석호밖에 떠오르지 않았다. 어떻게 세상을 바라보아야 하는지, 어떤 마음가짐으로 세상을 살아야 하는지를 일깨워 준, 언제나 자신의 기둥이 되어 주었던 그분뿐이었다.

그럼에도 시간이 흘러갈수록 낯설기만 했던 차민혁이란 이름에 익숙해져 가고 있었다.

제 정체성이 자리를 찾아가면서 민혁은 다시금 예전의 사건을 돌아보고 있었다.

5년 전 재판에 대해 제대로 된 진상 규명을 하지 못한다면 윤민혁이라는 이름을 완전히 떨쳐 버리고 살 수가 없을 듯했다.

머리가 지끈거렸다.

"하아."

머릿속의 복잡한 생각들이 뜨거운 김과 함께 입 밖으로 새어 나왔다. 민혁이 두 손으로 마른세수를 했다. 그때 뻑뻑한 시선 안으로 낯익은 여자의 모습이 들어와 박혔다.

힘껏 누른 클랙슨 소리를 듣지 못하는 그녀를 따라 천천히 차를 출발시켰다. 길을 꺾는 그녀를 따라 차를 꺾었다. 카페로 들어가는 그녀를 보며 차를 세웠다.

한적한 도로에는 이미 서너 대의 차들이 불법 주차 상태였다. 찌르르 쉬지 않고 타고 오르는 통증에 의자 뒤로 머리를 묻었다.

그의 한쪽 눈썹이 꿈틀거렸다. 반갑지 않은 인사가 카페 안으로 성큼 들어가는 게 그의 눈에 들어왔다.

카페 유리문을 열자 달랑 하고 종소리가 울렸다. 입구 바로 앞에서부터 안으로 길게 난 스탠드바에서 앞치마를 두른 남성이 부드러운 미소를 지어 보였다.

작은 출입문에 비해 실내는 제법 넓었다. 거리 쪽으로 난 창에는 큰 로스터 기계가, 실내 테이블을 향한 바에는 더치커피를 뽑는 기계가 놓여 있고, 갖가지 예쁜 찻잔들이 아기자기한 느낌을 살려 주었다.

조용하고 아늑한 실내 분위기가 꽤 은은했다. 아담한 테라스에 놓인 화분들이 예쁜 집이었다.

안쪽 창가 테이블에 앉아 노트북을 열심히 들여다보고 있는 한 여성과 테이블을 가운데 두고 서로에게 몸을 바싹 붙인 젊은 커플 한 쌍이 손님의 전부였다.

정원은 거리 쪽으로 난 넓은 창 옆 테이블로 가서 의자 깊숙이 몸을 묻었다.

"저희 가게 처음이세요?"

"네."

서른 중반쯤 되어 보이는 사장은 인상이 좋았다. 직접 로스팅한다는 커피에 대한 자부심을 드러내는 그를 위해 마시지 않을 아메리카노 한 잔을 시켰다.

대학 시절 카페에서 만날 약속을 하면 커피를 한 잔 시켜 놓고 지훈을 기다렸다. 커피가 식기 전에 카페로 뛰어 들어오던 그를 기다리는 제 몫으로는 따뜻한 물 한 잔이면 충분했다.

그 시절의 생각을 지우려는 듯 정원이 작게 고갯짓을 했다. 귓가로 아주 오래된 노래 조덕배의 '꿈에'가 들려왔다. 가수의 몽환적인 목소리가 가게를 가득 메워 갔다.

정원의 눈에 고여 가던 물방울이 툭 하고 떨어져 내리기 무섭게 볼 위로 쉴 새 없이 눈물이 흘러내렸다.

자주 눈물이 났다. 어느 국도를 운전해 가다가, 도서관 한편에서 책을 읽다가, 혼자서 밥을 먹다가, 수업 시간 아이들에게 짧은 작문을 시켜 놓은 1, 2분의 작은 틈 사이에서조차도 뜨거운 눈물이 때를 가리지 않았다.

북받치는 울음을 참지 못해 달려간 곳이 화장실이기도 했고, 아무도 오가지 않는 구석진 복도이기도, 어느 담벼락 아래이기도 했다.

부산에서 지내던 시절, 그녀의 정신은 손가락 하나만 대도 무너져 내리는 아슬아슬하게 세워진 도미노 같았다.

그 눈물 깊숙한 곳엔 어릴 때 생이별한 엄마가 있었다. 모든 기억을 오롯이 품고 있는 일곱이란 어린 나이는 이별을 감당하기엔 지나치게 벅찼다.

집 안은 늘 오가는 문중 사람들로 시끄러웠지만, 엄마가 사라져 버린 넓은 기와집엔 어느 누구 하나 저를 바라보는 사람은 없었다. 오로지 혼자였다.

꿈에도 한 번 찾아오지 않는 엄마를 그리며 밤마다 열어젖히는 문창살 너머엔 달그림자에 비친 야산의 나무들이 도깨비 형상을 하고 서 있었다.

방문을 열어 놓고도 차마 뛰쳐나가지 못하는 가슴에 뜨거운 우물 도가니가 생겼다. 죽어라 공부를 했다. 엄마에게 갈 생각으로 책만 팠다.

지방 대학을 선택할 수 있는 적당한 성적을 읍내 선생들이 진작 가르쳐 주면 좋았을걸, 지나치게 우수한 성적은 엄마에게 갈 길을 열어 주지 못했다.

모두가 부러워하는 서울 명문 대학에서의 생활도 좋을 것은 없었다. 아르바이트를 제외한 모든 시간은 기숙사에서 오로지 임용 공부만 했다.

오랜 시간을 함께 견뎌 준 이가 지훈이었다. 한 동네에서 자란 지훈은 사람이 필요한 제게 곁에 있어 준 유일한 이였다. 어릴 때 준비물을 가져오지 못해 벌 청소를 하고 있으면 어디에선가 나타나 도왔다. 그것이 서러워 엉엉 울 때면 말을 해 줬다.

"네 잘못이 아니야. 다들 엄마가 챙겨 줬을 뿐이야."

정원은 절 향한 그의 눈빛이 달라져 가고 있음을 알아차렸다. 가족이자 친구인 그를 잃고 싶지 않은 이기심에 애써 모른 척하던 나날이었다.

부산 교육청으로 발령을 받았다. 한걸음에 엄마의 곁으로 다가갔다. 야속하게도 엄마와의 생활은 불과 몇 달이 허락되지 않았다.

처음으로 신을 찾아 무릎을 꿇었다. 단 한 번의 간절함이었다.

하지만 무심한 신은 한순간에 엄마를 데리고 갔다. 삿대질을 해 가며 대거리를 하고 싶었지만 아무도 신을 만나게 해 주지 않았다.

무슨 정신으로 하루를 살아 내고 있는 것인지 모를 때, 지훈이 결혼 소식을 알려 왔다. 공허함과 허전한 마음의 정체를 알아차릴 사이도 없이 그의 어머니가 학교로 들이닥쳤다.

세상을 놓고 싶었다. 캐나다와 뉴욕의 거리를 걷고 또 걸었던 것이 2년 전이었다.

엄마, 가슴 한편이 욱신거렸다. 이순영, 속이 메슥거려 왔다. 딸랑 하는 종소리가 정원의 의식을 제자리로 돌려놓았다.

"왔어."

"오랜만이야, 형."

카페에 들어서는 지훈을 사장이 반갑게 맞이했다.

"많이 기다렸어?"

지훈이 정원의 앞에 놓인 커피 잔을 제 앞으로 당겼다.

"아니."

"커피가 다 식었어."

"네 것 아니야. 새로 시켜."

"······울었어?"

지훈이 정원의 충혈된 눈을 조용히 바라보았다.

"할 말, 어서 해. 곧 일어나 봐야 해."

지훈은 쌀쌀한 말에도 여전히 그녀의 눈빛만 좇고 있었다.

"서지훈."

"그래, 이현아."

"그렇게 부르지 말라고 했잖아."

"너라도 그렇게 불러 달라고 했잖아."

"엄마가 돌아가시면서 그 이름도 함께 죽었어."

"알았어, 고칠게."

입술을 떨고 있는 그녀를 지훈이 달랬다. 짧은 침묵을 사이에 두고 지훈이 입을 열었다.

"본부장님과 어떤 사이인지 물어도 돼?"

"아니. 너, 그런 걸 물을 입장 아니야."

"엄마 일, 제대로 사과하고 싶었어."

"이야기했잖아. 이미 지나간 일이라고."

피곤과 짜증이 동시에 일어났다. 그의 눈빛에 묻어나는 애잔함이 견디기 힘들었다. 그의 눈길을 피한 채 애써 마음을 가다듬었다.

"이번 광고 끝나면 청연에서 바로 철수할 거야. 알고 있는지 모르겠지만 우리 회사 어려워. 게다가 나는 이쪽 일이 처음이야. 그러니까 부탁할게. 나 이 일 잘 해낼 수 있도록, 마음 편하게 할 수 있도록 도와 줘."

"나 네 옆으로 가고 싶어."

"서지훈!"

"내가 바보 같았어. 내 마음 알면서도 모른 척하는 네가 미워서 보란 듯이 잘 살고 싶었어. 한 번도 떨어져 본 적 없어서 떨어져 보면 다를 거라 자만했어. 그런데 안 되더라. 다른 여자를 품으면서도 줄곧 네 생각뿐이었어."

"지금 그걸 말이라고 하니?"

"더 후회하기 전에 네 옆에 있고 싶어."

불끈 주먹을 쥐는 정원의 손등에 핏줄이 도드라져 올랐다. 애써 평정함을 유지하고 있는 그녀의 어깨가 잠시 솟았다 내려앉았다.

"이혼했다고 그랬니? 그래서? 이제 이혼남 됐다고 순영 아주머니가 널 내게 고이 보내 줄 것 같아? 그리고 내 마음은? 그건 안중에도 없는 거야? 나는 그저 네가 가면 가는가 보다, 내 옆에 오면 오는가 보다, 아무래도 좋다고 내가 넙죽 받아 줘야 해?"

"넙죽 받아 줄 거라고 꿈에도 생각 안 했어. 언제는 내 마음 한 줄이라도 받아 줬어?"

목소리가 차가웠다. 낯선 모습이었다.

"밉도록 언제나 같은 자리였지, 넌. 그렇다고 밀어내지도 않았어. 달려가면 늘 제자리에 있었어. 달아나도 또 같은 자리고. 그래서 오기가 났던 건지 몰라."

지훈이 짧은 헛웃음을 터트렸다. 고개를 가로젓는 모습에서 자기혐오가 드러났다.

"그런 네가 문제라고 생각했어. 내가 결혼이라도 한다면 그때는 한 걸음 정도라도 움직일 줄 알았어. 그런데 내가 문제였어. 내 우유부단함이 널 항상 그 자리에 서 있도록 만들었어. 이젠 그러지 않으려고."

"서지훈, 너……."

"일어나지."

나지막한 목소리가 서늘하게 끼어들었다. 두 사람이 동시에 소리 나는 쪽을 향해 고개를 돌렸다.

언제 왔는지 테이블 옆에 서 있던 민혁이 정원의 팔목을 잡아 쥐고 일으켜 세웠다. 지훈이 급하게 몸을 일으키는 바람에 그의 의자가 쇳소리를 내며 뒤로 밀려났다.

"지금은 확실히 내가 무례한 걸 인정해. 서정원 씨 내가 먼저 데려가야겠어."

"차민……. 본부장님, 지금 뭐 하시는 거……."

민혁의 손에 이끌려 문 쪽으로 향하던 정원이 당황함에 말을 더듬었다.

"뭐 하시는 겁니까, 지금."

지훈이 빠른 걸음으로 민혁을 막고 섰다.

"오늘은 집주인이 세입자에게 볼일이 있는 걸로 하지."

민혁의 목소리가 지나치게 허스키했다. 팔목을 비틀어 대던 정원이 동작을 멈추었다. 그의 옆얼굴에서 알아차릴 수 있는 것은 없었다. 민혁이 걸음을 떼자 손목을 잡힌 정원이 따라 움직였다.

지훈이 다시 그들의 앞을 막아섰다.

"서지훈, 이쯤에서 비켜서시지. 아직 법원 판결이 안 난, 현 유부남 주제에 이러는 건 이 여자에 대한 예의가 아니지. 혹여 직책 앞세워 얼쩡거릴 생각이면 당장 그 목을 잘라 줄 테고."

알아본 바에 의하면 지훈과 그의 아내는 합의 이혼이 이루어지지 않아 현재 법정 공방 중이었다.

비서실 이 대리의 말로 표면상으로는 여자 쪽이 위자료 금액을 문제 삼고 있었지만, 실상은 아직 남편에게 마음이 남아 재판을 끌고 있는 것 같다고 전했다. 반면 지훈은 얼마를 주더라도 이미 이혼을 하겠다는 결심을 굳힌 상태인 것 같다고도.

굳은 채 서 있는 지훈을 지나쳐 두 사람이 카페를 빠져나왔다. 카페 바로 앞 도로가에 낯익은 검정 세단의 전조등이 깜박이고 있었다.

정원이 그의 팔을 힘껏 뿌리쳤다. 벌겋게 달아오른 손목 위로 손자국이 그대로 드러났다.

"도대체 지금 뭐 하시자는 거예요."

우두커니 선 채로 제 모습만 바라보고 있는 민혁을 향한 정원의 목소리가 짜증스러웠다.

"오면 오는가 보다, 좋다고 넙죽 받아 주는 것처럼 보이지 않으려면 상대를 안 하면 되잖아. 거기 그러고 앉아 있을 이유가 뭐지?"

불쾌한 건 이쪽인데 그가 한껏 인상을 구기고 있었다.

"무례도 정도껏 하세요. 여긴 회사도 아니고, 집 앞도 아니에요."

"그래서?"

"이게 뭐 하시는 행동이냐고 묻고 있잖아요."

"함께 가자는 거지."

"도대체 나한테 왜 이러는 거죠? 정말 저랑 연애라도 하실 생각인가요?"

짤랑. 갑자기 제 앞으로 날아오는 물건을 정원이 받아 들었다.

"바라던 제안이야. 우선 운전부터 좀 해."

자동차 키를 넘긴 그가 바로 조수석으로 올라탔다. 멍한 채 서 있는 정원의 시선 안에 카페 밖으로 나오는 지훈이 보였다.

정원은 하는 수 없이 운전석에 올랐다. 차를 출발시켜 50여 미터 달린 길가에 차를 세웠다.

"이게 무슨……."

시동을 끄고 조수석을 향해 돌아보던 눈이 동그래졌다. 의자에 몸을 기대고 있는 그의 이마가 땀으로 흥건히 젖어 있었다.

"어디 불편해요?"

저도 모르게 그의 이마에 손을 대고 깜짝 놀라 손을 뗐다.

"아프면 병원으로 가거나 집으로 갈 일이지, 길거리에서 이러고 돌아다녀요. 김 기사님은요?"

"득남. 그리고 돌아다닌 적 없어. 집에 가는 길이었어."

나무의 표피가 쩍 갈라지듯 그의 메마른 목소리에 절로 인상이 구겨졌다.

"가까운 병원이……."

바로 시동을 걸었다.

"집으로 가."

"이 정도 상태면 병원으로 가야죠."

"집!"

단호한 목소리에 입이 벙긋 열렸다. 절로 한숨이 솟았다.

"집이 어딘데요?"

"합정동으로 가."

합정동? 다시 돌아본 그는 두 눈을 꼭 감고 있었다.

정원은 운전하는 내내 안절부절못했다. 서울에서 처음 하는 운전도 편치 않았지만 꿈틀대는 그의 눈매와 턱 근육이 심상치 않아 보였다.

걱정되는 마음을 아는지 모르는지 차가 멈추자 곧장 내린 그는 앞서 집 안으로 들어갔다.

"꼬맹인 요즘 무얼 하고 다니는 거지?"

"……목소리, 너무 안 좋아요."

민혁이 정원을 가만히 내려다보았다.

"그게, 그러니까 요즘 원이 평가 기간인가 뭔가를 받는다고 좀 늦네요."

정원은 바라보고 있기 힘들 만큼 창백한 안색으로부터 시선을 외면했다.

"오늘은 내가 침대 좀 빌릴게."

희진의 방이 아니라 제 방으로 들어가는 그의 뒤를 넋 놓고 바라보았다. 이내 카페로 달려가 선반 밑에 놓인 비상용 약품 상자를 꺼냈다.

해열제와 따뜻한 물을 들고 방으로 들어가 보니 그 짧은 사이에 까무룩 잠이 들어 있었다. 젖은 수건을 들고 와 그의 이마를 훔쳤다.

민혁은 반사적으로 눈을 뜨다 다시 베개에 얼굴을 묻었다. 정원이 그의 어깨에 팔을 넣어 상체를 일으켜 세웠다.

"뭐 하는 거야?"

"약 드세요. 침대 오래 빌려드릴 생각 없어요."

"하아."

헛웃음인지 한숨인지 모를 뜨거운 김이 볼을 스쳤다. 약을 받아 삼킨 후 얌전히 침대에 다시 눕는 그를 보는 마음이 심란했다.

해열제만으로 될까? 걱정스런 마음을 접고 조용히 방을 나오는 순간이었다. 몸을 뒤척이는 소리가 들렸다.

"어디 불편해요?"

"추워."

이불장을 열어 희진이 준비해 둔 겨울 차렵이불의 포장을 있는 힘껏 뜯었다. 그의 목까지 새 이불을 덮어 주고 몸을 돌렸다.

불쑥 뻗어 나온 팔이 정원의 손목을 낚아챘다. 무방비하게 쓰러지는가 싶더니 순식간에 그가 젖힌 이불 속으로 끌려 들어갔다. 뭐라 반항할 틈도 없이 그에게 백 허그 당한 채 안겨 버렸다.

"차민혁 씨."

당황함이 지나치자 뭐라고 말을 해야 할지 몰랐다.

"오래 빌려주고 싶지 않으면 잠시만 이렇게 있어."

"이게 무슨 짓이에요."

아무리 버둥거려도 그의 두 팔에 갇혀 꼼짝도 할 수 없었다.

"그대로 있어. 기운 빠져."

아픈 사람이라 해도 남자의 기력 앞에서 꼼짝없이 당하고 있었다. 그의 거친 숨결이 귓불을 건드리고, 등으로는 그의 몸 떨림이 느껴졌다.

"차민혁 씨."

걱정스러움에 살그머니 몸을 일으키려는 정원을 그의 두 팔이 다시 옭아맸다.

"가만히 있어."

그의 입에서 괴로운 신음이 새어 나왔다. 그의 머리가 정원의 뒷덜미를 깊숙이 파고들었다.

정원이 눈을 질끈 감았다. 그의 거친 숨소리에 쿵쿵대는 심장 소리를 막고 있었다.

규칙적으로 변해 가는 숨결 속에서도 앓는 소리는 여전했다. 제 배에 둘러져 있는 그의 손등을 가만히 쓸어 주었다.

"⋯⋯서이현."

"네? 네."

"서이현⋯⋯."

"네, 저 여기 있어요. 차민혁 씨?"

그의 숨결이 돌아오는 전부였다. 조금씩 소리가 줄어들면서 그녀 역시 긴장감에서 벗어나고 있었다.

얼마나 시간이 지났을까. 정원은 퍼뜩 눈을 떴다. 짧은 시간이 지나 현 상황을 인지했다. 여전히 그의 품속이었다.

"아……버지."

귓가로 작은 소리가 들려왔다. 조심스럽게 몸을 일으켜 그를 돌아보았다. 그의 입술이 다시 꿈틀거렸다. 들릴 듯 말 듯 애절함을 담아 불러오는 그 단어에 정원의 눈가로 작은 이슬이 맺혔다.

✣ ❃ ✣

"본부장님께서 사내에 계시지 않습니다. 제가 미리 살폈어야 했는데, 죄송합니다."

기획실장 영석이 광고 팀 멤버들이 다 모인 회의실에서 쩔쩔매며 사과를 했다.

"잠시 기다리죠. 뭐."

진욱이 별일 아니라는 듯 자리에서 일어섰다.

"아무래도 오늘은 회사에 나오시기 어려울 것 같습니다."

"어디 지방 출장이라도 간 거예요? 시일 급하다고 계속 닦달해 놓고선. 이상하네, 그럴 인간이 아닌데. 도대체 무슨 일인데요?"

쏟아 내듯 말을 뱉는 한주가 민혁의 부재를 궁금해했다.

"그게 아니라, 잠시만요."

영석의 상의 재킷에서 진동 소리가 울렸다.

"그래? 알았어요."

통화는 길지 않았다.

"서정원 씨."

"네."

테이블 끝에 앉아 멍하니 창밖 하늘을 올려다보고 있던 정원이 화들짝 놀라며 뒤를 돌아보았다.

"본부장님께서 콘티 완성본 들고 오시라는 비서실 연락입니다."

"들어오셨어요?"

"댁으로 오시랍니다. 실은 오늘 본부장님 몸이 별로 안 좋으셔서 댁에 계십니다. 처음 있는 일이라 비서실은 비상사태입니다."

"어머, 별일이다. 학교 다닐 때 결강 한 번 안 한 인물인데. 서정원 씨, 얼른 다녀와. OK 사인 떨어지는 대로 사우나 갈 거란 말이야. 설마 오늘 또 엎어 버리기야 하겠어?"

한주가 기지개를 펴며 일어섰다.

"그럼 난 이대로 한숨 자겠습니다."

성환이 하품을 하며 회의실을 나갔다. 벌써 OK 사인이 떨어진 것도 아니고 촬영 개시 오더가 내려진 것도 아닌데 모든 일이 성사된 듯 마음을 내려놓는 분위기였다.

그중 불편한 표정의 얼굴은 정원 외에 한 사람이 더 있었다. 지훈. 그의 얼굴에 설명할 수 없는 여러 감정이 스치고 지났다.

"집도 모르는 절 군이. 김 실장님이 다녀오시는 편이 더 좋지 않을까요?"

입술을 잘근잘근 깨물다 말고 정원이 영석을 향해 겨우 말을 꺼냈다.

"오늘 중으로 처리해야 할 일이 많습니다. 게다가 콘티 점검은 서정원 씨께 맡긴 일이라. 잘못하면 책임 분담 확실히 하는 본부장님께 불통 맞습니다. 얼른 다녀오세요. 문자로 곧 주소가 갈 겁니다."

역삼동 대망 스카이블루. 택시로 5분이면 된다는 거리를 부러 걸었다. 괜스레 멈춰 서서 길 찾기 앱을 다시 한번 확인하고 걸었다.

멀찌감치 보이는 위상 높은 스카이블루가 눈에 떡하니 들어오고도 군데군데의 쇼윈도에 눈길을 주었다.

어차피 가야 하는 곳인데도 어떻게든 시간을 벌고 있는 중이었다.

기다리다 지치면 내일 회사에서 보자는 연락을 해 오지 않을까 하는 부질없는 생각으로 휴대폰을 만지작거렸다. 저승길이 이보다 가벼울 듯했다.

그를 어떻게 봐야 할지 몰랐다. 지난밤 특별한 일이 있었던 것도 아니었다. 그에게서 빠져나오고 불과 5분도 되지 않아 희진이 돌아왔다.

밤 11시가 넘은 시각이었다. 오빠가 아프다는 말에 희진은 비명에 가까운 소리를 내며 방으로 달려갔다. 이내 어디론가 전화를 걸자 30분도 안 되어 의사가 집으로 왔다. 훌쩍이는 그녀를 보며 정원은 아픈 사람을 그냥 방치한 것 같아 미안한 느낌이 들었다.

의사의 말이 편도염이라고 했다. 고열로 인한 근육통이 심하니 푹 쉬어야 한다는 말도 덧붙였다. 그러나 그는 의식을 차리자 절반이나 남아 있던 수액을 뽑아 버리고 자리를 털고 일어났다.

그를 잡고 나서는 희진을 거들어 제 방에서 자고 가라는 정원의 말에 그는 이제껏 보지 못한 습기 젖은 눈빛에 부드러운 미소만 되돌려 줄 뿐이었다.

그의 눈빛 때문인지, 침대에서 아버지를 찾던 아득한 목소리 때문인지, 돌아서는 그의 등이 한없이 쓸쓸해 보여 정원은 가슴이 저릿했다.

이런저런 생각 중에 벌써 그의 집 건물 앞에 도착했다. 로비 밖에서 들어서지도 못하고 서성이는 그녀를 보고 직원이 회전문에 몸을 싣고 나왔다.

"속이 좀 불편해서요. 2315호 찾아왔어요."

잡상인으로 오해했는지 빤히 쳐다보는 그를 향해 정원이 변명하듯 말을 했다.

"아, 그렇지 않아도 손님 올 거라고 인터폰 받았습니다. 곧 올라간다고 연락드리지요."

삐리리릭.

열리는 문 사이로 그의 하반신이 먼저 보였다. 옅은 블루의 워싱 데
님이 눈에 들어왔다.

"걸어왔어?"

그의 시선이 더 빠르게 그녀를 훑은 모양이었다. 어디서 티가 났나,
저도 모르게 머리를 매만졌다. 앞서 들어가던 그가 다시 현관을 향해
돌아보았다.

"들어오지 않을 생각인가?"

이 자리에서 콘티 노트를 던져 주고 싶은 생각이 굴뚝이었다. 그때
민혁의 브이 자로 목이 파인 인디블루 니트가 눈에 들어왔다.

"편도가 부은 사람이 그렇게 목을 드러내 놓고 있으면 어떻게 해요?
목 티는 못 입어도 손수건 정도는 감고 있어야죠."

저도 모르게 잔소리를 퍼붓다 말고 정원은 입술을 지그시 깨물었다.

"서정원 씨가 온몸을 바쳐 낫게 한 몸을 너무 함부로 했나?"

"여기 있습니다, 콘티."

피식 웃음을 터트리는 그의 앞으로 얼른 노트를 내밀었다.

"여기서 보라고?"

"몇 분 걸리지도 않잖아요."

"좀 으슬으슬한데?"

과장된 그의 몸짓에 헛웃음을 뱉으려는 찰나 민혁이 정원의 팔목을
획 하고 끌어당기고는 문을 닫았다.

"회사 로비에서 여기 거실까지 택시 타면 5분. 걸어도 20분이면 충
분해. 그런데 한 시간 넘게 걸린 이유가 도대체 뭘까?"

뭐라고 대꾸도 하기 전에 그는 주방으로 쑥 들어가 버렸다. 거실에
엉거주춤 홀로 남겨진 정원은 실내를 찬찬히 둘러보았다.

전면 창으로 강남의 높은 빌딩들이 한눈에 들어오는 거실은 오피스
텔이라기에는 지나치게 넓은 공간이었다.

카키 빛이 감도는 브라운 계열의 넓고 큰 4인용 가죽 소파와 그 앞

에는 대형 브라운관이 설치되어 있었다. 문이 열려 있는 침실은 이제 막 침대를 벗어났는지 이불이 젖혀져 있었다.

여전히 그의 컨디션이 좋지 않은 것을 알아차린 정원이 쪼르르 주방으로 향했다. 역시나 커피 머신을 돌리고 있었다.

"여기 커피 마실 사람 누가 있다고 커피를 내려요?"

"내 거야."

"이 상황에 커피 마신다는 말이에요?"

"이 상황이 어떤 상황인데?"

"약 먹는 사람이 카페인을 마시면 안 되죠."

무심한 말투에 미간을 구겼다.

"약 안 먹어."

"왜 약을 안 먹어요?"

실랑이가 귀찮아 과감하게 머신기 버튼을 눌러 꺼 버렸다.

"지금 굉장히 용감한 거 알고 있어?"

"뭘 두려워해야 하는데요?"

"여기 내 집이야."

"어제 내 방에서 차민혁 씨 마음대로 했잖아요."

"제 방에서도 바싹 긴장하던 아가씨가 하루아침에 이렇게 용감해진 이유가 뭘까? 그것도 남자 혼자 사는 집에 와서 말이지."

정원은 그의 말을 무시하고 정수기 물을 받아 포트 스위치를 눌렀다.

"남자 혼자 사는 집이 아니라 직장 상사 집이에요. 허튼수작하면 성희롱, 더 나아간다면 성추행에 해당하는 거, 법 공부 많이 하신 분이니 더 잘 알 테고요. 게다가 오늘 저에게 납작 엎드리셔야 하는 거 아닌가요?"

"왜 그래야 하지?"

"물에 빠진 사람 건져 줬잖아요. 공짜로 운전도 해 줬고."

"게다가 품어도 줬지. 보답으로 오늘은 이쪽에서 품어 재워 줄까?"

느리고 낮은 그의 목소리가 주방 안으로 조용히 퍼져 갔다.

"말장난은 그만두시고 콘티 봐 주세요. 광고 팀 직원들 OK 사인 나길 기다리고 있어요."

그의 시선에서 빠져나와 선반 여기저기를 뒤져 겨우 보리차 한 통을 찾아냈다. 티백으로 우려낸 물을 머그컵에 담아 하나는 그의 앞에, 다른 하나는 제 앞에 놓았다.

'식사는 한 걸까. 회사까지 쉰 걸 희진은 알고 있으려나.'

노트를 보고 있는 그의 얼굴은 확연히 까칠해 보였다.

"정말 많이 용감해졌어. 당당히 훔쳐볼 줄도 알고 말이야."

그가 갑자기 돌아보는 바람에 그대로 눈이 마주쳤다.

"이대로 촬영 시작해도 괜찮겠어요?"

정원은 화제를 업무에 집중시켰다.

"무슨 관계야. 오늘은 속 시원히 말 좀 해 보지 그래."

손에 들고 있던 노트를 테이블에 내려놓은 민혁이 소파 뒤로 몸을 깊숙이 물렸다.

"서지훈, 사귄 건 아니라고 했잖아?"

"왜 또 그 이야기를……!"

"왜 시선만 주면 서지훈과 마주하고 있는 건지 모르겠어."

"그만 일어나 볼게요. 답은 기획실장님께 듣겠습니다."

정원이 자리에서 빠르게 일어섰다.

"연인 사이도 아니었다면서 당신은 늘 눈물 바람이고, 상대는 죽어도 못 잊겠다고 무작정 끌어당기고."

민혁도 따라 일어섰다.

"아무 사이도 아니었다면서 그러고 있는 당신을 이해할 수가 없어. 호기심 자극해서 관심을 더 끌고 싶은 건가."

"관심을 끌어요?"

대체 이건 무슨. 정원이 미간을 살포시 찌푸렸다.

"아니다 하면서 세상 다 무너진 얼굴이었어."

"그러니까 제가 차민혁 씨 관심을 끌고 있다는 말인가요?"

정원의 눈빛이 싸늘하게 식었다.

"차민혁 썬 그런 여자에게 끌리나 보죠? 알 듯 말 듯 호기심을 자극하는 여자?"

빈정거림을 숨기지 않는 입매가 묘하게 휘어 올랐다. 정원의 변화를 지켜보는 민혁의 표정은 담담했다.

"그럼 어떻게 해야 하나. 시답잖은 이야기를 시시콜콜 쏟아 내서 그 호기심 끊어 드려야 하나. 계속 비련의 여주인공이라도 연기해서 관심을 있는 대로 끌어야 하나?"

주시해 오는 눈이 상당히 도전적이었다. 뭔가 단단히 비위를 건드린 모양이었다.

제 속을 애끓게 하던 눈물이 지긋하여 조금은 흠을 내고자 던진 말이었다. 흠집이라도 내서 눈물의 의미를 듣고 싶었다.

방향은 달랐지만 민혁은 깨지고 있는 그녀의 철벽이 나쁘지 않았다.

"그런데 실상은 당신이 제 관심을 끌고 있었던 것 아닌가요?"

말 같지도 않은 소리를 해 놓고선 시종일관 무표정인 그가 괘씸했다.

"만나 보자는 말 따위 집어치우고 처음부터 솔직하게 말하지 그랬어요. 어차피 갈 데까지 가 본 사이, 다시 한번 자자고."

밤새 걱정했는데. 혹여나 다시 열이 오르면 어쩌나. 약은 제대로 챙겨 먹었을까. 정원은 밤새 품고 있던 걱정이 지긋하여 마음에도 없는 말을 쏟았다.

"같이 자."

낮고도 조용한 목소리였다. 그러나 뚜렷하게 박히는 세 글자에 치켜 뜬 정원의 속눈썹이 꼼짝도 하지 않았다.

"솔직하게 말하면 감당할 수는 있고?"

민혁의 얼굴이 조용히 웃고 있었다. 한껏 솟아 있던 정원의 어깨가 바람 빠진 풍선처럼 아래로 축 늘어졌다.

"남자들을 너무 무능력하게 보지 마. 침대가 목적이라면 굳이 말도 필요 없으니까. 이만 가 봐."

순식간에 웃음을 걷어 낸 얼굴은 싸늘해 보였다.

"그리고 성희롱, 신고해도 좋아. 그런데 당신이 상대한 사람이 청연 건설 본부장이 아니라 차민혁이란 걸 기억해."

사람 속을 긁어 놓고 그대로 침실 문턱을 넘는 그의 넓은 등이 밉살스러웠다.

"그럼, 대체 당신이 원하는 건 뭔데요? 제 사생활에 관심을 두는 이유가 뭐냐고요. 말 그대로 순수하게 나랑 사귀고 싶어서?"

민혁이 제자리에 섰다.

"아니면 나랑 놀고 싶은 거예요? 이렇든 저렇든 우리에겐 결국 똑같은 거 아닌가요?"

그가 침실 문설주에 몸을 기댔다. 담담하던 그의 눈빛이 검게 가라앉았다.

"서로에 대한 호감. 그렇게 시작한 상대에 대한 설렘. 더 나아가 쌓인 신뢰. 그렇게 출발해야 정상 아닌가요? 도대체 우리 사이엔 뭐가 있는 거죠?"

더욱 짙어진 눈빛만으로 어떤 감정도 엿볼 수 없었다. 여전히 무감한 얼굴을 보고 있자니 쿵쾅대던 정원의 심장도 조용히 식어 갔다.

한 남자의 공간에 들어와서 무엇을 하고 있는지, 갑자기 수치심이 몰려들었다. 시선을 먼저 돌린 정원이 현관을 향했다.

"왠지 그 질문, 나에게 하는 말처럼 들리지 않는데."

깊은 울림을 지닌 목소리에 다시 돌아섰다.

"내가 아는 서정원은, 그리고 서이현은 호감이 없는 남자 품에 안기

는 여자가 아니거든. 그리고 쉬지 않고 울려 대던 당신의 심장 소리가
설렘하고 별개의 것이라고 한다면 당신이 말하는 설렘이 뭔지 묻고 싶
어."

잠시 숨을 고르는 그에게서 피곤이 엿보였다.

"단어 하나의 의미에 빠져 버리면 문맥의 뜻을 헤아리지 못하듯이,
남녀 간의 감정이 모든 단계를 거친다는 착각에서 벗어나 보지 그래.
아니면 제 감정도 모른 채 있다가 뒤늦게야 눈물짓는 일이 생길 수 있
어."

비난을 담은 눈빛이 아니었다. 미동도 없는 그의 눈을 마주하기 힘
들어 고개를 돌렸다.

"당신이 자기 연민에 빠져 있는 게 아닌가 싶었을 뿐이야. 두 사람
이 어디까지 진도를 나갔나 하는 지나간 역사 따위가 궁금했던 게 아
니라. 나에겐 눈에 보이는 적이 상대하기 쉬운 편이라."

민혁이 나지막이 숨을 뱉었다. 정원은 차마 그의 컨디션을 묻지 못
하고 아랫입술을 살며시 깨물었다.

"애꿎은 입술 그만 괴롭혀. 그럴 의도가 아니었는데. 언짢게 했다면
용서하고, 이만 돌아가요."

찰칵하고 침실 문이 닫혔다. 작은 문소리가 출입을 봉쇄하는 소리로
들려왔다. 미안, 용서 등의 말과 어울리지 않는 남자였다. 정원의 발이
쉬이 움직이지 못했다.

사귀자는 말을 앞세워 광고 건을 관철시킬 땐 비열한 남자로 여겨졌
다. 관심을 앞세워 지훈과 자신의 관계를 궁금해하는 그를 보며 참 어
설픈 남자라 생각했다.

오늘 지훈과의 관계를 추궁하듯 묻는 그의 서툰 행동에 화가 났다.
그러나 정작 서투르고 어설픈 사람은 자신이었다.

"내가 아는 서정원은, 그리고 서이현은 적어도 호감이 없는 남자 품에

안기는 여자가 아니거든."

낯선 남자에게 호감 이상을 느꼈다. 인정할 수 없는 사실에 하루의 일탈로 치부해 버렸다. 덕분에 머릿속을 떠나지 않던 엄마를 어느 정도 내려놓았다.

제자리로 돌아와서도 한동안 맨해튼에서의 일들을, 남자를 잊을 수 없었다. 서울로 올라온 후, 거리에서 그를 닮은 뒷모습만 봐도 흠칫거렸다.

그리고 생각지도 않는 재회를 하고 흔들리는 사람은 자신이었다.

무르익은 가을바람에 정원의 머리카락이 흩날렸다. 앞머리를 쓸어 올리는 그녀의 시선 안으로 건물 로비로 들어서는 중후한 여성의 모습이 들어왔다. 어떤 신분인지 관리 직원이 로비까지 달려 나와 인사를 하고 있었다.

넓은 길로 나온 정원은 더 이상 움직이지 못했다. 답을 기다리고 있을 팀원들의 얼굴이 발걸음을 묶고 있었다.

택시를 세울까 망설이는 눈에 길 건너편 죽집이 보였다. 조금씩 움직이던 발걸음이 어느덧 죽집 문을 열고 있었다.

자연산 송이버섯 죽을 손에 든 정원이 민혁의 현관문 앞에 섰다. 들고 나오지 못한 노트만이 변명거리가 아님을 저도 알고 있었다.

딩동. 두 번의 벨을 눌렀다. 얼른 나오지 않는 실내의 반응에 마음이 초조해지는 순간 삐리리릭 하고 문이 열렸다.

"저기, 노트……."

바로 말을 쏟아 내던 눈앞에 선 사람은 낯선 이였다.

"누구……?"

뭐라고 대답해야 할지 망설이는 사이 중년 부인의 뒤에서 민혁의 소리가 들려왔다.

"누가 왔습니까?"

"아가씨 한 분이⋯⋯."

중년 부인의 어깨너머로 보이는 그의 눈썹이 살짝 치켜올라갔다. 우물쭈물 서 있는 그녀의 손에 든 종이 가방을 내려 보며 그가 덤덤히 말했다.

"올라와."

부인이 한 걸음 살며시 뒤로 물러났다.

정원은 오르기 전에 두 손을 모아 다소곳이 부인을 향해 인사했다.

"서정원이라고 합니다."

"어서 들어오세요."

"아닙니다. 두고 간 게 있어서⋯⋯."

"여기 있어. 회사 광고 일을 같이하고 있는 직원입니다."

어느새 민혁이 테이블 위의 노트를 가져와 내밀었다.

"아픈 걸 알고 다시 죽까지 사 왔군요. 본부장이 인복은 있어요."

희수의 눈이 정원의 손에 머물렀다.

미처 잊고 있던 죽 가방을 얼른 내밀었다.

"그러지 말고 들어와서 차 한 잔 마시고 가요."

"아닙니다. 좀 전에 마셨어요."

"안 그래도 누가 여기까지 와서 보리차만 마시고 갔나 싶어 마음이 안 좋던 참이에요."

희수가 정원의 팔을 살며시 끌어 안으로 안내했다.

"대추차, 모과차 중에 뭐가 좋아요? 차 본부장 몸이 아프다고 해서 대충 챙겨 왔는데. 아, 내 소개가 늦었네. 나는⋯⋯."

희수는 엉겁결에 말은 꺼내 놓고 뭐라고 소개해야 할지 난감했다.

"어머니셔."

등을 타고 민혁의 목소리가 넘어왔다. 순간 희수의 얼굴이 화사하게 피어났다.

"네. 여기 차 본부장 어미 되는 사람입니다. 정희수라고 해요."

"아, 네. 반갑습니다."

정원은 다시 한번 고개를 숙여 인사했다. 원 톤의 샤넬 니트 원피스에서 풍기는 클래식함과 머리부터 발끝, 행동 하나하나에서 느껴지는 세련된 분위기. 평소 쉬이 접해 오던 계층의 사람이 아님이 절로 느껴졌다.

고운 희수의 눈길이 어려워하는 제 어깨에 부드럽게 닿고 있는 걸 알아채지도 못했다.

7. 오늘부터 1일

시외버스 터미널에서 산촌리에 있는 집 앞까지 택시를 탔다. 아무리 지각을 해도 잘 이용하지 않는 택시가 이곳 이천에 오면 전용 교통수단이 되었다.

가는 걸음마다 부딪힐지 모르는 마을 사람들의 얼굴을 피하고 싶었다. 택시를 타고 20여 분을 달리자 낯익은 길이 눈에 들어왔다. 지나는 들녘의 누런 벼들은 말 그대로 황금빛이었다.

대학에 들어가면서 이천의 가을을 볼 일은 그다지 없었다. 어쩌다 오게 되는 방학이면 한여름의 뙤약볕이 그녀를 목마르게 했고, 한겨울의 건조한 바람이 영혼을 갉아먹었다.

거리가 멀다는 핑계로 부산에 있는 동안 딱 한 번 다녀갔다. 서울로 올라온 이후엔 물리적으로 가까워진 만큼 마음에서 애써 더 지우려 했다. 본가에서 걸려 오는 전화 횟수가 많아지는 만큼 더 멀어지고 싶었다.

처음 서울로 올라오고 한 달 정도 지났을 무렵 득달같이 해 오는 연락을 이기지 못해 다녀간 이후 거의 2년 만에 하는 방문이었다. 설날과 추석에도 발걸음을 하지 않았다.

대문 앞에 선 정원은 천천히 몸을 숙여 낮은 담벼락 주위를 살폈다.

어린 날 적어 놓았던 '이현아, 학교 잘 다녀왔니'라는 삐뚤삐뚤한 글씨가 여전히 지워지지 않고 있었다.

돌담 가장 아래 막 토담을 발라 채 마르기도 전에 새겨 넣은 것이기에 세월이 흘러도 제자리를 지키고 있었다. 아무도 반겨 주지 않는 집, 스스로를 위한 인사였다.

무릎을 꿇고 한참을 내려다봐야 보이는 낙서. 그 낙서의 존재를 알고 있는 사람은 저와 단 한 사람뿐이었다.

다시 대문 앞에 서고도 정원은 벨에 손가락을 대지 못하고 시간을 허비했다. 대문 너머의 안부가 궁금한 이는 현우뿐이었다. 하지만 현우는 아직 학기 중이라 집에 없을 터였다.

대체 누구를 보겠다고, 또 무슨 소리를 듣겠다고 세 시간도 더 되는 거리를 달려왔는지.

두 입술을 꾹 다물며 마지못해 벨을 눌렀다. 덜컥하고 열리는 대문 소리가 마당에서 채 가시기도 전에 큰 앞치마를 두른 여인이 뛰듯이 나오는 게 눈에 들어왔다. 자신을 본 여인이 멈칫하고 발걸음을 세웠다. 어설픈 눈인사와 함께 들릴 듯 말 듯 말을 건네 왔다.

"왔니?"

정원의 고개 역시 보일 듯 말 듯 움직였다.

"온다는 전화 받고 아침부터 기다리고 계셔."

"요즘 따로 신경 쓰실 곳이 없으신가 보네요. 저를 찾으시는 걸 보니."

쌀쌀맞은 대꾸에 여인의 눈이 흠칫 커졌다.

"아버지는 손님이 오셔서 잠깐 출타 중이시고."

궁금하지 않은 안부는 귓등으로 흘리고 정원은 바로 조모가 머무는 별채로 향했다. 지나치는 발걸음 사이로 안채의 활짝 열린 안방 문이 눈에 들어왔다. 정원의 입술 사이로 작은 숨이 새어 나왔다.

두 해 만의 만남에서 그동안 잘 계셨냐는 인사 한마디 건네지 않는 의붓딸이었다. 버선발로 뛰어나오는 여자의 심정을 이해할 수 없었다.

몇 해 전에야 아들 부부에게 안채를 내어 준 이천 서씨 39대 종부 이명주 여사. 그녀가 머무는 별채의 높게 뻗은 기와 선과 처마 끝은 주인의 고고함만큼이나 도도하게 하늘로 치솟아 있었다.

기척만 들리고 들어서지 않는 손녀가 답답했는지 마당을 향한 창살문이 열렸다. 여전히 위엄을 잃지 않은 조모가 모습을 드러냈다.

"왔으면 진즉 올라오지. 왜 거기 서 있는 게야."

정원은 마당에 선 채 허리를 숙여 깊이 인사를 했다. 돌담 위에 신발을 가지런히 벗어 놓고 들어가 방 오른편에 가방을 살그머니 놓았다. 그리고 천천히 큰절을 올렸다.

"평안하셨어요."

"서울에서 여기까지 출퇴근도 가능한 거리야. 다녀간 지가 언제인 게야?"

"집 떠나 산 지 벌써 10년입니다. 올 때마다 같은 말씀 하지 마시고 기운 아끼세요."

정원의 말투는 당돌하고도 쌀쌀맞았다.

"어른 말 꼭꼭 받는 버릇은 여전하구나."

정원은 '하지 못한 말이 얼마인지 알기나 하시나요'라고 대꾸하지 못하고 어금니만 힘껏 깨물었다.

"그 좋던 직장 버리고 올라와 서울 생활 해 보니 좋으냐? 전보다 얼굴이 못한 것도 같고."

명주가 손녀의 얼굴을 찬찬히 살폈다.

"마침 네 애비가 오늘 파주에 있는 출판사 사장이 내려와서 만나러 나갔다. 안 그래도 너 출판사 일한 지 좀 되고 하니 큰 곳에 자리 하나 알아보라고 말해 두었다."

"할머니!"

마주하고 얼마 되지도 않았는데 벌써부터 갑갑함이 밀려왔다.

"자고로 사람은 큰물에서 놀아야지. 진즉 네 애비에게 알아보라 할까 하다가 아무것도 모르는 인사 함부로 찔러 넣었다가 체면만 깎을까 말을 아꼈지. 지금쯤이면 대충 일 좀 배웠을 것 아니냐."

"저 할머니가 일자리나 알아봐 줘야 할 만큼 어린아이 아닙니다. 정 걱정되면 현우 앞길이나 신경 써 주세요."

"그 아이 걱정을 왜 해. 제 앞가림 잘하는 아이를. 이번 학기에도 학과 대표로 뽑혀서 지금 이 나라에 없다."

"이번 학기 캐나다로 연수 갔어. 학교에서 학비 지원받고 캐나다에 있는 대학으로."

나간 줄 알았던 미애가 방 한편에 앉아서 조심스레 말을 보탰다.

그러고 보니 적어도 한 달에 한 번은 연락을 주던 남동생의 문자를 받지 못한 지가 조금 되었다. 광고 회사로 옮기면서 미처 신경 쓸 사이도 없었다. 그 문자에 답도 제대로 하지 않는 못난 누나였다.

어릴 때부터 늘 살갑게 누나, 누나, 하며 붙임성이 좋았던, 나이 차이가 많은 남동생이었다. 그러나 마음과 달리 곁을 주지 않았다.

귀여워서 머리도 쓰다듬어 주고 싶었고, 지금의 예슬처럼 눈을 동그랗게 뜨고 아이의 눈높이에서 물어 오는 것에 배를 잡고 웃고도 싶었다.

그러나 그 모든 감정을 드러내지 않았다. 그것이 계모 미애와 조모 앞에서 꼿꼿이 세운 자존심을 지키는 길이었다.

"다시 말씀드리지만 그러실 필요 없어요. 저 광고 회사로 옮겼습니다."

"얼마나 다녔다고 직장을 옮겨? 광고 회사? 이름은 무엇이더냐."

정원은 나지막이 숨을 들이쉬며 감정을 가라앉히려 노력했다.

"할머니, 제발 다른 사람들 인생까지 할머니 힘으로 어떻게 해 보려는 생각 좀 하지 마세요."

"정원아."

난처함을 감추지 못하며 미애가 나섰다.

"나가 계세요. 그만."

정원의 단호한 음성에 미애가 몸을 쭈뼛거렸다.

"저 어미에게 하는 본새 하고는. 집 떠난 지 오래되니 아주 못된 망아지 엉덩이에 뿔이 제대로 났구나."

"그런 말씀도 이제 그만하세요. 제 나이가 몇인데 아직 아이들에게나 쓰시는 말씀으로 가르치려 드세요."

"그래, 말 잘 꺼냈구나. 도대체 네 나이가 몇이냐. 도대체 어떻게 할 생각이야."

"뭘 말씀이세요?"

"네 나이 곧 서른이야. 선 자리 알아봐 놨으니 그리 알거라."

"할머니."

명주를 부르는 정원의 목소리에서 피로감이 그대로 묻어났다.

"평생 시집 안 갈 셈이냐? 내 이날 이때껏 네 결혼에 대해 아무 말도 하지 않았다. 애비 일로 내게 불만이 많은 걸 알기에 어느 인사든 데리고만 오면 그 성품만 보겠다고 생각하고 여태 기다렸어. 더 이상은 다른 사람들 보기 부끄러워 내 가만히 지켜보고 있을 수만은 없어."

"요즘 여성 평균 결혼 연령인 30.6세래요. 아직 그 나이 되지도 않았어요."

"잘도 그런 헛똑똑이 같은 소리를. 그럼 현재 만나는 남자는 있고?"

착착 말을 잘 받아 오던 손녀의 말문이 막히자 명주가 계속해서 말을 이었다.

"지금 만나 서로에 대해 알아 간다 치자. 그 평균을 보란 듯이 넘기겠구나. 당장 결혼하라는 소리 아니야. 사람을 만나는 봐야 할 거 아니냐. 네 아버지 말에 따르면 괜찮은 사람 같더구나. 학교에 있을 때 잘 지내던 교수의 조카란다."

정원의 아버지 훈재는 지방 대학 국문과 교수였다. 명예퇴직을 하고 지금은 글을 적고 있는 중이었다. 필명을 대면 우리나라 누구나 알 만한 소설가였다.

"선볼 생각 없어요."

"없으면?"

"제일 제가 알아서 합니다. 지금껏 그래 왔던 것처럼."

"너 아직 지훈이 못 잊고 있는 거냐?"

"여기서 지훈이 이야기가 왜 나오는 거예요."

쌀쌀맞던 정원의 목소리가 서늘해졌다.

"그리고 못 잊긴 뭘 못 잊어요. 마음에 제대로 담아나 봐야 잊든가 말든가 하죠. 서릿발 같은 할머니에, 자기 아들이 세상 제일 잘난 줄 아는 그의 어머니 등쌀에."

이거였다. 결국은 이 꼴을 보려고 달려왔던 것이다. 단 한 번도 제대로 품어 주지 않았다.

이른 아침에 길을 나선 손녀에게 점심은 먹었느냐고, 그 말부터 물어 주면 좋을 것을. 따스한 밥에 떠나려던 발길이 머물고, 그 밥이 그리워 다시 찾아오도록, 마음부터 챙겨 주면 안 되는 것인지.

정원은 가족이라는, 혈연이라는 면죄부로 가릴 것 없이 마음을 난도질해 대는 이들이 지긋지긋했다.

몇 번을 버렸다고 생각하면서도 결국은 이 자리에 앉아 있는 스스로에 대한 환멸로 미칠 것 같았다.

"아니다, 아니다 하더니 마음이 있긴 있었다는 말이구나."

"한동네서 20년을 같이 컸어요. 제 감정만 중시 여기는 이기적인 어른들 틈에 끼어 저는 방치되듯 혼자 컸고요."

지나간 시간을 떠올리는 것만으로도 서러움이 북받쳤다. 정원의 목소리가 떨려 왔다.

"어릴 적 할머니께 배운 건 제게 버릇처럼 하는 말이었어요. 이건 그렇게 하면 안 된다, 저건 이렇게 하면 안 된다. 할머닌 종갓집 종부들이나 배워야 할 것들을 어린 저에게까지 가르치려 드셨지, 정작 아이에게 필요한 것은 아무것도 돌봐 주시지 않았어요. 저기 앉아 계신 새어머니요?"

돌아보지 않아도 큰 눈에 눈물이 한 바가지로 고여 있을 것은 뻔했다. 차마 현우 어머니라고 지칭할 수는 없었다. 새어머니라는 말이 입 밖으로 나온 것은 처음이었다. 그나마 세월이 흐른 덕이었다.

"할머니 눈치에 종부가 지녀야 할 덕목 배우기 바쁘셨죠. 마음은 있으셨는지 몰라도, 어떻게 감히 제게 다가올 수 있었겠어요. 말 한마디만 걸어 보려고 하면 언제든 그 시비 받아 주겠다는 듯 어린 계집애가 눈을 똑바로 뜨고 째려보는데."

올라오는 서러움을 삼키려 들수록 바닥에서부터 격한 감정이 치솟았다.

"제 옆엔 지훈이뿐이었어요. 지훈이 아니었으면 사람 온정 같은 걸 알지도 못했을 거예요."

그런 이에게 얼마나 모질게 했는데. 입술을 힘껏 깨물어도 떨림을 막을 수 없다.

"아버지 없던 지훈이랑 엄마 없던 제가 서로를 의지하며 알아서 자랐어요. 서로를 향한 마음이 뭔지 모를 때 여전히 이기적인 어른들이 달려와서 목소리를 높였죠. 너희는 안 된다고."

명주의 눈을 똑바로 바라보며 정원은 이제 와서 처음으로 물었다.

"도대체 뭐가 안 된다는 말씀이세요? 우리가 무얼 어쨌는데요? 이 동네 몇 백 미터 안에 살던 몇 안 되는 아이들은 모두 같은 성이었어요. 그 지겨운 '서'가요. 그럼 처음부터 담을 쌓아 놓고 함께 놀아라 하면 안 되죠. 대체, 뭐가 왜 안 되는데요?"

"우세스럽다."

"하하."

헛웃음이 절로 나왔다. 한 번도 묻지 않았고 한 번도 뱉지 않았다. 제 입에 지훈의 이름을 담으면 그 아련했던 마음조차 그들의 입에 의해 더럽혀질 것 같았다. 그런데 오늘은 무엇에 취했는지 정신없이 쏘아붙이고 있었다.

돌아온 단어는 역시나 한마디였다. 우세스럽다.

"한동네 살면서 마음 좀 나눈 게 우세스러워요? 우리가 근친상간이라도 했나요?"

"근친상간이나 매한가지야."

"동성동본 법적 허가된 지가 언젠데."

절로 콧소리가 났다.

"그런데 어쩌죠? 전 손자 못 낳는 며느리 쫓아내고 밖에서 눈 맞아 온 여자를 며느리 삼은 할머니가 더 우세스러운데."

"네 어민 제 발로 걸어 나간 거야."

"제 발로 걸어 나가게 하셨잖아요. 나가라고 말씀만 하시면 될 걸, 나갈 수밖에 없도록 갖은 설움 다 주셨잖아요. 병나게 하셨잖아요."

"서정원!"

서릿발 같은 목소리였다. 그러나 한번 터진 정원의 가슴은 진정되지 않았다.

"서정원. 그 이름만 해도 그래요. 밑으로 남동생 보라고 그렇게 내가 좋아하던 이름 뺏어 버리고 중성적인 이름 갖다 붙이셨죠."

기어이 볼을 타고 눈물이 흘러내렸다. 조모 앞에서만은 절대 보이고 싶지 않던 눈물이었다.

"제가 싫다고 울며불며 떼를 쓰니 결국은 엄마에게 회초리 들게 만들었어요. 계집애가 고집 세면 못쓴다고 제대로 가르쳐 놓으라고 며칠을 구박하셨잖아요. 아닌가요?"

집 안에서 한 번도 뱉지 않았던, 뱉지 못했던 단어, 엄마였다. 그 말

218

이 입으로 나온 순간 억장이 무너지고 말문이 막혀 왔다.

"네 마음에 지훈이가 그 정도인 줄은 몰랐구나."

역시 명주였다.

스물에 시집을 와서 스물두 살에 남편을 잃었다. 여자 혼자의 몸으로 기세가 대단했던 시어머니를 모시고 이천 서씨 집성촌에서 39대 종부로서 그 역할을 다해 오며 아들까지 교수로 만들었다.

그녀가 이겨 온 세월 안의 일들이 얼마인데, 이 정도의 갈등에 마음 흔들릴 양반이 아니었다.

"여전하세요. 연세가 무색하실 만큼."

교묘하게 빠져나가는 명주를 바라보는 정원의 눈에 언뜻 경멸감이 보였다.

손녀의 말뜻을 모르는 명주가 아니었다. 그러나 더 해 봐야 뒷자리에서 찔끔 눈물만 보이고 있는 며느리만 난처하게 할 뿐이었다.

또한 정원의 입에서 무슨 소리가 더 나올지 몰랐다. 불편하긴 마찬가지였지만 차라리 지훈을 화두에 올려 정리하는 편이 나았다. 손녀의 말처럼 이미 지난 일이라고 한다면.

"그 정도인 줄 알았으면 할머니까지 가세하셨을 건가요? 순영 아주머니가 제게 그랬던 것처럼 할머니 역시 지훈에게 행패라도 부리셨을 거냐고요."

"뒤늦게 들었다. 지훈 어미가 부산까지 내려갔다는 말. 그렇지 않아도 내 지훈 어미 요절을 내 놓았어. 경주 딸네로 거처를 옮겼으니 당분간 이천 땅에는 발도 못 붙일 거야."

"하. 하하."

정원의 입에서 간드러진 웃음이 터져 나왔다.

"너 지금 뭐 하는 게야?"

"우습잖아요. 우리가 도대체 뭘 했다고. 그렇게 고고한 척 뒷짐 쥐고 지켜보던 분이 이제 와서 나서다니요. 경주로 쫓아내요? 동네 창피하다고 말씀하시더니 정말 이 손녀를 유부남과 바람피우는 사람 만들어 놓으셨어요?"

"지훈이, 결혼한 제 아내와는 처음부터 안 좋았던 모양이더라. 안사람한테 말을 안 하고 출장을 간 게 화근이 돼서 네게 그 난리를 쳤는가봐. 나중에 알고 제 발로 빌러 왔더구나."

정원의 채근에도 표정 한 번 흐리지 않던 명주가 가만히 한숨을 내지었다. 어찌 되었든 손녀가 대학 생활도 제대로 못 즐기고 어렵게 얻은 직장을 잃은 것이 이루 말할 수 없이 안타까웠다.

"남들 몇 년을 해도 안 된다는 임용 고시를 대학 졸업과 동시에 붙었다고 네 아버지가 얼마나 좋아했는데. 영악한 여편네야. 뒤늦게 내가 들었으면 어떤 사달이 날지 알고 달려온 걸 보면."

그 말을 믿기엔 너무 많이 커 버렸다. 같은 성을 지닌 마을의 아이들은 한집 식구들처럼 자랐다. 젊은 사람들이 서울로 빠져나가다 보니 동네에 어린아이도 많지 않아 이 집 어른이 없으면 다른 집 어른이 아이들을 거두어 밥을 먹이기 일쑤였다.

지훈은 정원보다 한 살 많았다. 초등학교 시절 몸이 아파 한 해를 쉬는 바람에 같은 중학교 동학년으로 정원과 교내에서 1, 2등을 다투었다.

밤늦은 시간까지 읍내 독서실에서 공부를 하다가 함께 동네까지 들어오곤 했다. 이렇게 선의의 경쟁하듯 열심히 하니 둘 다 동네 어른들의 칭찬거리였다.

고등학생이 되어 서로의 생활이 나뉘면서 얼굴 보기가 힘들어졌다. 오랜만에 마을 어귀에서 부딪치면 서로의 학교생활이나 지망 대학에 대해 나눌 말이 길어졌고, 그때마다 동네 회관에 들러 이야기를 이어가곤 했다.

누가 어디서 쓸데없는 소리를 시작했는지 어느 날 지훈의 모친 순영이 저녁 마실로 명주를 찾아왔다. 이제 처녀티가 날 만큼 나는 정원이 단속 좀 해야겠다는 말로 시작해서 이상한 말을 늘어놓았다.

명주의 앞이라 좀 더 고상한 표현이긴 했지만, 정원의 귀에는 그렇게 들렸다. 쓸데없는 소리 늘어놓지 말라며 된통 호통을 쳐서 돌려보낼 거라 생각했던 조모는 조용히 듣고만 있었다.

정원은 조모 역시 지훈과 자신을 다른 시선으로 보고 있는 것은 아닐까 생각했지만 개의치 않았다.

서울에 있는 대학교에 붙어 기숙사에 들어가게 되면서 집을 떠날 때 지훈 역시 근처 대학으로 진학하면서 하숙을 하게 되었다. 각자 캠퍼스 생활에 적응하느라 같은 서울 아래 있다는 사실도 인지하지 못했다.

그러다 여름 방학 동안 아르바이트하던 카페에 지훈이 친구들과 우연히 들르면서 만남이 잦아졌다.

아르바이트가 파할 때쯤 카페 앞으로 와서 기다리던 지훈이 정원을 기숙사까지 데려다주거나 아르바이트가 없는 날은 어린 날처럼 도서관에서 함께 공부를 했다.

어느 날 아르바이트도 하지 않으면서 왜 고향에 내려가지 않느냐는 정원의 물음에 지훈이 대답했다.

이천보다 네가 있는 서울이 좋다고.

그때까지 몰랐던 지훈의 마음을 정원이 안 것은 여름 방학이 끝나갈 무렵이었다.

카페에서 학과 동기들과 다섯 명과 미팅을 하기로 한 날이었다. 며칠간 연락이 없던 지훈이 웬일인지 그날은 평소보다 일찍 와서 정원이 마치기를 기다리며 가게 구석에서 공부를 했다.

"오늘 나 미팅 있거든. 그러니까 같이 못 나가. 시원한 거 한잔하고 그냥 가."

정원의 말을 들은 듯 만 듯 묵묵히 책을 보던 지훈은 아르바이트 시간이 끝나자마자 그녀의 손목을 잡고 카페를 나와 버렸다.

그의 감정을 처음 알게 된 날이었다.

어린 날 함께 자란 첫정. 결핍된 환경 속에서 지닌 유대감. 그런 것을 사랑이라고 착각했을 수도 있었다.

몇 차례 방학을 해도 내려오지 않는 아들을 찾아 순영이 아예 짐을 싸 들고 하숙집으로 들이닥쳤다. 하지만 제 마음을 주체할 수 없는 지훈에게 순영이 눈에 들어올 리 만무했다.

한 며칠 도서관과 집만 오가던 지훈은 늦은 밤 정원의 기숙사를 찾았다. 그러고는 그녀를 놓아주지 않은 채 24시간 영업하는 카페에서 밤을 새웠다.

지금 돌이켜 보면 그때 지훈의 감정이 정말 저를 향한 것인지, 남편 없이 저 하나만 바라보고 살던 모친 순영에게서 벗어나기 위한 끝없는 몸부림이었는지 알 수 없다.

혼자 힘으로 아들을 이길 수 없던 순영은 명주를 찾아 어떻게 했으면 좋겠냐고 난리를 피웠다. 그때마다 명주는 절대 있을 수 없는 일이라고 단 한마디로 일축할 뿐이었다.

그 정결한 성품에도 자주 문지방을 넘나들며 격 떨어지는 소리를 늘어놓는 순영을 제지하지도 않았다. 그렇다고 손녀를 따로 부르지도 않았다.

어쩌면 손녀와 더 이상 소원해지기를 원치 않던 명주가 순영의 입을 빌어 제재를 가하고 있었던 건지도 모른다.

정원은 2학년 겨울 방학 이후로 이천에 다시 내려가지 않았다. 그의 감정은 여전히 모른 척하려 무던히 애를 썼다. 더는 제 사람을 잃고 싶지 않아 괴로움을 혼자 삼키며 모진 밤을 버티고 또 버렸다.

그리고 4학년 겨울에 임용에 붙어 부산으로 내려왔다. 주말이면 부산에 내려오던 그를 만나지 않았다.

전화조차 잘 받지 않던 어느 날이었다. 지훈은 스물여덟 이른 나이에 결혼을 선택했다. 차라리 잘되었다 싶으면서도 공허했다.

계모가 싸 주는 도시락을 팽개친 날 지훈이 건네준 삶은 달걀의 맛을, 비뚤비뚤 낙서를 해 가던 절 위해 담장 앞에서 망을 보던 어린 지훈의 등을, 벌 청소를 대신 해 주던 따뜻했던 그의 마음을 안타깝지만 고이 묻어 두려 했다.

그러나 세상 인연은 가연과 악연뿐인지 그와의 인연을 쉬이 끝내 주지 않았다.

오후 4시의 영상은 이따금 꿈속에 등장해 나를 괴롭혔다. 아이들은 학교를 파하고 집으로 돌아간 것이 다행이라면 다행이었다.

교무실 문을 요란하게 열고 들어온 순영을 처음엔 알아보지 못했다. 자녀 상담을 위해 온 학부모라 하기엔 나이가 있구나 했다.

교무실 보조 수희 씨와 말을 나누고 있던 순영과 눈이 마주치는 순간 가슴에 치던 요동은 여전히 잊히지 않았다. 순영의 입에서 흘러나왔던 목소리는 아직도 귀에서 떼어 내지 못했다.

"정원이 너 이년. 우리 지훈이 어디 숨겼어. 싫다는 지훈이 결혼까지 시켜 갈라놓았건만 결국은 또 이렇게 꼬여 내? 도대체 우리 집하고 무슨 원수를 진 거야. 응?"

굳은 얼굴로 입만 벙긋거리던 교감, 호기심으로 눈을 희번덕거리며 서 있는 50여 명의 동료들. 단 한마디 변명도 못 한 채 정원은 유부남을 홀린 부도덕한 여선생이 되고 말았다.

"서정원이에요."

―알아.

전화선을 타고 듣는 민혁의 목소리는 잠겨 있었다. 몸은 좀 괜찮냐고 묻고 싶었다.

"여전히 저한테 관심 있으시면 술 한잔하실래요?"

입 밖으로 나온 것은 예상치 못한 말이었다.

"바쁘면 다음에 봐도 괜찮아요."

짧은 침묵에 정원은 애써 무안함을 감췄다.

―관심 가지고 성에 차는 사람이었나, 서정원 씨는?

"안 나오시면 차민혁 씨가 싫어하는 서 팀장 불러낼지 몰라요."

낮게 들려오는 헛웃음에 스르르 긴장이 내려앉았다.

―어디야?

"집 앞이에요."

―…….

"차민혁 씨 오피스텔."

―올라와.

"거긴 불편해요."

―잠시만 기다려.

5분도 되지 않아 그가 건물 밖으로 나왔다. 들어오는 길이었는지 아니면 나가는 길이었는지 미끈하게 뻗은 코튼 바지와 먹색 니트 위로 재킷을 걸친 그의 모습은 지나치게 말쑥했다.

"온 지 오래됐어?"

"도착해서 바로 전화했어요."

오피스텔 앞에서 30분을 서성였다. 예리한 그의 눈빛이 바람에 흩날린 머리카락으로 쏠렸다.

정원은 성큼 도로 앞으로 걸어 나갔다. 회사 근처에 들어갈 만한 장소가 많을 것이다.

성큼 다가선 민혁이 정원의 팔목을 잡았다. 도로가에 서 있는 택시의 뒷좌석 문을 열어 그녀를 먼저 태우고는 처음 듣는 가게 이름을 댔다.

그가 안내한 곳은 바와 카페의 분위기가 묘하게 공존하고 있었다. 남자보다 여자들이 좋아할 만한 분위기였다.

누구와 왔을까. 정원은 쓸데없는 생각을 지우고 불쑥 물었다.

"서 팀장께 밀릴 게 뭐가 있다고 그 이름을 그렇게 경계하세요?"

"그 이름 때문에 나온 게 아니야."

"그럼요?"

"가만히 두면 무슨 엉뚱한 소리까지 할지 몰라서. 그리고 내 여자 됐으면 하는 사람 옆에 얼쩡거리는 남자는 누구든 경계하기 마련이야."

정원이 가만히 민혁의 얼굴을 바라보았다. 민혁은 담담한 눈빛으로 정원의 시선을 마주했다.

"내 여자 해 보다가 아니다 싶으면 어떻게 하실 건데요?"

"내게 차일까 걱정이야?"

작은 웃음과 함께 정원의 앞으로 술잔을 만들어 주었다.

"내 여자가 됐으면 싶다, 그런 원색적인 말로 다가서는 당신을 믿을 수가 없어요."

"현재의 내 마음이 그렇다는 거야. 생각이 나고, 자꾸 신경이 쓰이고. 다른 남자에게 눈길 안 줬으면 싶으니 내 여자였으면 하는. 그렇게 일단 시작하면서 감정을 확인해 가고 싶어."

솔직한 말인데 왜 이기적으로 들릴까. 갑작스럽게 목이 탄 정원은 얼음이 녹아든 호박색 위스키 잔을 들어 한 모금 마셨다.

"사랑한다는 확신으로 결혼까지 한 사람 중에 그 결혼을 끝까지 책임지는 이가 몇이나 될까. 감정에 대한 확신만큼 무모한 것은 없어."

"시작도 끝도 가볍게 여기라는 건가요. ……생각나고, 신경 쓰이고. 남자들은 자신의 혼란스러운 마음을 가만히 끌어안고 지켜보는 건 무리인가 봐요."

위스키가 꽤나 독했다. 머리가 어질해 왔다.

"좋아한다는 말이 아니라 불안해?"

정신이 바싹 들었다. 마치 그런 말을 기대했던 것처럼 빤히 마주해 오는 그의 시선에 괜히 자존심이 상했다.

"그런 말은 좀 우습지 않을까? 아는 것이라곤 서로가 가진 이름 두 개가 전부인걸."

"제가 하고 싶은 말이에요. 겨우 그것뿐이면서 내 여자 하고 싶다는 말을 뱉으니."

정원은 허세를 부리듯 어깨를 으쓱여 보였다.

"당신에게 끌리는 마음은 이미 도를 넘었어. 이성을 잃고 서슴없이 무례를 저지를 만큼."

민혁이 능청스럽게 며칠 전 카페의 일을 언급했다. 정원의 입에서 어이없는 웃음이 새어 나왔다.

"관계에 발 들이는 자세를 조금 가볍게 해 보라는 거야. 서로의 마음을 가볍게 여기자는 게 아니라. 그날 아침 온 공항을 뒤지고 2년 만이야. 이보다 어렵게 시작하는 남녀가 어디 있어?"

자신을 찾으러 공항까지 왔다고? 생각지도 못한 말에 정원의 눈이 성큼 커졌다.

민혁은 힘에 부친다는 듯 의자 뒤로 몸을 빼며 한숨을 보여 왔다. 뻔한 연기에 정원이 믿지 않게 그를 흘겨봤다.

"제 여자 하고 싶을 만큼 관심 가는 여자가 또 생기면요?"

여유가 생겼는지 정원의 말에 장난기가 묻어났다.

"그렇게 안 되도록 당신이 최대한 매력을 발산해야겠지."

한국에서 만난 이후 언제나 날 세우고 경계하던 여자가 처음으로 보이는 틈이 유쾌했다. 민혁이 싱긋 웃어 보였다.

"뻔뻔하시네요."

"내가 괜찮은 남자라는 거. 신뢰할 만한 사람이라는 거 잘 알잖아. 그러니 단번에 내 품에 뛰어든 게 아닐까. 서정원이라는 대쪽 같은 여자가."

정원이 소리를 내고 웃었다. 두 사람 앞에 가로놓여 있던 2년이라는 시간이 한순간에 사라지고 어둑한 카페 내로 시원한 바람이 불어 오는 듯했다.

"오늘부터 1일인 거야?"

정원은 무응답으로 긍정을 시인했다.

"당신은 이 순간부터 서지훈을 맘대로 만나지 못한다는 것, 꼭 인식해."

또 서지훈. 정원은 살포시 미간을 찌푸렸다.

"다른 남자는 말할 것도 없고. 출퇴근 보고는 물론이고, 주말의 일정도 미리 이쪽 사정을 확인하고 일정 잡을 것."

"그 모든 상황은 당신도 포함되나요?"

민혁이 그녀의 얼굴을 빤히 바라보았다.

"왜 말이 없어요?"

"당신이 감당 안 될 텐데 싶어서. 나의 일정을 모두 보고받고 관리하려면."

"알고 싶지도 않아요."

"최대한 보고토록 할게."

"안 돼요. 이렇게는 억울해요."

정원이 갑자기 고개를 가로저었다.

"다시 꼬셔 봐요."

그의 한쪽 눈썹이 호를 그렸다.

"최대한 착하게, 그리고 최대한 멋있게."

민혁의 눈동자가 미동도 없다.

"사람이 무슨 테니스공도 아닌데 계속 쳐 대기만 했잖아요. 그런 못

된 남자에게 왜 내가 어물쩍 넘어가 줘야 하는데요?"

꿈쩍도 않는 민혁을 향해 정원이 인상을 찌푸렸다.

"왜요?"

"귀여워."

정원은 살짝 벌어지는 입술을 가만히 닫았다. 취기가 오르는지 말이 어눌해졌다.

다시 술잔으로 향하던 손길을 의식적으로 거두었다. 혀끝으로 축이는 입술에 그의 시선이 닿았다.

"그만 일어나요. 너무 늦었어요."

자리에서 일어나던 정원이 이내 의자에 주저앉아 버렸다.

"어디 안 좋아?"

"취기가 조금 도나 봐요."

"위스키 반 잔 마시고 무슨 취기야."

민혁이 상의를 집어 들었다.

"희진이 덕분에 억지로 한술 뜨고 나오지 않았다면 종일 굶은 사람 될 뻔했어요."

한 박자 늦게 말뜻을 알아차린 민혁이 휙 하고 고개를 들어 정원을 쳐다보았다. 민혁의 미간이 심하게 구겨져 있었다.

"점심, 저녁 다 굶었다는 거야?"

"어쩌다 보니까 그렇게 되었어요."

민혁이 빠른 몸놀림으로 정원의 팔을 잡고서 의자를 뒤로 빼 주었다.

"이제 괜찮아요."

"그럼 저녁을 먹자고 했어야지. 무슨 술이야?"

전화를 걸어왔을 무렵은 저녁 시간을 한참 지나 있을 때였다.

"뭐든 배만 채우면 됐죠. 괜찮으니까 가요."

언제 불러 놓았는지 대로변에는 그의 차와 김 기사가 자신을 기다리고 있었다.

"데려다주지 않아도 된다는 쓸데없는 소리는 말고 얼른 타."

정원의 망설임을 알아채고 민혁이 재촉했다.

"오피스텔로 가지."

시선을 느끼며 민혁이 정원을 돌아봤다.

"합정동으로 가면 너무 늦어. 게다가 챙겨 먹을 위인도 아닌 것 같고. 코앞이니까 가서 간단히 요기만 하고 가. 며칠 전 청담동 어머니가 가져다 놓으신 음식 그대로 있어."

주말의 늦은 밤이라 엘리베이터는 금방 올랐다. 가게를 나온 지 20분도 되지 않아 정원의 앞에 김이 오르는 쇠고깃국이 놓였다.

아픈 그를 위해 찹쌀을 섞었는지 밥은 촉촉하고 윤기가 흘렀다. 부드러운 밑반찬 몇 가지만 꺼냈다는 민혁의 말에 정원은 코끝이 시큰거렸다.

"어디에서 뭘 하고 다녔기에 밥 한 끼를 못 얻어먹어."

정원은 눈물이 떨어질까 얼른 고개를 숙여 국 한 수저를 입으로 떠넣었다. 한 숟가락을 넘기고 나니 숨이 트여 왔다.

술 몇 모금에 이완됐다고 생각한 것은 오산이었던지 예민해 있던 신경이 사르르 풀리며 마음이 느긋해졌다.

"정성스레 지어서 그런지 맛있네요. 근데 아픈 아들 입으로 들어가지 않고 엉뚱한 여자가 먹어서 어떡해요. 아시면 서운해하시겠다."

"엉뚱한 여자 아니니까 얼른 먹어."

민혁이 작은 공기에 밥을 담아 그녀의 맞은편에 앉았다.

"민혁 씨도 식사 안 했어요?"

"혼자 먹으면 맛없잖아."

그 말을 끝으로 그는 식사에 집중했다. 그러나 민혁의 젓가락은 정원을 위해서 부지런히 움직였다. 천천히 뜨는 밥 수저 위로 소고기 장조림이, 연근이, 샐러드가 번갈아 올랐다.

배가 차오르고 따뜻한 기운이 온몸으로 퍼졌다. 식사를 마친 정원의 앞으로 민혁이 허브티를 내밀었다.

"말해 봐. 뭐가 당신을 또 벼랑 끝으로 밀었는지."

정원이 고개를 들어 민혁을 마주했다.

"당신은 벼랑 끝으로 밀릴 때야 정신 놓고 나를 찾아오잖아."

"……아닌데. 나는 벼랑 끝에 밀리면 그제야 정신을 차리는데. 나 살자고 걸어 나온 곳에 민혁 씨가 있어 다행이었고."

들릴 듯 말 듯한 목소리가 한 점 흐트러지지 않고 민혁의 귀로 날아들었다.

정원은 밥공기와 국그릇을 들어 싱크대 수도꼭지 밑으로 가져다 놓았다.

"그대로 둬. 내가 치울 테니."

그의 말에 아랑곳하지 않고 나머지 밑반찬들을 야무지게 덮어 놓고 수돗물을 틀었다.

민혁은 순간 올라오는 울화를 참지 못하고 거칠게 물을 잠갔다.

"그만두라니까. 앉아서 차 마셔."

만날 때부터 분위기가 심상치 않았다. 얼마나 거리를 쏘다녔는지 얼굴은 파리해 있었고, 어깨에서 물결치던 머리카락은 엉켜 있었다.

몸이라도 따뜻하게 해 줄 요량으로 가게로 데리고 갔다. 뜬금없는 그녀의 질문을 시작으로 말이 길어졌다.

진작 알았으면 괜찮은 밥집에 가서 속이나 든든하게 채워 주었을 것을. 어디서 밥도 제대로 못 얻어먹었냐는 말에 눈가를 붉히다니. 마음이 아렸다.

물을 잠그고 정원의 팔을 잡아 제게로 돌려세웠다. 떨어지는 시선을 잡으려 정원의 양쪽 볼을 가만히 감쌌다.

그의 엄지손가락이 볼을 쓸어 가자 정원의 입술이 파리하게 떨렸다. 천천히 내려오는 입술에 정원이 두 눈을 살포시 감았다. 마시멜로처럼 말캉하고도 부드러운 키스였다.

포근하게 안아 오는 그의 품에서 정원이 나른한 숨을 뱉었다.

"이대로 당신 어깨 빌려 한숨 잘 수 없을까?"

민혁의 긴 호흡 소리를 들으며 정원은 고개를 들었다.

"당신 어깨에 기대면 쉽게 들지 않는 잠 속에 빠져들 것 같아."

정원이 몸을 빼고 가만히 그를 올려다보다 까치발을 들었다. 그리고 그가 했듯 두 볼을 감싸고 입맞춤을 했다. 찹찹하고도 매끈한 감촉이 좋았다.

"곤란한데. 이러면 잠만 잘 수 없잖아."

되돌아온 입술은 달콤했다. 그렇게 시작한 민혁의 혀는 서로의 숨결이 섞이며 점점 뜨거워졌다. 정원의 목덜미를 잡고 있는 그의 손에 힘이 들어갔다. 귓가에 와 닿는 입김에 숨어 있던 정원의 욕망도 꿈틀거렸다.

정원은 민혁의 니트 속으로 불쑥 손을 넣었다. 그의 호흡이 한순간 멈추었다. 묘한 쾌감에 그의 복부를 쓰다듬었다.

"오늘도 밥을 핑계로 집 안으로 끌어들인 사람이 된 건가?"

괴로워하는 그의 얼굴을 보는 기분이 나쁘지 않다. 피어오르는 미소를 숨기지 못하고 정원이 고개를 가로저었다.

민혁은 정원을 번쩍 들어 안은 채 침대로 향했다. 단숨에 니트를 벗어 던지고 침대 위에 누워 있는 정원의 몸 위로 올랐다.

정원이 이글거리는 욕망을 숨기지 않고 자신의 얼굴을 내려다보는 그에게 먼저 키스를 했다.

그것을 신호로 민혁의 긴 입맞춤이 이어졌다. 오랫동안 갈망하던 여인을 품은 남자의 손길은 조심스럽고도 애틋했다. 정원의 손이 천천히 그의 등을 어루만졌다. 그녀의 블라우스가 바닥으로 떨어져 내렸다.

민혁이 그녀의 귓불을 빨아 당겼다. 그렇게 닿고 싶었던 하얀 목덜미에 얼굴을 묻었다. 하얀 가슴을 입에 담고 그녀의 슬립 끈을 벗겨 내렸다.

봉긋한 가슴을 흡입하듯 깊게 담았다가 빼며 예민한 유두를 잘근거렸다.

"아아."

달뜬 신음이 들리자 민혁은 움켜쥐고 있던 다른 쪽 가슴으로 입술을 옮겼다. 그의 입술이 민감한 돌기를 자극했다. 까끌한 혀가 유두를 이리저리 놀리자 뜨거운 피가 빠르게 전신을 훑고 간 듯 열이 올랐다.

민혁은 어느 한 군데라도 놓치고 싶지 않은 듯 그녀의 목덜미를, 어깨를, 팔을, 손가락을 깨물고 핥으며 아릿한 키스를 남겼다.

키스와 함께 뜨거운 손바닥이 그녀의 옆구리에서 납작한 배로, 그녀의 허벅지 사이로 이어졌다. 정원의 몸이 들썩거렸다.

망설임 없이 그녀의 다리를 벌린 민혁은 그녀의 가장 민감한 곳을 흡입하듯 빨아들였다. 정원의 동공이 커지고 숨결이 커졌다.

"아, 민혁 씨. 그만."

온몸이 뜨거워 견딜 수 없었다.

새까만 두 눈이 그녀를 향한 순간 그의 남근이 정원의 몸속으로 파고들었다.

"아."

"아파?"

정원은 고개를 약하게 끄덕였다.

"힘 빼."

다시 뜨거운 입술이 그녀의 목덜미를 타고 뽀얀 가슴에 닿았다. 몸이 조금 이완되었다. 새까만 그의 두 눈을 마주하는 순간, 그가 움직임을 보였다.

묵직하게 꿰뚫리는 감각에 온몸으로 전류가 흘렀다. 뜨겁고 단단한 그의 하체에 몸이 열렸다. 몸 안 깊이 박히는 감촉에 미세한 통증과 함께 희열이 흘렀다.

그의 눈과 호흡이 뜨거웠다. 정원은 그의 짙은 눈빛에 넋을 잃고 뜨거운 숨결에 가슴이 델 것 같았다.

거세지는 민혁의 몸놀림에 정원은 저도 모르게 허리를 비틀었다. 그의 입에서 이를 앙다문 신음이 새어 나왔다.

그의 움직임이 격렬해질수록 정원은 몸을 비틀고 그는 신음에 가까운 탄성을 내질렀다. 엄청나게 뜨겁고 단단한 것이 그녀의 안을 꽉 채웠다.

그에게서 흘러내리는 땀방울이 그녀의 가슴으로 떨어져 내렸다. 정원은 이토록 무방비한 상태의 그가 낯설면서도 묘한 쾌감이 느껴졌다.

깊고 강한 움직임에 온몸이 미친 듯이 맥동치고 산소 결핍마저 일으킬 지경이었다.

그의 움직임이 더할 수 없이 빨라졌다.

"하…… 하…….''

"아훗."

민혁이 내지르는 뜨거움과 동시에 정원이 부르르 떨었다. 동시에 무아지경으로 빠져든 두 사람은 이내 정신을 잃어 갔다.

서늘한 어깨 위로 미세한 간지러움이 느껴졌다. 번쩍 눈을 뜬 민혁이 빠르게 몸을 일으켜 곁을 확인했다.

"하아."

안도의 한숨과 함께 침대로 다시 쓰러졌다. 시트 위에 놓인 그녀의 가늘고도 하얀 손가락이 다시 꼼지락거렸다. 곤히 감겨 있는 눈꺼풀을 보며 민혁은 다시 한번 작은 안도의 숨을 내쉬었다.

그녀가 제 옆에서 잠을 자고 있었다. 새근거리며 흘러나오는 곤한 숨소리에 한동안 귀를 기울였다.

눈을 뜨고 있을 때에도 이처럼 무방비해 준다면 얼마나 좋을까. 민혁은 그녀를 다시 품었다는 게 실감 나지 않았다.

지금에 오기까지 꽤 힘든 시간이었다. 합정동 그녀의 방에서 신세를 지고 돌아온 날 주사 기운이 떨어지자 다시 자신의 몸을 덮치는 근육통에 날밤을 새웠다. 괜찮다며 토닥이던 그녀의 손길이, 아득한 목소리가 밤새 귓가를 떠나지 않았다.

다음 날, 콘티를 핑계로 오피스텔로 그 목소리를 불러들였다. 그녀의 어깨에 기대어 두어 시간이라도 자고 일어난다면 살 것 같았다.

20분이면 충분한 거리를 한 시간이 넘어 나타난 그녀는 쉬이 현관문을 넘지 않고 애를 태우게 했다.

그 순간 친밀한 분위기를 풍기며 카페에 마주하고 있던 지훈과 그녀의 모습이 되살아났다. 그녀의 눈에 비치던 아련한 빛이 되살아나는 순간 이성의 끈이 툭 하고 끊어져 나가 버렸다.

차창 너머로 보이던 그녀의 눈물에 애끓던 속이 결국은 그녀를 몰아붙였다. 민혁은 의도치 않은 설전이 그녀를 또다시 뒷걸음질 치게 만들었다고 생각했다.

이 땅을 떠날 당시 그의 마음은 만신창이였다.

작은 여유라도 생기면 윤민혁이라는 이름을 온전히 버리지 못할까 봐 한순간도 긴장을 멈추지 않고 24시간 몸을 혹사시켜 왔다.

그래도 단 한 번도 몸져눕지 않았다. 그랬기에 그는 하루를 꼬박 침대에서 보내고도 쉬이 일어날 수 없는 자신의 컨디션에 적잖이 당황했다.

육체적 고통은 차치하고서라도 서정원, 그녀와의 사이에 더 이상 나아가는 방법을 몰라 난처해하는 제가 초라해 견딜 수가 없었다.

아무 생각 없이 오피스텔을 나섰다. 죽 한 통을 들고 되돌아온 그녀의 마음에 의지해 무작정 합정동으로 향한 것이었다.

집엔 아무도 없었다. 만나 무슨 말을 할지 몰랐으니 차라리 잘된 일이라 여겼다.

오피스텔로 돌아온 순간 생각지 못한 그녀의 전화를 받았다. 가을밤의 찬 공기에 얼마나 시달렸는지 그녀의 얼굴이 파리했다.

그리고 살고자 걸어 나온 곳에 당신이 있어 다행이라며 제 품 안으로 안겨 왔다. 혈관 구석구석, 힘줄 하나하나에 남아 있던 고통과 피로가 눈 녹듯 사라지고 벅찬 감정이 가슴 전역으로 퍼져 나갔다.

철갑을 두른 듯 방어막을 쳐 대던 그녀가 무장 해제한 채 지금 제 눈앞에 잠들어 있었다.

"으음."

살며시 몸을 뒤척인 정원이 다시 곤한 숨소리를 냈다. 민혁이 피식 소리 나지 않는 웃음을 터트렸다. 충동을 이기지 못한 그의 엄지손가락이 그녀의 뽀얀 볼을 천천히 쓸어내렸다.

정원의 속눈썹이 한순간에 파닥 하고 위로 올라갔다. 잠시 미동하던 눈빛이 가만히 그의 눈을 마주했다.

민혁은 그녀의 매끈한 등 뒤를 손으로 쓸어내려 갔다. 정원을 자신 쪽으로 깊숙이 끌어당기며 그녀의 목덜미에 얼굴을 묻었다.

"좀 더 자지 그랬어요. 계속 못 잤다면서요."

"……"

차마 자고 일어나면 2년 전 그날처럼 빈 침대일까 두려웠다는 말을 뱉지 못했다.

"어젠 왜 안 닦아 줬어요?"

"날 두고 정신을 놓은 주제에."

그러고 보니 잠결에 그의 목소리를 들은 것도 같았다.

"이왕 씻을 거 한 번 더 받아 주면 어때?"

그의 입술이 점점 묘한 곳으로 내려가고 있었다.

"출근……."

출근? 지금 몇 시지? 놀란 정원이 이불로 드러난 가슴을 가리고 벌떡 일어나 앉았다. 벽시계를 보니 새벽 4시였다.

"어쩌죠? 희진이 기다릴 텐데."

그의 눈썹이 스르르 감기고 있었다. 정원이 손을 뻗어 그의 왼쪽 귓불을 만지작거렸다.

나른한 목소리로 내며 민혁이 정원의 옆구리에 머리를 묻었다.

"인간 수면제가 따로 없어. 아르바이트 좀 하지 그래."

"언제부터 잘 못 잔 거예요?"

대답 대신 새근거리는 그의 숨소리가 들려왔다. 도대체 이 사람의 무엇이 절 이렇게 무방비하게 하는 건지.

긴 호흡을 내뱉은 정원은 민혁에게 팔베개를 해 주며 모로 누워 그의 얼굴을 바라보았다. 번번이 그의 침대로 파고드는 제가 낯설고도 신기했다.

땀방울을 흘리며 제 이름을 불러 대던 지난밤의 그를 떠올렸다. 고향 집 어디에도 제 몸 하나 둘 곳 없던 서러움과 쓸쓸함이 잠들기 충분했다.

민혁이 팔이 정원의 목덜미를 감싸 자신의 품으로 바싹 끌어당겼다.

그녀 역시 그의 곁에서 다시 잠에 빠져들었다.

8. 내 남자

"몸은 괜찮습니까?"

2년 만의 만남이었다. 백곰의 정보원을 통해 주기적으로 현수의 건강 상태를 전해 듣고 있어 큰 병치레가 없다는 것을 알고 있었지만 그 사이 그의 모습은 많이 야위어 있었다.

"윤 검사님. 아니, 이젠 차민혁 본부장님이라고 해야 하나요?"

두 사람 사이에 짧은 침묵이 흘렀다.

"더 이상 찾아오지 말라고 말씀드렸을 텐데요."

현수가 먼저 입을 열었다.

"그건 강현수 씨 결정에 달렸습니다."

무감한 얼굴이 다시 침묵을 고수했다.

"대망건설의 이 상무가 마음을 바꾸었습니다. 5년 전 사건과 관련된 자료를 전부 제게 넘겼지요."

"그게 저와 무슨 상관이 있습니까?"

"당신과 마찬가지로 억울하게 형을 살고 있던 이 상무입니다."

"누가 억울하게 형을 살고 있다는 말인가요?"

"아파트 한 동이 무너진 사건이 현장 설계 도면의 해석 차이라는 아주 간단한 이유 하나로 마무리되었습니다."

여전히 무감한 얼굴, 덤덤한 말투에 민혁의 눈이 날카롭게 빛났다.

"주범인 대망건설과 하청 업체 신흥건설 측은 제시한 설계 도면이 구조상에는 아무런 문제가 없다는 간단한 주장으로 빠져나갔고요."

민혁이 잠시 입을 다물었다.

"강현수 씨, 다시 한번 묻겠습니다. 정말 건설 자재비 횡령하셨습니까. 그리고 한 개인의 푼돈 벌이 때문에 아파트 한 동이 다 무너질 수 있는 일입니까."

현수는 민혁, 그에게서 예전 재판 현장에서 보이던 위엄을 엿보았다. 그러나 이제 와서 아무 소용없는 일이었다.

"왜 이러십니까, 차민혁 씨."

민혁의 눈썹이 잠시 꿈틀거렸다. 처음으로 직함을 던지고 이름을 불러 오는 현수였다.

"이미 수도 없이 주고받았던 대화들입니다. 그 아파트가 왜 무너졌는지는 누구보다 차민혁 씨가 잘 알고 있지 않습니까. 검사 직함 달고도 제대로 끝내지 못한 사건을 이제 와 이렇게 헤집고 다닌다고 뭐가 달라집니까. 더 이상 힘 빼지 마십시오."

민혁의 턱 근육이 꿈틀거렸다. 면회실 유리 칸막이를 둔 두 사람 사이에 다시금 침묵이 일었다.

"규정 간격을 무시한 시공으로 자재를 빼돌리고, 규정 철근을 사용하지 않았다는 것. 그날 다른 인부들과 건설 관계자들의 증언이었지요."

설계 도면에 규정된 철근과 철근 사이의 간격 20㎝를 무시하고, 이보다 10㎝ 넓은 30㎝ 간격으로 시공한 뒤 남은 자재를 빼돌렸다.

그리고 아파트 이중 발코니 창과 연결되는 외벽 쪽에는 규정 16㎜가 아닌 13㎜ 굵기의 철근을 사용했다는 증언에 재판 현장에 있던 건설에 무지한 많은 사람들도 경악을 했다.

"얼마 전 그날 증언한 사람 중 한 명을 다시 만났습니다. 그날 자신이 위증한 사실을 시인했습니다."

현수의 얼굴에 짧은 표정의 변화가 일었다.

"그리고 비웃듯 말을 덧붙이더군요. 다른 아파트 시공에서 그보다 더한 자재 빼돌리기가 만행하고 있다고. 그리고 지하철 공사마저도 H빔, I빔 등의 큰 철근들이 비일비재하게 빼돌려져서 설계상에 들어가야 하는 수만큼 들어가지 않고 시공되고 있다고. 그런데도 20년을 넘게 잘 버티고 있다고."

현수의 얼굴을 찬찬히 살피며 민혁이 차분히 말을 이었다.

"그리고 애초에, 강현수 씨는 자재들이 빼돌려지는 것도 몰랐습니다. 처음부터 제대로 내려오지 않은 건설비와 자격증도 제대로 갖추지 않은 여러 하도급 건설 업체 덕분에 대망의 '드높은 꿈' 모든 단지가 부실하게 시공되었던 겁니다."

현수의 얼굴에 알 수 없는 감정의 물결이 일었다. 변화를 인지한 민혁의 목소리에 힘이 실리기 시작했다.

"강 소장님은 어떻게든 자재비에 맞추어 건설하려고 노력하셨죠. 그러다 보니 어쩔 수 없이 베란다를 비롯한 다른 서비스 공간의 도면을 수정할 수밖에 없었습니다. 그러나 그것은 오히려 안전을 위한 것이었고요."

현수가 민혁의 시선을 외면했다. 진실을 알고 있는 그의 입술은 여전히 굳게 닫혀 있었다.

"그 일이 터지고 109동의 인부 관리 책임자이자 미래건설 북두파 행동대원이었던 김정식이 소리 소문 없이 사라졌습니다. 아마도 그가 설계 도면에 대대적으로 손댄 장본인일 테지요."

입을 굳게 다물고 있는 현수의 턱선이 꿈틀대고 있었다.

"그런데 왜 강현수 씨는 대망의 아파트 사건이 이따위로 판결이 나도록 지켜보고만 있었습니까."

민혁이 그를 향해 날카로운 목소리를 날렸다.

"지금 저에게 지켜보기만 했다고 말했습니까. 하아. 이것 보십시오. 모든 과정 다 알고 있는 차민혁 씨조차 지금 저에게 그런 말을 내뱉고 있지 않습니까."

민혁의 의도에 넘어온 현수가 자신도 모르게 목소리를 드높였다. 그리고 이내 탄식의 한숨을 뱉었다.

"제가 몇 번이나 말했던가요. 말도 안 되게 내려온 건물 도면 들고 국토 교통부 감리단에게 몇 번이나 찾아갔다고요. 매번 자재비 결재 또한 위에서 제대로 해 주지도 않았습니다. 덕분에 현장보다 전화기를 붙들고 있는 날이 많았습니다."

현수는 그때 일을 생각하면 지금도 가슴이 들썩거렸다. 숨이 거칠어진 그가 속사포처럼 말을 쏟아 냈다.

"임금을 받지 못하는 인부들이 그나마 있던 자재들을 빼돌리고 있다는 사실도 몰랐습니다. 할 수 없이 중간의 하도급들을 다 제치고 대망으로 달려갔습니다. 어차피 대망 이름 달고 나갈 아파트, 이런 식으로 하면 오명은 대망이 다 받아 안는다고. 큰일이 날지도 모른다고."

현수가 어이없는 듯 고개를 크게 가로저었다. 그리고 자조적으로 말을 이었다.

"그런데 누가 이렇게 만들었습니까. 누가 그런 잘 만들어진 각본으로 저를 이곳에 넣었습니까. 검사님 아닙니까. 모든 진실을 다 들은 검사님은 재판 당일 어디로 사라지고 이런 결과를 만들었냐고요."

민혁은 울컥 올라오는 신물을 억지로 삼켰다.

"그 각본 만든 사람 찾아보자는 말입니다."

이제 와 다른 조용하고도 낮은 목소리가 이어졌다.

"재판 당일 왜 제게 얘기했던 사실을 말씀하시지 않고 갑자기 말을 바꾸었습니까. 자신이 하지 않은 일을 왜 자신이 했다고 했습니까."

"제 밑의 인부들, 일당도 제대로 받지 못한 인부들이 자재 빼돌린 것은 맞으니까요."

현수의 회한과 피곤이 묻어났다.

"좀도둑 찾는 재판이 아니었습니다. 도대체 뭡니까. 강현수 씨가 여기서 7년 있다가 나오면 무엇을 보장해 준다고 하던가요. 그리고 누굽니까. 그렇게 진실을 밝히려 뛰어다닌 사람을 이곳에서 얌전히 형을 대신 치르게 만든 사람이."

더없이 낮은 민혁의 목소리엔 간절함이 실려 있었다.

"강현수 씨를 찾아온 사람은 어느 쪽 사람입니까. 대망입니까 아니면 신 21세기파 신흥건설입니까. 그 보장이 무엇인지 모르겠지만 강현수 씨의 7년의 젊은 세월과 떳떳하고 정직하게 살아온 인생관을 맞바꿀 수 있는 겁니까."

"……."

"강현수 씨를 기다리고 있는 분이 있다는 소리를 들었습니다."

철창 건너편 시선을 떨치고 있던 현수가 고개를 빠르게 들었다.

"무슨……."

"최근 자주 면회 온다면서요."

뒤늦게 말뜻을 알아차린 현수의 눈빛이 차가워졌다.

"뒷조사까지 하신 겁니까."

"바깥에서 기다리는 사람의 하루는 여기보다 더 길 수 있습니다. 세상 풍파에 혼자 맞서서 싸워야 하니 말입니다."

짧은 침묵을 사이에 두고 민혁이 힘을 실어 말을 했다.

"이번에는 꼭 지켜 드립니다, 강현수 씨."

피식. 현수가 웃음을 터뜨렸다. 빈정이 묻어나는 웃음이었다.

"검사님도 지키지 못한 일입니다. 차민혁 씨가 무슨 재주로……."

"검사는 죄를 밝히는 사람이지 누군가를 지켜 주는 자리가 아니라는 것을 알았습니다. 청연건설은 곧 대망의 지주 회사가 될 것입니다."

현수의 눈썹이 꿈틀거렸다.

"혹시⋯⋯."

민혁이 고개를 끄덕였다. 재판 과정에 휩쓸려 정신없는 시간을 보내던 현수도 그 당시 연일 특보로 흘러나오던 뉴스를 들은 기억이 났다.

현직 검사. 그의 부친 비리에 연류. 알고 보니 모 대기업의 사생아. 한 번도 그 사건의 주인공이 눈앞에 있는 젊고 패기 넘치던 검사라 생각하지 못했다. 누구보다 기백이 넘치고 당당한 사람이라고 생각했다. 그래서 현수는 그를 믿었다.

처음부터 내려온 말도 되지 않는 자재비였다. 사흘이 멀다 하고 조금씩 바뀌는 내부 설계 도면과 국토 교통부에서 나오는 감리단의 형식적인 시찰.

현수는 자신의 손으로 쌓아 올리는 아파트가 말도 안 되는 과정 속에서 지어지고 있다는 것을 본능적으로 느꼈다. 때문에 현장보다는 최고 책임자를 찾기 위해 더 많은 시간을 보냈다.

도급법에 따라 경쟁 입찰 시 정당한 사유 없이 최저가로 입찰한 금액보다 낮은 금액으로 대금을 결정하지 못하도록 규정되어 있었다.

그런데도 불구하고, 대망은 하청 업체 입찰 시 두세 개의 유령 업체를 만들어 재입찰을 실시해서 당초 입찰가 보다 훨씬 낮은 금액으로 신흥건설을 선정해 하도급 대금을 결정했다.

그리고 원칙상 우리나라 건설은 재하도급이 금지되어 있는데도 불구하고 신흥건설의 엄기범은 재하도급 금지 예외 조항을 교묘히 이용하여였다.

국토 교통부와 각 관할의 담당 공무원들을 매수해 전문 시공 자격도 없는 부산 조폭 조직의 북두파 거점 사업인 미래건설에 전문 시공을 빙자해 대망의 드높은 꿈 아파트 건설 일체를 맡겼다.

하도급법상 건설사가 공사 대금을 전액 현금으로 받았다면 하도급 업체 대금도 전부 현금으로 줘야 했다. 그러나 신흥건설은 대망으로부터 공사 대금을 현금으로 받아 그 밑 하도급인 미래건설에 대금을 어음으로 결제했다.

그것도 건설비 20%를 삭감한 것이었다. 미래건설은 자재비가 충분치 않다 보니 제멋대로 설계 도면 변경을 시행했고 이 모든 것을 알고 있던 대망건설의 박기태는 묵인했다.

그 모든 과정에서 대망 박기태는 서울, 경기도 지역으로 거대한 조직을 이루고 있는 신 21세기파의 거점 사업인 신흥건설 엄기범에게 로비 자금을 받았다 그리고 아파트 하나를 수주하며 이중 삼중으로 뒷돈을 챙겼다.

사정을 모르는 서민들은 대기업 브랜드명만 믿고 너도나도 할 것 없이 최저가 입찰 금액의 40%도 안 되게 건축한, 바다 위의 오두막 격인 아파트를 분양받아 새집 마련의 기쁨을 즐겼다.

현수는 미래건설에 입사해 처음으로 고층 건물 현장 소장을 맡은 후 아파트가 지어지기까지 몇 번이나 대망 부산 지사로 찾아갔는지 모른다.

그러는 사이에 어찌어찌 아파트는 올라갔다. 그리고 불안하던 일이 터지고 말았다. 조사원이 다녀가고 검찰에 불려 다녔다. 사고를 당한 희생자와 유족들을 대할 낯이 없었다.

이왕 그렇게 된 거 철저하게 밝혀져서 건설 업계에 만연한 부실 공사의 그 싹조차 뿌리 뽑히길 바랐다. 그러나 시간이 지날수록 돌아가는 꼴이 심상치 않았다.

그럴 때 윤민혁을 만났다. 그는 대망과 그 밑의 하도급의 실체까지 속속들이 다 알고 있었다.

하도급으로 걸려 있는 대부분의 건설사가 조폭 조직과 연계된 업체라고 했다. 그런데 재판을 앞두고 패기 있는 검사가 하루아침에 사라졌다.

새 담당 검사는 새파란 신출내기 여검사였다. 코웃음이 나왔다. 그때부터 회사가 서서히 어이없는 조건으로 압박을 해 오기 시작했다.

말도 안 되는 소리라 회사 사람들을 피했다.

어느 날, 살고 있는 집이 알 수 없는 구두 발자국으로 엉망이 되었다. 어떻게 돌아가는 일인지 망연했다.

정신을 차려 보니 어느새 자신은 증인이 아니라 피고인의 자리에 앉아 있었다. 국선 변호사가 해 오는 말들을 하나도 알아들을 수 없었다.

잘 짜인 그림이 눈에 보이는 듯했다. 그런 혼돈의 시간에 자신의 앞으로 누군가가 찾아와 피할 수 없는 제안을 해 왔다.

그런데, 그때 재판 과정에서 온다 간다 말없이 사라진 윤 검사가 대망의 사생아였다니. 아직도 그 일로 혼돈이 남아 있을 줄 현수는 짐작도 하지 못했다.

"아무것도 몰랐다고 오리발 내민 대망건설 사장 박기태 대신 모든 걸 떠안고 간 이 상무가 진실을 말해 왔습니다. 강현수 씨의 각오만 다져지면 됩니다."

현수가 고개를 천천히 가로저었다.

"이 상무의 재심 신청은 모두 준비되었습니다. 대망 아파트 건뿐 아니라 그동안 박기태와 신 21세기파 엄기범이 저질러 왔던 건설 업계 비리 모두 그 입으로 밝혀 줄 겁니다."

조급한 마음에 민혁이 빠르게 말을 덧붙였다.

"신흥건설, 더불어 부산의 미래건설. 어떻게 보면 그 사람들은 아무것도 아닐 겁니다."

현수의 말에 민혁의 턱 근육이 순간 꿈틀거렸다.

"저에게 정직하고 떳떳한 삶을 살아왔다고 칭송하셨지만, 검사님이야말로 본인 성정에 도저히 잊고 사시기 힘드셨겠지요."

민혁이 긴 숨을 들이마셨다. 체념한 듯 뱉어 내는 현수의 목소리가 그를 더 초조하게 만들고 있었다.

"마음 같아선 차민혁 씨가 가진 것을 모두 내어놓을 수는 있으시겠지요. 그때도 그랬지 않습니까. 그런데 그게 말처럼 쉽게 되던가요."

현수가 절레절레 고개를 가로저어 보였다.

"현재 많이 가졌다고 생각하고 있는 그 힘, 얼마나 가지고 계십니까. 그 거대한 대망이라는 왕국이 모두 차민혁 씨 것은 아니지 않습니까. 괜히 저 하나 살리자고, 저에게 빚 갚자고 그 왕국 무너뜨릴 수 있습니까. 그걸 주변에서 용납하겠습니까."

민혁의 얼굴에 검은 그림자가 생겼다. 그의 말이 틀리진 않았다. 대망의 지주 회사였던 대망건설이 무너지고 지난 5년 대망그룹은 크게 흔들렸다.

당시 태석의 개인 재산과 정희수 여사가 친정으로부터 받은 대부분의 주식, 그리고 임직원들의 많은 헌신으로 다시 일어서기까지 3년이라는 시간이 걸렸다.

지금 다시 그 일이 수면 위로 드러난다면 대망이 얼마나 흔들릴지 아무도 알 수 없었다.

"그냥 잊으십시오. 더 이상 그 사건에 휩쓸리는 인생을 살고 싶지 않습니다. 말씀처럼 저에게도 기다리는 사람이 있습니다. 차민혁 씨가 알고 있다면 그들도 그 존재를 알고 있을 겁니다. 이곳에서 앞으로 더 보내야 하는 2년을 그 일과 완전히 연을 끊어 버리는 대가로 치겠습니다. 그리고 저 역시 그 무너진 아파트의 흙에 손길을 묻혔던 사람입니다."

"그것이 진정 자신의 사람을 지키는 방법이라 여깁니까."

"그만 가시지요. 다시는 이곳을 찾지 마십시오."

현수가 먼저 등을 돌렸다. 그를 바라보는 민혁의 낯빛이 어두웠다.

"윤희진!"

무슨 말을 어떻게 해야 할지. 이렇게까지 되도록 몰랐던 스스로의 무심함을 탓해야 했다. 그리고 지금 들은 말이 단순히 저 혼자 앞서 나간 생각이길 바랐다. 정원은 호흡을 가다듬으며 애써 침착함을 유지한 뒤 희진을 다시 불렀다.

"그러니까, 예슬이와 송 선생님과 주말마다 농장에 갔었다고?"

희진이 가만히 고개를 끄덕였다.

"그리고 셋이서 패밀리 레스토랑에서 식사하고, 송 선생님 진료가 늦거나 다른 볼일이 있으면 네가 대신 예슬이 봐주고?"

"응."

"그럼 송 선생님과 둘이서 시간 보낸 적은 거의 없겠네?"

"……."

"왜 말이 없어?"

"네가 하고 싶은 말을 아니까."

여전히 시금치를 다듬고 있는 손에만 시선을 주며 희진이 담담히 말했다.

"뭔데?"

"송 선생님을 남자로 바라보고 있는 게 아니라고 믿고 싶은 거겠지."

"믿고 싶은 게 아니라 그렇다고 여기는데."

희진은 다듬던 시금치를 식탁에 올려놓고 정원을 바라보았다.

"뭐야. 그 눈빛은?"

"예슬이 다른 원으로 옮길까? 아니면 내가 옮겨도 되고. 그러면 송 선생님은 더 이상 원생 부모 아닐 거잖아."

"희진아."

정원의 입이 벙긋 열렸다. 생각보다 상태가 심상치 않았다.

"너는 조금은 다르게 생각해 주지 않을까 했어. 예슬이와 어울리다가 송 선생님께 마음이 간 거 아니야. 나 송 선생님께 처음부터 호감 갔어. 하지만 원생 부모님인데 하는 생각 때문에 흘러가는 마음을 막

248

앉어. 예슬이라 특별히 더 신경 쓴 건지, 송 선생님 때문에 방과 후 시간을 더 신경 써 준 건지 그것도 명확하지 않아. 그리고 정원아······."

말간 눈으로 절 부르고 있는 희진이 불안했다. 더 이상 그녀의 입에서 나오는 어떤 소리도 듣고 싶지 않았다.

이 일이 불러올 파장을 본능적으로 느꼈다. 친구의 이야기를 들을수록 한 남자의 굳어져 갈 얼굴이 상상되었다. 그가 가만히 지켜볼 리 없었다.

죄책감이 들었다. 제 일에 빠져 이 지경이 되도록 몰랐다니. 다시 한번 생각해도 무심했다.

"마음으로 하는 말을 눈으로 바라보지 말아 줘."

가슴 한구석이 쿡 하고 쑤셔 왔다. 속물 같은 저 때문이 아니었다. 어딘가 달라져 있는 희진 때문이었다.

아픈 사랑을 예감하고 있는지, 자신의 사랑이 몰고 올 풍파를 짐작하는지 담담한 표정 숨겨진 고요함에서 서글픔이 느껴져 왔다.

마음으로 하는 말을 눈으로 바라보지 말라니. 정원의 눈가가 붉어졌다.

"언짢았어?"

희진이 조심스레 물었다.

"네 오빠 이길 자신 있어?"

희진의 눈빛이 출렁거렸다.

"네 오빠, 너에게 져 줄 사람인지 나는 모르겠어. 두 사람 중 하나는 상처 입을 거야."

희진의 손이 다시 시금치가 담긴 그릇으로 향했다.

"첫 마음이잖아. 처음부터 왜 그렇게 아픈 사랑을 하려고 해? 잘못되면 대미지가 너무 크잖아."

이런 반응을 짐작이나 했던 듯 희진은 조용히 듣고만 있을 뿐이었다.

역시 사랑인가. 시원하고 맺힌 곳 없는 희진의 말수가 전에 없이 줄었다. 들을 것 다 듣고 맞을 매 다 맞고 오로지 제 길로만 갈 거라는 다부짐 같은 것이 엿보였다.

"독하다 진짜. 독한 걸로 윤희진 널 누가 따라가? 사람이 이렇게 말하는데 어떻게 흔들리는 구석 하나 없어? 불안해하는 기미조차……."

"불안해."

불쑥 들려오는 말에 정원이 그대로 입을 다물었다.

"송 선생님 때문에……. 혹여나 내가 중간에 그만둬 버려서 송 선생님께 상처 줄까 봐. 잘 살아가던 사람 자격지심 생기게 할까 봐. 요즘 세상에 이혼남이 뭐 별거라고."

"이혼남? 사별했다고 했잖아."

"엄마가 없다고 해서 그런가 보다 했어."

"그런데?"

"이혼했고, 의사래. 예슬이를 생각하면 다행이지? 가끔 예슬이 엄마에게 갈 때 송 선생님하고 데이트했어."

'다행은 무슨. 바보 같은 윤희진.'

"왜 그런 사랑을 하려고 해?"

말리고 나서는 목소리가 한없이 작아졌다.

"그런 사랑을 하려고 하는 게 아니야. 그런 사랑이 나를 덮쳤을 뿐이야."

할 말을 잃은 정원의 턱이 아래로 떨어져 내렸다. 그때 쿵 하고 닫히는 현관문 소리가 두 사람의 신경을 집중시켰다.

"누구지?"

희진은 손에 들고 있던, 시금치 다듬던 칼을 내려놓았다. 정원이 먼저 일어서 거실로 나가고 그 뒤를 희진이 따라나섰다.

"오빠."

"주연아."

희진과 정원이 들이닥친 주인공들을 불렀다.

민혁의 부축을 받으며 들어오던 주연이 겨우 얼굴을 들었다.

"어? 친구들 다 있네?"

배시시 웃어 보이는 모습이 예사롭지 않았다.

"주연아."

민혁에게 기댄 채 계단을 오르던 주연이 발을 헛디디며 휘청거렸다. 희진이 달려가 함께 부축했다.

"어떻게 된 거야? 같이 마신 거야?"

"웨이터가 대신 전화를 걸었기에 갔더니 벌써 이렇더군."

"웨이터?"

"뮤즈."

"기훈 오빠는 어쩌고."

"뭘 하는지 전화를 받질 않아. 일단 주연이 방문부터 열어."

뮤즈. 얼마 전 그와 함께 갔던 가게의 이름이었다. 수연을 바라보고 있던 정원의 시선이 그에게로 옮겨졌다.

정원은 담담하게 마주해 오는 그의 시선을 벗어나 주방으로 들어갔다. 따뜻한 물에 꿀과 매실청을 넣어 2층, 주연의 방으로 올랐다.

희진이 침대에 누워 있는 주연의 겉옷을 벗기고 있었다. 완전히 의식을 놓은 건 아닌지 물컵을 보자 주연이 손을 뻗었다.

"이주연, 도대체 이게 무슨 일이야?"

빈 컵을 받아 든 희진이 물었다.

"그래, 친구야. 나 오늘 좀 달렸어"

"얼마나 마셨길래 이렇게 취했어?"

"취하긴 누가? 여기 윤희진, 저기 서정원. 그리고 차민혁."

주연이 한 사람 한 사람 가리키며 어설픈 웃음을 보였다.

희진의 손에서 빈 컵을 받아 들고 정원이 먼저 방을 나섰다. 민혁이 따라 몸을 돌렸다.

"차민혁. 가지 마. 내 이야기 마저 듣고 가란 말이야."

날 선 주연의 목소리가 한 계단 내려서던 정원의 발목을 잡았다.

"너 많이 취했어. 한숨 자고 일어나."

희진은 그녀를 부축해 침대에 눕혔다. 그리고 민혁에게 나가라고 손
짓을 했다.

"윤희진, 넌 빠져. 나가 있으라고."

"이주연."

"먼저 내려가. 금방 내려갈 테니까."

민혁의 목소리가 방문 너머 정원의 귓가까지 들려왔다.

그와 함께 밤을 새운 다음 날 '2'라고 찍힌 문자가 그의 이름을 달
고 날아왔다. 다음 날 '3'이라는 문자를 받고서야 의미를 알아채고 피
식거렸다.

사귄 지 4일째. 그가 다른 여자를 온몸으로 부축한 채 눈앞에 나타
났다.

"아직 내 질문에 대답하지 않았어."

힘든 숨을 몰아쉬며 주연이 민혁에게 말했다.

"답 알고 있잖아."

"몰라, 모른다고. 내가 모든 걸 알고 있으리라 생각하지 마."

"이러지 마, 너답지 않아."

"나답지 않아? 나다운 게 어떤 건데?"

"네 감정 똑바로 바라봐."

"내 감정을 똑바로 들여다보라고? 왜? 내가 부담스러워? 그래서 내
감정까지 부정하고 싶어?"

2층을 향해 절로 돌아가던 정원의 시선이 희진의 눈과 마주쳤다. 몇
계단 위에서 희진이 잘래잘래 고개를 저어 보였다.

"너 5년 전 그 재판 때문에 아직 마음이 자유롭지 않다는 거 알고
있어. 그만 떨쳐 버리고 아버님 밑으로 들어가."

"5년 전 재판? 내가 그 일에 자유롭지 않을 이유가 뭔데? 월급쟁이가 위에서 시키는 대로 했을 뿐인데. 내가 왜? 오빠야말로 그 일까지 상기시켜 주는 이유가 뭐야? 아직 날 원망하고 있는 거야?"

"널 원망한 적 없어. 오히려 미안할 뿐이야."

"정말 미안해? 그럼 됐네. 서로 미안할 일 없도록 오빠가 이제 내 마음……."

정원이 2층 마지막 계단을 내려왔다. 그들의 시간 안에 자신의 존재는 없었다. 더 들어 본들 이해할 수 없는 말들이었다.

그러나 명확해진 것은 있었다. 그렇지 않을까 했던 주연의 마음은 생각했던 것 이상이었다.

그 사실 앞에서 어떻게 해야 하는 것일까. 할 수 있는 게 있기나 한 걸까. 알았다고 한들 차민혁이라는 모래바람을 피해 갈 수 있었을까.

모처럼 모두가 모인 집 안이 빈 집보다 더욱 삭막하게 느껴졌다.

"OK 사인 났어?"

한주의 물음에 진욱이 손가락으로 OK 사인을 해 보였다. 청연 올렌티아 아파트 서막을 알리는 연속 광고 중 1부 광고 촬영이 끝났다.

"아아악!"

자리에서 벌떡 일어난 한주가 두 손을 불끈 쥐고 냅다 고함을 질렀다. 놀란 성환이 멍한 시선으로 한주를 돌아보았다.

서류를 훑어보던 지훈이 못마땅한 얼굴로 그녀를 쳐다보았다. 정원은 그 소동에도 아랑곳없이 창밖으로 먼 시선을 두고 있었다.

그날 이후 주연을 본 적이 없었다. 희진 역시 출근할 때 잠깐 보는 것 외에 얼굴 마주하기가 힘들었다. 희진에게 생각이 미치자 가슴이 갑갑해졌다.

민혁과 주연의 함께 집으로 들이닥친 날의 사건으로 희진의 문제를 까마득히 잊고 있었다. 희진의 일을 그에게 알려야 하나 말아야 하나. 정원의 입에서 한숨 소리만 커졌다.

"오늘 저녁 다들 스케줄 비워 놓으십시오. 차 본부장님께서 광고 팀 회식 잡으셨습니다."

어깨 너머로 지훈의 목소리가 들려왔다.

"정말? 차 본부장 스케일에 맞게 장소 예약했겠지? 남들 대여섯 번 하는 회식을 한 번에 하는 거니까."

통통 튀는 한주의 목소리가 뒤를 이었다.

그에게서 11일째라는 문자를 받은 날이었다. 정원은 무슨 일로 바쁜지 얼굴 보기 힘든 그의 지난 문자를 다시 읽었다.

〈안양에 볼일이 있어 내려감.〉

주말, 그가 보낸 내용에 피식 웃음을 터트렸었다.

〈본가 방문 중.〉

저녁 식사를 마칠 무렵 받은 문자였다.

〈얼굴 못 봐서 아쉬움.〉

오랜만에 소리를 내며 웃었다. 그의 말대로 스케줄을 보고받는 것만으로 만만치 않았다. 관리라니, 어림도 없는 소리였다.

"원자 폭탄주 가지고는 끄덕도 하지 않겠어. 이 대리, 아까 말한 폭탄주 한번 말아 봐."

이미 테이블에 깔린 위스키 빈 병만 해도 네 개였다. 옆으로 놓여 있는 맥주병은 세어 볼 수도 없을 만큼 널려 있었다.

총 여섯 명. 한주와 정원, 여자가 둘이라는 것을 감안하면 웬만큼 마신 양이었다. 그런데도 어느 누구 하나 안색으로는 취기를 보이지 않았다.

그러자 성환에게 폭탄주에 대한 공부를 나름 톡톡히 한 한주가 수소 폭탄주를 언급했다.

정원이 낮은 한숨 소리를 냈다. 폭탄주를 벌써 대여섯 잔 넘게 마셨다. 그리고 그녀가 보기엔 진욱 역시 자신의 주량을 꽤 넘어선 듯 보였다.

별다른 술버릇이 없었지만 그는 술만 마시면 집이 아니라 계속 고를 외쳤다.

더한 문제는 지위 고하를 막론하고 단 한 명도 자리를 뜨지 못하게 하는 그의 고집에 어쩔 수 없이 다들 끌려 다녀야 한다는 것이었다.

그러기 전에 피하고 싶었다. 정원은 다시 한번 몰래 한숨을 내쉬다 민혁과 눈이 마주쳤다. 깊고도 짙은 눈빛이었다. 그 역시 완전히 맑은 정신은 아님이 틀림없었다.

"아, 술값은 신경 쓰지 말고 괜찮으니까 어서. 차 본부장, 괜찮지? 어차피 한 방에 보내야 싸게 먹혀. 얼굴들 봐. 아직 취기라곤 하나도 오르지 않았잖아?"

민혁은 그저 어깨만 으쓱였다.

"한 실장님, 그냥 마셔요. 아까운 양주에 뭐 하러 맥주 한 방울을 떨어뜨려요."

정원이 조심스럽게 한주를 말리고 나섰다.

"그럼 정원 씨는 맥주 좀 더 섞어 줘? 성환 씨, 수소 폭탄주가 맥주

잔에 양주를 가득 채워서 거기다 양주잔 한 잔 정도의 맥주라고 그랬지? 정원 씨는 맥주 한 방울 떨어뜨리는 건 싫다는데?"

"그럼 중성자 폭탄주 해 줘요?"

정원은 부지런히 술을 말고 있는 성환을 향해 작게 눈을 흘겼다.

성환 역시 술 하면 날 새는 줄 모르는 남자였다. 제 입사 환영회를 빙자해 정훈과 성환이 얼마나 술을 마셨는지를 기억하며 정원이 눈살을 찌푸렸다. 그날 취한 정훈과 성환을 택시에 태우느라 꽤나 고생을 했다.

어느새 위스키 두 병이 또 비워졌다. 정원은 성환이 만들어 놓은 수소 폭탄주 여섯 잔을 질린 눈으로 쳐다보았다. 자리에서 일어선 성환이 다른 이들의 앞으로 잔을 나눴다.

"차 본부장, 한마디 해."

한주가 민혁을 향해 입을 열었다.

"뭘 한마디 해. 아까 건배사 했잖아."

"하기 싫으면 거기서 스타트라도 끊어. 원 샷 시작하라고."

"뭐 하자는 거야. 정신없이 달려온 숨 좀 돌릴 겸, 한잔하자고 했더니 오늘 마시고 다들 죽을 작정이야? 아직 갈 길이 한참이야."

미간을 옅게 찌푸린 민혁의 목소리가 불퉁했다.

"어머, 무슨 일이야? 차민혁 씨가 이렇게 약한 소리를 다 하시고. 설마 이 대리 말처럼 술값이 걱정돼?"

"취기가 오르나 보지. 벌써 직함을 내려놓으니."

"에이, 술자리에선 야자 타임도 하는데 뭘 그러세요. 차민혁 본부장님. 힘들면 숙취 해소제 사다 줘? 가만, 서 팀장은 벌써 먹고 온 거 아냐? 술 약한 사람이 오늘 웬일이야. 거뜬한데?"

지훈은 답 없이 앞에 놓은 물잔을 들고 입을 축였다.

"먹었어, 안 먹었어? 지난번 성환 씨하고 셋이서 한잔할 때 보니까 술에 영 익숙하지 않아 보이더니 오늘은 잘 따라오네."

"그런 것 챙겨 본 적 없습니다. 그날은 전작이 있었습니다."

"오늘은 자신 있다? 그럼 벌칙은 따로 필요 없겠지? 그럼 나부터 시작할게."

한주가 시원하게 들이켰다. 실내조명을 받은 잔이 옅은 금색을 띠며 그녀의 입 안으로 매끄럽게 흘러들어 갔다. 그것을 지켜보던 정원의 숨이 턱 막혔다. 이미 자신의 주량은 넘은 지 오래였다.

깨끗하게 비운 잔을 내리며 한주가 신호를 보내왔다. 주뼛거리며 제 손 앞으로 팔이 하나 불쑥 뻗어 왔다. 지훈이 정원의 잔을 들고 벌컥벌컥 마셔 버렸다. 탁 하는 소리와 함께 빈 잔을 내려놓으며 그가 말했다.

"흑기사입니다."

한주의 입이 벙긋 열렸다. 의자에 느긋이 몸을 기댄 채 앉아 있던 진욱은 저도 모르게 테이블 쪽으로 몸을 일으켰다. 입에 오징어 다리 하나를 실성이고 있던 성환의 턱은 그대로 멈추었다.

정원은 절로 의식되는 민혁의 시선을 피하려 테이블에 시선을 고정한 채였다.

지훈은 한주의 입에서 어떤 소리도 나오기 전에 제 잔마저 들어 매끄럽게 비워 냈다.

"본부장님이라는 등대가 계시지만, 제가 이 팀의 선장입니다. 선원 한 명을 침몰시킬 수는 없잖습니까. 서정원 씨는 맥주와 와인 조금 외엔 술 잘 못합니다."

"역시 멋있어. 서 팀장. 규칙 위반이지만 OK, 통과. 이진욱 사장님, 좀 배우세요. 직원들 데리고 청연건설에 들어와서 본부장님 칼바람만 맞게 하지 말고 이럴 때 좀 나서야지."

말은 진욱을 탓하고 있었지만 한주의 눈빛은 민혁의 옆얼굴을 염탐하고 있었다.

"그러게 말입니다."

진욱이 겸연쩍은 듯 한주의 말을 수긍하고 나설 때 민혁이 제 잔을 들어 깨끗이 비웠다.

지훈 역시 술이 약하다는 것을 정원은 알고 있었다. 기껏해야 500CC 맥주 두 잔 정도였다. 그 두 잔에 기분이 알싸해진 그는 기숙사로 향하는 그녀를 데려다주며 콧노래를 흥얼거렸다.

그러니 지금 걱정해야 할 사람은 지훈인데도 덤덤한 얼굴의 민혁이 신경 쓰일 뿐이었다.

수소 폭탄주를 경계로 룸의 분위기는 완전히 바뀌었다. 한주의 이어지는 남자 타도론에 성환의 끝없는 반론, 우유부단한 성격대로 양쪽을 호응하며 거드는 진욱의 목소리를 뒤로하며 정원은 클러치를 챙겨 들었다.

조용히 룸을 나와 화장실에 들러 손을 씻고 간단하게 세수를 했다. 룸으로 돌아갈까 하던 마음을 바꾸어 홀을 가로질러 'HEART'라고 적힌 가게의 유리문을 밀고 나섰다.

클러치를 겨드랑이에 꼭 여미며 한 걸음 떼려는 순간 쓱 하고 다가서는 그림자에 놀라 뒤로 물러섰다.

"지훈아."

무방비한 마음을 틈탄 입술이 의도하지 않게 옛날처럼 그의 이름을 불렀다.

"돌아가게?"

"……괜찮아?"

"안 괜찮아."

절로 한숨이 났다.

"널 옆에 두고도 바라보기만 해야 하는데 괜찮을 리가 없지."

"서지훈."

"조금만 기다려 줘. 다음 주면 다 끝나."

"정말 안 괜찮아 보이네. 취했어, 들어가."

그를 가로질러 대로변으로 내려와 어디 택시가 없나 둘러보았다.

"꺅."

팔을 잡아끄는 지훈의 손길에 정원이 작은 비명을 질렀다.

"뭐 하는 거야. 이거 놔."

지훈은 정원의 손목을 잡고 가게 쪽으로 다시 향했다.

"내가 바래다줄게. 대리 불렀어."

"네 상사나 모셔. 아니면 다른 직원들 데려다주든지."

"다들 자기 앞가림하는 사람들이야. 내가 신경 쓸 필요 없어."

"나 역시 앞가림할 수 있는 사람이야. 아!"

정원이 나머지 자유로운 손으로 지훈의 손을 떼어 내려고 하자 지훈이 힘을 주어 더 세게 잡아왔다. 욱신 전해지는 통증이 만만치 않다.

"정말 왜 이래? 이거 놓지 못해?"

"가자고. 집에 데려다주겠다고. 그 정도도 못 해 줘? 너 지금 땅이 흔들리잖아."

"택시 기사보다 네가 더 위험해 보여. 그러니까 좋은 말 할 때 이 손 풀어."

"내가 위험해 보여?"

"너 술 약한 거 알아. 제정신이었으면 아파하는 거 보면서 이렇게 잡고 있지 않겠지."

"네 말이 맞아. 나 서이현 아픈 거 싫어서, 서이현 우는 거 싫어서 어머니와 네 사이에서 어쩔 줄 모르고 바보같이 아무것도 못 했어. 그런데 이제 아니야. 웬만한 아픔, 웬만한 상처쯤은 뛰어넘어야 한다는 걸 알았어."

"맑은 정신일 때 이야기하고 이 손 놔."

"……."

"이거 놔. 정말 아파."

팔목이 끊어질 듯 아팠다. 코끝이 시큰거렸다. 취기 때문인지 상처

입은 마음을 고스란히 드러내고 있는 그의 얼굴 때문인지 알 수 없었다.

물기 어린 눈빛으로 정원을 바라보던 지훈이 천천히 다가왔다. 그것이 의미하는 바를 미처 알아차릴 사이도 없이 그의 입술이 맞닿아 왔다.

정원은 이내 고개를 젖히고 그를 밀어냈다. 그러나 뒷덜미를 잡고 있는 손의 압력이 만만치 않았다.

그에게서 벗어나려 있는 힘껏 정강이를 걷어찼다. 하지만 꼼짝도 하지 않은 지훈이 그녀를 더 옥죄어 왔다.

그때 퍽, 하는 소리와 함께 지훈이 그대로 나가떨어졌다. 놀란 숨을 가누며 돌아보니 지훈이 제 얼굴을 잡고 비틀거리고 있었다. 민혁이 지훈의 멱살을 부여잡고 한 대 더 날리려던 순간이었다.

"그만해요."

정원이 민혁의 팔을 잡고 말렸다.

"비켜, 서정원."

"그만하라고요."

"내가 이야기했을 텐데. 이젠 마음 놓고 서지훈과 마음대로 만나지 못한다고."

"만난 게 아니라 마주친 거예요. 그리고 마주치지도 못한다면 더 이상 청연에서 일을 할 수 없어요."

"내가 정말 서지훈 모가지라도 날리길 원해?"

"그건 부당 해고입니다. 제가 잘릴 이유가 뭐죠?"

지훈이 제 멱살을 잡고 있는 민혁의 손을 털어 냈다.

"분명 경고했을 텐데, 한 번만 더 이 여자 앞에서 얼쩡거린다면 가만두지 않겠다고."

"그랬죠. 이제 며칠만 기다리면 되겠군요. 다음 주면 모든 판결이 끝날 테니까."

260

퍽! 지훈이 그대로 바닥으로 나가떨어졌다.

"지훈아!"

놀란 정원이 쓰러진 지훈의 곁으로 급히 달려갔다.

"잘 들어, 서지훈. 품지 못해 놓쳐 버린 나비는 보내 주는 게 예의 야. 제 욕심과 고집으로 억지로 잡고 있어 봐야 날개만 찢어질 뿐이니 까."

차디찬 민혁의 목소리가 도로가에 울려 퍼졌다.

"넌 진작 저 여자를 놓쳤어. 또 다른 여자를 울려 놓고 여기 와서 추 태 그만 부려. 못 알아들었으면 다시 일어나. 정신 차리게 해 줄 테니 까."

"제발 그만하세요!"

지훈의 입가로 피가 흘러내렸다. 놀란 정원이 그의 입가를 손수건으 로 문지르며 저도 모르게 소리를 질렀다.

민혁의 한쪽 눈썹이 꿈틀거렸다. 지훈의 옆에 있는 성원의 팔목을 힘껏 잡아 일으켰다.

"오늘은 내 여자 관리를 잘못한 내 탓도 있으니 이쯤 하지. 한 번만 더 이런 장면을 연출한다면 부당 해고보다 더한 것을 각오해야 할 거 야."

"이거 놔요."

하필 지훈에게 잡힌 손목이었다.

"놓고 걸어요. 아프단 말이에요."

지훈에게 꽤 세게 잡힌 손목이었기에 얼얼한 통증이 참기 힘들었다. 민혁은 가게 옆 좁은 골목으로 들어서서야 정원의 손을 내려놓았다.

정원이 아픈 손목을 매만지는 동안 민혁은 휴대폰을 들어 누군가에 게 전화를 걸었다.

"말로 안 되면 주먹 쓰는 남자였어요?"

어디론가 짧은 통화를 마치고서야 민혁이 정원을 돌아보았다.

"말로 안 되면 주먹 쓰는 남자가 따로 있어? 그런 경우엔 주먹뿐이면 그것도 다행이야."

조금 전 광경에 대한 불쾌함이 살아났는지 그의 표정이 심상치 않아 보였다.

"깡패가 따로 없어."

말 끝나기가 무섭게 내려온 입술이 정원의 입술을 막았다. 제가 뱉어 놓고도 위태하다고 느낀 순간이었다.

무참히 파고든 그의 혀가 주는 통증에 정신이 아찔해 왔다. 동시에 서러움이 엄습했다.

민혁의 품 안에서 정원이 땅으로 꺼져 내렸다. 주춤거리던 민혁도 정원과 함께 무너져 내렸다.

흐흑. 바닥에 웅크린 채 정원이 큰소리를 내며 울었다. 정원보다 짙은 흙빛을 띤 민혁의 눈빛이 더욱 심각해 보였다.

"……많이 아파?"

걱정하듯 묻는 목소리에 난감함이 묻어났다. 힘껏 고개를 가로젓는 정원의 울음소리는 더 커졌다. 그 울음소리에 민혁의 눈빛이 흐려졌다.

"서……."

"서지훈 때문은 더 아니고요."

목 메인 목소리가 민혁의 말을 단호하게 잘랐다.

"나도 싫어요. 나 역시 지훈이가 나 때문에 저러는 거, 아파하는 거 싫다고요. 나는 아닌데, 내 안엔 그 이름이 앉을 자리는 한구석도 없는데, 왜 그 시간에서 꼼짝 않고 멈추고 있는지 답답하단 말이에요."

"그 녀석 때문인 거 맞네."

"아니라니까요. 자기는, 자기는 다른 여자를 안고 집까지 오고선……. 흑."

민혁의 눈꺼풀이 빠르게 치켜 올라갔다.

"주연이 이야기야?"

"……."

놀란 듯 커졌던 눈에 이내 따뜻한 기운이 감돌았다.

바닥에 주저앉지 못하도록 그녀를 바치고 있던 민혁이 한 손을 들어 그녀의 등을 천천히 토닥였다.

"……궁금하면 물어보지 그랬어."

"물어보면 뭘 해요? 아무 사이도 아니라고 할 게 뻔한데."

"그런데?"

"난 당신 마음이, 지금 현재가 궁금한 게 아니거든요. 내가 모르는 두 사람의 시간, 과거에 있었던 일들이 궁금하고 신경이 쓰인단 말이에요."

그의 얼굴이 어두워졌다. 짧은 침묵에 정원의 어깨가 긴장으로 움츠려들었다.

"왜 내 마음은 안 궁금해? 너무 자신만만한 거 아냐?"

피식 웃음을 내뱉으며 민혁이 정원을 부축해 일으켰다. 큰 대로변으로 걸어 나오니 김 기사가 기다리고 있었다. 차 안의 훈훈한 공기를 접하고서야 정원은 마음이 조금씩 이완되었다.

"그렇게 울지 마. 간 떨어지는 줄 알았어."

"우는 게 뭐 어때서, 적어도 제 속만 썩고 말지 주먹질은 안 하잖아."

피곤이 몰려왔다. 스르르 그의 어깨로 절로 머리가 떨어져 내렸다. 민혁이 정원을 위해 자세를 낮추었다. 넓은 어깨가 포근했다

"마음에도 없는 말로 여기저기 찌르는 버릇, 이젠 좀 고쳐."

정원이 그의 어깨로 더 깊이 머리를 묻었다. 옅은 알코올 냄새에 묻어나는 우디 향에 전신이 나른해져 왔다. 그의 팔이 정원의 어깨를 감쌌다.

이토록 따스한 품이 제 것이었다. 맨해튼의 낯선 남자가 제 남자가

되었다.

　서정원의 남자.

　상상해 보지 못한 단어였다.

9. 유령의 집

"여긴 왜 따라왔어요? 눈치도 없이."

끙. 정원은 절로 찌푸려지는 눈살을 애써 숨기며 예슬을 돌아보았다. 사람 좋아 보이는 아빠를 닮은 것 같지는 않고, 기회가 된다면 눈앞에 있는 꼬마 여우의 모태를 꼭 한번 만나 보고 싶었다.

"캠핑은 사람이 많을수록 재미있잖아. 예슬인 이모가 온 거 싫어?"

"아니요. 좋아요."

"그런데?"

금세 시무룩해지는 아이의 시선이 땅으로 내려앉았다.

"아빠랑 희진 선생님이랑 캠핑 간다고 하니까 엄마가 예슬이보고 눈치 없다고 했어요."

역시나. 6살 예슬이 하는 말치곤 도를 넘는다 생각했다.

"희진 선생님은 예슬이와 캠핑 간다고 어제부터 너무 신나 하던데? 오늘 선생님이 싸 온 음식도 모두 예슬이가 좋아하는 거였잖아."

"그래도 선생님이랑 아빠랑 데이트하는 거라고, 엄마가 오늘은 외할머니 집에 가 있으라고 했는데."

정원은 저도 모르게 혀를 찼다. 정말이지, 애한테 못 하는 소리가 없다.

"그리고 예슬이도 찬민이랑 놀 때 혜지가 끼어드는 거 싫어요."

"예슬아."

어린 마음에도 친구를 두고 한 말이 조금 걸렸는지 예슬은 대답이 없다.

"예슬이는 아빠와 있을 때 희진 선생님이 함께 있으면 싫어?"

"아니에요. 아빠와 둘이 있으면 심심해요. 그래서 희진 선생님과 아빠랑 셋이 있으면 너무 좋아요."

"맞아. 그건 예슬이가 아빠와 희진 선생님 둘 다 좋아해서 그래. 좋아하는 사람들은 다 함께 있으면 더 행복하고 즐거운 거야. 예슬이는 혜지를 좋아하지 않아?"

"예슬이는 혜지가 싫어요."

"왜?"

지나치게 뚜렷한 의사 표현에 정원은 약간 놀란 듯 물었다.

"자꾸 예쁜 척해요. 매일 공주 같은 치마만 입고 와서 그네도 안 타고 지구본도 안 타면서 쫄쫄 따라다녀요. 그리고 애도 아니면서 자꾸 소꿉놀이만 하재요."

정원은 풋 하고 웃음을 터트렸다.

"그리고 키가 훨씬 큰 나보고 아기 하래요. 자기가 엄마 한다고."

"저런, 예슬이가 혜지 때문에 속상했겠다. 이모가 맛있는 거 해 줄 테니까 마음 풀고 여기서 즐겁게 놀다 가자. 다 큰 예슬이, 이모 식사 준비하는 거, 도와줄 거지?"

예슬이 활짝 핀 얼굴로 고개를 크게 끄덕였다.

"네."

'그런데 소꿉놀이는 몇 살까지 하는 거지?'

고개를 갸웃거리며 아이스박스에서 고기를 꺼낼 때 재원이 천막 안으로 쑥 들어섰다.

"두세요. 저녁은 제가 준비하겠습니다."

희진과 산책이나 하고 오라며 등을 떠밀어 보낸 지 불과 30분이 조금 지난 시간이었다.

"벌써 오셨어요? 희진이는요?"

"화장실에 다녀온다고 갔어요. 예슬인요?"

"저녁 준비 돕는다고 하더니 지겨운지 텐트 안에서 책 읽는다고 들어갔어요."

예슬을 데리러 집에 들렀을 때 잠깐 인사를 나눈 이후 재원과는 두 번째 만남이었다. 눈웃음을 짓는 남자는 별로였는데, 그는 조금 달랐다. 사람이 선해 보였다.

무표정일 때도 입매 양 끝이 귓가로 호를 그리고 있어 악의라고는 없어 보이는 호감형의 얼굴이었다. 언제나 말간 웃음을 짓고 있는 희진과 닮아 있었다.

나란히 서 있는 그들에게선 세상을 꼬아 보지 않는 투명한 영혼이 느껴졌다. 문득 그의 이혼 사유가 궁금했다.

"고맙습니다."

"네?"

뜬금없는 재원의 말에 정원은 감자를 깎던 손을 멈추었다.

"오늘 함께 와 주셔서요. 정원 씨가 오지 않았으면 힘들었을 겁니다."

"예슬이 때문이라면 그럴 필요 없겠던데요."

"……."

"제게 눈치 없이 왜 따라왔냐고 묻더라고요. 아빠하고 희진 선생님 데이트하는데."

"네?"

도마질을 하던 그의 손도 멈추었다.

"영민한 아이예요. 이야기를 나누다 보면 여느 어른들보다 낫구나 싶을 때가 있어요. 혼자서 참 잘 키우고 계시는 것 같아요. 엄마와 일주일에 한 번씩 보기 시작한 것도 얼마 안 됐다면서요."

"네, 3년 전에 헤어지고 바로 독일로 갔다가 올 초에 한국에 들어왔습니다."

"그렇군요."

"저희, 걱정되십니까."

"희진이가 걱정될 뿐이에요. ……죄송해요. 송 선생님."

지체 없이 답을 하고 나선 제 말이 무안해 정원이 사과를 덧붙였다.

"아닙니다. 저도 딸을 키우는 아빱니다. 가끔 생각하죠. 우리 예슬이가 저 같은 남자를 데려오면 어떨까. 역시 별로일 것 같아요. 그럴 땐 눈을 질끈 감고 그만해야겠다고 생각하죠. 그러다가도 그만하자는 말을 제가 먼저 꺼낸다는 것 자체가 오만이고 건방인 듯해서."

"희진이가 그만둔다면 송 선생님은 언제든지 그만둘 용의가 있다는 말인가요?"

그의 말이 다소 무책임하게 느껴져 정원의 목소리가 차가워졌다.

"세간의 기준에 따른 조건이 부족하다고 느끼신다면 더 깊은 마음으로 희진이를 채워 줘야지 않을까요? 누구보다 불안하고 힘든 건 희진일 텐데."

정원은 마지막 남은 감자를 집어 들었다.

"정원 씨 충고 가슴 깊이 새길게요."

주제넘은 말이라는 걸 알고 있기에 여전히 선한 웃음을 짓고 있을 그의 얼굴을 보기 민망했다.

"어떡해. 우리 정원이 부리려고 데려온 것 아닌데."

서둘러 걸었는지 희진이 숨을 몰아쉬며 나타났다.

"어째, 끼어 온 느낌이 든다. 나는 안 먹니?"

"그런가?"

희진이 해사하게 웃었다. 늘 웃는 얼굴이지만 좋은 사람들하고 있어서인지 오늘은 더 예뻐 보였다.

"끼어 온 느낌 들어도 좋으니까 지금부터 빈둥거릴래. 예슬이 옆에서 책도 읽고. 설거지도 안 할 거야. 식사 되면 불러."

정원은 끼고 있던 요리용 장갑을 벗었다.

"네, 네. 그러세요. 우리 재원 씨 요리 맛보면 너 기절할 거야."

"우리 재원 씨······."

작은 소리로 희진의 말을 되뇌었다. 어느새 호칭이 바뀌어 있었다. 더 이상 말리긴 무리였다.

조심스럽게 텐트를 열고 나왔다. 다행이 희진의 잠을 깨우지 않았다.

정원은 희뿌연 안개에 발을 멈추고 잠시 눈을 감았다. 아침 수목원의 공기는 고향 이천의 아침을 생각나게 했다.

힘껏 들이마신 공기를 가슴 깊숙이 품은 채 숨을 멈추자, 명치로 싸한 통증이 일었다.

이른 아침, 우물가에 나가 있는 엄마를 향해 달려가던 어린 이현의 가슴앓이가 그대로 느껴졌다. 선득한 그리움이 온몸을 감싸기 전에 얼른 눈을 떴다.

시야 안으로 아직은 굳게 닫힌 텐트가 하나둘 들어왔다. 사람 소리가 사라진 텐트촌은 더없이 고즈넉했다.

반들반들한 돌계단을 올라가니 작은 숲길이 나왔다. 걸음을 내디딜 때마다 발목으로 토독 튕겨 오르는 풀잎의 물방울 감촉에 잠기운이 완전히 깨어 갔다.

정화된 숲의 상쾌함이 두 뺨을 감싸고 습기 먹은 잡초들이 운동화 밑에서 뽀드득 소리를 내며 질긴 생명력을 자랑했다. 숲길이 끝나는

지점에 이르자 넓고 수량 풍부한 계곡의 비경이 정원을 반겼다.

어디선가 불어오는 아침 바람이 계곡의 물길을 갈라놓았다. 콸콸 흘러내리는 계곡의 바람을 온몸으로 맞기 위해 양팔을 활짝 벌렸다. 그 순간 누군가 손을 덥석 잡아 오는 바람에 정원이 비명을 질렀다.

민혁이 재빠르게 입가로 손가락을 가져다 댔다. 어머. 차마 막아내지 못한 소리가 넓은 숲으로 퍼져 나갔다.

"민혁 씨!"

"놀랐어?"

"민혁 씨, 여기 어떻게."

놀라기만 했을까. 정원의 진정되지 못한 가슴은 여전히 쿵쿵 뛰고 있었다.

"당신이야말로 여기서 뭐 하는 거야. 데이트하는 사람들 사이에 끼어서."

놀란 심장이 진정되기도 전에 머리를 치고 들어오는 말에 멍하니 두 눈을 껌뻑이며 그를 바라보았다.

민혁은 제자리에 얼어붙은 정원의 손을 잡고 계곡 길을 따라 걷기만 했다.

"어떻게 알았어요?"

"이제야 손을 잡아 보네."

맞잡은 손을 들어 보이며 그가 싱긋이 웃었다.

"두 사람 일 언제부터 알고 있었어요?"

제 손을 잡고 있는 민혁의 손을 끌어 내리는 정원의 표정은 자못 진지했다.

"중요해?"

"지켜보고 있었던 거예요? 오늘 여기 온 것도 희진이 때문에 온 거고요."

"당신 때문이 아니라 섭섭해?"

"농담하지 말고요. 도대체 서울에서 몇 시에 출발한 거예요?"

"서울에 있었으면 당신은 여기 못 왔어. 문자 보냈잖아. 춘천에 볼
일 있어 간다고."

아. 불편한 자리에 동참하게 되면서 그의 문자를 깜박하고 있었다.

"문자, 자꾸 씹기만 해. 다른 여자들은 제 문자에 답을 않는다고 잔
소리를 한다는데 당신은 어떻게 된 게……. 그러다가 나중에 후회하는
수가 있어."

"무슨 후회요?"

"상황 역전되면 그때 보자고."

정원은 잡은 손에 힘을 주며 의지를 다잡는 민혁의 모습에 피식 웃
음을 터트렸다.

"말해 봐요. 희진이 뒤에 사람 붙여 놓은 거예요?"

계단식 폭포 앞에 발을 멈춘 채 말이 없는 그를 조심스레 올려다보
았다.

"괜찮아요?"

그의 한쪽 눈썹이 살짝 치켜 올라갔다. 그 모습을 본 정원이 얼른
말을 덧붙였다.

"희진이와 송 선생님요."

"어쩌겠어. 저도 모르게 덮쳐 온 사랑을."

정원은 작은 안도감에 긴 숨을 내뿜었다.

"하지만 안 되는 건 안 되는 거야."

휙 하고 돌아본 그의 표정은 단호했다.

"말릴 거예요?"

이미 커질 대로 커진 감정이었다. 자신도 그녀의 마음이 얼마나 큰
지 알기에 쉬이 말리지 못했던 그 감정을 어찌 말리겠다는 것인지.

"말려 봤자 소용없어."

뜻을 헤아릴 수 없는 말에 미간을 찌푸렸다.

"희진이, 맑고 순수한 아이라 사랑에 관해서는 투명할 거야."

조용한 목소리에서 심란함이 느껴져 왔다.

"철부지 같아 보여도 어린 나이에 엄마를 잃은 만큼 세상이 얼마나 험한지도 알 거고. 그러니 지금 마음이 꽤나 복잡하겠지."

"희진이가 복잡하다면 그건 당신 때문이에요."

그의 턱선 근육이 도드라졌다. 그 역시 마음이 편치 않다는 걸 모르지 않았다.

"제 감정엔 언제나 솔직한 희진이지만 다른 사람이 다치는 걸 원치 않을 테니 불안할 거야. 이럴 때 괜히 건드려 봐야 불만 지를 뿐이야."

"그래서 언제까지 지켜보겠다는 건데요?"

"다 소진해야지. 제가 품은 마음을 다 소진해 버리고 빠져나와야지. 줄 게 있으면 다 주고, 나눌 게 있으면 나누고. 그렇게 다 태워 버려야지. 그러면 떨쳐지겠지."

정원의 입이 벙긋 열렸다. 황당함에 말문을 잇지 못하는 정원을 민혁은 애써 무시했다.

"말도 안 돼. 퍼 줘도 끝이 없는 사랑이면 어쩔 건데요? 죽어도 못 보내는 사랑이면 어떡하려고요?"

"죽어도 못 보내는 사랑? 사랑이 곁에 꼭 끼고 있어야 완성되는 걸까."

민혁이 앞서 걸었다. 그에게 이끌리던 정원이 제자리에 뚝 멈추어 섰다. 두 손을 맞잡고 있는 그들의 팔 길이만큼 간격이 벌어졌다.

"그러니까, 사랑은 마음껏 해라? 그런데 결혼은 안 된다 그 말이에요?"

"내가 어떻게 했으면 좋겠어. 꼬맹이 팔목을 잡고 그대로 집으로 가 버릴까?"

"허락해 줘요."

정원은 그의 손에서 제 손을 빼냈다.

"안 돼."

민혁이 큰 걸음으로 성큼 앞서 나갔다.

'저 융통성 없는 바보.'

빠른 걸음으로 쫓아 그의 앞을 막고 섰다. 정원의 마음이 조급해졌다.

"저 사람들 앞에 덜컥 나타나면 어떻게 하겠다는 거예요. 예슬이 놀라잖아요."

"그럼 언제쯤 그들의 앞을 가로막고 서면 좋을까?"

"당신이 뭘 걱정하는지 알아요. 희진이, 잘 이겨 낼 거예요. 그러니 당신이 양보……."

"그만해."

차가운 목소리가 정원의 말을 막았다.

"사랑이고 뭐고 당장 희진이를 끌고 가고 싶은 게 솔직한 심정이야. 지금 최대한 참고 있는 거라고."

민혁은 당신을 만나지 않았다면, 서정원이라는 여자를 만나 누군가에게로 무작정 흘러가는 속절없는 감정을 알지 못했다면 조금은 마음이 편했을지 모른다는 말을 삼켰다.

"민혁 씨."

"앞뒤가 맞든 안 맞든 나도 내 감정을 어쩔 수 없어. 나 역시 이성이고 타당이고 따질 수 없을 만큼 머릿속이 엉망이야. 그리고 난 희진이의 유일한 혈육이자 보호자야. 내게 감정의 논리를 따지지 마."

꿈틀거리던 정원의 입술이 조용히 닫혔다. 그의 얼굴에 드러난 낭패감이 혼란스러운 그의 마음을 그대로 보여 주고 있었다. 절벽을 향해 선 장승 같은 남자의 뒷모습에 마음이 먹먹해졌다.

정원이 조용히 그의 어깨에 머리를 기대었다. 그가 죽어라 참고 있는 것을 모르지 않았다.

답답함에 그를 몰아붙였지만 한번 뜻을 정하면 절대 물러서는 일이 없는 희진의 성격 역시 잘 알고 있는 터였다.

일본 한 달간의 연수 동안 한국 학생 여덟 명 중 희진의 연수 성적은 톱이었다. 재학하는 여고에서 전교 1, 2등을 다투는 수재였다는 것도 알게 되었다.

저 역시 일등을 몇 번 놓쳐 본 적 없었다. 그러나 희진이 다니던 서울 강남 한복판의 학교는 제가 다니던 지방의 작은 학교에 비할 바가 아니었다.

의대 지망도 충분했던 수능 점수로 희진이 유아교육학과를 선택한다고 했을 때 꽤나 놀랐다.

부모님이 반대 안 하셨냐고 묻는 말에 그녀의 대답은 명쾌했다.

"내 인생인데?"

희진은 민혁과 다른 듯 닮았다. 그녀가 재원을 포기한다면 그것은 민혁의 말처럼 상대를 위해서일 뿐이었다. 작은 불안감이 머리를 때리듯 스쳐 지나갔다.

"혹시, 민혁 씨……. 안 그럴 거죠?"

"뭘 안 그래?"

"설마 송 선생님 협박하거나 TV에 나오는 거처럼 이상한 사람 시키셔……."

"말도 안 되는 소리 하지 말고 당신은 당신 연애에나 정성을 쏟지 그래? 밤새 사람 벌 세워 놓고 아침에 온다 간다 말도 없이 사라져?"

뒤늦게 뜻을 알아차린 정원이 그의 시선을 피했다. 그의 오피스텔에서 눈을 떴던 순간의 황당함이 그대로 몰려왔다.

비탈진 길을 종종걸음으로 빠르게 내려가기 시작했다. 끈질기게 따라붙는 그의 시선에 볼이 점점 물들어 갔다.

"부끄럽긴 해?"

276

"내가 뭘 어쨌다고 부끄러워요?"

쑥스러워 고개를 돌리지 못하면서도 그녀의 입은 여전히 살아 있었다.

"그런데 왜 인사도 없이 내뺐을까. 잠깐 눈 붙인 새 사라지고 없더라고."

"옷은 갈아입고 출근해야 하잖아요. 그리고 술 취한 사람을 왜 자기 집으로 데리고 가요? 이상한 사람이야, 정말."

"남의 목을 꼭 끌어안고 아이처럼 떨어지지 않으려는 당신을 무슨 재주로 합정동 침대로 데려갈 수 있겠어?"

"민혁 씨."

무슨 말로 그의 입을 막아야 할지 난감했다.

"그래도 너무 걱정하지 마. 제 남자 품에서 안 떨어지려는 게 뭐 주사겠어? 아무 남자한테나 그러면 문제지만."

"그만하지 못해요?"

정원은 어쩔 수 없이 까치발을 들어 손으로 그의 입을 막았다. 민혁이 그녀의 팔을 낚아채 한 품에 안았다. 천천히 내려온 입술이 정원의 입술을 덮었다.

"싫어요."

처음 그녀의 입에서 새어 나오는 소리를 잘 알아들을 수 없었다.

"주연이 이름, 그렇게 부르지…… 마요."

그녀의 긴 머리카락을 걷어 올렸다.

"아직 내 이름, 그렇게 따뜻하게 부른 적 없잖아요."

그녀의 입김이 아직도 그의 가슴을 간질이는 듯했다.

민혁이 부드럽게 그녀의 혀를 감아올리자 순식간에 정원의 입 안이 뜨거워졌다. 달콤하다. 정원은 저도 모르게 사탕을 먹듯 그의 혀를 물고 빨기를 반복했다. 민혁은 그런 그녀의 얼굴을 잡고 더 깊게 입을 맞췄다.

다정하면서도 격한 입맞춤에 그를 밀어내고 싶었지만 자신의 입 안을 가득 채운 달콤함을 놓치고 싶지 않았다.

청량하던 숲속이 두 사람의 열기로 후끈 달아올랐다. 호흡이 벅차 두 사람이 동시에 떨어져 나갔다. 가쁘게 숨을 몰아쉬는 정원의 머리를 민혁이 다정하게 쓸어내렸다.

"서정원, 키스 실력 많이 늘었어."

마주한 그의 눈빛이 여전히 이글거리고 있었다.

"당신을 여기 두고 가려니 너무 아쉬운데?"

짙은 눈빛이 유혹적이었다. 정원이 고개를 가로저었다. 그러나 자신이 보낸 신호가 닿지 않은 것인지 그의 혀가 뒷덜미를 할짝거렸다.

"하, 제발."

맑은 아침 햇살이 뜨거워지는 두 사람의 머리 위를 조용히 내비치었다.

"나야."

―네, 형, 형님.

민혁은 전화선 너머 덩치 큰 백곰의 더듬거리는 말에 피식 웃음이 났다.

"내 뒤로 사람 좀 붙이지."

―네? 무슨 일로…….

"믿을 만하고 주먹 잘 쓰는 놈들로, 회사 경호원들조차 눈치 못 채 도록."

―형님 경호원들은 관상용 아니었습니까. 형님보다 주먹 잘 쓰는 놈이 어디 있다고. 영감님께 두들겨 맞던 시절 생각하면 아직도 어금 니가 들썩거립니다.

"나는 네 녀석 왔다 갔다 하는 호칭에 머리가 들썩거린다. 그리고 내 주변에 붙은 파리들 없나 잘 살피도록 교육 시켜."

―알겠습니다. 그런데 무슨 일입니까. 신 21세기파가 움직임을 보입 니까?

"그쪽도 곧 나설지 모르지. 이쪽이 움직이기 시작했으니 다들 보고 만 있진 않겠지."

―네, 알겠습니다. 그리고 형님.

"말해."

―강현수 여자에 대한 정보, 내일 넘겨받기로 했습니다.

"월요일 사무실로 직접 들고 와. 그럼 끊어. ……들어와요."

들어오라는 떨어지기 무섭게 영석이 허겁지겁 들어와 인사도 없이 용건을 말했다.

"본부장님, 아침에 난 기사 보셨습니까."

민혁이 가볍게 고개를 끄덕였다.

"더 이상의 기사는 나지 않도록 막아 놨습니다. 어디서 이런 말도 안 되는 기사를 지시했는지 알아보겠습니다."

"내버려 둬요."

"네?"

첫 걸음을 내딛은 청연 올렌티아. 대망건설의 명성을 되찾을 수 있을 것인가. 막대한 건설비 투입. 다른 아파트의 1.5배를 넘어서는 평당 가격은 말만 서민

을 위한 아파트. (중략) 분양 후 기호에 맞는 리모델링을 해 준다는 사탕발림
은 또다시 생길지 모를 부실 공사에 대한 안전 대비책은 아닌가.

조간신문에 난 기사의 내용이었다.
"아직 평당 공시 시가도 나지 않았는데 다른 아파트의 1.5배 시세를
넘어선다니요."
덤덤한 민혁과 달리 영석은 흥분하여 목소리를 높였다.
"그리고 본부장님께서 현장 소장들 한 명 한 명 공채로 뽑으시고,
중간 하도급에서 생길 인센티브 계산하셔서 인부들 임금도 올려 주셨
잖습니까. 거기다 공사 일정이 줄어들게 일정 잡으셔서 인건비도 싸게
먹혔는데 이런 말도 안 되는…….”
"알 사람들은 알겠지요. 그저 추측성 기사일 뿐이라는 거."
조용하지만 단호한 목소리에 영석은 더 이상 말을 이을 수가 없었
다.
"그래도 광고 나가고 나서 반응이 좋아지고 있는데, 게다가 회사 주
가도 오르고 있는 마당에."
"영향, 받겠지요?"
"당연한 거 아니겠습니까."
이제야 제대로 사태를 바라보고 있는 상사를 향해 영석이 재차 흥분
한 모습을 보였다.
"반응하면 억측 기사가 더 나올 겁니다. 주가가 하락하더라도 한동
안 내버려 두세요. 그리고 빠져나가는 주식이 어디로 흘러가는지 알아
보십시오. 대량 매수인들 중 박과 이씨 성을 가진 이름이 있는지 조사
부탁드립니다."
"네? 아, 네."
"이만 나가 보시지요."
본부장실을 나서는 영석이 고개를 갸웃거렸다. 아파트 광고가 나가

자마자 조간 일면에 음해성 기사가 떴다. 덕분에 회사 곳곳에서 사람들이 웅성거리며 불안해했다.

그러나 정작 가장 예민해야 상사는 생각 이상으로 담담한 태도였다.

중국에서 머물다가 돌아온 지 겨우 2년, 불안과 긴장의 연속이었다. 그러나 어느샌가 젊은 상사를 철석같이 믿고 있는 자신을 발견했다.

걱정할 일은 없을 것이다. '청연 올렌티아'라는 이름처럼 새 아파트는 국민의 좋은 아파트가 되어 줄 터다. 본부장실 문을 조심스럽게 닫는 영석의 입매에 힘이 들어갔다.

조간신문 기사 하나로 끝날 일이 아니었다. 이 일의 뒤엔 분명 차화연이 있다. 청연건설을 제 손에 넣으려 이보다 더한 짓을 할 것이다.

민혁은 선대 회장이 기반을 닦아 놓은 대망을 오늘날의 큰 그룹으로 일군 데는 태석뿐 아니라 그녀의 공이 컸다는 것을 알고 있었다.

우리나라에서 기업가 자질을 인정받고 있는 몇 안 되는 여성 CEO 중 하나인 그녀는 선대 회장 기석의 화통함과 기개도 물려받았다.

못난 아들에 대한 어긋난 모정이 여전히 그녀의 시야를 흐려 놓는 것이 안타까울 뿐이었다. 화연과 그 아들 박기태에 대한 개인적인 원한을 날려 버린 지는 오래였다.

본인의 삶은 행복했다고, 아내 세정의 곁으로 가게 되는 이 순간을 기쁘게 받아들인다고, 그러니 모든 원망과 아픔은 내려놓고 제대로 된 삶을 살아가라고. 오로지 아들에 대한 걱정으로 그리 부탁하던 부친 석호를 떠올렸다.

기어이 제 입으로 약속을 받은 순간에야 눈을 감은 부친을 위해서라도 지난 시간 이를 갈게 했던 모자의 행위를 잊으려 애썼다.

원한을 비워 낸 그 자리에 남아 있는 거라곤 기껏 동정심뿐이었다.

박기태. 바쁜 부모에 애정과 관심이 아니라 물질로 채워 키워지다 보니 제대로 된 인성과 도덕성을 갖추지 못했을 것이다. 그의 부재된 인성과 도덕성을 한없이 불쌍히 여길 뿐이었다.

그러니 지금이라도 과거의 잘못을 인정하고 죗값을 치른다면 이런 추잡한 싸움을 거두고 언제든 이 자리를 던져 줄 것이었다.

하락하는 청연의 주식은 차화연의 밑으로 흘러들어 갈 것이다. 자신의 이름으로 모두 거둘 수 없기에 어딘가 차명 계좌를 마련할 것이었다.

박승현 실장과 박상우 이사의 손발을 잘라 놓았으니 남편 박상섭 부회장의 친인척 중 물색해 놓을 것이 분명했다.

그녀가 아들을 위해 이번엔 어디까지 움직일지, 얼마나 치부를 드러낼지 궁금했다.

민혁은 차화연과 처음 얼굴을 마주했던 날을 지금도 또렷이 기억했다.

그땐 서로가 피로 연결된 관계인 줄 몰랐다. 검사실 사무장이 전하는 그녀의 명함을 쓰레기통에 던진 다음 날, 대망호텔 비서실장에게서 직접 전화가 걸려 왔다.

바로 30분 뒤에 검사실로 찾아가겠다는 말을 남긴 그녀의 전화는 이쪽의 대답도 듣지 않고 그대로 끊어졌다.

"주변을 물리지."

화려한 차림으로 검사실에 나타난 화연의 첫마디였다. 마주한 그녀의 말은 길지 않았다.

"박기태 사장에 관한 모든 행적 조사와 아파트 붕괴 사건을 이대로 덮어 줬으면 하는데."

"그럴 수야 있나요. 유족들 마음까지 헤아려 줄 수는 없다 해도, 그들의 세금으로 받는 월급 값은 해야죠."

282

여유로워 보이던 그녀의 한쪽 입꼬리가 비죽하게 올라갔다.

"안타깝지만 차 검사의 의지와 상관없이 이 사건은 묻히게 되어 있어. 아들 살리자고 젊은 검사 한 명 앞길을 날릴 수가 없어 이렇게 찾아오는 수고를 했는데. 이후 어떤 일이 생겨도 감당할 자신이 있어?"

"기대해 보겠습니다."

"내가 몰인정한 사람이었다면 윗선으로 바로 올라갔을 거야."

"말씀하시는 윗선으로 함께 가 보면 안 될까요? 안 그래도 그 윗선이 무던히 궁금하던 차였는데."

며칠 전 부장 검사에게 그 사건에서 손을 떼라는 말을 들었던 참이었다.

잠시 침묵을 지키던 그녀의 눈이 한참 제 얼굴을 바라보았다. 그 순간에도 그 눈이 쫓고 있는 것이 제 얼굴이 아님을 어렴풋이 느꼈다.

"마지막으로 선택의 기회를 줄게요. 내 말을 수락하면 다음번 승진은 차 검사라는 걸 약속하죠."

조금 순해진 눈빛으로 뒤늦게 예의를 차리는 그녀에게 민혁은 비릿한 미소를 날렸다.

화연은 그 웃음에 표정을 지우며 괜한 시간 낭비를 했다며 승진 대신 받는 선물은 더 마음에 들지 않을 거라는 말을 끝으로 방을 나갔다.

얼마 후 민혁은 희진의 다급한 전화를 받고 부친 윤석호 변호사가 쓰러져 있는 병실로 달려가야 했다.

대망아파트 붕괴 사건 담당 서울중앙지방검찰청 윤민혁 검사 부친, 전 대망 변호인 윤석호 과거 의뢰인 성추행, 그 합의금 출처로 지목되는 D그룹. 부친 윤석호 변호사 뇌물수수 혐의에 대한……(후략).

대로변의 높은 빌딩 전광판마다 큼지막하게 대서특필된 부친 석호의 지난날 억울하게 연루된 사건을 확인한 것은 그 뒤의 일이었다.

더 이상 잃을 게 없는 민혁이었다. 혹여 자신이 잃는 게 있다면 상대는 더 큰 것을 잃을 터였다. 거칠게 자리에서 일어나는 그의 몸짓으로 의자가 쇳소리를 내며 밀려 나갔다.

✤　　　❋　　　✤

희수의 양손에 들린 가방들에 희진의 눈이 동그래졌다.

"내가 너무 자주 와서 불편한 거 아닌가 몰라."

"무슨 말씀이세요. 여사님 오시는 날 집이 얼마나 부자가 되는데. 게다가 전 감히 따라 할 수 없는 수제품들로만 들고 오셔서 얼마나 감격하는데요."

희수의 손에 들린 것이 모두가 아니었다. 그녀를 따라온 기사가 줄줄이 상자를 나르는 통에 희진의 입이 쩍 벌어졌다.

"저것들은 뭐예요?"

"갈비하고 전복들이 좀 들어와서."

"갈비, 전복까지. 죄다 이곳으로 들고 오신 거 아니에요?"

입은 겸손하되 기쁨을 감추지 못하는 희진을 보며 정원은 쿡 하고 웃음을 터트렸다. 그제야 희수가 정원을 발견했다.

"안녕하세요. 서정원입니다."

"본부장 집에서 만난 분 맞죠? 여기 어떻게?"

"여사님. 우리 정원이 아세요?"

놀라는 희수의 앞으로 희진이 나섰다.

"지난번 본부장 집에서 봤어."

"회사 심부름."

정원이 희수를 향해 짧은 설명 뒤 '나중에'라는 입 모양을 작게 보냈다.

"친구 한 명이 더 들어왔다고 하기에 궁금했는데 정원 씨였군요. 그런데 주연인 집에 없어?"

"네. 요즘 많이 늦어요."

"일이 많은가 보네. 무슨 고집이 그리 센지. 아버지 밑으로 들어가면 편할 텐데……."

희수는 저도 모르게 뱉은 말에 아, 하는 표정으로 미안해했다. 희진이 모른 척 웃어 보였다.

"이건, 희진 양 원피스 한 벌 샀어. 그렇게 쇼핑을 가자고 해도 시간 한번 내주지 않고 말이야."

"원피스요? 안 그러셔도 되는데. 어, 이 브랜드 제가 좋아하는 거네요."

"다행이야. 마음에 안 들면 바꿔 입고."

"잘 입을게요. 그리고 이제 '양'이라는 호칭 좀 떼 달라고 그렇게 말씀드렸는데."

"아, 그랬지. 그런데 희진이가 꼬박 여사님이라고 부르니까 나도 편하게 부르기가 쑥스러운가 보다."

잔잔한 미소로 희수가 호칭을 정정하고 나섰다.

"죄송해요. 어머니."

불쑥 뱉는 희진의 말에 희수와 정원의 눈이 커졌다.

"저도 앞으로 어머니라고 부를게요. 오빠 어머니는 제 어머니이기도 하니까요."

"아냐. 그렇게 무리하지 않아도 돼. 오빠에게도 얼마 전에야 어깨너머로 어머니라는 말 한 번 들어 봤는데."

말과 달리 희수의 눈가가 붉어졌다.

"어머니가 아직도 오빠를 본부장이라고 부르니까 그렇죠. 눈 딱 감고 민혁아, 하고 불러요."

결국 붉어진 눈에 물기가 묻어났다. 바라보는 정원의 마음도 젖어들었다. 일어나 차라도 내어 와야지 하는 순간 호주머니에 있는 휴대폰이 딩동 하고 문자 도착을 알려 왔다. 상대가 민혁임을 알아차리자 주춤하며 희진으로부터 휴대폰을 가렸다.

"왜 그렇게 놀라?"

"아, 친구가 급하게 전화해 달라고 해서."

"그래? 얼른 하고 와."

"그럼 잠깐……."

가벼운 목례로 자리를 뜨는 정원의 뒤로 희수의 따뜻한 시선이 닿았다.

〈3분 안에 대문 앞으로 나올 것.〉

정원은 문득 급하게 옷을 갈아입는 제 모습이 어이없었다. 피식 웃으며 나갈 채비를 하는데 전화벨이 울렸다.

"네."

—뭐 해? 3분. 확인 안 했어?

"3분 안에 안 나가면 어떻게 할 건데요."

—내가 들어가지.

"들어와요, 그럼."

—알았어. 옷 입고 있어.

"잠, 잠깐만요."

—왜?

"5분만 줘요. 내가 나갈 테니까."

허겁지겁 밖으로 나와 주위를 둘러보았다. 그의 차는 대문 앞에 주차된 희수의 차 뒤에 세워져 있었다.

"뭐 하자는 거예요?"

"뭘?"

"집 앞 3분. 그러면 후다닥 사람이 나와져요?"

"나왔잖아. 5분 걸렸지만."

"협박했잖아요."

"무슨 협박?"

"빨리 안 나오면 민혁 씨가 들어온다고."

"그게 왜 협박이야?"

정원이 작은 한숨을 뱉으며 민혁을 밉지 않게 흘겨봤다.

"이제 희진이도 알 때 됐잖아."

"아직 아니에요. 그리고 집에 청담동 어머니도 오셨어요."

주차된 차를 보고 짐작한 듯 고개를 끄덕여 보인 그가 이내 차를 출발시켰다.

"어디 가는데요?"

그저 웃어 보이는 그를 바라보는 정원의 표정이 궁금함으로 가득 찼다.

"이런 곳에 취미가 있었어요?"

30분이 걸려 달려온 곳이 놀이공원이었다.

"곧 야간 퍼레이드가 펼쳐질 거야. 그 전에 기구 하나 탈까?"

그의 눈이 조용한 정원의 눈치를 힐긋 살피고 있었다.

"이런 곳 안 좋아해?"

"너무 좋아해요. 어떻게 아셨어요? 제가 여기 좋아하는 거."

"그래? 10시에 끝나니까 두 시간밖에 못 즐기겠는데?"

그 빠른 눈치는 어디로 갔는지. 정말 액면 그대로 받아들인 거야, 아니면 모르는 척하는 거야. 정원이 속으로 혀를 찼다.

"야간 개장 시간까지 알아봤나 봐요."

"음, 이 대리가 알려 줬어. 게다가 제휴 카드 할인해서 야간엔 만 원이면 된다고 하기에."

기가 차서.

"민혁 씨, 이런 곳 좋아해요?"

"아니."

"정말 저 때문에 여기 택한 거예요?"

"함께 가고 싶은 곳이 있어."

"어딘데요?"

그제야 관심을 나타내는 그녀를 향해 민혁이 씩 웃음을 보였다. 아이 같은 모습에 정원은 피식 웃음을 터트렸다.

웃음은 거기까지였다. 그가 데려간 곳은 태어나 한 번도 경험하지 못한 곳이었다.

"싫어요. 안 들어가요."

"왜?"

"그냥 싫다니까요."

"그러니까. 왜?"

들어가자, 못 간다며 두 사람이 입씨름을 하는 곳은 다름 아닌 유령의 집이었다.

"난 스릴러, 공포, 귀신 영화도 절대로 안 봐요. 그런데 무슨 귀신의 집이에요? 하고많은 곳 놔두고 하필 이런 곳이 저랑 가고 싶은 거예요? 진심이에요?"

"음."

명확한 그의 대답에 아래턱이 절로 떨어졌다.

"영화를 볼까 했는데, 영화는 두 시간은 걸리잖아. 짧고 굵게 끝내자고."

"뭘 짧고 굵게 끝내요?"

"나는 이런 거 되게 좋아하거든."

민혁은 황당하게 서 있는 정원의 팔을 빠르게 낚아채 입구로 들어섰다. 민혁의 힘에 이끌려 입구로 발을 내딛는 순간 정원은 눈을 질끈 감았다.

그의 팔에 매달려 거의 대롱거리듯 발을 움직였다. 귓가에 들리는 음향 소리만으로 속이 메슥거렸다.

퇴근 무렵까지 문자 한 통 없더니 갑자기 불러내어 데려온 곳이 놀이공원 유령의 집이라니. 그의 행동을 종잡을 수 없었다.

민혁의 발걸음이 갑자기 멈추는 바람에 정원의 코가 그의 등을 찍었다.

"괜찮아. 이제 눈 떠."

"엄마. 악!"

그의 말을 믿은 제가 바보였다.

살그머니 뜬 눈앞에 어른거리고 있는 귀신의 긴 머리에 절로 비명이 터졌다.

그대로 내려앉는 정원의 허리를 민혁이 꽉 붙잡았고 그녀는 그것이 자신의 생명 줄인 듯 세게 껴안았다.

"울어?"

"빨리 나가요. 흑."

벌벌 떨고 있는 정원의 손을 꽉 잡고, 나머지 팔로 그녀의 어깨를 두른 채 민혁은 빠른 걸음으로 걸어 나왔다. 밖으로 나오고도 한참을 오들오들 떨어 대는 안색을 살피는 눈빛이 미안함으로 물들었다.

"그렇게 무서워? 모두 직원들인 거 알잖아."

"뻔히 분장하고 장난치는 건 줄 알면서 들어가는 이유가 뭐예요?"

"당신이 무서워하는 거 보고 싶었어."

"뭐라고요?"

정원이 민혁의 손을 뿌리쳤다. 황당해하는 귓가로 그가 속삭였다.

"나에게 꼭 붙어 있으라고. 조금 전처럼 말이야. 무슨 일이 있으면 언제나 날 의지해서 나만 믿으라고. 내가 지켜 줄 테니까."

황당하고도 어이없었다. 그러나 여느 때보다 진지한 표정이 그의 말에 귀를 기울이게 했다.

"평소의 서정원은 너무 당당하고 야무져. 그래서 섭섭할 때가 많아."

정원은 다정한 눈빛으로 절 내려다보고 있는 민혁의 허리를 살그머니 감쌌다.

"알았어요. 대신 퍼레이드 끝나고 제가 가고 싶은 곳에 가야 해요. 알았죠?"

"어디든지."

형형색색의 불빛과 함께 바라보는 동화 속 주인공들이 동심을 불러일으켰다. 맞잡고 있는 따뜻한 그의 손의 온기가 퍼레이드 속으로 편안하게 몰입하게 했다.

"왜 그렇게 귀신이 무서워?"

민혁이 정원을 제 옆으로 바싹 끌어당겼다.

"귀신의 존재를 믿으니까요. 내가 자란 시골은 밤이 되면 아주 깜깜해요. 주변의 사물이 전혀 분간되지 않죠. 그만큼 귀는 더 예민해져요. 바스락거리는 소리에도 간이 떨어질 만큼."

의식이 시간을 건너뛰고 그때로 흘러들었다.

"엄마가 너무 그리워 방문을 열면 새까만 어둠에 질식할 것 같고, 문을 닫으면 그리움에 숨이 막혀 죽을 것 같고."

절로 숨이 갑갑해졌다. 정원이 긴 호흡을 했다.

"내가 곁에 있어 주지 못한 게 애석해."

"그러게요."

순하게 답을 해 오는 그녀를 향해 민혁이 활짝 갠 웃음을 지었다. 정원의 가슴속으로 파르르 진동이 퍼져 나갔다. 민혁의 웃음은 그녀가 안내한 곳에서 이내 사라졌다.

"처음이에요?"

"처음이 아니라서 흔쾌히 따라 줄 수가 없어."

"그런 게 어디 있어요?"

"여기까지 왔는데, 야경이 보이는 것으로 타는 건?"

"저는 이게 꼭 타고 싶어요. 만약 저 혼자 이걸 타는 일이 생긴다면……."

"생긴다면?"

곤란해 보이는 그의 얼굴을 접하자 정원은 그를 더 놀려 주고 싶었다.

"당신을 믿고 의지하기 쉽지 않을 거예요."

바이킹에 발을 디디는 순간부터 그는 어떤 소리도 내지 않았다. 주변의 환호성과 꺅꺅거리는 비명 속에 묻혔는지 그의 호흡 소리도 들리지 않았다. 걱정이 되어 살짝 돌아본 그의 표정에 도저히 웃지 않을 수가 없었다.

"그만하지?"

놀이기구에서 내려오고도 한참을 웃는 그녀를 향해 그가 못마땅한 듯 말했다.

"세상에. 천하의 차민혁이 그게 뭐가 무섭다고."

"속이 불편했을 뿐이야."

"에이. 아닌 것 같은데? ……아!"

민혁이 정원의 코를 세게 비틀었다.

"조금 귀여워 보인다 했더니 마녀가 따로 없어."

"안 죽을 거 뻔한 놀이기구 타면서 그렇게 사색이 되니 안 우스워요?"

"누가 안 죽는다고 그래? 보장할 수 있어?"

"설마 죽을까 봐 그렇게 떨었어요?"

"기분이 이상했다니까. 속도 불편하고."

"괜찮아요, 괜찮아. 앞으로 옆에 있는 이 사람만 믿고 타면 돼요."

정원이 해사한 웃음으로 제 가슴을 두드렸다.

"끝이야."

민혁이 고개를 가로저으며 작은 숨을 쉬었다.

"네?"

"오늘로 끝이야. 앞으로 당신과 놀이공원 올 일은 다시 없어."

정원은 먼저 등을 보이며 걸어 나가는 민혁을 빠른 걸음으로 쫓아갔다.

"삐졌어요?"

'아이들이 생기면 어쩔 수 없으려나.'

자연스레 그려지는 미래에 그의 입술이 호를 그렸다. 뒤따르는 그녀를 향해 긴 팔을 뻗었다.

"우리 크리스마스에 뭐 할까."

웅장한 성을 앞에 두고 민혁이 물었다.

"뭐 할까요? 남친 생기고 처음 맞는 크리스마스인데."

남자의 선한 미소에 심장이 두근거렸다.

여자의 아름다운 미소에 가슴이 설레었다.

10. 아폴론

월요일 오전, 사무실에 들어서니 백곰이 기다리고 있었다.

"어제도 면회를 다녀갔다고?"

건네받은 노란색 서류 봉투를 뜯으며 민혁이 턱짓으로 자리를 권했다.

"네. 덕분에 사진을 한 장 건졌습니다. 그런데, 형님……."

"앉기부터 해. 올려다보기 힘들어. 두 사람 관계는 파악……."

꺼내던 서류로부터 사진 한 장이 미끄러지듯 떨어졌다. 팔을 뻗어 집어 들던 민혁의 표정이 그대로 굳었다.

"그 여자가 이곳으로 출근을 하더라는 보고를 받고 저도 깜짝 놀랐습니다. 아시는 분입니까."

"이 여자가 확실한……."

안양교도소. 정원이 들어가는 큰 건물 벽 옆 기다란 목판에 새겨져 있는 곳은 분명 강현수가 수감되어 있는 곳이었다.

꽉 다문 민혁의 턱 근육이 꿈틀거렸다. 뭔가 일이 잘못되고 있었다. 백곰이 조심스레 입을 열었다.

"두 사람의 관계를 아직 알아내지 못했습니다."

검사 시절 때도 보지 못한 그의 표정이었다. 백곰의 귓가로 식은땀이 흘러내렸다.

"그놈의 주변이 워낙 깨끗하다 보니 친인척인지도 알 수 없었습니다. 아시다시피 고아인 놈이라."

"어제도 다녀갔다고?"

"네? 아, 네."

지난 토요일, 민혁은 희수로부터 청담동에 좀 들러 줄 수 없겠냐는 전화를 받았다. 태석이 잠깐 봤으면 한다는 전언 외에 처음 있는 연락이었다.

이른 김장을 했다며 마당에 땅을 파서 독을 묻는 일을 도와 달라고 했다. 늘 기사들을 시키곤 했는데 기사가 집안에 일이 있어 지방으로 내려갔다고.

얼굴을 보려는 구실임을 모르지 않았다. 흔쾌히 응했다. 처음으로 슈트를 벗고 편한 면티 차림으로 희수를 도왔다. 갓 담은 김치에 돼지고기를 삶아 보쌈을 먹었다.

돌아가는 길에 희수가 싸 준 김치를 들고 합정동에 들렀다. 생각대로 정원 혼자 집을 지키고 있었다.

여유롭게 차를 마시며 일요일 스케줄을 물었다. 별일 없으면 한강 산책을 하자고 할 셈이었다. 약속이 있다기에 무슨 바쁜 일이냐고 물었더니 망설이지 않고 대답했다.

"친구가 희진이와 주연이뿐이라고 생각하는 건 아니죠. 그동안 당신에게 시달리면서 일 배우느라 인맥 다 떨어지게 생겼어요."

불끈, 그의 턱선이 다시 두드러졌다.

강현수. 나이 35세. 경남 출생. 모친과 살다가 14세에 고아가 됨. 학력 부산상업고등학교 졸업.

"강현수."

"네."

긴장한 백곰이 저도 모르게 민혁 혼자 읊조린 말에 큰 소리로 대답했다. 민혁이 그런 그의 모습을 보며 피식 웃음을 내뱉었다.

"백곰. 네겐 항상 고맙게 생각하고 있어."

"무슨 말씀······."

순하게 껌벅거리는 두 눈이 그의 별명처럼 흰 곰을 연상케 했다.

"너무 어렵게 생각하지 마. 내가 조직 두목도 아니고. 그렇게 얼어 있으면 괜히 미안해지잖아."

"무슨 말씀요. 제가 얼마나 형님을 고맙게 생각하는데요. 이렇게 떳떳하게 살 수 있는 건 모두 형님 덕분입니다."

"됐고. 진심이니까 내 말 새겨들어."

"네."

"그리고 강현수가 수감 전에 어디서 지냈는지, 그때 혹시 함께 거주한 사람이나 동거한 사람 없는지부터 알아봐. 쉽지 않겠지만 그 당시 현장에서 같이 일하던 인부들 찾아보면 개중 속을 터놓고 지내던 사람도 있겠지."

"네. 서정원이라는 여자는 어떻게 할까요? 계속 지켜볼까요?"

소파 뒤로 몸을 물린 그가 잠시 시간을 두고 입을 열었다.

"사람 몇 더 붙이고 똘똘한 놈 하나 골라 연락처 내게 하나 넘겨. 그리고 그쪽에서 알아차리면 곤란해. 보호 차원인 거 명심하고."

백곰이 넙죽 인사를 했다. 심란함이 사라지지 않고 있는 민혁의 얼굴이 백곰의 발걸음을 무겁게 했다.

처음 보는 남자의 얼굴에서 얼핏 희진의 얼굴이 엿보였다. 닮은 사

람에게 끌린다는 근거 없는 말이 떠올라 민혁은 새삼 못마땅했다.

"갑자기 뵙자고 연락드려서 죄송합니다."

민혁이 내미는 명함을 재원이 정중히 받아 들었다.

"아닙니다."

"찾으리라는 걸 알고 계셨습니까."

"네."

"이유를 물어봐도 되겠습니까."

"우리 예슬이가 커서 저와 같은 처지의 남자를 선택했다면 몇 번이고 달려갔을 테니까요."

"한잔하시겠습니까."

민혁이 불쑥 물었다.

"술 생각이 떠나지 않는 하루였습니다. 아, 예슬이 때문에 곤란하시겠군요."

"아닙니다. 저도 한잔하고 싶습니다."

그렇게 딴 위스키가 한 병을 비워 가고 있었다. 두 사람 사이에 이렇다 할 이야기가 오고 가지 않았다. 앞에 놓은 술잔만이 어색한 두 사람이 기댈 수 있는 유일한 자구책이었다.

"예슬이가 굉장히 영민했어요. 사랑을 듬뿍 받고 자란 티가 났습니다."

"그렇지도 않습니다. 아시다시피 불안 증세도 보여 희진 씨 도움도 좀 받았습니다."

"제가 하고 싶은 말은 짐작하고 계실 거라 여기니 굳이 언급하진 않겠습니다. 그러나 송재원 씨 마음은 궁금합니다."

"예슬이를 계기로 좋은 감정을 품었습니다. 감정이 행동의 선을 그어야 한다는 이성을 누르고 그만 마음을 보여 버리고 말았습니다."

담담한 그의 목소리에서 희진을 향한 진심을 느껴졌다.

"이제 와 윤 선생님을 위한답시고 어설픈 행동을 했다간 윤 선생님을 다치게 할지도 모릅니다. 본인보다 다른 사람을 앞에 세우는 희진 씨께 현실을 제대로 볼 수 있는 시간을 드리고 싶습니다."

"그 말씀은 희진이가 떠나면 감내하고 받아들이겠지만 결국은 송재원 씨가 먼저 포기는 안 하겠다는 소리군요."

"결혼은 다시 할 생각이 없습니다."

민혁은 자신이 원하던 대답임에도 막상 그의 입에서 들으니 어쩐지 재원이 괘씸했다.

"서로가 생각하는 바가 다르다는 것을 알면 자연스럽게 감정은 달라지기 시작할 겁니다. 조금만 기다려 주십시오."

결국 민혁의 미간에 금이 갔다.

"책임감 없는 말로 들리는군요. 모든 사랑이 결혼을 전제로 만나는 것은 아닐 테지만 희진이 가볍게 사람을 만나는 스타일이 아닌 걸 아셨을 텐데요."

스스로의 말이 이율배반적인 것을 알고 있었다.

"희진 씨에 대한 제 감정이 가벼운 것이면 저도 좋겠습니다."

"그럼, 희진이의 오빠 자격을 버리고 묻겠습니다. 지금 처지 때문에 어쩔 수 없이 자신을 내려놓는 겁니까. 아니면 사랑 앞에 항상 자신이 없는 겁니까."

민혁은 앞에 놓은 온 더 락 잔을 버리고 위스키 한 잔을 스트레이트로 마셨다. 부모의 심정이 이런 걸까. 사람을 앞에 두고 감정에 휘둘리는 경험을 태어나 처음으로 하고 있었다.

"차라리 희진이를 절대 놓을 수 없다. 그러니 오빠라는 이유로 우리 일에 입을 떼지 말라는 말을 듣는 게 차라리 마음이 개운했을 것 같군요."

"저 역시 그렇게 말하고 싶습니다. 희진 씨가 조금만 이기적인 사람이라면 이렇게 혼란스럽지는 않을 것 같습니다."

재원이 잠시의 침묵을 사이에 두고 말을 이었다.

"희진 씨에게 있어 보통 이상의 오빠인 것을 들어 잘 알고 있습니다. 최근 오빠를 입에 담는 희진 씨의 얼굴이 왠지 아파 보였습니다. 그런 그녀에게 제 사랑을 강요하는 것은 잔인하다는 생각이 들었습니다."

그의 우유부단함이 못마땅했으며, 그런 생각을 하는 자신도 마찬가지였다.

테이블 위로 위스키 빈 병이 또 하나 세워졌다.

✤　　❋　　✤

밤공기가 많이 차가워졌다. 보일러를 잠깐 켜 둬야 하나 싶어 일어서려던 참에 책상 위의 휴대폰이 드르륵하고 문자 도착을 알려 왔다.

〈잠깐 나올 수 있어?〉
〈집 앞이에요? 들어와요. 아무도 없어요.〉
〈나와.〉

두꺼운 카디건 하나를 더 걸치고 대문을 나섰다. 언제나 가로등 옆자리에 세워져 있던 그의 차가 보이지 않았다.

주변을 두리번거리는 순간 골목 귀퉁이에서 짧은 클랙슨 소리가 들려왔다. 비상등이 깜빡거렸다. 운전석에 다가서니 딸깍 하고 차 뒷문이 열렸다. 뒷좌석에 앉은 민혁이 정원이 올라타도록 옆 시트로 몸을 옮겼다.

"술 마셨어요?"

밀폐된 차 안 공간에 알코올 냄새가 배어 있었다.

"김 기사님은요?"

"어깨 좀 빌릴게."

그가 정원의 어깨에 머리를 묻었다.

"이럴 목적으로 왔는데 김 기사를 데려올 수가 있나. 역시 좋아. 당신 냄새."

"잠들면 곤란해요."

"잠들 수 없어. 심장이 요동을 치고 있거든."

그의 손이 티 속을 뚫고 들어왔다. 놀란 정원이 민혁의 손목을 잡았다. 목적지에 이르지 못한 손이 복부를 가만히 쓸어 왔다.

"무슨 일 있었어요?"

"당신을 너무 안고 싶어."

검은 그의 눈이 더욱 짙게 변했다.

"긴장하지 마. 적어도 내 욕망을 위해서 당신을 이런 곳에 눕히지 않을 테니까."

그러나 여전히 그의 혀는 그녀의 목덜미를 더듬고 있었다.

"그만요. 이러면 내가 당신의 의지를 지켜 줄 수가 없잖아요."

쿡쿡하고 웃음소리가 들려왔다. 평소와 다른 모습에 정원은 약간 불안해졌다.

"내가 세 살 때 아버지가 어머니를 만나셨다고 했어. 혼자서 아이를 낳아 키우고 있는 사람답지 않게 밝고 긍정의 에너지가 넘치셨다고. 그 모습에 반했다고 하셨지."

목소리가 지나치게 허스키했다. 정원이 고개를 숙여 그의 얼굴을 들여다봤다.

"처음부터 내가 있는 줄 아셨던 건 아니었고, 호감을 나타내자 어머니께서 거침없이 말씀하셨다지. 저 미혼모예요, 하고. 그리고 언감생심 총각 변호사 꿈도 꾸지 않는다는 듯 관심을 두지 않으시더래."

배를 쓸어 오는 손바닥의 열감에 정원의 몸도 조금씩 뜨거워졌다.

"그래도 아버지가 관심을 거두지 않자 어머니께서 사표를 쓰셨다고 했어. 개업한 지 얼마 안 된 아버지의 변호사 사무실에서 일하셨거든.

끝내 사표 수리는 하지 않으시고 어머니 환심을 사기 위해서 천천히 나를 표적물로 삼았다고 말씀하셨어."

꼬물거리던 손의 움직임이 멈추었다.

"1년쯤 지난 어느 날, 아무리 그래 봐야 자신은 어떤 마음도 줄 수 없다고, 마음을 준다 해도 당신과 절대 결혼하는 일이 없을 거라고 못을 박으셨대."

잠시 말이 없던 그가 다시 말문을 열었다.

"그때 아버지가 그러셨다더군. 이젠 민혁이가 눈에 밟혀 당신을 놓을 수가 없다고."

목소리가 젖어 갔다.

"전혀 몰랐어. 친아버지가 아니라는 사실을. 지금 들은 이야긴 돌아가시기 얼마 전에야 들었어. 아버지는 보통 딸 바보라는 말이 무색하도록 내가 많은 애정을 주셨지. 희진이 녀석이 다른 여자애들 같았으면 자주 토라졌을 거야."

아버지를 입에 담는 목소리에 그리움이 진하게 묻어났다.

"그런 아버지시지만, 우리 희진이의 사랑만은 그냥 받아들이기 힘드셨겠지?"

이토록 무너진 이유를 그제야 알아차렸다. 가슴속으로 싸한 바람이 일었다.

"어떻게 하고 싶어요? 오빠가 아니라, 보호자로서가 아니라면 당신은 어떻게 하고 싶어요?"

"지극히 우유부단한 송재원 녀석 뺨을 한 대 갈겨 주고 싶어."

"만났어요?"

정원은 몸을 곧추세웠다. 심란해 보이는 얼굴이 답을 하고 있었다. 그의 입술에 입을 맞추었다. 그리고 부드럽게 위로하듯 그의 입 안을 달랬다. 그가 내쉬는 숨을 마시고, 다시 숨을 돌려주었다. 정원의 뒷목을 받치고 있는 그의 손에 힘이 들어갔다. 부드러운 입맞춤이 농익어

302

갔다.

정원의 티셔츠로 들어온 민혁의 손이 볼록하게 솟아오른 가슴을 움켜쥐었다. 손바닥에 닿는 보드라운 감촉이 허전함을 채워 주는 듯했다. 약하게 뿜어내는 그녀의 신음에 그의 욕망이 불끈 치솟았다.

민혁이 갑자기 몸을 일으켜 세웠다. 찰랑 하고 정원의 손에 차가운 금속이 떨어졌다. 차 문을 열고 나서는 그를 보며 정원 역시 옷매무새를 정리하고 뒷좌석에서 내렸다.

"그만 봐요."

정원이 운전하는 내내 조수석에 앉은 민혁의 시선이 떨어질 줄 몰랐다.

"맞은편 호텔에 차 세워."

조금만 가면 그의 오피스텔이었다. 하지만 더 말을 붙이지 않고 유턴 신호를 받는 정원을 보고 그가 싱긋 웃음을 보였다.

"예뻐."

"말을 잘 들어서요?"

역시나 웃음으로 답을 하는 민혁이었다.

"이제야 아폴론 같네요."

"아폴론?"

그저 웃음으로 답할 뿐이었다.

호텔방 안에 들어서 문이 닫히기도 전에 그의 입술이 정원의 입술을 찾았다. 있는 힘을 다해 그의 키스를 받았다.

타액이 섞이고 엉킨 혀가 서로를 집어삼킬 듯했다. 급하게 옷을 벗겨 내리는 그의 손길에 지지 않고 정원도 빠르게 그의 와이셔츠 단추를 끌렀다.

온몸으로 그의 텅 빈 가슴을 채워 주고 싶었다. 온몸으로 안아 주고 싶었다. 정원의 품으로 하염없이 파고드는 민혁의 무게에 침대가 움푹 내려앉았다.

"민혁 씨……."

정원을 바라보는 시선이 일렁거렸다. 짙은 욕망을 담은 눈빛 위로 수 개의 감정들이 드리워져 있었다.

환희 같기도 하고, 회한 혹은 지독한 좌절과 고독감 같기도 했다.

처음 보는 표정이었다. 깊은 동굴 속에 웅크리고 있는 그의 세상을 엿본 기분이었다.

정원의 손이 그의 벗은 등을 천천히 쓸어내렸다. 민혁이 정원의 가슴에 입술을 내리고, 유두를 머금었다. 혀에 난 돌기가 여실하게 느껴졌다.

정원의 입에서 억눌린 신음이 터졌다. 민혁의 입술이 정원의 가슴을 있는 힘껏 빨아들였다. 몇 번의 관계를 통해 이제 그녀의 성감대를 알고 있는 그였다.

"아……."

정원의 가슴 가운데서부터 배꼽까지 손등으로 쓸어내린 민혁이 정원이 입고 있는 팬츠와 팬티를 한꺼번에 벗겼다. 허벅지를 타고 내렸던 그의 손이 밤보다 깊은 어두운 숲을 파고들었다. 그리고 깊숙하고도 가장 예민한 그곳을 매만졌다.

"하앗."

민혁의 어깨를 움켜쥐는 그녀의 손이 하얗게 변하고, 그의 어깨에 깊은 손톱자국이 생겼다.

몽롱하게 풀린 의식 사이로 더욱 짙어진 그의 눈동자가 또렷하게 박혔다. 순간 그가 단번에 깊숙한 몸 안으로 들어왔다.

"흐읏."

짧은 격통은 한순간이었다. 정원의 얼굴에 난 땀방울을 민혁이 입술로 훔쳤다. 그가 치고 나갈 때마다 신음이 새는 것은 어쩔 수 없었다.

"민혁 씨."

숨에 허덕이면서도 정원이 민혁의 이름을 불렀다. 이름이 불릴 때마다 민혁은 더 깊이 들어왔다.

정원이 절정에 이르는 순간, 민혁이 모든 것을 분출해 냈다.

정원은 어느새 잠이 든 그의 얼굴을 고요히 바라다보았다. 그의 속눈썹이 한순간 파닥거렸다. 하얀 손가락이 그의 눈썹을 건드리는 앞머리를 조심스럽게 걷어 주었다.

잠이 들어 있는 그의 얼굴은 평온했다.

윤민혁, 그리고 차민혁.

아팠을 그의 지난 시간이 가슴속을 저릿하게 만들었다.

자정이 넘어서야 주연이 현관문으로 들어섰다. 주방에서 나온 희진이 바로 2층으로 오르는 그녀를 막았다.

"이야기 좀 해."

며칠째 늦은 밤까지 주방 식탁에 앉아서 주연을 기다렸다. 밤늦게라도 들어오는 줄 알았던 친구가 들어오지 않는 날이 많다는 걸 그녀를 기다리고서야 알았다.

"무슨 이야기?"

"무슨 일로 외박이 잦아?"

"일이 많아. 피곤하니까 다음에 이야기해."

"다음 언제?"

가느다란 한숨을 새어 내는 주연의 얼굴에 피곤함이 드러났다.

"그럼 그날 무슨 일이었는지 그것만 말해 줘."

"그날이라니?"

"너 오빠와 함께 왔던 날 말이야."

"알다시피 술을 과하게 마셨을 뿐이야."

"왜?"

희진을 지나쳐 계단을 향하던 주연이 짜증스레 고개를 돌렸다.

"왜라니?"

"너 못 이길 만큼 술 마시는 사람 싫어했잖아."

"싫은 거 안 하고 사는 사람이 몇이나 되니."

"너 자꾸 이러면 억척같은 소리, 내가 먼저 늘어놓을 수밖에 없어."

"무슨 소리가 하고 싶은 거야?"

"아직도 우리 오빠에게 마음 있니?"

날카로운 주연에 반해 희진의 목소리는 침착했다.

"아직 마음 있으면, 안 돼?"

나지막하게 말을 받는 주연의 눈빛이 침잠해졌다.

"이주연. 정신 똑바로 차려. 네가 좋아하던 윤민혁은 이제 없어."

"나도 잊으려 노력했어."

어렴풋이 했던 짐작이 사실이 되어 가자 희진의 심장이 쿵 하고 떨어졌다.

"네 마음이 아직 정리 안 된 줄 알았으면 이렇게 가까운 곳에서 얼굴 맞대게 하지 않았어."

"다음 주에 나갈 거야. 회사 근처에 오피스텔 얻었어."

"주연아."

"왜? 섭섭해? 나라고 이러는 네가 안 섭섭하겠니?"

조용히 내뱉는 주연의 눈빛은 차가웠다.

"네 마음엔 오빠가 다야? 네게 나는 아무것도 아니니?"

희진의 물음에 주연의 눈빛이 짧게 흔들렸다.

"오빠가 이렇게 돌아올 줄 몰랐어. 그리고 내 마음에 아직 오빠가 남아 있는 줄도."

주연이 떨리는 입술을 막으려 아랫입술을 질끈 깨물었다.

306

"단 한 번도 날 바라봐 주지 않는 오빠였지만 오빠가 다른 여자를 마음에 품을 수 있을 거라는 생각은 한 번도 못했어."

"다른 여자를 품다니?"

알아듣지 못할 말에 희진이 눈썹을 찌푸렸다.

"무엇보다 아무것도 할 수 없는 내 처지가 억울해."

주연의 코끝이 빨개지고 목소리가 쉬었다.

"내가 그렇게 잘못한 거니? 결과적으론 오빠는 더 탄탄한 자리에 있게 되고 세상 사람들은 그 일들을 다 잊어 가고 있는데, 왜 나만……!"

"더 탄탄한 자리에 앉았다고?"

희진이 내뱉는 헛웃음이 바닥으로 공허하게 떨어졌다.

"여전히 넌 네 마음밖에 돌아볼 줄 모르는구나. 억울해? 뭐가? 오빠 검사복을 벗긴 일이? 아니면 진실을 모르지 않는 네 아버지가 앞장서서 우리 아버지를 쓰러지게 한 일이?"

한 번도 친구를 탓해 본 적이 없었다. 원망보다 제 아버지와 척을 지고서도 제 곁에 있어 주는 그녀에 대한 안쓰러운 마음이 더했다. 그러나 불쌍하고 애처로운 오빠에 대한 마음에 비할 바가 아니었다.

주연의 마음을 다치지 않기 위해 내팽개쳤던 제 상처가 새삼 지금에 와서 벌어지고 있었다.

"어떻게 진실을 뻔히 아는 아저씨가 그럴 수가 있어. 억울하게 일어났던 우리 아빠 일을 어떻게 그렇게 포장해서 세상에 터트릴 수가 있어. 한평생 착하게 산 우리 아빠를 어떻게 세상 사람들 손가락질받으며 그렇게 돌아가시게 해?"

주연의 얼굴이 새파랗게 변했다. 그러나 벌어진 상처에서 피가 흐르듯 희진은 말을 멈출 수 없었다.

"직장도 잃고, 연일 톱뉴스로 떠오르던 사생아가 대기업의 상속자로 멀쩡하게 다시 돌아오니 그게 억울해?"

"희진이, 너 어떻게……."

헉, 하는 소리와 함께 주연의 볼을 타고 눈물이 흘렀다.

"우리 아빠 일은 내가 입이 열 개라도 할 말이 없어. 그런데……."

주연이 손등으로 눈물을 훔쳤다.

"민혁 오빠에게 진심이었던 거 뻔히 아는 네가, 어떻게 그렇게 말을 해……?"

순하고 순한 친구였다. 자신을 몰아붙이는 친구가 낯설고도 야속해 눈물이 끝없이 흘렀다.

"친구이기 전에 20년 넘게 함께 자란 자매였어. 그래서 아저씨와 너를 분리해서 생각하려고 무던히 노력했어. 한편으로 아저씨와 척을 지고 나와 있는 너를 보며 미안하기도 마음 아프기도 했어. 그런데, 우리 오빠."

오빠를 입에 담는 희진의 볼 위로도 또르르 눈물이 흘러내렸다.

"불쌍한 우리 오빠 앞엔 그 누구도 둘 수 없어. 그땐 내가 어려서 아무것도 해 줄 수 없었지만 이젠 그렇게 안 돼. 세상으로부터 매 맞도록 절대로 그냥 두지 않을 거야. 내가 왜 눈물을 머금고 오빠를 그 집으로 보냈는데!"

늘 웃기만 하던 희진이 울고 있었다. 진작 엄마를 잃고, 한순간에 아빠도 잃은 친구는 단 하나 있던 오빠마저 남의 땅으로 보낼 때도 미소를 잃지 않으려 노력했다.

주연은 희진의 힘들었던 시간을 생각하면 지금 이 순간조차도 제 가슴을 파먹는 짝사랑 따위, 칼로 도려내어 황량한 들판에 던져 버리고 싶었다.

그러나 민혁에게로 향하는 끝없는 마음은 제 의지를 반하고 있었다.

"그곳으로 가면 세상 사람들이 함부로 못 할 테니까. 더 이상 우리 오빠에게 함부로 못 할 테니까. 그래서 죽기보다 싫은 대망그룹으로 가도록 내가 등 떠밀었어."

언니처럼 믿고 의지했던 친구였다. 그러나 옛일 앞에서는 어쩔 수 없이 떠오르는 원망이 서글프도록 가슴이 아팠다.

"망연자실해 있는 오빠가 나쁜 마음을 먹을까 봐 무서웠어. 오빠 은사님 전화에 내 멋대로 가방을 싸고, 런던행 표를 끊어 억지로 비행기를 태웠어. 몇 번이고 네게 전화를 했어. 단 한 번만이라도 오빠를 만나 제대로 된 이야기를 해 주길 바랐어."

어느새 희진의 목소리가 평온해졌다. 고요한 눈이 주연을 바라보았다.

"내내 오빠만 바라봐 왔다는 넌 오빠가 떠나던 그날 아침까지도 얼굴 한번 안 보여 줬어. 네가 오빠를 정말 좋아했다면 그렇게 해서는 안 되는 거였다고."

"너무 혼란스러웠어. 난 그저…… 오빠가 일에 얼마나 보람을 느끼는지 잘 아니까, 그래서 시키는 대로 했을 뿐이었어. 꾹 참고 위에서 시키는 대로 했다고. 그러면 오빠 정직 풀어 주겠다고 해서. 두어 달만 지나면 다시 금방 옛날처럼 오빠가 하던 일할 수 있을 거라 여겼어."

궁색한 변명인 줄 알고 있었다. 그러나 저 역시 어렸던 시절이었다.

"세상에 나쁜 놈이 얼마나 많은데. 오빠가 잡아들일 사람이 얼마나 많은데, 거대한 왕국의 박기태 하나 잡아넣어 봐야 바뀌는 것은 없다고 생각했어. 오빠가 그렇게 사표를 내리라고는 생각도 못 했어. 그렇게 떠날 줄 몰랐다고."

제 방 안쪽 문 앞에서 얼어붙은 듯 듣고 있던 정원이 바닥으로 스르르 주저앉았다. 이야기의 앞뒤를 맞추어 가던 그녀의 얼굴이 새하얗게 변해 갔다.

보름 전에 다녀간 정원이 면회자 대기실에 앉아 있었다. 현수는 놀란 얼굴로 유리 칸막이를 향해 의자를 끌어당겼다.

"무슨 일 있어? 다녀간 지 얼마나 됐다고 또 왔어."

민혁이 다녀가고 연일 마음이 편치 않았다. 불안한 마음에 반가운 정원의 얼굴을 보고도 걱정이 앞섰다.

"자주 보니 반가움이 덜해?"

순하게 웃어 오는 정원의 얼굴에 기운이라곤 한 톨도 보이지 않았다.

"무슨 일이야?"

현수의 미간이 구겨졌다.

"일은 무슨. 물어볼 것도 있고 겸사겸사."

정원은 언제나 쭈뼛거리는 계모 미애의 전화가 아니라 부친 훈재의 연락을 받고 이천에 갈 생각이었다.

여간해서 직접 전화를 해 오는 부친이 아니었다. 얼굴 본 지가 언젠지 기억에도 없었다. 그렇기에 의논할 일이 있다는 용건의 심각성이 자못 신경 쓰이면서도 주연과 희진의 대화를 무시할 수 없어 이곳으로 향했다.

"물어볼 거 뭐?"

현수의 얼굴에 어두움이 살짝 깔렸다.

"오빠, 여기 있기 힘들지 않아?"

"3. 3. 3을 다 넘겼는데 힘들긴."

뜻을 헤아리는 정원의 눈이 살짝 커졌다.

"3시간, 3일, 3년. 이 시기를 견디면 모든 것을 견딜 수 있다더라. 그게 뭐든."

피식. 정원이 짧은 웃음을 내뱉었다. 그러나 눈은 웃고 있지 않았다.

"뜸 들이지 말고 말해 봐."

단 한 번도 이곳 생활에 관해 묻지 않던 동생이었다. 힘들지 않냐고 물으면 그가 당연히 거짓말을 할 걸 아는 그녀의 배려임을 현수는 알고 있었다.

처음 수감되었을 때 그의 앞에서 눈물을 쏟아 내던 정원은 이곳을 나서며 말했다.

"미안해. 앞으로 오빠 앞에서 우는 일은 절대 없을 거야."

이후 부산에서 잦은 편지로 안부를 물어 왔다. 무슨 일인지 몇 년 전 학교를 그만두고 서울로 오게 되고서 이렇게 자주 얼굴을 보였다. 좋은 직장을 그만둔 이유는 아무리 물어도 대답을 하지 않았다.

"예전에 오빠 재판, 담당 검사가 누군지 기억나?"

현수의 눈빛이 살짝 흔들렸다.

"갑자기 왜?"

"혹시 내가 아는 사람인가 하고."

"아는 사람?"

"얼마 전 친구의 친구라고 소개를 받았는데, 얼핏 그 사건을 알고 있어서."

굳어지는 그의 표정을 정원이 가볍게 말을 받았다.

"그때 늘 조사받던 검사가 아니고 갑자기 바뀌는 바람에 이름은 확실히 기억나지 않아. 여자였는데, 네 또래쯤으로 보였어. 속으로도 완전 신출내기 검사구나 했지."

"혹시 이주연이라고 하지 않았어?"

"글쎄, 이름까지 기억나지 않는데 성은 맞는 것 같다. 재판 전후에 이 검사라는 소리를 많이 들었어."

짧은 침묵을 사이에 두고 정원이 다시 물었다.

"옛날에 오빠가 걱정하는 나에게 그랬던 적이 있어. 오빠 담당 검사가 젊고 패기 있는 사람이라고. 그리고 왠지 정의감으로 똘똘 뭉쳐져 있어서 별다른 걱정 안 해도 되겠다고. 혹시 오빠 조사하던 검사 이름은 기억하고 있어?"

그의 눈이 살짝 커졌다.

"사건이 부산지검에서 서울지검으로 옮겨지고 나서 만난 검사 말이야."

"무슨 일인데. 이제 와서 그게 궁금해?"

"혹시 그 사람 이름, 차민혁이야?"

"네가 그 이름을 어떻게 알아? 혹시 찾아갔었어?"

현수의 목소리가 조급해졌다. 정수리에서 귀밑까지 내리꽂히는 통증에 정원이 눈을 질끈 감았다.

"정원아. 괜찮아?"

"아, 괜찮아."

정원은 살짝 고개를 흔들며 눈을 떴다.

"도대체 네가 그 이름을 어떻게 알아."

"좀 알아. 우리 회사에 광고 맡긴 기업 본부장이야."

현수가 가만히 고개를 끄덕였다.

"응. 그 검사가 알고 보니 대망그룹 회장 아들이라는 건 나도 들었어."

정원의 눈이 성큼 커졌다.

"한 번씩 다녀가."

"그 사람이 아직도 면회를 와?"

"응, 얼마 전에도 와서 그때 일을 물었어."

"왜?"

"몰라. 다시 물어서 뭘 어쩌겠냐고 그냥 돌려보냈어. 더 이상 대망의 인간들이나, 그때 공사 땄던 건설사 놈이랑 엮이고 싶지 않아. 5년이나 버텨 왔는데 이제 앞으로 얼마 안 남았잖아."

"그래도 아직 2년이나 있어야 하잖아."

이내 정원의 표정이 흐려졌다. 빛나야 할 오빠의 청춘이, 인생이 너무 가여웠다.

"인마, 처음 7년에 비하면 정말 아무것도 아닌 시간이야. 게다가 이젠 바깥세상이 약간 두렵기도 해서 그다지 기다려지지도 않는다."

"무슨 그런 소릴 해. 걱정 말고, 안에서 제발 건강이나 신경 써. 나오면 내가 먹여 살릴 테니까 그런 걱정 하지 말고."

"말이라도 고맙다."

오랜만에 보는 현수의 밝은 미소였다. 정원의 눈에 물방울이 맺혔다.

"원망스럽지 않아? 죄도 없이 이렇게 철창에 오래 갇혀서."

"그래도 난 살아 있잖아. 그때 죽은 사람들 생각하면 이렇게 멀쩡하게 살아 있는 것도 미안해. 하지만 이모를 그렇게 보낸 건 화가 나. 가는 것도 못 보고. 그것만 생각하면 가슴에 아직 울분이 치밀어서 잠이 오지 않아. 괜히 나 때문에."

"그런 소리 하지 마. 엄마 원래 있던 지병 때문에 가신 거야."

현수가 가만히 정원의 눈을 마주했다.

"오래간 그리워하던 엄마 만나자마자 그렇게 되어서 내가 정말 할 말이 없다."

"그런 말 하지 말라니까. 오빠가 없었으면 엄만 진작 어떻게 되셨을 거야. 어떻게 보면 오빠 여기 있는 게 다 엄마 때문인데……."

"무슨 말도 안 되는 소리야. 근데, 혹시 차민혁이 그 일로 널 찾아간 건 아니야?"

"아니. 그 사람이 왜?"

정원이 갑작스럽게 그 일에 대해 묻는 게 의아했다. 그녀를 찾아가 해를 입힐 사람이 아닌 걸 알기에 현수는 부정하는 정원의 말을 믿기로 했다.

"하나만 더 물을게. 오빠 찾으며 엄마 집에 구둣발로 들어와 난장판으로 만든 사람들. 그건 누구 짓인지 알아?"

"그때 이야긴 그만 잊으라니까."

"처음엔 오빠 회사 사람들인가 했는데, 혹시 그 여자 짓이야? 오빠에게 큰돈 준 여자?"

명확한 대답도 듣지 못한 채 면회 시간은 끝이 났다. 시간이 다 되었다는 교도관의 재촉에 정원은 아쉬운 듯 현수를 보냈다.

부산 근교 신도시에 세워진 대망의 '드높은 꿈' 아파트가 무너진 것은 정원이 부산에 발령 받고 내려온 지 몇 달 되지 않아서였다.

첫 학교에 적응하느라 정신이 없는 나날이었다. 현수가 그 엄청난 사건에 관련되어 있으리라고는 꿈에도 생각지 못했다.

신도시 인근의 오래된 아파트에서 현수와 살고 있던 모친을 만나러 주말마다 올라갔던 정원은 곧 시작될 여름 방학 동안 모친 혜련과 시간을 보낼 생각에 마음이 들떠 있었다.

초등학교 입학을 앞둔 무렵 집을 떠난 모친이었으니 17년 만의 행복이었다. 이 시간을 위해 이천에서 서러운 시절을 견디고 견디었다.

이미 젊은 나이에 심근경색이라는 진단을 받은 모친 혜련의 삶은 지독히도 고단하고 힘들었다.

병색이 짙은 몸으로 사흘이면 멀다 하고 몰려오는 집안 손님들 뒤치다꺼리와 오래된 한옥을 매일 쓸고 닦아야 하는 일은 힘에 부치지 않을 수가 없었다.

무엇보다 몸 약한 며느리가 더 이상 후손을 볼 수 없을지도 모른다는 사실이 호랑이 같은 얼굴로 시집살이를 시키던 명주를 더욱 지독하게 만들었다.

변변한 친정이라도 있었다면 당장 혜련을 데리고 나와 요양이라도 시켰을 것을, 유일하게 있던 피붙이 언니마저 그해 봄에 세상을 떠났다.

자기 몸 하나 건사하기 힘든 때, 혼자가 된 현수를 보러 부산에 내려갔다가 혜련은 다시 집으로 가지 않았다. 아니, 갈 수가 없었다. 더 이상 몸이 지탱해 내지 못하리라는 것을 알고 있었다. 무엇보다 그 집

안의 대를 끊을 수가 없었다.

현수의 나이 열네 살. 방 두 개의 궁색한 삶이지만 부산 중구 초량동 높은 비탈길 좁은 집에서 엄마를 잃은 서러움과 어린 딸을 두고 온 냉가슴을 둘이서 비비며 살아갔다.

현수는 엄마를 꼭 닮은 혜련을 잘 따랐다. 중학생 시절부터 아침엔 신문을 돌리고 저녁엔 전단지를 붙이는 아르바이트로 생활에 보탬이 되려고 했다.

뛰어난 성적으로 중학교를 졸업해 인문고가 아닌 상업고를 택했다. 밤낮 없는 아르바이트를 하면서도 우수한 성적으로 고등학교를 졸업해 은행에 취직했다.

그때 두 사람의 고생은 끝이 났다고 생각했다.

그러나 3년 동안 모든 돈과 대출을 조금 받아 방 두 칸짜리 집을 얻은 지 얼마 안 되어 혜련이 심장에 문제가 생겨 쓰러졌다. 그녀를 둘러업고 간 병원에서 심장에 스텐트를 박아야 한다고 했다.

한 개에 이백만 원이 넘는 스텐트를 무려 여섯 개나 박아야 하는 시술이었다. 병원 측은 간단한 시술이라고 했지만, 그 금액에 현수는 세상이 무너졌다.

혜련의 수술비와 입원비를 위해 그는 퇴직금을 정산 받고 은행을 나왔다.

그녀가 퇴원을 하고, 조금씩 거동을 시작하면서 현수는 건설 현장을 돌며 일용직 노동을 했다. 시간을 쪼개어 야간 대학을 다니며 건축기사 자격증을 땄다.

새로 들어간 회사가 조직 폭력 출신 간부들이 세운 건설사라는 것을 몰랐던 것이 그의 두 번째 불운이었다.

처음 현장 소장을 맡았던 5층 건물 아파트는 제대로 지었다. 갈수록 형편이 나아져 이모 혜련이 정기 검진을 받기 쉽도록 대학 병원이 가까운 곳으로 집을 옮기게 되었다.

그의 회사가 집과 가까운 곳에 아파트 수주를 받아 병원을 오가는 이모를 돌보기도 수월했다.

이러쿵저러쿵 말도 많고 탈도 많았던 아파트가 불안함 속에서도 입주를 끝내던 어느 날 딸에 대한 그리움으로 눈물짓던 혜련에게 더없이 기쁜 소식도 날아들어 왔다.

정원이 대학을 졸업하며 바로 임용에 붙어 거처하던 신도시와 가까운 부산에 발령을 받아 내려온 것이었다.

기쁨도 잠시, 아들과 다름이 없는 현수가 연일 검찰에 연행되고, 그녀는 다시 쓰러져 병원 신세를 지게 생겼다. 정원이 혜련의 병간호로 학교와 병원을 정신없이 드나들 때 현수는 7년 형을 선고받았다.

얼마 뒤 모친이 위독하다는 전화를 받은 정원이 학교에서 병원으로 부리나케 달려가던 중 혜련은 한 많은 세상을 홀로 떠났다.

마지막 재판을 받으러 가기 전날 현수는 그녀에게 거액의 돈을 건네주었다. 무슨 돈이냐고 묻는 말에 혜련의 병원비라고 했다.

이런 큰돈이 어디서 났냐고 재차 물으며 출처지로 돌려주라고 그를 몰아붙였지만 현수는 끝까지 입을 열지 않았다.

그가 철창 안에서 한 달을 지낸 어느 날, 정원은 현수의 모친 혜진이 잠들어 있는 낙동강에 혜련을 뿌렸다.

그때서야 현수는 이모를 위한 마지막 눈물을 흘리며 쓰지 못한 2억의 출처를 밝혔다.

11. 사랑의 위기

오늘도 불이 꺼진 텅 빈 집의 대문을 열었다. 정원은 거실 불을 켤 생각도 못 하고 주방으로 들어와 물을 한 잔 받아 마셨다. 식탁 옆 오른편 의자에 놓인 가방에서 계속해서 울려오는 진동 소리를 멍하게 듣고 있었다.

순간 반짝하고 켜지는 거실의 불이 그녀의 정신을 깨웠다. 뒤이어 삐거덕거리며 누군가 계단을 내딛는 소리가 들렸다.

급한 발걸음으로 주방을 나가 보니 주연이 큰 캐리어 하나를 두 손으로 힘겹게 들고 계단을 내려오고 있었다.

"들어와 있었어?"

"넌 언제 들어왔어?"

"좀 전에. 그런데 다저녁때에 어딜 나가? 가방은 뭐고?"

"이사하기 전에 당장 필요한 것만 가져가려고."

"집 나가겠다는 거야?"

정원이 다급히 주연의 곁으로 다가가 그녀를 막고 섰다.

"희진이와 말 끝낸 거야?"

"응. 얼른 나가 봐야 해. 다음에 이야기하자."

정원은 현관 앞으로 캐리어를 밀고 나가는 주연의 손을 낚아채 소파로 이끌었다.

"나도 없는 사이 네 방 짐 다 빠져나가면 어떡해. 잠깐 앉아 봐."

억지로 소파에 앉은 주연의 입에서 긴 한숨 소리가 새어 나왔다. 얼른 끝내라는 듯 소파 깊숙이 머리를 기대는 주연의 모습에서 단절이 느껴졌다. 그 거리감에 정원은 뭐라고 말문을 열어야 할지 몰랐다.

"나 때문이야?"

앞뒤 없는 말에 주연이 몸을 일으켰다. 짧은 침묵에 잠시 적막감이 일었다.

"왜 그렇게 생각해? 너 때문이라고."

"잘 지내다가 최근 변화라곤 나밖에 없잖아."

주연의 입술이 꿈틀거렸다. 목구멍까지 올라온 말을 삼키고 있는 듯했다.

"아니면 차민혁 씨 때문이야?"

"무슨 소리야?"

주연이 설핏 눈썹을 찌푸렸다.

"차민혁 씨에게 마음 있는 거 아니니?"

"오빠에게 마음 있다고 새삼스럽게 이 집에서 나가야 하니?"

잔뜩 찡그린 표정으로 내뱉은 말에는 피곤함과 짜증이 묻어나 있었다.

"너답지 않아. 차민혁 씨 이름 앞에서는 항상 너답지 않았어."

주연의 한쪽 입술이 말려 올라갔다.

"나다운 게 어떤 건데?"

"내가 아는 이주연은 언제나 깔끔하지. 자신의 선을 넘어오는 것을 싫어하는 만큼 다른 사람 일에 관여하거나 폐를 끼치고 싶어 하지 않고. "

마주한 주연의 눈은 차가웠다.

"타인에 대해 늘 무심했어. 그러나 작은 관심이라도 생기면 미적거리지 않고 다가섰지."

주연의 눈이 잠시 출렁거렸다.

"그런데 항상 차민혁 씨와 연관된 일에서는 달랐어. 주뼛거렸어. 그리고 망설이는 듯했어."

나지막하게 말을 이어 가던 정원이 잠시 침묵했다.

"묻고 싶은 것 있잖아. 지금 네 목구멍에서 뱉을까 말까 하고 망설이고 있는 그거. 물어."

"서정원. 네가 지금 내게 하고 싶은 말이 있구나. 에두르지 말고 바로 해. 날 핑계로 유도 심문 하지 말고."

정원이 다시 침묵을 했다. 주연이 소파에서 일어섰다.

"내게 있어 차민혁이라는 남자가 어떤 의미인지. 내가 그 사람을 어떻게 생각하는지."

조용히 주연의 말을 듣던 정원이 천천히 입을 열었다. 그러자 주연은 그 자리에 우뚝 멈춰 섰다.

"아니, 네가 물어 오지 않는 이상 난 어떤 말도 할 수 없어. 그게 친구인 네게 할 수 있는 최선이야. 그런데도 내가 이렇게 어설프게 널 막고 선 건 너를 이대로 보내선 안 된다는 것도 알기 때문이고."

하. 주연의 헛웃음이 둔탁하게 바닥으로 떨어졌다.

"잘못 짚어도 한참을 잘못 짚었어."

쌀쌀함이 묻어나긴 했지만 빈정거림이 사라진 목소리였다.

"네 마음 따윈 내게 중요치 않아. 네게 있어 차민혁이라는 남자가 어떤 의미인지. 네가 그 사람을 어떻게 생각하는지 따위도 생각해 본적 없어. 그거 아니? 내가 이 집에서 민혁 오빠가 돌아오기를 기다린게 자그마치 3년이야."

이어지는 주연의 목소리는 어딘지 구슬펐다. 주연이 정원을 물끄러미 바라보았다.

"말하는 걸 보니 무슨 일이 있었는지 대충 짐작하고 있는 것 같네. 내 마음을 확인한 이상 이젠 더 이상 지켜보고만 있을 생각 없어. 그래서 이곳을 나가는 게 아니라 희진이 곁을 잠시 떠나는 거야."

꼿꼿이 허리를 세운 주연은 평소의 모습으로 돌아와 있었다.

"내 머릿속엔 민혁 오빠에 대한 것뿐이니까. 두 사람이 같은 일을 하는 사이든, 어떤 감정이 오고 갔든 그건 중요치 않아. 그저 네 앞에서 웃고 있는 오빠가 싫었을 뿐이야."

"그래? 나는 많이 궁금한데."

잠시 흔들렸던 주연의 눈동자가 이내 제자리로 돌아왔다.

"그건 민혁 오빠에게 물어봐야 할 것 같은데. 내 마음이 아니라 민혁 오빠 마음이 궁금한 걸 테니."

피식 내뱉는 정원의 웃음에 주연이 미간을 찌푸렸다.

"비웃는 거 아니야. 같은 소리를 민혁 씨에게 들었어."

"오빠 많이 좋아하는구나."

정원의 눈이 성큼 커졌다.

"좋은 마음을 품고도 얼굴이 그렇게 어두운 걸 보니 옅은 감정은 아닐 테고."

주연이 현관문을 향했다.

"주연아."

"그렇게 볼 거 없어. 네가, 아니 어떤 여자가 오빠에게 마음이 있다고 해도 그런 이유로 그냥 물러설 마음이 아니야."

정원 역시 주연의 눈빛으로도 그 마음이 얼마나 깊은지 느껴졌다.

"10년을 넘도록 지켜봤어. 넌 동생일 뿐이라는 말을 듣고도 시간은 많다고 여겼어. 늘 곁에 있으니까 언젠가 나를 봐 주겠지, 내 마음을 알아주겠지 싶었어. 그 애타던 마음을 말도 안 되는 일에 휘말려 잃어야 했어."

현관문을 나서던 주연이 고개를 들었다.

"그 사실이 억울해서 참을 수가 없어. 내가 오빠 곁에 머물 수 있는 사람이 아니라면, 끝내 안 되는 이유가 있다면 그건 그 누구 때문도 아닐 거야. 그러니 너는 내 마음 같은 건 신경 쓰지 말고 네 마음이나 챙겨. 나 또한 내 마음만 챙길 테니. 간다."

손잡이를 잡은 손이 잠깐 멈추었다.

"그래도 싫은 건 싫은 거니까 당분간 불편하더라도 네가 감당해. 그리고 희진이 좀 부탁할게."

현관문이 닫히고 정원은 소파에 털썩 주저앉았다. 이 상황에서도 제 마음의 몫과 남의 몫을 구분하는 그녀였다. 마음이 힘들다고 해서 사람이 달라지는 건 아니었다.

방으로 들어갈 생각도 못 하고 그대로 소파에 기대어 눈을 감았다. 긴 호흡을 반복하니 손끝까지 뻗쳐 있던 긴장감이 사라졌다.

나른함에 몸을 맡기고 소파 깊숙이 쓰러졌다. 꺼져 가는 의식 속에서 누군가 제 이름을 부르는 것도 같았다. 아득한 목소리를 따라 의식이 완연히 사라져 갔다.

잠의 경계를 넘어 현실에 완전히 무감해진 와중에도 코를 간질이는 익숙한 향기와 함께 몸이 붕 떠오르는 것이 느껴졌다.

온몸을 감싸 오는 포근함에 절로 엄마를 부르는 소리가 얇은 입술 사이를 뚫고 새어 나왔다. 이내 뜨거운 숨결이 귓가의 솜털을 건드려 왔다. 무의식중에도 저를 품은 대상을 힘껏 끌어안았다.

조금의 뒤척임도 없이 눈을 떴다. 환하게 켜진 방의 눈부심이 생경했다. 벽에 걸린 시계의 초침 소리가 유난히 크게 들려왔다.

놀란 채 몸을 일으키니 언제 왔는지 민혁이 와이셔츠 차림으로 잠이 든 채 누워 있었다.

살며시 이불을 걷어 침대를 빠져나오려는 순간이었다. 불쑥 뻗어 온 그의 손이 팔목을 잡아끌었다.

긴 팔을 밀어 넣어 팔베개를 해 주는 그에게 한 품에 안겼다.

"깨어 있었어요?"

"누구 덕분에 못 잔 잠을 그 누구 덕에 좀 잤어."

"많이 늦었어요. 집에 가야죠."

"잡은 사람이 할 말은 아니지."

말투에 살짝 원망이 묻어났다.

"품속에 파고들어서 놓아주지 않은 사람이 누군데."

"설마."

"엄마, 하고 불러 대며 파고드는 바람에 참느라고 힘들었어. 난 왜 이렇게 올곧기만 한지. 세상 살아 내기가 참 힘들어."

"말 하나는."

괴로워하는 표정 연기에 정원은 어이없는 웃음을 지으며 그의 볼을 살짝 꼬집었다.

민혁은 그 손을 잡아끌고 손등에 입을 맞추었다.

"예쁜 손이 쓰다듬는 곳이 왜 하필 거기야?"

짙어지는 그의 눈빛에 정원은 빠르게 몸을 일어나 침대에 걸터앉았다.

"뭘 하고 돌아다니느라 전화도 안 받아. 또 누구를 애태우려고."

민혁 역시 일어나 그녀의 곁으로 나란히 앉았다.

어제 오전 정원에게 붙여 놓은 백곰의 수하 지섭과 통화를 한 이후, 복잡해져 오는 머리로 인해 어떤 일도 손에 잡을 수 없었다.

지섭의 말에 따르면 안양교도소에서 나온 그녀는 버스에서 내려 환승을 위해 도착한 지하철 사당역에서부터 우왕좌왕했다고 했다.

처음엔 뒤따른 자신을 눈치채고 부러 그러는가 했는데 그것도 아니었다는 말도 덧붙였다. 길을 가다 말고 멍하니 서기도, 벤치 의자에 한참을 앉았다고 했다.

겨우 올라탄 지하철에서조차 몇 정거장을 더 갔는지 다시 반대편 호선을 타고 내린 곳이 합정동이었다고 했다.

　도대체 그녀에게 강현수는 누구일까. 지난밤 당장 그녀에게 달려가 진위를 묻고 싶은 충동을 참느라 잠을 설친 탓인지 종일토록 지끈거리는 두통을 참아야 했다.

　회사에 도착하자마자 보낸 문자엔 어떤 답도 없었다. 조급함을 참지 못해 5층 광고 기획실로 전화를 넣어 보니 영상 자료실에 내려가고 없었다. 회의를 마치고 나와 다시 연락을 취해 보니 그녀는 이미 퇴근을 하고 없었다.

　답답한 마음을 뭐라고 표현해야 할지 몰라 잡고 있는 그녀의 손을 그저 입술로 자분거렸다.

　"일어나요. 곧 희진이 올 거예요."

　침대에서 일어난 정원이 하릴없이 책상 위를 정리했다.

　"무슨 일 있어? 목소리에 짜증이 한껏 묻었어."

　"조금 피곤해요. 당신도 그만 가서 쉬어요. 자정이 넘었어요."

　"말해 봐. 무슨 일인지."

　"아무 일 없어요."

　정원의 등 뒤로 다가선 민혁이 그녀의 팔목을 잡고 제게로 돌려세웠다.

　"있잖아. 요 며칠 전화도 받지 않고, 문자는 씹고. 이렇게 날이 서 있는 이유."

　"그런 것 없어요."

　"오늘만 해도 광고실로 두 번이나 전화를 넣었어. 전달받았을 텐데."

　"전달을 늦게 받았어요. 그리고 이미 회의에 들어가고 없었어요."

　"서정원."

　그의 목소리에 배어 있는 안타까움이 전해져 왔다. 그 마음이 고스란히 느껴져 정원은 울컥 서러움이 솟아올랐다. 하지만 그 마음을 들

325

킬까 내뱉는 말은 더 차가워졌다.

"요즘 좀 피곤해서 그래요. 그만 가요, 오늘은."

"이대로 가면 편히 쉴 수 있을 것 같아?"

어깨를 감싸 오는 그의 팔을 정원이 밀어냈다.

"오늘…… 주연이 짐 싸서 나갔어요. 그래서 나도 모르게 좀 예민해졌나 봐요."

민혁의 한쪽 눈썹이 미세하게 움직였다.

"그만 가 볼게. 유달리 예민한 이유가 단순히 그것 때문이길 바라."

방문이 닫히는 동시에 빙그르 어지럼이 일었다. 방 안의 모든 훈기를 가져가 버린 듯 민혁이 나간 방은 한없이 넓고 썰렁했다.

사무실로 들어서는 민혁의 뒤를 영석이 따라 들어왔다.

"이제 작정하고 움직일 모양입니다."

상사의 출근 연락을 기다리느라 피워 댄 담배가 벌써 서넛이었다.

"무슨 일입니까."

"이것 보십시오."

영석이 조간신문을 민혁의 데스크 위로 내밀었다.

청연건설, 대망건설의 전철을 밟다. 청연건설의 뒷거래? 검사 출신 대망그룹의 장남 차민혁. 부지 확정을 위한 로비인가, 단순한 접대인가.

지난번과 마찬가지로 헤드라인 기사로 청연건설의 이름이 굵게 인쇄되어 있었다. 그리고 그 밑에 얼마 전 민혁이 술자리를 함께한 춘천지방검찰청 특수부 부장 검사, 원주국토관리청 건설 국장을 비롯한 대여섯이 바로 들어가는 사진이 게재되어 있었다.

"본부장님은 왜 이런 시국에…….."

민혁의 눈매가 날카롭게 변했다.

"이런 시국, 다음은 뭡니까."

"아니, 제가 본부장님을 믿지 못해서 이러는 건 아닙니다. 관리 철저하신 분이 왜 이런 사진을 찍히고 다니나 싶어 답답한 마음에 그만. 다른 사람 피한다고 민 검사님과 만날 일도 일부러 저를 보내시면서……."

영석이 말을 채 끝맺기도 전에 책상 데스크 위 인터폰이 울렸다.

—본부장님, 춘천지검 이재영 부장님이십니다.

"네, 선배님. 전화 바꿨습니다. 아닙니다. 김무진 국장님이 나설 겁니다. 혹시 소리가 나도 그쪽이 리스크가 덜할 테니까요. 좀 더 시끄러워지면 그때 나서 주십시오. 네, 감사합니다."

영석이 어리둥절한 시선으로 민혁을 바라보았다. 발 빠른 움직임이 심각해 보이는데도, 상사의 표정엔 구름 한 점 보이지 않았다.

"걱정할 일 없을 겁니다. 그만 나가 보세요."

"아, 네."

"김 실장님."

궁금증으로 발이 떨어지지 않던 영석이 냉큼 뒤를 돌아보았다.

"네, 본부장님."

"오늘부터 당분간 주가가 더 바닥을 칠 겁니다. 웬만큼 빠져나갔다 싶을 때 이명진 교수 쪽으로 연락해서 약속 시간 잡으십시오."

영석의 눈이 동그랗게 커졌다.

"그리고 김 실장님 사모님이 은행에서 근무한다고 하셨나요?"

"네. 제일은행에 있습니다."

"사모님 이름으로 차명계좌 하나 열어도 되겠습니까?"

"무슨 일인지 여쭤봐도 되겠습니까."

"정신 못 차리는 사람 제대로 가르쳐 놓으려면 아무래도 우리 손에도 구정물을 묻힐 수밖에요. 국내 사정 잘 모르는 비서실 한승연 실장 차명계좌 하나 열어 놓으십시오. 한 실장한테는 제가 말해 놓겠습니다."

✤   ✤   ✤

"들어가 봐. 회장님 걱정 많이 하고 계신다."
"함께 들어가시죠."
부자가 서재에서 이야기를 나눌 땐 언제나 자리를 비켜 주었다. 희수는 함께하자는 그의 민혁의 말이 기쁘면서도 어찌해야 할지 망설여졌다.
"부탁드릴 게 있습니다."
"부탁? 그래, 그래. 같이 들어가자꾸나."
한 치 곁을 내어 주지 않던 의붓아들의 입에서 처음 나온 부탁이었다. 환한 미소를 감출 수 없었다.
"당신은 왜 따라 들어와."
"달랑 세 식구, 이렇게 얼굴 보는 시간도 자주 없는데 저도 좀 낍시다."
태석의 구박도 귀에 들어오지 않는 그녀의 얼굴엔 웃음이 지워지지 않았다.
"함께 드릴 말씀이 있습니다."
조용히 입을 여는 민혁의 앞으로 성미 급한 차 회장이 다짜고짜 신문을 집어 던졌다.
"이게 무슨 일인지부터 말해 봐. 왜 또 이런 일로 세상 사람들 입방아에 오르내려."
'어휴, 저 성질머리를 어째.'
희수의 눈살이 절로 찌푸려졌다. 식사 전에 챙겨 보는 조간신문에서 청연 기사를 본 탓에 화가 난 태석은 아침 식사를 물렀다. 부리나케 민혁을 불러들이고선 기다리는 내내 분명 뭔가 잘못됐을 거라며 아들을 믿으려 들었지만, 부아가 나는 건 어쩔 수 없었다.

"짐작하시는 대롭니다."

"내가 뭘 짐작하고 있다는 말이냐."

"차 전무님 짓이 아닌가 싶어 역정이 나신 것 아닙니까. 아니면 제가 정말 로비를 하고 다닌다고 생각하시는 건 아니시겠지요."

희수의 눈이 다시 동그래졌다.

"내가 묻고 싶은 것은 네가 부러 밑밥을 뿌렸냐는 거야."

민혁의 한쪽 입꼬리가 비릿하게 귓가로 올라갔다.

"밑밥을 뿌렸다면 어쩌시겠습니까."

"차민혁!"

"여보."

희수가 낮은 음성으로 태석의 불호령을 말렸다.

"아무리 그래도 네 고모야."

"단순한 대학 동문 모임이었을 뿐입니다. 다시 이 땅을 밟은 이후, 남의 눈을 생각해서 단 한 번도 나가지 않던 모임에 처음 참석했던 겁니다. 얼마 전부터 뒤에 따라붙는 그림자를 보고 그냥 둔 게 밑밥이면 밑밥이겠지요."

"술자리 사진은 어떻게 된 거야. 네 쪽에서 넘기지 않고서야 어떻게 입수를 해."

"차화연 전무님 수완에 술집 사장 하나 매수하는 게 어려운 일일까요."

"그래서 어떻게 할 생각이냐."

여전히 못마땅한 목소리였다.

"제가 어떻게 나설 생각은 없습니다. 함께 자리했던 분들께서 아마 기사 출처를 찾지 않을까 싶습니다. 솔직히 말씀드리면 제가 부탁드렸습니다."

"뭘 부탁드렸다고?"

성미 급한 태석의 목소리가 다시 높아졌다.

"만약 이런 불상사가 생기면 가만히 있지 말아 달라고 했습니다. 오랜만에 보여 드린 제 얼굴이 반가웠는지 그런 수고쯤이야 감수하겠다고 말씀해 주시더군요. 아무래도 동문 선배님들 쪽이 피보다 진하지 않습니까. 어떤 대응이든 사람들 입에 오르내리는 것만으로 오명인 이 바닥에서 말입니다."

"동문 선배들이 피보다 진하다니. 너 지금 그거 나 들으라고 하는 소리냐?"

태석의 어깨가 절로 들썩거렸다.

"이 일로 한 가지 확실해진 게 있습니다. 회장님은 여전히 차 전무님을 버릴 준비가 되어 있지 않으시군요."

"민혁아. 너도 희진이가 있어 알겠지만, 아버지께 차 전무는 하나밖에 없는 여동생이야. 버린다는 게 말처럼 쉽지 않아."

옆에서 조용히 듣고 있던 희수가 안타까움을 감추지 못하고 태석의 마음을 대변했다.

"알고 있습니다. 그러나 지금 이 싸움은 차 전무님이 아들을 위해서 걸어오고 계신 겁니다. 저는 그런 차 전무님에게서 제 자신을 지키고 있는 거고 말입니다."

태석의 눈썹이 꿈틀거렸다.

"그 아들을 위해 못 할 것 없다고 덤벼들던 차화연 전무님의 방법을 잊지 않고 있습니다. 그땐 제 가족은커녕 제 자신조차 못 지켜 냈습니다. 이제 그렇게는 못 당합니다."

꽉 다문 태석의 입가 근육이 꿈틀거렸다. 원망 한마디 없는 아들의 낮은 목소리에 얼굴이 화끈거려 왔다. 민혁이 처음으로 입에 올리는 지난 일에 희수 역시 낯을 제대로 들 수가 없었다.

보듬어 줄 수 없었던 그의 상처와 아픔이 가슴에 못이 박혀 있던 세월이었다.

그러나 화연 역시 하나밖에 없는 피붙이다 보니 그저 덮어 둘 수밖에 없다고 여겼다. 그리고 모두 것이 제자리에 온 듯한 지금, 더 이상 힘들었던 그 시간을 되돌아보고 싶지 않았다.

그러나 아들의 얼굴은 그 시간에서 한 치도 벗어나지 못하고 있었다. 큰 구멍이 난 듯 태석의 가슴에 막을 수 없는 바람이 스며들었다.

"회장님께서 충격으로 쓰러지셨던 것 알고 있습니다."

온 얼굴에 죄책감을 드리우고 있는 태석을 향해 민혁이 차분한 목소리로 다시 말문을 열었다.

"그때 일을 빌미로 이번 싸움 눈감아 달라는 말이 아닙니다. 이번엔 제 식구들을 지켜 내겠다는 말입니다."

"민혁아, 회장님은 차 전무 지키려고 그러는 거 아니야. 더 이상 세상으로부터 널 다치게 하고 싶지 않은 마음이신 거야. 네가 어떤 아이였는데. 괜히 이 집안에 들어와서 네 손에 더러운 일 묻히고 싶지 않으신 마음, 모르겠어?"

"당신까지 나설 필요는 없어."

안타까워 어쩔 줄 모르는 희수의 말을 태석이 가로막았다.

"도대체 그깟 건설 하나가 뭐 대수라고 기운 빼 가며 이러고들 있는 건지. 그만큼 세간에 시달렸으면 됐지 않아. 그냥 던져 줘 버리고 대망그룹으로 들어와. 네가 들어오면 기태 애비 부회장직 거두고 화연이 호텔 쪽으로 다 쫓아 버릴 테니까."

"그럴 수 없습니다. 저는 제가 지킬 것만 지키면 됩니다."

"청연건설이 네가 지킬 것이라는 말이냐."

미안한 마음은 마음이고, 여전한 민혁의 고집이 태석은 섭섭하면서도 못마땅했다.

"지난 아픔을 딛고 튼튼한 아파트를 지어 보겠다고 청연건설 모든 직원들은 지난 몇 년간 잠도 제대로 못 자며 뛰어다녔습니다. 그들의 노력과 땀의 의미를 모르는 박기태, 그리고 차 전무님께 맡길 수 없습니다."

"어디까지 할 생각이냐."

"어디까지 갈 생각 따위는 없습니다. 박기태, 그가 지은 죗값만큼 받기를 원합니다. 그리고 새사람이 되어 나온다면 청연건설도 미련 없이 맡길 수 있습니다."

"꼭 그렇게 해야겠더냐."

죄책감과 섭섭함, 미안함과 약속함이 번복되던 태석의 눈빛이 조금씩 잠잠해졌다.

민혁과 마찬가지로 태석 역시 일찍이 어머니를 여의고 사업에 바쁜 아버지의 얼굴은 볼 틈도 없었다.

자신은 어릴 적 어머니의 사랑을 받기나 했지만, 어머니 얼굴도 제대로 모른 채 나이 차 많이 나는 오빠에게 매달려 응석 부리며 커 온 여동생이 안타깝기 그지없다.

그러나 존재도 몰랐던 불쌍한 아들은 생부의 존재를 앎으로써 30년 가까이 살아온 자신의 모든 삶을 내어놓아야 했다. 그리고 긴 세월 의지하며 친아버지인 줄 알았던 부친을 한순간에 잃었다.

남은 생이 얼마인지 몰라도 제 목숨을 다 주어도 그 빚을 갚을 수 없는, 가슴에 피가 맺히는 아들이었다. 제 모든 것을 다 주고 싶었다.

그러나 그 아들이 원하는 것은 그것이 아닌 듯했다. 생각하면 아련한 동생이지만 이젠 태석도 제 아들을 지켜야 했다.

"빚을 갚아야 합니다. 윤민혁의 이름으로 진 빚을 갚을 수 없다면 진정한 차민혁이 될 수 없습니다."

"기태를 한국으로 불러들이기는 쉽지 않을 테다."

"들어오도록 만들어야지요. 그래서 한 가지 부탁드릴 것이 있습니다."

"뭐냐?"

"대망호텔 주가가 떨어질 겁니다. 차명계좌 몇 군데 만들어 놓았습니다. 차 전무님 모르게 주식 매수 부탁드립니다."

"내게 부탁하는 걸 보니 완전히 밀어낼 생각은 아닌가 보구나. 일한 지 몇 년 되지도 않았는데 네 자금력도 만만치 않다는 걸 내 모르는 것 아닌데 말이다."

무감하던 민혁의 얼굴에 처음으로 표정의 변화가 일었다.

"내가 모르는 줄 알았더냐."

"아들 뒷조사하는 아버지도 있습니까."

"뒷조사는 무슨."

민혁의 입에서 흘러나온 아버지라는 말에 태석의 눈썹이 뒤늦게 꿈틀거렸다.

이 나이가 되도록 가슴에 화기만 안아 보았지 물기라곤 묻혀 본 적이 없던 태석이었다. 태어나 처음으로 마음이 젖어 온다는 말을 이해했다.

"몇 푼 안 되는 월급 가지고 언제 제 여동생 결혼시킬까 걱정이 돼서, 네 앞으로 뭐 좀 만들어 놓으려다가 경기했다, 이놈아. 이 집안 핏줄 아니랄까 봐 법 공부만 했다는 놈이 그렇게 짧은 시일에 어찌 그리 큰돈을 만들어. 작정하고 뛰어들었다간 주식 시장판이 깨지겠더구나."

"과찬이십니다."

"칭찬으로 들리느냐? 믿는 구석이 있으니 그룹에 들어오니 마니 하는 거라고 생각하니 차라리 네가 무능력해서 부모 등쳐 먹을 생각만 하는 아들인 게 낫겠다 싶다."

"당신도 참. 오늘은 왜 이렇게 마음에도 없는 말만 늘어놓으세요?"

희수는 오늘에서야 부자지간 같은 대화를 나누는 그들을 지켜보며 눈시울이 붉어졌다.

"마음을 먹었으면 하루빨리 끝내는 게 서로에게 상처를 덜 남기는 거야. 그리고 여자란 자식 앞에서는 이성을 잃는 법이니 너무 마음 다치지 말고."

"잘 알겠습니다. 그리고 이해해 주셔서 감사합니다."

"이해는 뭐. 내 아무리 장사라도 자식 이기는 부모 없다는데……"

쑥스러움과 겸연쩍음으로 인해 태석이 말을 흐렸다.

'그러게, 당신이라고 자식 앞에서 별수 있겠수.'

희수의 흐뭇한 미소가 더할 나위 없이 따스해 보였다.

한참을 3차 광고 콘티 시안을 훑는 민혁의 표정은 진중했다. 그 앞에서 꼼짝 않고 서 있던 정원이 가느다란 숨소리를 냈다.

"이번 주말 뭐 해?"

"네?"

갑자기 고개를 치켜들며 물어 오는 민혁의 말에 정원이 멍한 시선을 들었다.

"이번 주말 뭐 하냐고. 별일 있어?"

"……."

"별일 있어도 데이트 좀 해 주지 서정원 씨. 2주나 바람맞혔잖아."

"한 번이었어요."

"하여튼, 이번 주말엔 나가서 머리도 좀 식히고 좋은 공기도 마셔."

정원의 눈빛이 짧게 빛났다.

"마음에 들지 않나요? 콘티?"

"당신 마음엔 들어?"

"……."

"당신 글은 언제나 당신보다 솔직하지. 뭔지 모르지만 요즘 상태로는 차라리 노랫말을 쓰는 게 낫지 않을까? 다른 사람 마음을 움직이기 전에 자신의 감정 정화를 위해."

눈썹이 파리하게 떨렸다.

"무슨 말이 하고 싶으세요?"

"내가 물을 말이야. 이 카피에서 당신이 전하고 싶은 말이 뭐지?"

"회의에서 받은 주제를 그대로 담았어요."

"이 방에 들어서기 전에 내게 통과받지 못하리라는 거, 이미 알고 있었을 텐데."

아랫입술을 꾹 깨물었다.

"당신과 이야기 나눌 때면 묘한 긴장감에 즐거움을 느껴. 모든 신경 세포를 동원해서 귀를 기울여야지만 당신이 쏟아 내는 내면의 이야기를 들을 수 있으니까."

민혁이 소리 나게 콘티를 덮었다.

"다른 사람보다 에너지가 더 들긴 해도 내가 호응한 만큼 또 당신은 사신을 내어놓으니 보람은 있지. 그런데 당신의 글은 그런 수고 없이 당신을 엿볼 수 있어서 매력적이지."

그의 입에서 낯선 한숨 소리가 들리자 정원이 살짝 인상을 썼다.

"당신만의 색깔을 담아 어떤 말로 표현해야 할지 좀 더 고민해 봐."

묵묵부답인 정원의 태도에 민혁의 눈매가 가늘어졌다.

"반응 역시 당신답지 않은데? 요즘 도대체 왜 그러는 거지?"

"회사 옮기고 여기까지 정신없이 달려왔어요. 스토리를 던질 때마다 과자 찍어 내듯 카피를 뽑아낼 수 있는 건 아니잖아요."

데스크를 돌아 나오는 민혁의 표정은 과히 좋지 않았다. 자신을 피하려는 듯 정원이 한 걸음 살짝 뒤로 물러서자 그의 인상은 더욱 굳어졌다. 그녀를 지나쳐 긴 소파에 털썩 몸을 실었다. 그 뒤를 쭈뼛거리며 정원이 그의 앞으로 와 앉았다.

"아직 시간적 여유 있어. 천천히 준비해도 돼."

"언제까지 여기로 출근할 수는 없잖아요."

"이틀간 도쿄에 일이 있어. 같이 가."

뜬금없는 소리에 고개를 번쩍 들었다.

"금요일 저녁 출발. 월요일 하루 연차 내."

"안 돼요."

가만히 바라보는 그의 눈빛에 변명하듯 말을 덧붙였다.

"주말에 일이 있어요."

"무슨 일?"

"제 사생활 하나하나 모두 알아야 해요?"

"알고 싶어."

"민혁 씨."

피곤한 듯 불러오는 말투가 다시 심기를 건드려 왔다.

"내가 상사로 이야기하는 게 아니라는 걸 알고 있어 다행이야."

"어떤 관계든 상대의 모든 것을 알 수 없어요."

"난 단지 당신 주말 스케줄을 궁금해하고 있을 뿐이야."

"……."

"이번 주말에도 갈 건가? 강현수에게?"

정원의 고개가 획 하고 민혁의 얼굴을 주시했다. 빠르게 치켜 올라간 눈썹 사이로 본 민혁의 얼굴은 덤덤했다. 맥이 탁 풀렸다.

"저에게도 사람을 붙였나요?"

덤덤한 척 표정을 지어 보았지만 민혁은 불쑥 꺼낸 이름을 후회했다.

백곰으로부터 강현수에 대한 정보를 더 들을 때까지 잠자코 있어야 했다. 그녀에게서 한 번만 더 거짓말을 듣게 된다면 제가 어떻게 나올지 몰랐다. 그러나 이렇게 된 이상 매듭을 지어야 했다.

"강현수, 누구야?"

"그걸 왜 저에게 물어요? 아시잖아요?"

그동안 들었던 것과는 비교할 수 없을 만큼 싸늘한 목소리였다.

"당신과 어떤 관계냐고."

"그것까진 조사가 안 됐나 봐요."

"서정원."

부드럽게 부르는 목소리에서 화를 참고 있는 게 느껴졌다.

"제 입에서 무슨 소리가 듣고 싶은지 모르겠군요."

목소리만큼 정원의 눈빛은 차가웠다.

"말 그대로 강현수와 무슨 사이인지 묻고 있는 거야."

"무슨 사이면요?"

"우리, 못 물어볼 관계가 아니라고 생각하는데."

그녀가 내비치는 빈정거림이 그의 가슴을 답답하게 만들어 왔다.

"옛 남자와의 역사는 궁금치 않다며 다른 남자들하고는 다른 척하더니, 왜요? 이번엔 강현수 그 이름과 내가 어디까지 진도가 나갔나 하는 역사까지 궁금한 건가요?"

"거짓말까지 해서 그곳에 가고 있잖아."

정원이 대꾸 없이 자리에서 일어났다.

"앉아."

엄한 목소리에 정원이 주춤했다. 그 모습에 민혁이 잠시 멈칫했으나 이대로 돌려보낼 수는 없었다. 민혁이 돌아서는 정원의 팔을 빠르게 낚아챘다.

"이야기 안 끝났어."

"할 이야기 없어요."

"왜 이렇게 예민해?"

"예민?"

하, 정원이 짧은 헛웃음을 터트렸다.

"사람까지 붙인 당신은요?"

"서정원!"

"차민혁, 어디 있어."

날카로운 소리와 함께 문이 예고도 없이 열렸다. 동시에 화려한 중년 여성이 비서실 이 대리를 밀치며 들어섰다. 그 기세에 놀란 정원이 흠칫하고 그에게서 한 발 물러섰다.

"이러시면 안 됩니다."

쫓아 들어온 이 대리가 난처해하며 화연을 따라 들어섰다. 한 걸음 뒤의 승연은 흥미진진한 장면이라도 보는 듯 묘한 표정으로 사무실을 들여다보고 있었다.

"회사 꼴 이상하게 돌아가게 해 놓고, 너는 사무실에서 연애질이니?"

당황하는 기색이 없던 민혁의 표정이 한순간에 차가워졌다. 그의 손은 진작 떨어져 나갔지만 문 앞을 가로막고 선 사람들 때문에 정원은 나가지도 못한 채 어정쩡하게 서 있었다. 자신을 훑어 내리는 여자의 눈매가 어딘지 낯이 익었다.

"이 대리, 뭐 하는 거야."

화연을 바라보며 내뱉은 그의 목소리는 낮고도 음산했다.

"아무리 말리셔도 듣지를 않으시고."

어쩔 줄 몰라 쩔쩔매던 이 대리가 겨우 말문을 열었다.

"이렇게 막무가내인 손님을 맞이하는 방법을 몰라서 그래? 경비실에 연락은 했어?"

"당연히 했죠. 지금쯤 엘리베이터를 향해 열심히 뛰고들 계실 거예요."

독특한 한국어 발음의 승연이 끼어들었다.

"한갓 비서 나부랭이 주제에 어딜 나서. 경비원들에게 끌려 나가든 어쨌든 너부터 나가 있어. 목 잘리기 전에."

이곳에 들를 때마다 눈엣가시처럼 굴던 비서실장이었다. 승연의 빈정댐을 더 이상 봐줄 수 없었던지 화연은 그나마 있던 교양까지 내려놓았다.

"나부랭이? 이 대리. 그건 무슨 뜻이야? 신조어야?"

승연이 눈을 동그랗게 뜨고 이 대리를 돌아보았지만, 그는 두 상사의 눈치만 살피고 있었다.

"응? 무슨 뜻이냐고. 여기 요정의 마담처럼 차려입은 차 전무님……."

"한승연, 그만하고 나가 있어."

민혁의 목소리가 차가웠다. 승연이 양 어깨를 살짝 치켜세워 보인 후 몸을 돌렸다. 순간 정원과 눈이 마주친 그녀가 한쪽 눈을 살짝 윙크했다.

그동안 저를 향할 때의 묘한 눈빛, 비서실장치고 각이 잡혀 있지 않던 태도. 짐작처럼 두 사람은 단순한 비서와 상사의 사이가 아니었다.

"곧 내려갈 테니까 일단 사무실에서 기다리고 있어."

그의 손이 어깨를 토닥여 왔다. 당부를 담은 그의 말투와 눈빛이 마음을 알싸하게 했다. 비서실 문을 나서는 등 뒤로 호기심 어린 승연의 시선이 닿았다.

승강기 앞을 지나쳐 비상구 문을 열었다. 계단 밑으로 한 발을 내딛던 정원이 우뚝 발을 멈추었다.

어딘가 낯이 익다고 생각했다. 희뿌옇게 끼어 있던 안개가 순식간에 걷히며 생각하고 싶지 않던 영상 한 커트가 떠올랐다.

차화연, 그녀였다.

"5분. 예고 없이 들이닥친 분에겐 그것도 긴 시간입니다."

민혁은 소파에 앉으며 손목에 둘러찬 시계를 쳐다보았다. 화연이 그의 앞에 털썩 앉으며 말문을 열었다.

"너 원하는 게 도대체 뭐야."

"제가 여쭙고 싶은 말씀입니다. 고모님께서 원하는 게 뭔지."

고모라는 말에 화연은 입이 움찔했다.

"애초에 그런 단어로 오고 갈 사이를 원했다면 일을 이렇게 풀면 안 되지."

"앞으로 전무님이라고 부르기도 좀 어려울 듯하고. 그렇다고 차 여 사님이라고 하면 제 인격 문제인 거 같아서 말입니다. 적당한 호칭이 있으면 가르쳐 주시겠습니까."

작은 비웃음을 담은 그의 말뜻을 알아듣지 못한 화연이 미간을 살짝 찌푸렸다.

"무슨 소리야."

"그것 때문에 오신 것 아닙니까? 지금 대망호텔, 그리고 대망리조트 주식이 어디론가 하염없이 빠져나가고 있던데. 곧 그 자리도 내어놓아 야 할 판이라 도움 청하러 오신 게 아닌가 해서요."

구겨져 있던 화연의 미간이 더욱 찌푸려졌다.

"뭐, 뭐라고? 대망호텔 주식이?"

"호텔 건사 하나만큼은 잘해 오신 분이 호텔이 가장 흔들리고 있을 이 시점에 모르고 계셨다? 이해가 되지 않는데요. 어디에 정신을 쏟고 계신 겁니까."

"무슨 소릴 하고 있는 거야? 호텔이 흔들리고 있다니……. 너, 네 짓 이냐?"

파리한 얼굴로 가방 속 휴대폰을 확인하는 그녀의 손이 떨리고 있었 다.

"전 바닥친 주식를 좀 산 것밖에 없습니다. 그게 아니면 무엇 때문 에 이곳을 찾으셨을까요?"

빈정거리는 민혁의 말에 화연이 인상을 찌푸리며 말했다.

"너 이 교수 찾아갔었다며?"

"이 교수라니요? 아, 박기태의 고모부를 말씀하시는 거라며 한번 뵈 었지요."

"네가 뭐라고 이 교수를 찾아가? 찾아가서 무슨 협박을 한 거야?"

피식. 비웃음을 숨기지 않는 그의 얼굴 앞으로 화연이 노기를 더 드러냈다.

"어쨌길래 이혼하자 소리가 나와?"

"이혼이라."

그의 웃음소리가 사무실을 온통 채울 때 노크 소리가 들려왔다.

"차민혁."

"5분 지났습니다. 계속 그렇게 언성을 높이시면 정말 문밖의 경비원들에게 끌려가는 봉변을 당할 겁니다."

웃음이 사라진 그의 말투는 얼음처럼 차가웠다. 입술을 꼭 다문 화연의 눈이 불을 쏘아 대듯 그를 노려보았다.

"이 교수에게 청연건설 주식을 더도 말고 딱 매수 가격으로 매도하라고 했을 뿐입니다. 그 주식으로 덕 볼 생각이면 대망의 자금으로 산 교수 자리에 더 앉아 있기 힘들 수 있을 거라는 말을 보탰고요."

그를 바라보는 화연의 안색이 조금씩 변해 갔다.

"처가 덕은 한 번이면 되지 않겠습니까. 이혼이라는 말이 나온 걸 보니 아내보다 명예를 생각하는 분이군요. 아마도 자기 이름 앞으로 차명계좌가 만들어진 것도 몰랐을 테고."

민혁의 말대로였다. 그녀의 남편이자 대망의 부회장 박상현의 여동생, 박선영에게 부탁해서 그녀와 그녀의 남편 이명진 앞으로 차명계좌를 만들었다.

"원하는 게 뭐야."

분통을 못 이기지 못한 화연의 목소리가 입술 사이를 비집듯 흘러나왔다.

"제가 원하는 것은 고모님이 가지고 계시지 않습니다."

"……"

"걸어오는 더러운 싸움에 맞장구를 치고 있을 뿐입니다."

민혁이 다리를 꼬고 소파 깊숙이 몸을 기대었다.

"청연건설에 왜 그렇게 집착하시는지 모르겠군요. 박기태를 생각하시는 요량이라면 잘 키워 호텔을 주면 되지 않습니까. 그게 아니면 설마 대망 전체를 주고 싶은 겁니까."

화연이 입술을 꾹 다물었다.

"그런가 보군요. 그러니 제가 미울 만도 하겠네요. 존재조차 몰랐던 조카, 그것도 정이라도 한 톨 들지 않았던 조카에게 모든 것을 뺏기게 생겼으니 말입니다."

"이해를 해 주니 다행이구나. 게다가 생때같은 아들까지 철창에 넣겠다고 덤벼드니 어찌 곱게 보이겠어. 그렇지 않니?"

그녀가 날카로운 눈을 빛내며 응답해 왔다.

"그래서일까요. 요즘 그림자 밟는 인간이 많아져 밤길을 제대로 다니기 힘든 판입니다. 청연뿐 아니라 저도 노리는 것 아닙니까."

민혁이 쓱 하고 상체를 내밀자 화연이 흠칫 소파 뒤로 몸을 물렸다.

그때 화연의 휴대폰 벨이 요란하게 울렸다. 상대를 확인한 그녀가 힐긋 민혁을 쳐다보았다.

"받으시죠."

"……일찍도 파악했다. 들어가서 이야기해."

짧은 통화를 끝낸 그녀의 입 언저리가 작게 일그러졌다. 대망호텔 건에 대한 비서실의 보고인 듯했다.

"어디까지 손을 쓴 거야?"

"달리 한 건 없습니다만. 고모님께 배운 법을 연습 삼아 한번 해 봤다고나 할까."

민혁이 어깨를 으쓱해 보였다.

"나한테 배운 거라니?"

"세한호텔에 작은 정보를 하나 흘렸죠. 대망호텔이 어떻게 국내 면세점을 유치했는지, 그리고 리조트 발주를 어떻게 땄는지 정도?"

"네가 그걸 어떻게 알고."

"항상 드리는 말씀이지만 사람 관리를 잘하셔야 할 것 같습니다. 언제나 아랫사람을 제대로 부리지 못해 늘 사달이 나는 것 같군요."

"네 머리에는 도대체 뭐가 들어 있어? 원하는 게 뭐냐 말이야."

"박기태."

곧바로 나온 그의 답변에 화연의 눈썹이 빠르게 치켜 올라갔다.

"박기태 불러들이십시오. 죗값 받게 하십시오. 새사람 된다면 청연건설 그대로 드릴 수 있습니다. 대망도 마찬가집니다. 그렇지 않고서는 박기태, 제가 살아 있는 한 이 땅 밟지 못할 겁니다."

민혁이 자리에서 일어나 제 방문을 열었다.

"호텔 건은 제 것을 건드린 대가입니다. 대망 어디에도 내 것이 없다는 것은 인정합니다. 그러나 청연은 다릅니다. 2년 전부터 이곳 직원들과 잠을 설치며 바로 세웠습니다. 앞으로는 그 무엇도 가만히 당하고 있을 생각은 없습니다. 명심하십시오."

"네 생각대로 될 성싶으냐? 원래 그 자린 기태 거였어."

"말씀드리지 않습니까. 죗값 받고 직원들 앞에 머리 숙여 사과하고 당당하게 다시 들어오라고. 이만 나가 보시죠. 바쁘실 텐데."

"믿을 구석이 있나 본데, 내가 있는 한 네 뜻대로 호락호락 움직이지 않을 거야."

쾅 하고 사무실 문이 닫혔다.

창가 빌딩 숲을 내려다보는 그의 입매가 딱딱했다.

제 바람대로 누구 하나 다치지 않고 박기태가 죗값을 받게 하는 일이 결코 쉽지 않을 걸 알고 있었다.

불쾌한 기억을 지우듯 민혁은 깊게 들이마신 숨을 단번에 뱉어 내고 휴대폰을 꺼내 들었다.

〈어디야?〉

문자를 보내고 몇 초 되지도 않아 단축키를 눌렀다. 몇 번의 신호음에도 받지 않았다. 내선 전화기를 들고 광고 팀 번호를 눌렀다. 역시나 응하는 이는 없었다.

12. 2년 2개월 그리고 72일

채운 지 얼마 되지 않은 잔이 금세 비워졌다. 기훈이 민혁의 잔을 다시 채웠다.

"대단해. 박기태란 놈, 무슨 소설도 아니고 한 장 한 장 넘길수록 뒤가 더 궁금해져. 도대체 어디까지 해 먹었나 싶어서."

"자료 훑어봤어?"

"그것 때문에 부른 거 아냐? 인편으로 보내 놓고 왜 연락이 없나 하던 참인데."

민혁이 또 잔을 비웠다. 기훈이 그의 얼굴을 힐긋 올려다보았다.

"무슨 일 있어?"

"술 생각도 나고."

"술 생각에 나를 불러 주신다, 영광인데? 이쪽 사람들 덧정 없다고 용건 없으면 쳐다보지도 않을 거라 여겼는데."

"너 그쪽 사람인 거야?"

민혁의 눈이 진지했다.

"이 심각한 눈빛은 뭐야? 사람 긴장되게."

"나야말로 긴장돼. 널 믿고 덜컹 그런 자료를 보내도 되는 건지."

"대한민국 모든 부정부패를 이 손으로 정화시키겠다고 밤잠도 못자는 청렴결백한 대한의 검사를 뭘로 보고."

"흐음."

길게 내뿜는 콧바람으로 민혁의 어깨가 미세하게 들썩였다.

"지금 나 무시하는 거야?"

"후배의 대단한 열정에 감복하는 중이야."

"또 그 후배 소리."

"두 기수나 아래인데 후배 소리에 민감하면 곤란하지."

"네, 알겠습니다. 오늘은 대단하신 선배님 믿고 마음껏 마실 테니 가난한 공무원 대접 제대로 해 주십시오."

"서울중앙지검 반부패부 특수3부 민기훈 검사가 내게 술대접 받고 무슨 오명을 쓰려고? 네 지갑 생각해서 지금 절주 중이니까 고맙게 생각해."

"벌써 한 병을 비워 놓고. 절주는 무슨."

기훈은 민혁을 향해 밉살스럽다는 듯 눈을 흘겨 보았다.

"하긴, 박기태 놈 이야기 같았으면 이리로 안 불렀겠지. 무슨 일이야?"

이렇다 할 말이 없이 민혁이 술잔만 들었다.

"주연이 집에서 나왔다며?"

답답한 분위기에 기훈도 깨끗이 한 잔을 비우고 다시 물었다.

"주연이 일을 나한테 물으면 어떻게 해?"

"주연이 일을 묻는 게 아니고 희진이 일을 묻는 거야. 주연이가 왜 갑자기 희진이 집에서 나온 건지 알고 있어?"

"그것도 네 여자에게 물어봐."

"주연이 내 여자이긴 하냐?"

민혁의 무감한 얼굴이 깨졌다.

"무슨 말이야?"

"시간 좀 가지자고 하더라고. 얼굴 안 보여 준 지 꽤 됐어. 아무래도 아직 너에 대한 마음을 정리 못 한 것 같아."

"말 안 되는 소리."

"정리라는 단어가 무거운 건지 몰라도 흔들리고 있는 건 맞는 것 같아."

"이주연, 내겐 예전이나 지금이나 여자 아니야."

민혁이 냉정한 목소리로 이야기를 일축시켰다.

"네 마음은 그렇겠지. 그러나 주연이에겐 첫 마음이었어."

담담한 듯 쓸쓸하게 들리는 기훈의 목소리에 민혁이 다시 입을 열었다.

"동생 같은 아이였어. 아저씨의 행동 때문에 그 마음조차 흐려졌지. 지금은 희진이 친구 이상 이하도 아니야."

"네 마음이야 잘 알지. 그런데 네 말을 듣고 있으니 어쩐지 주연이 가엾어진다. 다 알면서 거두지 못하는 내 마음 역시."

기훈이 까슬거리는 입 안으로 술을 털어 넣었다.

"주연인 내게 빚을 지고 있다고 생각하고 있을 뿐이야."

"주연이도 5년 전 사건의 피해자라면 피해자야. 혹시 너, 주연이에게 혹시 서운한 감정 지니고 있는 거 아냐?"

"서운한 감정? 오히려 죄책감이지. 네 말처럼 주연이 역시 피해자니까. 자신과 전혀 상관없는 일에 휘둘린."

의도치 않게 그를 몰아세운 듯 기훈이 꿈틀거리는 입술을 가만히 다물었다.

두 사람은 고등학교 2학년 때 인근 고등학교의 각 학생회장으로서 만났다. 3학년이 되어서는 학업에 열중한다고 까마득하게 잊고 있다가 대학 합격 후 신입생 오리엔테이션에서 다시 만났다.

그때부터 떼려야 뗄 수 없는 사이가 되었다. 학과 장학금부터 여러 가지 일에서 좋은 경쟁자이자 친구였다. 그랬기에 대학을 졸업하는 그해 민혁이 바로 사법 고시에 붙자 기훈은 충격 아닌 충격 받았다.

늘 어깨를 나란히 한다고 생각했다. 그런데 그는 대학 4학년 졸업을 앞두고 바로 통과한 데 비해 자신은 사법 고시 준비를 두 해나 더 해야 했다.

그 사실을 받아들이기 힘들었다. 사법 고시 준비를 병행하는 그를 이기고 장학금을 두어 차례 더 받았단 사실에 의기양양했던 사실도 부끄러웠다.

떨어진 자존심을 세우려 '작전을 잘못 세워서 널 선배로 모시게 됐을 뿐이야'라고 우스갯소리를 내뱉자 그는 그저 한쪽 어깨를 들썩여 보였을 뿐이었다.

기훈은 법조계 일을 하고 있던 양부모님들 때문에 알게 된 세 살 어린 주연일 어릴 때부터 눈여겨봐 왔다.

대학 시절 주연에게 대시를 해 볼까 하던 찰나 그녀가 이미 마음에 둔 남자가 있다는 것을 알게 됐다. 그게 민혁이라는 걸 알았을 때 기훈은 또 한 번 너털웃음만 짓고 말았다.

시간이 한참 흐른 후 사법 고시에 통과하고 연수원 생활을 앞두고 있을 때 막 검찰청에 들어가 일에 대한 의욕을 보이던 민혁이 기훈에게 술을 한잔 샀다.

그때 기훈이 주연에 대한 지난 감정을 이야기했을 때 역시 그는 또 예의 '흐음' 한마디가 다였다. 그런 그가 제 앞에서 제 감정을 이렇게 길게 뱉는 건 처음 있는 일이었다.

"그러니 네 여자 문제는 네가 알아서 해. 난 내 여자 하나로도 머리 아파."

"너 여자 생긴 거야?"

한 박자 늦게 말뜻을 알아차린 기훈이 소리 나게 술잔을 내려놓았다.

"주연이."

민혁의 입에서 나온 엉뚱한 이름에 기훈이 긴장했다.

"몇 년째 네 애태우고 있는 걸 어떻게 견디고 있어?"

기훈이 낮은 웃음소리를 냈다.

"차민혁, 너 된통 걸렸구나. 네 속 썩이는 여자, 도대체 누군데."

"어려워."

"뭐가? 형편이?"

"온 신경을 다 모아 그 여자를 바라봐도 그 마음을 알 수가 없어. 요 며칠은 얼굴도 제대로 안 보여 줘."

"그러는 너는?"

민혁이 기훈을 힐긋 쳐다보았다.

"네 감정 제대로 표현은 해 줬어? 힘들고, 답답해 죽을 듯한 네 얼굴, 네 감정 제대로 말해 봤냐고. 그런데 안 만나 줘?"

"내 표정이 힘들어 죽을 듯해 보여?"

"말로 해서 뭐 해. 너 이때껏 여자 때문에 위스키를 세 병이나 비워 봤어? 심란한 소리 한번 뱉어 본 적이 있냐고."

민혁이 마른세수를 했다. 낯선 그의 모습에 기훈이 천천히 고개를 가로저었다.

"얼마나 됐는데?"

"2년 2개월 그리고 72일."

그녀와 첫날밤을 보내고 2년 만에 어렵게 재회를 했다. 사귀기까지 두 달을 씨름했다. 비로소 연인이 된 지 두 달 하고 보름이 되어 가고 있었다.

"2년 2개월 72일? 천하의 차민혁이 꼬박꼬박 날짜도 계산했어?"

급기야 기훈이 입에서 큰 웃음소리가 터졌다. 가볍게 생각하며 웃던 기훈은 자신의 머리를 스치고 지나가는 한 여자의 형상에 웃음을 지우고 고개를 획 돌려 그를 바라보았다. 설마, 서정원?

✤   ❋   ✤

같은 밤, 정원 역시 잠을 이루지 못했다. 언제나처럼 고향 길엔 좋은 일이 없었다.

정원이 벌떡 몸을 일으키고 무릎에 머리를 묻었다. 도톰하게 깔린 솜 이부자리는 조금도 흐트러지지 않았다. 발로 이불을 몰아내고 바닥에 앉아 벽에 머리를 기댔다.

온돌 바닥의 뜨거운 기온이 예민한 신경을 노곤하게 만들었다. 그러나 이내 저녁 식사 후 나누었던 화제에 가슴이 답답하고 머리가 지끈거렸다.

"수술을 안 받겠다는 이유가 뭔데요."

"살 만큼 살았어. 이 나이에 병원에 누워 그 무서운 수술받는 것도 그렇고, 듣자 하니 항암 치료인가 받아야 한다는데, 서울까지 왔다 갔다 하는 거 귀찮아. 기운 아껴 풀냄새 더 맡고, 뒷산 다니며 고향에서 살 비비고 지낼 거야."

"수술이 무서워요? 뒷산에서 내려왔던 호랑이도 울고 갈 이천 서씨 39대 종부 이명주 여사님도 무서운 것이 있었어요?"

맘대로 하라며, 자리를 박차고 나올 수 없는 제 그릇이 원망스러울 뿐이었다.

"정원아."

다시 입을 떼려는 정원을 훈재가 조용히 말리고 나섰다.

"그만하라고요? 그럼 왜 절 부르셨어요? 아버지 힘으로도 안 되니까 날 여기 불러 놓은 것 아니세요?"

"그만해라. 다 저녁에 여자 목소리가 담 넘어가서 좋을 것 없다."

정원이 도리질을 했다.

"마음대로 하세요. 그래요. 생살 찢고 항암 치료다 뭐다 해서 면역력 더 떨어지면 좋을 것도 없어요."

"대장암 초기는 수술만 잘하면 걱정할 것 없다고 하던데. 비록 연세 가 있으셔서 전이는 빠르지 않겠지만 그래도 다른 장기로 전이라도 되 면……."

명주의 얼굴이 흐려지는 것을 미애가 놓치지 않았다. 조용하게 뜻을 전하는 계모의 말을 정원이 잘랐다.

"전이라도 되면요? 정말 마음도 좋으세요. 아무리 힘들게 한 시어머니 라 해도 사람 목숨은 살리고 봐야겠어요?"

"서정원."

훈재의 입에서 꽤 엄한 목소리가 흘러나왔다.

"애비는 가만히 있어."

부녀간의 마찰이 우려되었는지 명주가 훈재를 막고 나섰다.

"그리고 정원이 너."

"말씀하세요."

"네 마음은 어떠냐."

정원은 뜬금없는 명주의 말이 무엇을 뜻하는지 몰랐다.

"내 마음이라뇨?"
"네 어미하고도 그렇게 떨어져 산 게 내 탓이라 원망이 많은 넌 이참에 내가 빨리 갔으면 싶은 게냐."

참으로 못됐다. 그리고 잔인했다. 단 한 번도 입에 담지 않은 며느리였다. 엄연히 40대 종부였던 며느리의 죽음에 대해서도 입 한번 뗀 적 없었다.
한 많게 죽어 간 며느리의 일을 이런 때에, 이런 식으로 입에 담는 조모에게 치가 떨렸다. 정원이 어금니를 꽉 깨물었다.

"어머니, 무슨 말씀을 그렇게……."

모든 게 자신의 죄이면서도 그저 방관자처럼 제 삶만 누려 온 훈재가 한순간에 일그러지는 딸의 얼굴을 보았다.

"마흔아홉에 가셨어요, 우리 엄마. 꽃다운 나이는 아니었다고 해도 그렇게 가실 나이도 아니었어요. 가만히 묻어도 좋은 소리 못 들을 걸 구태여 엄마 이야기를 끄집어내서 내 마음 쑤시는 걸 보니 내 입에서 어서 가시라는 소리가 듣고 싶은 거군요?"
"그래, 살 만큼 살았으니 그대로 가시라는 소리 들어도 내 서운치 않다. 그런데 정원아."

차가움엔 더한 차가움으로, 야멸참엔 더한 야멸참으로 사람을 대하던 명주였다. 웬일인지 한참 담을 넘고도 남을 만큼 흥분한 손녀의 목소리에도 명주의 목소리는 낮고 차분했다.

"병원에서 나쁜 병이란 소리를 듣는 순간, 생각나는 얼굴이 네 애비도, 현우도 아니더구나. 병원에서 어서 나쁜 놈 제거하지 않으면 안 된다는 그 소리에, 내가 이렇게 가면 안 되는데, 정원이 너 이렇게 혼자 두고 가면 안 되는데 그 생각 하나 들더구나."

"끝까지……."

정원이 잘근 입술을 깨물었다.

"이대로 가면, 언제나 아픈 표정만 짓고 사는 정원이 너, 좋은 사람과 웃으며 사는 모습 못 보고 가면 내가 제대로 눈을 못 감을 것 같아."

얇은 대나무 창살같이 절대 남에게 꺾일 줄 모르던, 난난한 바위에 내리치면 굴복을 몰라 산산이 부서져 버리는 대통처럼 타협을 모르던, 서릿발 가득했던 명주의 눈에 눈물이 고여 흘렀다.

"네 말처럼 나는 옛날을 사는 사람이라 네 상처를 보듬어 줄 방법을 모르겠구나. 이 할미가 네 얼굴에 웃음 한번 짓게 해 주었다면 더 미련도 없었을 텐데. 너한테 듣는 어떤 모진 소리도 서운치 않은데, 너에게 못 할 짓만 한 게 아쉬워."

버리지도 못하고 담지도 못하는 마음이었다. 조모에 대한 애증이 언제나 절 눌렀다. 명주를 외면하는 정원의 눈에서도 눈물이 흘렀다. 두 사람을 바라보는 훈재의 눈자위가 붉어졌다.

그 분위기에 넘어가고 말았다. 싫고 좋은 결정은 모두 정원의 선택이라는 굳은 약속 아래 훈재의 절친 교수 조카와의 맞선을 허락했다.

그와 함께 수술도 결정되었다.

정원이 방문을 활짝 열어젖혔다. 겨울 초입의 건조한 바람이 손님처럼 날아와 문턱을 넘나들었다.

반달보다 작은 하현이 험상궂게 생긴 먼 산 나무 위에 걸려 있었다. 전혀 닮지 않은 달빛과 완전히 다른 계절 아래서 습기 가득했던 맨해튼의 바람이 그리워졌다.

그 바람과 함께 품어 오던 그가 너무도 그리운 밤이었다.

DM프로덕션 방문을 위해 사무실을 나서는 정원은 마음이 편치 않았다. 촬영 현장엔 진욱이나 간혹가다 생기는 콘티 수정을 위해 민혁과 성환이 드나들었을 뿐 촬영 현장이 처음이었다.

한 시간 전에 기획실장 영석이 모두 2차 광고 촬영 현장을 참관하고 바로 회식에 참석하라는 본부장의 지시가 있었다고 전해 왔다.

1차 광고 때 콘티의 흐름을 제대로 살리지 못해 재촬영이 이루어졌던 것이 원인이었다. 현장 구경은 설레었지만 그 뒤 회식 자리가 마음에 걸렸다.

지난번 민혁의 사무실에서 언쟁을 한 이후로 계속 피해 왔다. 피한다기보다 조금 시간을 가지고 싶다는 게 솔직한 마음이었다. 누군가 자신을 손가락 하나라도 톡 하고 건드려 온다면 터져 버릴 것 같은 상태로 그를 만나고 싶지 않았다.

그에게 칼침을 놓는 만큼 제 가슴도 긁혀 나갔다. 번잡한 마음으로 인해 다시금 의도하지 않은 말로 그를 상처 입히고 싶지 않았다.

그래서 온종일 자신의 마음에 들어와 살고 있는 그를 애써 외면하느라 일이고 일상이고 엉망이었다. 촬영 현장에서 적당한 때를 봐서 먼저 나와야겠다고 마음먹으며 발걸음을 재촉했다.

따각. 따각. 로비를 가로지르는 정원의 발 빠른 구두 굽 소리가 뚝 하고 끊어졌다. 순식간에 창백해진 정원이 아랫입술을 바르르 떨었다.

그러나 멀찌감치 그녀를 바라보는 상대의 얼굴 경련에 따를 바가 아니었다. 멈춰 서 있는 정원과 달리 그녀의 얼굴을 알아본 상대는 성큼성큼 점잖게 빼입은 정장 치마 보폭을 있는 대로 벌리며 큰 걸음으로 정원에게 다가왔다.

"왜 네 얼굴을 여기서 보는 거야."

따져 드는 목소리와 달리 상대의 표정은 그 답을 멋대로 확신 짓고 있었다. 뭐라고 입을 열어야 하는데. 턱 근육만 실룩거릴 뿐 입술이 떨어질 기미가 보이지 않았다.

"어쩐지 이상했어. 어쩐지 이상하다 싶더니."

파리하게 떨리는 눈썹, 격앙된 목소리. 로비를 지나가던 사람들이 힐끔거리기 시작했다.

"또 무슨 억측을 하시고……."

입술을 떼려던 정원은 아랫입술을 질끈 깨물었다. 부산에서 눈앞에 선 상대를 마지막으로 본 후 꿈에서라도 그녀를 볼라치면 가위에 눌렸다. 그렇기에 한 번은 가슴에 맺힌 응어리를 풀어야 한다고 생각했다.

그러나 쿵쿵거리는 심장 소리와 가빠진 호흡에 차마 입술이 떨어지지 않았다. 입술이 떨어지는 순간 자신이 어떤 나락으로까지 떨어질지 알 수 없었다. 그녀의 입이 열리지 못하는 짧은 순간도 순영은 제 분을 이기지 못했다.

찰싹!

정원의 한쪽 뺨을 날리는 순영의 손찌검 소리가 로비로 가득 울려 퍼졌다. 로비 끝에 서 있던 경비가 두 사람을 향해 눈길을 주었다.

잔치에라도 들렀다가 나선 길이었던지, 대기업에 다니는 아들의 위신을 떨어뜨리고 싶지 않았는지 한껏 차려입은 정장 투피스로는 투박한 시골 아낙네의 손바닥 힘을 가리지 못했다.

357

"어머니."

겨우 정원의 얼굴이 제자리로 돌아올 때쯤에야 순영을 부르는 목소리가 울려 퍼졌다.

이어진 정원의 웃음소리가 지훈의 말소리를 덮었다.

"지금 네가 웃어?"

"그럼, 울어 드려요? 그게 보고 싶으세요?"

순식간에 빨갛게 부어오른 볼과 입술을 열고 또박또박 말을 뱉었다.

"어떻게 너처럼 지독한 년이 있을 수가 있어. 한 몇 년 조용하다고 했더니 이러고 있었던 거야? 대체 언제부터 지훈이 회사까지 들락거렸냐고."

로비를 지나가던 사람들이 발걸음을 멈추었다.

"어머니, 여긴 또 무슨 일이세요. 어서 나가세요."

지훈이 순영의 팔을 막무가내로 잡고 그녀를 돌려세우려 했다.

"놔라."

순영이 거칠게 아들의 손을 뿌리치는 덕에 놓친 순영의 가방 속 내용물이 와르르 쏟아져 내렸다. 급히 몸을 숙여 그것들을 가방으로 집어넣는 그를 보며 정원은 또 소리 내어 웃었다.

"내 발등 내가 찍었어. 독하다, 독하다 해도 너 같은 년은 내가 살다 살다 처음 본다. 조강지처 있는 남자를 후려서 그 정도 우세를 당했으면 됐지, 예까지 쫓아와? 그래서 기어코 지훈이 내외를 갈라?"

"어머니, 또 무슨 말씀을 하시려고 그러세요. 그 사람과 헤어진 건……."

"그러게, 왜 그러셨어요? 가만히만 계셨으면 이런 일도 없었을걸. 왜 굳이 남의 직장까지 오셔서 젊은 사람 우세스럽게 만들어 그 좋은 직장까지 뺏으셨어요? 그러니 어떡해요. 서지훈 있는 곳이라도 와야죠."

생각지도 못한 정원의 말에 지훈이 당혹스러움을 감추지 못하고 그녀를 바라보았다. 순간 순영의 큰 목소리가 1층 로비를 가득 메웠다.

"내가 두 눈 멀쩡히 뜨고 있는데 그 꼴을 보고 있을 것 같으냐? 그리고 지훈이 호적에 한 번 이혼 글자가 새겨졌다고 해도 네가 그 옆자리에 들어올 수 있을 거라고 언감생심 꿈꿀 생각 따위 하지도 말아."

"도대체 이유가 뭐예요?"

발음조차 명확하지 않은 정원의 톤 낮은 말에 순영은 양미간을 찌푸렸다.

"이제 한번 들어나 보죠. 이렇게 미친 듯이 말리시는 이유. 벌써 고향을 뜬 분들 중엔 자식 못 이겨 결혼 허락하신 어르신도 있다는 거 알아요. 벌써 법이 허락한 걸 누가 말려요? 그런데 기를 쓰고 이토록 막는 이유가 뭐예요?"

"이제 와 그 이유가 궁금해? 늘 아니다 하면서도 애 마음 못 잡게 옆에서 얼쩡거리더니 이제야 본마음을 마음을 이야기하는구나."

"이유가 그럴듯하면 당신 아들 눈앞에서 깨끗이 사라져 드리죠."

아들의 손에서 가방을 뺏어 든 순영이 큰 선심이나 쓰듯 빈정대는 표정을 숨기지 않으며 말을 뱉었다.

"너도 계집이니 처음엔 남자 품이 좋아 좀 붙어살겠지. 그러나 네 어미는 어린 자식 버리고 집 나간 여자야. 결국은 딸들은 어미 팔자 닮는다는데 네가 가정을 제대로 건사할 수 있을 거라 여기지 않아. 게다가 계모 밑에 눈칫밥 먹고 살았으니 네가 온전한 정이란 걸 알기나 하겠냐."

"어머니! 제발 그만하세요."

지훈이 순영의 팔을 우악스럽게 잡아끌었지만 뚝심 있고 골격 좋은 순영이 팔을 휙 젖혀 버렸다.

"그렇군요."

모든 걸 알아들었다는 듯 정원이 헛웃음을 함께 한마디를 툭 뱉었다. 입가에 절로 비릿한 조소가 어렸다. 그녀의 눈빛이 서늘하게 식어

갔다.

"그래서 아버지를 닮은 지훈이가 조강지처를 버리는 거군요."

"너 지금 뭐라고……."

"제가 모를 줄 알았어요? 아저씨가 다른 여자랑 야반도주한 거, 저희 동네 사람들……."

그 순간 다시 허공을 가로지르는 순영의 팔을 누군가 확 잡아 젖혔다. 순영의 인상이 있는 대로 일그러지며 낯선 주인공을 향해 고개를 돌렸다.

민혁이 험상궂은 표정으로 정원의 빨갛게 부어 있는 오른쪽 볼과 터진 입술을 훑어 내렸다.

"벌써 날린 한 번도 용납되지 않는데, 더 하시면 연세 상관없이 경찰서로 가시는 수가 있습니다."

내용보다 살벌한 건 그의 목소리였다. 톤도 높이지 않은 그의 목소리에 주변에 있던 사람도 슬슬 자리를 뜨기 시작했다.

"서지훈. 당장 어머니 모셔 가지 않으면 경비원들에게 끌려가시는 수가 있어."

벌써 검정 회사 유니폼을 입은 경비원들이 영석의 지시에 주위에 몰려온 사람들을 분산시키고 있었다.

"어머니, 제발요. 여기 회사예요."

"경찰서? 내가 무슨 죄를 지었는데. 경찰서라면 여기 유부남 꼬여……."

"형법 제311조. 공연히 사람을 모욕한 자는 1년 이하의 징역이나 금고 또는 200만원 이하의 벌금에 처한다."

"젊은 양반, 지금 날 모욕죄로 감방에 보내겠다고 협박하고 있는 거야?"

낮고도 엄한 그의 목소리 앞에서도 여전히 기세등등한 순영이 아들보다 한참 키가 큰 민혁을 올려다보며 비아냥거렸다.

"또한 아주머니께선 이 사람이 다니는 회사까지 오셔서 명예를 훼손한 것도 모자라 넓은 로비에 울려 퍼지도록 볼을 내리치셨으니 폭행죄까지 성립됩니다."

정원을 제 뒤로 물린 민혁이 제 앞으로 한 걸음 다가오자 순영은 저도 모르게 움찔거리며 한 걸음 뒤로 물러섰다.

"지금 당장 이 자리에서 사과하고 나가시지 않으면 고소 절차 밟겠습니다. 이건 어디까지나 공적 절차이고, 여기서 한 말씀만 더 하시면 제 사심으로 아드님을 이 회사에 두 번 다시 발 들이지 못하게 만드는 수가 있습니다."

"뭐라고요?"

정원이 이 회사에 다닌다는 소리가 그 와중에도 귀에 들어왔는지 그제야 순영이 지훈을 돌아보았다. 그리고 조금 당황한 듯 무언의 눈빛으로 그 진위를 묻고 있었다.

"가세요. 나가서 말씀 나눠요."

지훈이 순영의 팔을 잡고 한 걸음 떼자 순영이 주춤거리며 정원을 돌아보았다.

"네가 이, 이 회사에 다닌다고? 언제부터? 아니, 그건 그렇고, 젊은 양반이 뭔데 우리 아들 회사……."

말을 잇던 순영은 그제야 정신을 차리고 주변을 돌아보기 시작했다. 뒤로 경비가 셋, 그 앞에 쩔쩔매고 있는 영석이 보였다. 보통 사람 같아 보이지 않았다.

"어머니, 제발 그만하세요. 본부장님, 죄송합니다. 어머니 제가 모시고 가겠습니다. 정원이 데리고 먼저 가 주시면 고맙겠습니다."

"본부장?"

순영의 목소리 톤이 조금씩 제자리를 찾기 시작했다. 얼굴엔 난감한 표정이 실렸지만 자존심을 꺾기엔 아들에 대한 자만심이 하늘을 찌르는 순영이었다.

"본부장이면 답니까. 그래, 두 사람 예부터 얽혀 온 친분으로 소란 좀 일으켰습니다. 그렇다고 지훈이를 자른다, 만다, 그게 말이 되는 거예요?"

"한마디만 더 하시면 사심 섞인 제 월권으로 그렇게 해 드린다고 분명 말씀드렸을 텐데요."

낮게 읊조리는 남자의 위엄 있는 목소리에 더 이상의 대적은 무리였는지 순영이 다시 정원을 향해 눈길을 주며 빈정거림을 담았다.

"네 할머니 아프다 하셔서 잠깐 들여다뵈었더니 집안 좋은 곳으로 네 맞선 날 잡아 놓았다고 입에 침이 마르게 자랑하시더구나. 내 불편한 마음 내색도 않고 잘됐다 인사드리고 나왔는데. 하여튼 여기저기 남자 후리는……."

"김 실장님, 서 팀장 어머니 경비원들에게 모시라고 전하세요."

정원의 어깨를 감싸 안은 민혁이 순영을 지나쳐 정문을 향해 걸어 나갔다. 회전문을 돌아 바깥으로 나오는 순간, 정원은 송골송골 땀방울 맺힌 이맛머리에 닿는 바람으로 온몸에 한기가 들었다. 태엽 풀린 인형처럼 두 다리에 힘이 빠졌다.

그 순간 제 손을 잡고 있는 그의 손에 힘이 더 들어갔다. 기사를 보내고 조수석에 저를 태우는 그의 얼굴은 살얼음처럼 차가워 있었다.

오피스텔에 도착한 지 벌써 한 시간이 지나고 있었다. 정원의 앞에 놓인 차의 온기가 다 가실 즈음 민혁이 뜨거운 물이 담긴 컵을 다시 내밀었다.

미동도 하지 않고 있던 그녀가 조심스레 식탁 위로 두 손을 올려 천천히 컵을 감싸 쥐었다. 그녀의 앞에서 역시나 침묵을 지키고 있던 그가 작은 숨을 들이마셨다.

다시 한번 솟구치는 순영 모자에 대한 분노를 삼키는 그의 목울대가 울렁거렸다.

"며칠째 전화도 받지 않고, 얼마나 피해 다닐 생각이었어?"

듣는 사람의 귀에도 그의 입 안이 얼마나 바싹 말라 있는지 알 수 있을 만큼 그의 목소리는 갈라져 있었다.

"정원아."

다정히 불러오는 그의 목소리가 봄날에 피어오르는 아지랑이보다 더 나른하게 들려왔다.

순간 정원은 코끝이 시큰거렸다. 천천히 다가와 제 볼을 감싸는 그의 손을 피해 저도 모르게 고개를 돌렸다.

"아직도 화났어? 이제 당신 뒤를 쫓는 사람 아무도 없을 거야. 화 풀어."

아무것도 무서울 게 없을 것 같은 남자를 누가 이렇게 초라하게 만들었을까. 눈가가 절로 뜨거워졌다.

"믿을지 모르겠지만 당신 감시하자고 붙여 놓은 사람 아니었어. 그러니 이제 사람 그만 답답하게 해. 일부러 사람 애타게 하려고 그런 거면 충분했으니까."

"······."

"제발 말 좀 해. 오늘은 왜 또 그런 꼴로."

흥분감에 높아지던 그의 목소리가 갑자기 멈추었다. 잠시 자리를 뜨는가 했던 그는 금방 다시 나타나 그녀의 앞에 무릎을 굽히고 앉아 그녀의 터진 입술에 조심스레 연고를 발라 주었다.

정원이 저도 모르게 입술을 앙다물자 그가 그녀의 아랫입술에 엄지를 대고 물지 못하도록 막았다.

"가만히 있어. 상처 벌어져."

가만가만 조심스레 연고를 바른 후, 민혁이 식탁 한편에 연고를 소리 나게 내려놓으며 부아 치민 목소리로 말을 뱉었다.

"무슨 노인네 손이 그렇게 매워. 한 대 더 맞았으면 얼굴이 남아나질 않았겠어."

그가 뱉어 내는 한숨 소리가 그의 손에 빠져나오는 의자의 끌림 소리를 덮을 만큼 컸다.

"왜 가만히 당하고 섰어. 내 앞에서 한 걸음도 양보 않던 서정원은 도대체 어디 가고 말이야. 듣자 하니 이번이 처음도 아닌 것 같은데. 학교도 오늘 같은 이유로 그만둔 거야?"

"……그만해요."

갈라져 나오는 그녀의 작은 목소리에 가슴 둔탁한 통증이 느껴졌다.

"그래, 그만해."

'됐다. 내 눈으로 봤으니.'

누군가에게 오늘의 일을 들었다면 서지훈은 두 다리로 지상을 걷고 있지 못했을 것이었다.

"그만해요. 우리도."

그의 한쪽 눈썹이 꿈틀거렸다.

"무슨 뜻이야?"

"당신 여자, 그만하겠다고요."

"진심이야?"

구겨지는 미간과 함께 그의 목소리도 날카로워졌다.

"사귄다는 명목 세워 놓고 뭘 제대로 했다고 그만둬?"

"아무것도 안 했으니까 그만두기도 쉽잖아요."

"서정원."

"그렇게 해요."

이제야 고개를 들어 마주해 오는 그녀의 눈빛은 단호했다. 다시 한 번 찾아온 침묵이 두 사람을 갈라놓았다.

"하아."

작은 헛웃음을 터트린 그가 자리에서 일어섰다. 정수기에서 냉수를 한 잔 받아 마신 그가 천천히 몸을 돌려 정원을 보았다.

"얼굴 익힌 지 며칠 되지 않아 한 침대를 썼지. 그리고 2년이 넘어

제대로 된 키스를 나누었고, 이제야 겨우 손을 잡아 봤어. 그러곤 이제 그만해? 작정하고 해도 어려운 일들일 거야."

그의 허탈한 웃음소리가 넓은 오피스텔에 공허하게 울려 퍼졌다.

"시작도 끝도 가볍게 생각하라는 사람은 당신이었어요."

"그랬지. 그렇게 쉽게 말했어. 시작이 어려운 당신이었으니까. 그런데 당신은 시작만 어려운 사람이었었나 봐."

그의 입매가 굳게 닫혔다. 한일자로 매끄럽게 다물린 입선과 다르게 그의 턱선은 꿈틀거렸다.

"선을 본다고? 집에서 결혼을 독촉해?"

천천히 열린 그의 말문에 정원의 눈썹이 파닥거렸다.

"연애 따로, 결혼 따로인 사람은 아니겠지? 그러면 맞선에 앞서 내게 먼저 말을 해야 하는 것 아닌가?"

"왜요? 저랑 결혼이라도 할 생각이었나요?"

"그럼, 나하고는 장난삼아 연애만 할 작정이었나? 어려운 여자네. 당신 미래라고 말한 강현수는 또 어떻게 하고 말이야. 아, 전과자와 결혼까지 하기는 무리인가?"

제가 뱉고도 마음에 들지 않는 말이었다. 제기랄. 제게 퍼붓고 싶은 욕지기가 속에서 스멀거리고 올라왔다.

"말도 안 되는 억측하지 말아요. 그리고 당신이야말로 백 일도 채 안 된 만남을 끝내는 게 뭐가 그렇게 어려워요."

그의 얼굴이 석고상처럼 굳어 버릴 것을 저도 알고 있었다.

"이유가 뭐야."

"이유 따윈 없어요. 말한다고 달라질 것도 없고요."

"서로에게 그 정도 성의는 보여 줘도 될 텐데."

차가운 그의 목소리가 조금씩 갈라져 갔다.

"윤민혁이라서."

제가 잔인하다는 것을 모르지 않지만 어떤 형식의 이별이든 아픈 건 마찬가지였다.

"차민혁이라서."

어차피 서로 타인이 되어야 한다면 보다 냉정하게 돌아서 주는 게 최선이었다.

"이름 두 개 알고 시작한 만남이었어요. 그 이유면 충분하지 않나요?"

"납득할 수 있게 이야기해."

"당신이 싫어졌어요. 그러니 이제 내게서 떨어져 나가요."

한없이 요동쳤던 그의 두 눈이 칠흑같이 어두워졌다.

"재차 같은 말을 하고 있지만 당신이란 여자, 내게 많은 경험을 하게 해."

그가 한 걸음 제 앞으로 걸어오는 모습에 정원은 위압감을 느끼고 천천히 자리에서 일어섰다.

"번번이 날 우습게 만들고."

앙다문 이 사이로 겨우 들릴 듯 말 듯 흘러나오는 목소리가 끝나기 무섭게 자동 센서 등이 거실을 밝혔다

"당신은 제멋대로 날아왔다 제멋대로 날아가는 뻐꾸기인지 모르겠지만, 난 한번 품은 새는 쉬이 날려 보내지 않아."

환해진 실내만큼 그의 싸늘한 얼굴이 한눈에 들어왔다. 그가 한 걸음 더 다가오자 정원은 저도 모르게 흠칫하며 다시 한 걸음 뒤로 물러섰다.

순간 그의 표정이 확 구겨지는 걸 보며 아차 싶었지만 때는 늦었다. 재빠르게 그녀를 안아 든 민혁은 침실로 들어가 침대 위에 던지듯 정원을 내려놓았다.

"뭐 하는 짓이에요?"

그가 거칠게 재킷을 벗어 던졌다.

"설마 강제로 덮칠 생각은 아니겠죠?"

"말에 어폐가 있는 것 같은데. 당신 역시 내 의향을 묻고 품에 뛰어든 게 아니었잖아?"

"그런 말도⋯⋯."

재빠르게 덮친 입술이 정원의 말을 삼켰다. 거칠게 집어삼켜 오는 입술에 숨을 쉴 수 없었다. 순영에게 맞은 곳이 터졌는지 비릿한 피 맛이 느껴졌다.

급하게 블라우스 속으로 들어온 손이 거칠게 가슴을 움켜쥐었다. 온몸을 누르는 통증보다 낯선 그의 모습이 사지를 떨게 했다.

"민혁 씨."

있는 힘껏 그를 밀어 보지만 꼼짝도 않고 내리누르는 그의 힘을 이겨 낼 재간이 없었다. 그의 손이 단번에 스타킹을 벗겨 버리고 가장 은밀한 곳으로 예고도 없이 들어오고 있었다.

언제나 절 배려하던 남자의 처음 접하는 무례한 손길이 두려워 급기야 눈물이 볼을 타고 흘러내렸다.

"그만⋯⋯. 흐흑."

흐느낌에 흠칫하던 손길은 이내 계속되었다. 다시 정원의 입 안으로 들어온 그의 혀가 그녀의 혀를 마구 짓이기며 탐했다. 서로의 입 안으로 짭짤함이 배어들었다.

있는 힘껏 두 손으로 그의 가슴과 어깨를 밀어내려고 안간힘을 쓰던 그녀가 갑자기 온몸에 힘이 빠진 듯 축 늘어졌다. 참아 왔던 서러움이 한순간에 덮쳤다.

초등학교 입학식 날 만난 지 한 달도 안 되어 학부형으로 나타난 계모 미애를 피해 학교 뒷담에 숨었던 기억이, 부엌 한편에서 미애와 현우가 도란거리며 군고구마를 까먹던 걸 훔쳐봤던 기억이.

고등학생씩이나 되어서 아버지가 계모의 손을 잡고 어린이날 나들이 가던 현우의 등을 보며 혼자 버려진 듯 쓸쓸해하던 기억이, 지훈을 피하기 위해 먼 길을 돌아 통학했던 기억이.

순영의 등쌀을 피해 학교 기숙사도 고향 이천에도 가지 못하고 친구 집에서 눈칫밥을 먹으며 보냈던 기억이, 겨우 만난 엄마를 몇 달 만에 혼자 보낸 기억이.

자신에게 쏟아졌던 동료 교사들의 경멸에 찬 눈빛이.

무엇보다 태어나 처음으로 제 사람이길 바랐던 남자를 이토록 이성을 잃게 만든 그 모든 일이 한스러워 목이 메었다.

정원의 꽉 다문 입술 사이에서 새어 나오지 못한 흐느낌이 대나무 잎사귀 부서지는 소리를 냈다.

순간 모든 힘을 잃은 듯 민혁이 그녀의 몸 위로 스르르 쓰러졌다. 침대 위에 몸을 맞대고 스러진 두 남녀는 한참 동안 말없이 서로의 숨을 죽이고 있었다.

민혁이 침대에서 일어서 그녀의 목 뒤로 한 팔을 두르고 천천히 일으켜 세운 뒤 침대에 앉혔다.

정원은 가만히 블라우스와 스커트 매무새를 고쳐 주는 그의 떨리는 손을 보며 다시 한번 왈칵 치솟는 서러움에 눈물을 삼켰다.

"그만 가 봐. 안 그래도 비참한 날, 나까지 보태고 싶지 않으니까."

초점 없는 눈빛, 칠흑 같은 그의 검은 눈동자는 깊은 암연 그 자체였다.

13. 심장이 말을 안 들어

"그게 오늘 만나자고 한 이유야?"

주연이 눈살을 찌푸리며 민혁에게 그대로 서운함을 드러냈다.

"합정동 집에서 나왔다고."

"말도 안 되는 부탁을 들고 와서 이제야 물어?"

"주연아."

부드럽게 불러오는 목소리가 절 흔들까 봐 주연은 그에게서 시선을 떼고 고개를 돌렸다.

"내가 할 거라고 생각해?"

"그걸 할 사람은 너뿐이야. 그리고 결국은 하게 될 거고."

"무슨 자신감이야?"

"내가 아는 이주연은 그래."

"오빠가 아는 이주연? 오빠가 아는 이주연은 어떤 사람인데?"

그녀의 입술 끝이 비릿하게 올라갔다.

"말해 봐. 어떤 사람이냐고."

"빚을 지고 못 사는 사람. 남에게 진 빚뿐만 아니라 자신에게조차 떳떳지 못하면 살 수 없는 사람."

아무리 좋은 말로 저를 칭송해 봤자 제 눈을 바라보며 단 한 점 흔들림도 없는 그가 그저 서운할 뿐이었다.

"빚? 아니다 말하면서도 오빠도 5년 전 그 재판 결과를 내 탓으로 여기고 있었던 거구나."

"누가 그 자리에 섰어도 그런 결과가 났을 거야. 너도 알고 있잖아."

"그런데?"

"그런데도 넌 그 자리에서 꼼짝도 못 하고 있지. 벌써 5년도 지난 일을 두고 스스로 벌하면서."

"이제 와서 그 사건 다시 파헤치는 오빠야말로 그 자리에서 꼼짝도 못하고 있는 거 아니야?"

결국 주연이 먼저 마주하던 시선을 피해 고개를 돌렸다.

"박기태 잡아넣어 봐야 몇 년 썩지도 않을 거야. 다시 나와서 똑같은 짓 해 가며 살아갈 거라고. 그러니 괜히 오빠 인생만 더 낭비하지 마."

높아가던 목소리엔 어느덧 힘이 빠져 있었다. 주연은 앞에 놓인 위스키 한 잔을 그대로 마셨다.

"윤민혁이란 이름으로 진 빚을 갚고 싶어. 그래야만 지금 서 있는 자리에서라도 제대로 숨을 쉴 수 있을 것 같아."

주연이 멈칫하며 잔을 채우기 위해 집어 들던 위스키 병을 제자리에 놓았다. 그의 표정은 담담했고 눈빛은 평온했다.

그러나 주연은 알 수 있었다. 저 담담한 얼굴 뒤에 묻혀 있는 요동쳤을 그의 마음을.

부러지면 부러졌지 타협이란 없는 남자였다. 그런 남자가 모든 것을 그대로 두고 타국으로 떠났다. 아마도 생애 처음이자 마지막 자신과의 타협이었을 것이다.

그것도 원하지 않은 상황에 의한 불의에 대한 타협. 어떻게 보면 타협이란 말도 우스울지 모른다. 자신의 사람들을 더 다치게 할 수 없어

한 선택이었으니 그는 이미 부러지고 없는지도 모를 일이다.

사건 당시 박기태를 살리기 위해 대망 측의 변호인단 가장 앞에 섰던 사람은 다름 아닌 주연의 아버지 이세한이었다.

처음부터 싸움이 되지 않는 재판이었다. 처음 주연의 부친 이세한도 자신의 딸 주연이 검사석에 서는 것에 말리는 시늉을 하긴 했다.

그러나 대망의 뒷배가 되어 주던 검찰청 윗선 라인과 차화연, 그리고 이세한 사이에서 어떤 거래가 오고 갔는지는 몰라도 결국엔 꼭 해야겠다는 주연을 말리지 않았다.

주연은 자신이 원해서 된 일이라고 생각했다. 그가 다시 검찰청으로 돌아올 수 있다면 부장 검사의 말처럼 자신이 꼭 그 자리에 서야 한다고 생각했다. 그러면 민혁이 대검찰청으로부터 받은 정직도 풀릴 것이라 여겼다.

그러나 주연은 그 법정에 서고서야 자신이 너무도 잘 짜인 각본의 꼭두각시라는 걸, 신출내기 검사인 그녀가 할 일이 하나도 없다는 걸 알아차렸다.

민혁이 모든 것을 걸고 조사한 사건에 대한 진위는 단 한 줄도 검사인 그녀의 입에서 흘러나올 수가 없었다.

엄청난 진실들이 대망의 돈과 조직의 힘과 권력 앞에서 모두 묵인되고, 빈곤한 생활을 유지하기 위한 젊은 현장 소장 강현수가 주요 자재를 빼돌림으로써 일어난 일로 몰아갔다. 그리고 그에게 미필적 고의에 의한 살인이라는 죄목을 씌워 젊은 그의 인생을 빼앗았다.

하청 업체 신흥건설과 대망건설 사이의 오랜 관행처럼 되어 온 뇌물 수수 혐의는 그저 유학 보낸 자제들 학비를 충당하기 위한 것으로 대망의 이 진호 상무의 개인 소행으로 모든 것을 뒤집어쓴 채 사건이 마무리되었다.

민혁의 말처럼 5년 전 그 재판 결과는 누가 검사 자리에 섰던 마찬가지였을 것이다. 어쩌면 자신이 그 자리의 꼭두각시로 선 것이 애꿎은 다른 검사를 살리고, 검은손들과 한배를 탄 자신의 아버지에 대한 작은 속죄가 될지 모를 일이었다.

사건이 마무리되는 시기에 대망의 도움으로 법무 법인 세진을 차려 승승장구하는 아버지를 피해 집을 나온 지 벌써 5년째였다. 한편으로는 자신도 피해자라는 생각 또한 떨쳐 버릴 수 없었다.

사법연수원을 차석으로 수료하여 나름대로의 꿈이 있던 그녀가 지금 고작 작은 변호사 사무실을 열어 매일 이혼 사건이나 담당하고 있었다. 그러니 그 사건 앞에서 빚이라니 당치도 않았다.

그러나 윤민혁이라는 이름으로 진 빚을 갚지 못하면 제대로 숨을 쉬고 살아갈 수 없다는 그의 앞에서만은 당당해질 수 없었다. 그녀의 눈빛이 흔들리고 있었다.

철이 들면서부터 줄곧 그만을 바라보았고 대학에 입학하면서 처음으로 마음을 고백했다. '나에게 넌 희진이와 같은 동생이야' 라며 그저 웃고 말 뿐인 그의 곁을 떠나지 않았다.

"그러니 너도 강현수 변호 맡는 일로 이제 널 그 일에서 놓아줘. 그리고 이제 아버님 밑으로 들어가."

바보 같은 남자. 후회와 안타까움, 스스로를 괴롭혀 왔던 자책과 그를 향한 애절함.

제대로 설명할 수 없는 복합된 감정의 덩어리들이 뒤엉켜 신물처럼 식도를 타고 역류해 왔다. 그것들을 겨우 삼키고 주연이 고개를 들었다.

"그래도, 아빠는 아니었어야지. 아저씨의 억울했던 과거 내막을 모르지 않으면서 앞장서서 덮어 주지는 못할망정 어떻게 그럴 수가 있어."

부친 석호의 일이 언급되자 어쩔 수 없이 그의 눈썹이 파르르 떨리고 이내 눈빛이 어두워졌다.

이제 와 그 일을 파헤치고 진실을 바로잡는다고 해도 결코 제자리일 수 없는 것, 그렇기에 가장 안타까운 것은 누가 뭐라고 해도 부친 석호의 일이었다.

언제나 공정과 정의 앞에 서셨던 분. 자애와 후덕함으로 자신보다 어렵고 힘든 사람을 먼저 생각한 분.

민혁은 그를 생각하면 5년이란 세월이 무색하게 아직도 가슴 한편에서 끓어오르는 분노와 자책으로 밤잠을 이룰 수가 없었다.

부친 석호는 그의 모친 세정과 결혼 전에 이미 대망의 법률 변호사를 그만두고 나와 작은 개인 사무소를 차려 늘 어려운 이들을 변호하며 살아왔다.

한평생 번 재산이라 해 봐야 지금 희진이 살고 있는 그 집 한 채가 다였다.

비싼 차나 시계, 하다못해 멋들어진 정장을 입고 다니는 다른 변호사들의 생활과 비교 자체가 되지 않았다.

세정이 암으로 죽고 얼마 있지 않아 민혁이 한창 사법 고시 준비를 할 즈음 한 여자가 의처증이 있는 남편에게 오랫동안 구타를 당했다며 석호에게 이혼 소송을 의뢰해 왔다.

열심히 재판을 준비하던 중에 석호는 그 여자에게 오래된 내연남이 있다는 것을 알게 되었다. 그리고 남편이 의처증이라는 것도 사실과는 달랐다. 여자는 결혼 이래 항상 내연남을 두고 있었다.

결국 석호가 변호에서 손을 떼겠다고 하자 여자는 이미 자신에 관해 많은 것을 아는 마당에 절대 그럴 수 없다고 했다. 석호가 의뢰인의 비밀은 절대 발설하지 않을 것이라며 잘 다독거려 결국은 그 사건에서 모든 손을 뗐다.

얼마지 않아 여자는 경찰에 석호를 성추행범으로 몰아 신고했다.

이미 집을 떠나 호텔에 머무르고 있던 여자는 사무실로 찾아오다가도 몸이 너무 불편하다는 이유로 한 번씩 호텔 로비 커피숍으로 부르곤 했다.

언제 찍어 두었는지 그 사진까지 교묘히 이용했다. 어떻게 알았는지 대망의 안주인 희수가 앞장서 그 일을 잘 무마했다는 것을 민혁도 한참 후에나 안 일이었다.

박기태와 엄기범을 쫓던 민혁이 윗선으로부터 몇 차례나 사건에서 손 뗄 것에 대한 압박을 받고 있던 어느 날 화연이 그의 앞에 나타나 새로운 인생의 노선을 걸을 것을 종용해 왔다.

코웃음 치며 돌려보낸 그에게 화연은 석호의 사건을 말도 되지 않게 둔갑시켜 매스컴에 터트리는 것으로 보답했다.

그 정보 제공처가 이세한이 아닐까 어렴풋이 짐작만 하고 있던 차였다. 주연이 그 사실을 알고 있는지는 몰랐다.

"아빠의 용서 받지 못할 행동으로 내가 죄책감을 느끼고 있을 거라고 착각은 하지 마."

그녀가 비어 있는 술잔에 술을 채워 바싹 타들어 가는 입을 축였다.

"굳이 빚을 따지자면 그때 오빠를 보듬어 주지 못한 것. 세상 시선이 내게 쏠리는 것 같은 혼자만의 착각에 어쩔 줄 몰라 나까지 피하고 숨어 버려서 오빠를 비참하게 만든 일."

주연이 떨려오는 입술을 잠시 멈추고 그를 물끄러미 바라보았다. 그 일을 두고 그와 함께 마주하고 있는 것은 오늘이 처음이었다.

늦어도 너무 늦었다. 진작 주고받았어야 할 심경들이었다. 어렸던 자신을 탓할 수밖에 없었다.

"오빠를 혼자 힘들게 한 일. 너무 미안해서 미안하다고 말도 못 꺼내고 아직도 오빠 못 잊고 있는 거. 그게 빚이라면 빚이야."

"주연아."

"그 빚 갚게 해 준다면 언제든지 환영이야."

그의 말을 주연이 야무지게 막고 나섰다.

"강현수 변호 내가 맡을게. 그러니 오빠도 내게 기회 한 번 더 줘."

그의 눈빛이 처음으로 흔들렸다. 이 일에 누구보다 주연이 제격이라고 생각했다. 사건에 대한 진위를 잘 알고 있는 만큼 현수의 억울함을 알고 있을 터였다.

말은 아니라고 하지만 죄책감이 똑똑한 그녀를 전공 분야도 아닌 일을 들고 허덕이게 하고 있는 것이라고 믿었다. 그러나 오늘 그녀와 마주앉아 생각지도 않은 이야기를 듣고 보니 자신의 결정에 대한 확신이 없어졌다.

"네 마음 착각하지 말라고 언젠가 말했을 텐데."

잠시 침묵을 지키고 있던 그의 입에서 낮지만 깊은 울림을 지닌 목소리가 새어 나왔다.

"착각?"

기대와 다른 말에 대한 당혹감에 주연의 목소리 톤이 저도 모르게 올라갔다.

"네 말대로 빚일 뿐이야. 그 누구도 책임질 것을 강요하지 않은. 자신에게 떳떳지 못하고는 살 수 없는 이주연이 지니는 마음의 빚이 나를 잊지 못했다고 여기게 만드는 착각."

"그렇게 믿고 싶은 거야말로 오빠의……."

"너 때문에 비참한 적 없었어."

민혁의 냉정한 말이 주연의 말을 그대로 막았다.

"넌 내 동생의 친구일 뿐이니까."

이번엔 주연의 눈빛이 출렁거렸다.

"날 위한 배려라고 생각했어."

이어지는 그의 말에 주연의 입술이 다시 바르르 떨리고 있었다.

"널 돌아볼 여력 따윈 내게 없었어."

명치 한 군데로 둔탁한 통증이 일었다.

"그때 아버지를 잃은 분노가 어디까지 뻗칠지 나도 모를 일이었으니까."

눈가로 절로 고여 두는 눈물이 볼을 타고 흘러내리지 않도록 주연은 있는 힘껏 눈을 치켜떴다.

"그러니까 내가 바라지도 않은 것들에 대한 죄책감 따위 느낄 필요 없어."

낮게 떨어진 주연의 헛웃음 뒤로 이내 큰 웃음소리가 이어졌다.

"차민혁, 그만해. 나 스무 해를 넘도록 오빠를 보아 온 사람이야. 나를 몰라? 그렇게까지 마음에도 없는 소리로 오빠 옆에서 날 떨쳐 버리고 싶은 거야?"

"넌 예전이나 지금이나 내게 이성적인 존재가 아니야. 이미 다른 사람을 마음에 품은 내가, 그저 널 떨쳐 버리겠다고 마음에도 없는 소릴 할 필요 있을까."

"다른 사람? 혹시, 정원이 이야기야?"

부정도 긍정도 하지 않는 그를 보며 주연은 또 잔을 들어 그대로 마셨다. 그리고 또 술병에 손을 뻗으려 하자 민혁은 병을 집어 자신의 옆으로 획 제쳐 버렸다.

"어떻게 이런 식으로 잔인하게 굴 수가 있어. 오빠가 아니면 어쩔 수 없다지만 오빠 마음 편하고자 내 마음까지 왜 착각으로 만들어?"

"잔인해도 어쩔 수 없어. 그냥 받아들여."

'그냥 받아들여? 넌 그게 가능해?'

주연에게 한 질문을 제게로 돌려 보던 민혁이 가슴을 한 대 얻어맞은 듯 입술을 힘껏 다물었다.

"기훈이, 한결같으니까 네 감정 돌아볼 필요도 없었겠지만 제대로 봐. 기훈이 저대로 두다가 돌아서면 후회하지 않을 자신 있어?"

짧은 침묵 후 민혁이 주연에게 물었다.

"오빠 원래 그렇게 쉬운 사람이었어? 그랬던 거야? 정원이 만난 지 얼마나 됐다고."

나중이야 어떻게 되었든 지금 순간엔 다른 남자의 이름이 귀에 닿지 않는 주연이었다.

"단 하루가 됐어도 벌써 가슴에 들어와 앉아 버린 사람은 어쩔 수 없어."

그의 마지막 쐐기에 현실을 부정하듯 주연은 눈을 질끈 감아 버렸다. 긴 속눈썹 사이로 쉬지 않고 흘러내리는 눈물을 닦을 생각도 하지 못했다.

이미 알고 있었는지 모른다. 정원을 바라보던 그는 제가 알던 그가 아니었다. 그런 눈빛으로 여자를 바라 볼 줄 아는 남자인지 몰랐다.

"강현수, 서정원 오빠야. 정확히 말하면 이종사촌."

술기운인지 몽롱해지던 민혁의 두 눈이 번쩍 떴다.

"지금, 그게 무슨……. 어떻게 그런."

그러나 평소의 주량을 한참이나 넘긴 그녀를 깨우기에는 역부족이었는지 그녀는 그대로 무너져 내렸다.

모두 어딜 갔는지 비서실엔 승연도, 이 대리도 보이지 않았다. 정원은 본부장실 문 앞에서 잠시 망설인 채 섰다가 똑똑 하고 노크를 했다.

"……네."

한 음절의 대답으로 허락한 상대가 들어와 벌써 제 앞에 서 있는데도 불구하고 그는 여전히 데스크 위의 서류에 시선을 묻고 있었다.

정원이 떨어지지 않는 입을 겨우 열려고 하는 순간 그가 천천히 고개를 들어 그녀와 두 눈을 마주했다. 상대를 이미 알고 있었던 듯 담담한 시선이다.

일주일 만이었다. 서로의 시간을 구속하기로 한 후, 이렇듯 얼굴도, 연락도 주고받지 못한 것은 처음이었다. 그의 앞으로 정원이 하얀 봉투를 내밀었다.

사직서라고 적힌 봉투에 잠시 시선을 준 민혁이 의자 뒤로 몸을 기댔다.

"전달처가 잘못된 것 같은데. 마인드스토리 대표 앞으로 가야 할 것 아닌가."

그의 시선에 알 수 없는 어떤 빛이 잠시 머물렀다가 사라졌다.

"정훈 선배껜 구두로 말할 생각이에요."

"이 사표를 이곳으로 직접 들고 온 이유가 마인드스토리와의 계약에는 지장을 주지 말라는 뜻인지는 모르겠지만 계약서엔 분명히 CD 이진욱, 콘티 이성환, 카피 서정원 이 세 명이 한 팀이 되어야 한다고 명시되어 있을 텐데."

"제가 이 프로젝트에서 빠진다는 것이 아니라 마인드스토리를 그만둔다는 말이에요. 그러면 마인드스토리와 무관한 사람이니 마인드스토리가 계약 조건을 위배하는 것은 아니라고 생각해요."

자리에서 일어서 민혁이 데스크를 돌아 소파에 앉았다. 어쩔 수 없이 그녀도 그를 향해 몸을 돌렸지만, 그의 앞에 앉아야 할지 말아야 할지 가늠 할 수가 없었다.

"꼭 이렇게까지 해야 하는 이유가 뭐지?"

"……."

"그만하자 말은 던졌지만 마음까지 따르지 않아서 이러는 건 아니고?"

그의 묵직한 시선이 가슴을 짓눌렀다.

"아니면 내가 막무가내로 당신을 잡을까 봐 걱정이라도 되는 건가?"

그가 뱉어 내는 짧은 숨 덩이가 제 마음을 어지럽혔다. 아무 말도 못하고 서 있는 정원을 바라보는 그의 미간이 구겨졌다.

민혁은 이틀 전 주연을 만나러 가는 길에 백곰으로부터 드디어 현수와 동거하던 여자를 찾았다는 보고를 받았다.

정혜련. 현수의 모친 정혜진의 여동생이자, 정원의 모친이었다. 애초에 현수와 함께 기거했던 여자가 정원일 거라는 생각은 단 한 번도 하지 않았다. 그러나 현수와 정원이 비록 사촌간이라고는 하나 혈연관계일 거라는 사실도 상상하지 못했다.

적잖은 충격이었다. 그녀가 왜 그토록 청연건설에 들어오기 싫어했는지 이제야 그 마음을 짐작했다.

그녀가 5년 전 아파트 붕괴 뒤에 숨겨진 진실을 얼마나 알고 있는지 알 수는 없다. 하지만 사촌 오빠 강현수가 대망건설을 대신해서 억울하게 옥살이를 하고 있다는 것은 알고 있던 것이다.

두 사람의 관계를 짐작이라도 했다면 그날 오피스텔에서 강현수라는 이름을 앞세워 억측을 부리지 않았을 것을, 때늦은 후회가 그의 가슴을 뻐근하게 짓누르는 통에 제대로 숨조차 쉴 수 없었다.

다행히 당장 찾아본 대망의 '드높은 꿈' 피해자 명단에 정혜련이라는 이름은 없었다. 역류할 듯한 피가 그제야 제대로 돌았지만 여전히 알 수 없는 초조함에 그는 백곰에게 혜련의 사망 원인을 알아봐 달라고 부탁한 상태였다.

"그렇게 겁먹은 얼굴 하지 말고 이리 와서 앉아."

흠칫거리고 서 있는 그녀를 보고 있자니 요 며칠 귓가를 떠나지 않던 그녀의 목소리가 또다시 윙윙거리며 울려 왔다.

"윤민혁이라서. 차민혁이라서."

온몸을 칭칭 감아 오는 그 말에 그녀를 향해 어떤 손길도 뻗을 수가 없었다.

"그날 일은……."

허스키하게 갈라져 나오는 그의 목소리에 정원의 두 눈썹이 치켜 올라갔다.

"미안하다는 말로 안 된다는 거 알지만……."

"마음에 두지 말아요. 내 기억엔 전혀 남아 있지 않으니까."

사과와 전혀 어울리지 않는 남자의 얼굴이 미안함으로 일그러졌다. 그럼에도 제 얼굴에서 시선을 비끼지 않는 그의 채도 낮은 눈빛이 아프기도, 안쓰럽기도 해서 그녀가 먼저 시선을 피했다.

"당신 주변엔 언제나 제대로 된 남자가 없는 것 같아. 한결같이 당신을 제자리에서 도망 다니게 하니 말이야."

역시나 같은 감정을 참아 내고 있는지 깊은 호흡을 한 그가 자리에서 성큼 일어났다. 그리고 책상 위에 놓은 정원의 사직서를 그대로 휴지통에 던져 넣었다.

"청연건설과는 그렇다 쳐도 이런 식으로 마인드스토리를 나올 필요는 없어. 나 때문이라면 더욱이. 그 프로젝트에서 내가 빠질 테니까 당신은 해 오던 대로 잘해 주면 돼."

정원이 뭐라고 입을 떼려는 순간 노크 소리가 들려왔다.

"들어와."

본부장실 문이 열리고 승연이 들어왔다.

"대충 준비되었습니다. 일단 올라가셔서 한번 보시죠. 더 필요한 게 없는지."

이어지는 두 사람의 대화를 등 뒤로 제가 광고에서 손을 떼겠다는 말을 다시 하지 못한 채 정원은 그대로 방을 나왔다. 방을 나오는 순간 다리에 모든 힘이 빠져나간 정원이 문에 몸을 기대었다.

"어디 불편하세요?"

걱정스럽게 물어 오는 이 대리에게 정원이 고개를 저어 보이며 몸을 가누었다.

"이제 15층까지 올라오셔야 하니 더 번거로워지시겠네요."

정원의 눈이 설핏 커지자 이 대리가 의아한 듯 설명을 덧붙였다.

"모르셨어요? 본부장님 다음 주에 대표 이사로 취임하시게 되셔서 사무실 옮기는 중이에요."

청연건설 대표 이사 차민혁.

그렇게 그는 한 걸음씩 제게서 더욱 멀어지고 있었다.

"오랜만이야."

두 달 만이었다. 옅은 미소를 짓는 주연의 얼굴은 집을 나가던 날의 마지막 기억보다 훨씬 편안해 보였다.

"정말."

정원은 오늘 오전 출근하고 얼마지 않아 주연의 문자를 받았다. 점심시간에 잠깐 볼 수 있겠냐는 짧은 메시지를 보고 반가우면서도 어떤 얼굴로 마주해야 할지 당혹스럽기도 했다.

"들었어, 네 오빠 일."

카페 직원이 커피를 놓고 가자마자 주연이 건네는 뜬금없는 이야기를 제대로 알아들을 수 없었다.

"사촌 오빠라며. 강현수."

정원의 두 눈꺼풀이 빠르게 위로 치켜 올라갔다.

"사과해야 하니?"

한순간 파르르 떨리던 눈썹이 제자리를 찾는 동시에 얇은 입술에서 헛웃음이 새어 내왔다. 어떤 사설도 없이 치고 오는 것이 역시 주연다웠다. 그녀가 법조인이라는 사실을 몰랐다면 불쾌하기도 했을 터였다.

"뭘?"

"강현수 씨 담당 검사가 나였다는 거 알고 있을 것 아니야."

"사과라면 그 당시 재판에 관계한 모든 사람과 알고도 묵인한 모든 법조인이 해야 하는 게 아닐까."

잠깐의 침묵 뒤로 입을 여는 정원의 목소리는 담담했다.

"그리고 사과를 받아야 할 사람은 내가 아니라 오빠와 자신들이 왜 죽어야 했는지 알지 못한 채 간 피해자들일 테고."

"난 네가 말하는 그 법조인 중의 한 사람이야. 그래서 작은 사죄라도 해 보려고."

제 앞에 놓인 커피 잔을 들어 입을 축인 주연이 조금은 누그러진 목소리로 다시 입을 열었다.

"강현수 씨 재심 변호 내가 맡을 생각이야."

재심 변호라니. 처음 듣는 소리에 정원의 얼굴이 살짝 굳어졌다.

"5년 전 사건으로 같이 복역 중이던 대망 이 상무의 재심이 결정 났어. 물론 민혁 오빠의 노력이지."

민혁의 이름을 담는 주연의 표정이 조금은 슬퍼 보였다.

"그리고 강현수 씨 역시 재심을 받을 수 있도록 애쓰고 있는 중이지. 그런데 강현수 씨가 비협조적이야. 한 번 만난 이후로 면회를 받아 주질 않아."

그녀의 목소리에서도 쓸쓸함이 묻어났다.

"물론 나라도 신뢰할 수 없었을 거야. 자신을 그곳으로 밀어 넣은 검사가 다시 변호인이라니, 내가 생각해도 우습다."

이미 정원이 알고 있으리라 생각했는지 주연의 설명은 지나치게 빠르고 간결했다.

"오빠 재심이 결정됐다고?"

"몰랐니? 최근에 면회 안 갔어?"

잔을 내려놓는 주연의 손이 멈칫거렸다.

"2주 전에 다녀왔는데 아무 말 없었어."

"흐음."

긴 한숨을 내뿜은 주연이 정원의 얼굴을 찬찬히 훑어 내렸다. 그리고 자세를 약간 고쳐 앉고는 좀 전보다 깊어진 시선으로 정원을 주시했다. 찬찬히 다시 입을 여는 주연은 영락없는 전문 법조인이었다.

"물론 5년이나 지난 지금에 와서 다시 재판석에 선다는 게 쉽지 않을 거야. 대망이 얽힌 일이다 보니 언론이 관심을 가질 테고 세상이 다시 들썩거리겠지."

누구를 위한 걱정인지 주연의 입에서 가느다란 한숨이 새어 나왔다.

"그때 어떤 거래와 협박이 오고 갔는지 모르겠지만 엄청난 뒤 세력들을 생각하면 엄두가 나지 않을 수도 있어. 그러나 지금이라도 자신의 떳떳함을 밝히지 않는다면 형무소에서 나온다고 한들 그 죄에 대한 오욕에 눌려 제대로 살아갈 수 없을 거라 생각해."

"그 오욕에서 벗어나고 싶은 건 네가 아니고?"

다부지고도 설득력 있던 주연의 말이 정원이 불쑥 내뱉은 말로 인해 뚝 끊어졌다.

"그 재심, 단지 우리 오빠를 위해서니? 혹시 그때 그 마음의 빚을 벗고 싶은 너와 차민혁 그 자신 때문이 아니고?"

무덤했던 주연의 얼굴에 흔들림이 보였다. 하지만 그것도 잠시였다.

"새심이 이루어지고 재판이 잘 마무리된다고 해도 이미 내 오욕은 씻을 수가 없어. 너희 오빠와 달리 난 잘못한 게 너무 많으니까."

주연의 얼굴에 그늘이 깔렸다.

"힘이 없었다는 말도, 나 역시 잃은 게 많았다는 억울한 생각도 모두 변명이고 비겁한 생각이었다는 걸 강현수 씨 재심을 준비하면서 깨달았어."

메마른 입술을 혀끝으로 살짝 축이는 주연의 목소리에서 축축한 습기가 묻어났다.

"지난 몇 달간 너 불편하게 했던 것 사과할게. 미안했어."

갑작스러운 주연의 사과를 받고 정원은 적잖이 당황했다.

어느 정도 마음이 정리된 걸까. 차분히 말을 뱉어 내는 주연은 두 달 전 희진의 집에서와 달리 편안해 보였다.

"네 말처럼 이렇게라도 해서 그때의 내 행동을 되돌리고 싶은 건지도 몰라."

진심을 담은 주연의 말이 조금씩 정원의 마음을 짓눌러 왔다.

"그러나 민혁 오빠 달라. 오빠 그때도 최선을 다했지만 강현수 씨 이상으로 많은 걸 잃었어. 그런데도 거기서 벗어나지 못하고 저렇게 몸부림치고 있는 건 오빠의 양심이고, 스스로 만든 짐이야. 그러니 비겁함의 명단에서 오빠 빼 줘. 그리고 원망도 말아 줬으면 해."

"알아."

열린 듯 만 듯 정원의 입에서 아주 작게 새어 나온 말에 주연이 한순간 입을 닫았다.

"민혁 씨 상처가, 아픔이 내 것처럼 느껴지지 않는다면 나도 차라리 편할 것 같아."

긴장하고 있던 주연의 어깨가 스스로 떨어져 내렸다.

"민혁 씨까지 품을 만한 그릇이 못 되는 내가 원망스러워. 가시가 되어 그를 찔러 버릴까 봐 내 자신이 겁이 나."

주연이 입을 떼려는 순간이었다. 정원이 자리에서 일어났다.

"우리 오빠 일은 고맙게 생각해. 그러나 그것은 어디까지나 오빠의 결정에 맡기고 싶어. 오빠 마음이 정해진다면 나도 도울게. 미안해. 오늘은 먼저 나가 볼게."

정원은 눈가에 맺혀 오는 물방울을 주연에게 보이고 싶지 않았다. 후다닥 가게를 나와 거리로 나섰다.

두피를 가르는 냉기, 코로 들어오는 싸한 기운이 뜨겁게 달아오르는 눈가를 얼어붙게 만들었다. 그때 누군가 정원이 가는 길을 막고 섰다.

"이런 인연도 드물죠?"

"용건이나 말씀하시죠."

눈앞에 앉아 거만하게 말을 건네 오는 화연이 어느 잡지에선가 우리나라 몇 안 되는 여성 CEO의 한 사람으로 소개되어 있는 것을 본 적이 있었다.

흐릿한 기억이긴 하지만 사진에 실린 그녀가 위아래로 입고 있던 네

이비 바지 정장 모습이 타이틀에 꽤나 어울려 보였다.

그러나 지금 나이에 어울리지 않게 어깨에 걸친 화려한 호피 코트와 긴 손톱에 바른 갈색 매니큐어에선 허영에 찬 여자의 모습만이 느껴질 뿐이었다.

"옛날 인연으로 어디에서 무얼 하나 알아보라고 했더니, 세상에 우리 회사에서 일하고 있을 줄 누가 알았겠어요."

"알아보실 거면 정확하게 알아보시죠. 그쪽 회사에서 일하고 있는 게 아니라 저희 회사가 잠시 청연 건물에서 일하고 있을 뿐이에요."

"어찌 되었든 과거 일을 깨끗이 잊고 우리 청연 아파트 광고를 해 주고 있다니 얼마나 고마운 일이겠어요."

"옛일 안부 삼아 부르신 거라면 그만……."

"앉아요. 지금부터가 본론이니까."

더 들을 것도 없다는 자리에서 일어서는 정원을 화연이 날카로운 목소리로 다시 앉혔다.

"강현수 씨 면회를 꼬박 다녀가는 여자가 있다는 소리를 들었을 때 그 착한 동생이구나 했어요."

"……."

"말 그대로 사람 인연이 우습네요. 그땐 정원 씨가 잘 만나 주지 않는 날 찾아 회사를 시끄럽게 하더니, 이번엔 이 자리 한번 만드는 데 꽤 힘들었어."

"사람 시켜 납치라도 하지 그러셨어요. 그럴 능력 있는 분이시잖아요."

"못 할 것도 없죠. 그런데 그사이 든든한 보호자라도 생긴 모양이더라고. 어찌나 주변에 지키는 그림자가 많은지."

화연의 뜻을 쉬이 알아차리지 못한 정원이 이맛살을 살짝 찌푸렸다.

"우리 민혁이랑 무슨 관계죠?"

'우리 민혁.'

화연의 말에 정원의 입매가 절로 비틀어졌다.

"어디까지 조사하신 건지 모르지만 거기 적힌 대로겠죠."

"하. 역시 만만치가 않아."

화연이 혀를 차며 고개를 가로저었다.

"서정원 씨가 부탁했나요? 오빠 재심받게 해 달라고? 사실이라면 다시 설득해요. 그만 멈추라고."

"무슨 말인지 모르겠네요."

"재심 결정도 나지 않겠지만 다시 재판해 봐야 소용없어요. 괜히 오빠만 세상 밖으로 나와서 난처하게 만들 뿐이에요."

"그거 협박으로 들어도 되나요? 또 더러운 깡패들 움직여서 잘 사는 사람 괴롭히겠다는?"

화연의 눈빛이 순식간에 사나워졌다. 그러나 감정을 숨긴 목소리로 다시 입을 열었다.

"누가 들으면 오해하겠네. 다시 한번 말하겠는데 민혁이든 강현수 씨든 그 재판 꿈도 꾸지 말라고 전해요."

"직접 전하시죠. 예의 차화연 씨의 차민혁 씨께. 또한 우리 오빠와 얼굴 마주 대할 양심이 있으시면 그쪽이 직접."

"점점 알아들을 수 없는 말만 하는군요. 내가 강현수 씨에게 양심 떨어진 일을 뭘 했을까. 오히려 서민들이 아등바등하며 살아도 도달 못 하는 길을 빨리 밟도록 지름길을 터 줬는데. 오빠 덕에 서정원 씨 인생도 조금 편해지지 않았나? 그래서 학교도 그만둔 거고?"

서민들이 아등바등하며 살아도 도달 못 하는 길에 대한 지름길이라. 이런 여자에게 감정의 동요 따위도 아까웠다.

"5년 사이 표현이 꽤 고상해져서 못 알아들을 뻔했군요. 그러니까 일반 서민들이 한평생 모아도 모이지 않을 돈을 던져 주었으니 인생의 지름길을 터 줬다? 누가 그래요? 저희 오빠가 5년 열심히 일하면 돈 2억도 못 모은다고."

388

"오기도 정도껏 부리고. 그때 강현수 월급이 2백도 안 되었다는 거 혹시 동생은 몰랐나? 참, 모를 리가 없었겠네. 어머니 병원비로 쩔쩔 맸으니."

비릿한 피 맛이 입술 사이로 느껴졌다. 그리고 참을 수 없는 울분으로 속이 바들바들 떨려 왔다. 그 사이를 화연이 다시 치고 들어왔다.

"그리고 7년 형을 제대로 마치고 오면 그만큼의 돈을 더 지불한다고 했을……."

"이번 달 이자까지 정확히 2억 천 20만 원."

그녀의 입에서 야무지게 흘러나온 말이 화연의 말을 막았다.

"매달 늘어나는 이자 보는 재미가 쏠쏠했죠. 그런데 어쩌죠? 다음 달부터 그 통장이 제 수중에 없을 것 같은데. 한 푼도 손 안 댄 통장을 검찰에서 증거 자료로 좋아하려나 모르겠어요. 재판 끝나고 다시 돌려주면 요긴하게 쓸 텐데."

태연함을 가장하던 화연의 얼굴이 조금씩 붉어지기 시작했다.

"그리고 그때 주신 다른 선물. 집 안 구석구석 밟고 간 구두 발자국과 지문들. 그것도 능력 있는 제 친구가 제대로 본 떠서 잘 보관하고 있으니 얼마나 감사해요."

정원의 얼굴에 비릿한 웃음이 떠올랐다.

"모르셨죠? 다들 장갑 끼고 들어오신 듯했는데 그중엔 꼭 말 안 듣는 애들이 하나씩 끼어 있다니까요. 그것도 이번에 새로 맡으실 담당 검사가 되게 좋아하셨으면 좋겠는데."

"좋아요."

정원이 자리에서 일어서자 화연 역시 따라 일어섰다.

"말뜻이 뭔지 알아들었어요. 그럼 이번에도 다른 선물을 준비하죠. 오빠께 안부 전해요."

화연이 먼저 자리를 떴다. 그녀가 사라지자 정원은 의자에 털썩 주저앉았다.

구둣발로 짓밟고 온 집 안을 쓸고 간 이의 지문과 발자국, 그것은 거짓말이었다.

폐 소생술로 멎었던 혜련의 심장이 겨우 뛰고 응급수술실에서 나온 그녀를 빈 병실에 두고 다시 집으로 돌아온 날. 정원은 무슨 정신으로 옷가지를 챙겨 병원으로 돌아왔는지 알 수 없었다.

무의식적으로 집 안 구석구석 사진을 찍어 놓고, 받지 않는 현수에게 수십 통의 전화를 한 후 결국 경찰에 전화 한 통을 돌린 후 병원으로 향했다.

차화연 그녀를 만난 건 현수의 형 집행이 결정되고 엄마를 강에 뿌린, 모든 일이 끝난 후였다.

화연은 로비에서 통장을 들이밀며 모든 걸 원래대로 돌려내라고 울부짖던 그녀를 정신 나간 여자 취급을 하며 뿌리쳤다. 그리고 눈썹 하나 까딱이지 않으며 모멸스러운 말을 뱉었다.

"어느 집 양반인지 인심 한번 후하네. 뭔지 모르지만 사람 하나 사는 데 2억이나 줘?"

그렇게 모르는 척했던 여자가 5년 만에 자신을 찾아와 얌전히 있으라 했다. 그 인생을 돌아보면 너무도 안쓰럽고 불쌍한 오빠 현수에게 그저 입 다물고 얌전히 남의 벌이나 대신 받고 있으라 했다.

이젠 오빠도 자신도 잃을 게 없는 사람들이었다.

얌전히 있기를 바랐다면 차화연 그녀 역시 숙연하게 지난날을 반성하며 숨죽이며 살아야 했다. 현수와 제 앞에 다시는 나타나지 말았어야 했다.

무료한 세상에 남을 원망하며 살아가는 것만큼 활기를 주는 원동력은 없었다.

정원은 애써 한구석에 밀어 넣은 원한과 분노를 끄집어냈다. 가방을 들고 호텔 커피숍을 나오는 그녀의 굳게 다문 입술이 유난히 검붉어 보였다.

✤　❀　✤

"이 고마움을 어떻게 표현하지? 팀에서 벌써 나간 나까지 이런 영광된 자리에 불러 주고. 차 본부. 아니, 이제 대표 이사님이지. 하여튼 대망 건립 이래 최연소 사장님 얼른 한 잔 하세요."

대표 이사로 취임한 민혁에 대한 축하, 더 정확하게는 아파트 올렌티아 광고 프로젝트에서 빠지게 된 그의 송별 회식. 그에 참석한 한주가 위스키 병을 들고 특유의 소프라노 톤으로 그에게 잔을 권했다.

"좀 전에 마셨잖아."

"어머. 왜 이러세요, 정말? 우리 사이에 그냥 주는 것도 받아야 하거늘. 앞으로 함부로 대하기 힘들 친구에게 벌써부터 마음 졸여서 이런저런 이유 덧붙여 권하고 있는데 너무하는 거 아냐?"

"여기 사석 자리 아니야."

"점점. 그럼 태원 씨도 불러 사석까지 겸해?"

급기야 한주가 전 남편이자 그의 동기인 태원의 이름까지 앞세우자 민혁은 귀찮다는 듯 잔을 들어 입에 털어 넣었다. 입꼬리에 보일 듯 말 듯 회심의 미소를 띤 한주가 그의 잔을 또다시 가득 채웠다.

지훈은 순영이 청연을 방문한 다음 날 대망리조트 홍보실로 자리를 옮겼다. 아예 연락을 하지 않은 건지, 받고도 나타나지 않은 건지 그는 회식에 오지 않았다. 다른 사무실을 쓰고 있던 아트디렉터 동건까지 광고 팀 모두가 모인 자리였다.

한주를 큰누나 모시듯 싹싹하게 대하던 성환이 오랜만에 그녀를 보자 반가워하며 짓궂은 삼배주를 권했다. 전작이 있었던 건지 한주는 얼마지 않아 금방 취기를 드러내 보였다. 그리고 민혁에게 계속 잔을 권하고 있었다.

사흘 전 월요 주간 회의에서 기획실장 영석이 이제 얼마 남지 않은 청연 올렌티아 광고 마무리 총책임자가 자신으로 바뀌었음을 알렸다. 동시에 민혁의 사장 취임 사실도 함께 전달했다.

비서실 이 대리에게 미리 들어 알고 있었음에도 정원은 순간 가슴 한편을 쓸고 나가는 상실감과 허전함을 숨길 수 없었다.

진심을 다해 헤어지자고 했다. 그 마음에 도장이라도 찍듯 사표까지 들고 그의 방으로 향했다.

그래 놓고 일주일에 한 번 보던 주간 회의에서 그를 볼 수 없음에, 콘티 검열을 빙자해 드나들던 그의 방 출입이 없어진다는 사실에 초연할 수만은 없었다.

정말 마지막이기라도 하듯 광고를 위해 고군분투했던 모든 이들이 모처럼 한자리에 앉아 차례로 그에게 그간의 노고와 축하를 겸한 잔을 건네며 인사를 했다.

그리고 그 사이에서 정원은 그녀는 혹여나 민혁이 눈치챌까 깨물지 못하는 입술만 혀끝으로 축여 나가며 제 마음을 숨기고 있었다.

"응? 정원 씨, 듣고 있어?"

정원은 자신의 이름을 부르는 소리에 퍼뜩 정신을 차리고 고개를 들었다. 그 순간 언제부터 절 보고 있었는지 알 수 없는 민혁의 눈과 그대로 마주쳤다. 덤덤한 표정이었지만 눈빛은 깊고도 짙었다.

"아이 참. 됐어. 오늘 차민혁 사장님 축하 파티는 내가 확실하게 책임질 테니까."

뜻 모를 소리를 남기며 룸을 나가는 한주를 좇아 배회하던 정원의 시선이 또다시 그와 맞닿았다.

어느 틈엔가 녹녹하게 가라앉은 그에게서 피곤함이 느껴졌다. 곧 문이 열리고 한주를 따라 참하게 차려입은 여자 마스터가 함께 들어왔다.

한주를 시작으로 실내는 함께 한 이들의 열창으로 분위기가 무르익어 갔다. 어느 사이엔가 선곡이 끊어지나 싶더니 한주의 고집 섞인 목소리가 정원의 의식을 현실로 불러들였다.

"안 나올 거야?"

민혁이 한주의 고집에 맞서 미간을 찌푸리고 있었다.

"어어? 정말 이럴 거야?"

"노래한다고 한 적 없어."

그의 퉁명한 목소리로 한주의 타깃이 민혁인 걸 알아차렸다. 급작스레 시작된 반주에서 한 음절이 지나자 한주는 종료 버튼을 눌러 버리고 재입력 버튼을 눌렀다.

시작과 재입력이 반복되고 주변의 분위기가 어색하게 변해 가자 할수 없다는 듯 민혁이 천천히 자리에서 일어났다.

못마땅함은 그저 표정에만 드러날 뿐 그의 입에서 잔잔히 흘러나오는 중저음 목소리에 모든 이들의 입이 벙긋 열렸다. 정원 역시 처음 듣는 그의 가창력이었다.

이미 그의 애창곡까지 알아서 선정해 준 한주는 아마도 학창 시절부터 그의 노래 실력을 알고 있었던 듯했다.

사랑을 잃은 사람들은 모든 노랫말이 자신의 이야기로 느껴진다고 하더니 사랑을 버린 사람 역시 다를 바 없었다. 눈가에 맺혀 오는 물방울을 숨기려 정원의 고개가 절로 떨어졌다.

그럼에도 저를 향한 한주의 시선이 그대로 느껴졌다. 얼굴을 들고 살짝 웃어 보이는 눈가로 방심한 물방울이 톡 하고 떨어져 볼을 타고 흘러내렸다.

하는 수 없이 그의 목소리를 등지고 룸을 나서자 긴장이 풀려 폭풍 같은 눈물이 쏟아져 내렸다. 화장실 세면대 앞 거울 속에 비친 제 모습에 정원이 자조적인 웃음을 흘렸다.

꼼꼼히 세수를 하고 힘껏 코를 푼 뒤 들어올 때와 다르게 다부진 발걸음으로 화장실 문을 나서려는 순간 자리에 우뚝 멈추었다.

"왜 울어."

퉁명한 목소리와 다르게 밝은 조명 등의 불빛을 담아서인지 붉게 물들어 있는 그의 눈이 가슴을 따갑게 쳤다.

'울긴 누가 울어요.'

겉으로 뱉지 못한 말이 속으로 옹알이만 치고 있었다.

"울 거 같으면 누군가 앉혀 놓고 소리 내서 울어."

'당신은 숨어서도 못 울잖아요.'

"아니면 들키지나 말든지."

'내 울음 뒤에 항상 당신이 지키고 있을 뿐이에요.'

"내가 빠져서 섭섭해?"

끝내 숨기지 못한 그녀의 입술이 꿈틀거렸다.

"계속 같이 할까? 광고?"

"어느 회사 사장님이 그런 사소한 광고까지 같이 작업해요."

겨우 뱉어 낸 말이 목에 걸려 꽉 잠긴 채로 새어 나왔다.

"당신이 원한다면 그보다 더한 일도 할 거야. 그러니까 섭섭하긴 해?"

"무슨 말이 하고 싶어요?"

"내 생각을 전혀 안 하고 지내는 건 아니겠지."

"취했어요?"

정원은 이제야 고개를 제대로 들고 그의 얼굴을 빤히 쳐다보았다.

"듣기 거북한 말은 지금부터 할 건데 벌써 취한 사람 취급하면 곤란하고."

"……해 봐요. 오늘만 들어 줄게요."

"잡으면 잡혀 줄 거야?"

쿡 하고 가슴의 통증이 신물을 타고 목젖을 건드렸다.

"……왜 잡고 싶은 건데요."

"쉽게 마음을 안 주는 사람이니까 쉽게 떠날 수 없을 거라 생각했어. 그래서 항상 날 밀어내는 그 말이 진심이 아닐 거라……. 하아, 이 상황에도 허세라니."

민혁이 말을 멈추고 두 손으로 마른세수를 했다. 그리고 들릴 듯 말 듯 작은 욕설을 내뱉고는 정원의 손목을 잡고 급히 홀을 가로질러 가게 밖으로 나갔다.

어느새 겨울이 깊숙이 다가와 있었다.

민혁이 제 코트를 벗어 정원의 어깨에 걸쳐 주었다. 그리고 양복 안주머니에서 뜯지 않은 담배 한 갑을 꺼냈다. 담배 한 개비를 꺼내어 입에 물고는 담뱃갑을 짓이겨 두 걸음 떨어진 쓰레기통에 던져 버렸다.

불을 붙인 담배 한 개비를 깊이 빨아 먼 곳으로 연기를 뱉어 냈다. 그리고 다시 한번 깊이 빨아들인 담배를 그대로 버렸다. 그의 고통이 그대로 느껴져 정원의 눈가가 뜨거워졌다.

"내 옆에 있어."

가슴을 쥐어짜는 민혁의 톤 낮은 목소리에 정원이 호흡을 멈추었다.

"심장이 말을 안 들어. 이젠 당신 없이 이놈이 제대로 뛰어 주지를 않아."

정원은 저도 모르게 제 손목을 잡는 그의 팔을 잡았다. 그리고 고개를 힘차게 저었다.

"이렇게 만들어 놓고 도대체 어딜 가겠다는 말이야. 영원히 내 옆에 있으라는 소리는 안 해. 적어도 이 마음이 다 소진될 때까지는 책임져야지."

정원은 죽죽 찢어져 오는 심장의 통증에 온몸의 힘이 빠지고 서 있기도 힘들었다.

"그러지 말아요. 그러면 내가 더 힘든 거 알잖아요."

그의 붉어진 눈이 더욱 붉어졌다.

"안 잡아도 울고 있잖아."

"앞으로는 울 일 없어요."

"내가 버리면 될까. 윤민혁은 예전에 버린 이름이니까, 차민혁이라는 이름마저 버리면. 그래도 안 되겠어?"

기어코 그의 눈에서 떨어진 눈물 한 줄기가 볼을 타고 흘러내렸다.

정혜련.

2010년 5월 25일 저녁, 호흡 곤란으로 인해 119 구급차에 실려 대학 병원 응급실 도착. 급작스러운 심장 마비 증상에 따라 심폐 소생술을 시행 후, 이미 심혈관확장술인 기존 스텐트가 박혀 있는 심장에 네 개를 재시행. 빠른 의료진의 조치에도 불구하고 늦은 내원에 의한 산소 부족으로 인한 뇌 손상. 그에 따른 지능 저하 및 전신 마비 현상 보임. 인공 호흡기로 대처할 수 없는 심부전증, 폐부전증 환자에게 사용하는 인공 폐와 혈액 펌프기 에크모에 의존하다가 6월 23일 오전 11시 20분 사망. 정혜련의 병원 내원 다음 날인 5월 26일 서정원의 이름으로 경찰서로 강현수 명의 자택 무단 주거 침입 난동 흔적에 따른 신고. 현 증거 불충분으로 인한 미제 상태.

백곰이 들고 온 보고서를 보고도 민혁은 두 사람 앞에 놓인 강을 인정하지 않았다. 인정할 수 없었다.

그러나 며칠 전 그녀가 강남 모 호텔 커피숍에서 차화연을 만났다는 보고를 받자 억지로 부여잡고 있던 실낱같은 희망 하나가 끊어져 나가는 것을 느꼈다.

그리고 오늘 오전, 자신 앞으로 날아온 익명의 서류 봉투를 열어 본 민혁은 그대로 의자에 쓰러지듯 몸을 묻었다.

그곳엔 거액의 숫자가 찍혀 있는 통장과 한눈에 알아볼 수 없는 사진 한 장이 들어 있었다.

사진 뒤에 2010년 5월 26일이라고 메모 된 빛바랜 글씨와 강현수로부터 통장을 건네받은 날짜. 그리고 5년 전 차화연을 만나 돌려주려 했으나 그러지 못했다는 짧은 메시지가 콘티 노트에서 자주 본 그녀의 필체로 적혀 있었다.

널브러진 살림살이, 깨진 화장대. 쏟아져 나와 있는 남루한 옷가지들. 군데군데 밟혀 있는 구두 자국이 가슴에 칼침을 꽂듯 푹푹 쑤셔 댔다.

굳이 사람을 써서 5년 전 그날 일을 이 잡듯 뒤지지 않아도, 그녀의 입을 통해 아픈 진실을 듣지 않아도, 그녀의 모친 정혜련을 죽음으로 몰아간 사람이 누구인지 모를 수가 없었다. 말을 쉬이 듣지 않고 행적을 감춘 현수를 찾으려 한동안 애가 닳은 행동이었을 것이다.

민혁은 강현수의 억울한 인생을 애써 잊으려 했다. 그의 존재가 그녀와의 사이에 풀어야 할 과제여야 한다면 힘들겠지만 의연하게 이겨 나가리라 여겼다.

그러나 이것만은 경우가 달랐다. 그녀 안의 마르지 않는 눈물샘이 모친이라는 것을 어렴풋이 짐작하고 있던 그였다.

버렸다고 생각한 원망, 묻었다고 생각한 분노, 무엇보다 오랜 그리움의 끝을 이렇게 마무리했을 그녀의 애절한 아픔에 민혁은 심장에서 뿜어져 나온 피가 머릿속 혈관으로 치솟는 것을 느꼈다.

차마 폭파되지 못한 심장 기운이 눈물이 되어 그의 볼을 타고 하염없이 흘러내렸다.

그녀를 울게 한 이는 민혁이 그토록 불편해하던 서지훈도 아니었다. 먼 이국땅에서 그녀를 그토록 오열하게 한 것은 한 발자국도 움직이지 않는다고 탓하던 그녀의 자기 연민도 아니었다.

그의 손에서 사진 한 장이 팔랑거리며 떨어졌다. 차마 소리가 되어 나오지 못한 흐느낌과 얼굴을 가린 큰 손 사이에서 뚝뚝 떨어지던 민혁의 눈물이 너무도 시려 방을 들어서던 승연이 걸음을 멈춘 게 오전의 일이었다.

"그러지 말아요. 그럴 필요 없어요. 난 당신이 그렇게까지 해서 올 만한 곳이 아니에요. 내 심장은 이제 그렇게까지 당신을 향해 뛰지 않아요."

눈에서는 아픔을 걷어 낸 그녀가 야무지게 말을 이어 갔다. 그리고 제 어깨에서 코트를 걷어 내고 한 걸음 그의 앞으로 다가갔다.

"술 취한 당신의 심장과 입이 하는 말일 뿐이에요. 아침이면 맑은 정신의 차민혁이 챙겨야 할 많은 사람과 일이 생각날 거예요. 그러니 잊어요. 뉴욕에서의 기억도 어느 여름밤의 꿈이었다고 생각하고 그렇게 잊고 살아요."

그 자리에 선 채 꼼짝도 못 하는 그의 팔에 코트를 걸쳐 주고 정원이 돌아섰다.

그리고 한 점 흔들림 없는 발걸음으로 앞을 향해 걸어 나갔다. 다행히 바로 눈앞에 멈춰 선 택시가 아니었다면 눈물에 시야가 가려 대로변에 낙하했을지 모를 일이었다.

14. 그를 위한 기도

"희진아."

정원은 희진이 내민 화사한 카드 한 장을 들고 당혹감을 감추지 못했다.

"약혼식이라니. 어떻게 이럴 수가 있어. 한마디 의논도 안 하고."

"말만 약혼식이야. 그렇다고 언약식이라고 적기도 그렇고 해서."

희진의 얼굴에 소녀에게서나 볼 수 있는 앳된 수줍음이 피어났다.

"약혼식이든 언약식이든, 일언반구도 없다가 어떻게……. 민혁 씨는…… 너희 오빠는 당연히 알고 있겠지."

그래, 알고 있을 터였다. 그녀의 질문에 희진은 그저 담담한 표정을 지을 뿐 아무 대답도 해 오지 않았다.

"설마, 너……."

"실은 그냥 아무도 부르지 않고 우리끼리 하려고 했는데 거짓말을 해 가면서까지 집을 비우고 싶진 않았어. 오빠에겐 다녀와서 말하려고."

"집을 비우다니?"

"식 마치고 재원 씨와 예슬이랑 여행 다녀오려고. 마침 크리스마스

연휴이기도 하고. 오빠 곁에 네가 있어서 얼마나 안심이 되는지 몰라. 우리 오빠 잘 부탁해, 정원아."

정원의 표정이 땅이 갈라지듯 순식간에 변해 갔다.

"너 어떻게."

"미안해. 네 방 책상 위에 있던 노트에 무수히 적혀 있던 윤민혁, 차민혁이라는 이름들."

어깨를 살짝 으쓱이며 미안한 듯 웃어 보인 희진이 금세 표정을 바꾸어 미간을 찌푸렸다.

"일부러 보려고 한 건 아니고. 이때까지 너 입 다물고 있었던 것 용서하고 싶지 않지만, 한편으로 고맙기도 하고."

어떤 변명이든 만들어 보려던 정원은 희진이 야무지게 뱉어 내는 말로 인해 입을 꾹 다물고 눈썹만 파르르 하고 떨었다. 그녀의 모습을 가만히 보던 희진이 입을 열었다.

"너 이천 간 날, 우리 오빠 네 방에서 하루 묵었다 갔어."

속 쌍꺼풀을 드러낸 정원의 눈이 더 커졌다.

"기훈 오빠랑 술을 한잔했는지 많이 취해서 이리로 왔었어. 그날 재원 씨 일에 대해 이야기했어. 알고 있지 않을까 했는데 역시나였어. 예전에 집안에 안 좋은 일 있고 나서부터 한 번씩 경호원이 뒤를 따르는 걸 느꼈거든."

오빠를 말하는 희진의 얼굴에 애잔한 아픔이 드리워졌다.

"반대하는 마음을 모르지 않으면서도 나로선 어쩔 수 없었어. 본의 아니게 오빠 상처도 들쑤시게 됐어. 그렇게 보내려니 오빠 등이 왜 그렇게 쓸쓸해 보이겠니."

희진이 애써 아무렇지 않은 척 콧등에 주름을 세웠다. 얼마 전 민혁의 눈물을 떠올린 정원의 마음이 시큰거렸다.

"하루 묵으라고 했더니 네 방으로 들어가기에 예전에 드나들던 습관 때문인가 했어. 그런데 시트도 갈지 않은 네 침대에서 그대로 잠든 거 보고 그날 혹시나 했지."

다시 두 사람의 일로 화제 전환을 하는 희진의 얼굴은 들떠 보였다.

"여자 화장품 냄새 싫다고 내 방이든 엄마 방이든 들어오는 것 자체를 싫어했거든. 오빠 아프던 날도 그랬고. 설마 하던 참에 우연찮게 노트가 눈에 띄었어. 미안해."

거기까지 말하던 희진은 마치 일기장이라도 훔쳐본 듯 쑥스러워하며 새삼 사과를 했다.

"그리고 주연이 태도. 이제 와 알았다는 게 우스울 만큼 내가 눈치가 없었어."

정원의 얼굴이 조금 더 굳어졌다. 그걸 놓치지 않은 희진이 뭐라고 입을 여는 순간 정원이 말을 가로챘다.

"이제 아니야."

"아니라니?"

"그만하기로 했어."

"어떻게 만났는지 묻기도 전에 그만하기로 했다니, 그런 말이 어디 있어."

"헤어졌어, 우리."

껌벅이는 희진의 눈에 당혹감이 스치고 지나갔다.

"헤어진 거야, 아니면 너만의 일방적인 선언이야?"

희진의 조심스러운 목소리 뒤엔 오빠 민혁이 그랬을 리 없다는 확신도 깔려 있었다.

"우리 오빠, 한번 마음에 들이면 뭐든 잘 보내지 못하는 사람이야. 집에서 기르던 강아지조차도 잘 못 떠나보냈어."

조급함에 그녀의 목소리가 다시 빨라지고 있었다.

"예전에 가 버린 아빠도 나는 벌써 마음으로 보냈는데, 오빠 아마 그러지 못하고 있을 거야. 그걸 알기에 죽을 듯 힘들어도 오빠를 은사님이 계시는 영국으로 내몰았어."

자근자근 입술만 씹어 대는 그녀의 불안한 눈빛을 바라보는 정원 역시 마음이 무거워졌다.

"뭔지 모르지만 너 쉽게 못 보낼 거야. 그렇다고 도망가는 성격도 못 되니까 만신창이가 될 때까지 자신을 몰아갈 텐데. 너 역시 쉬운 애가 아니라는 거 나 알아. 그러니 자잘한 일로 이별을 입에 담진 않겠지."

눈치를 살피는 희진과 달리 정원의 입술은 더욱 굳게 닫혀 갔다.

"강현수 씨 때문에 그런 거야?"

희진의 입에서 생각지도 못한 이름을 듣고서야 정원이 고개를 번쩍 치켜들었다.

"너. 그 이름은 어디서 들은 거야."

"……."

"윤희진."

"상관없진 않구나."

파리해진 친구의 얼굴을 본 희진의 낯에 심상치 않은 기색이 흘렀다. 오빠 민혁의 사정을 어디까지 알고 있는 걸까. 희진은 흔들리고 있는 정원의 눈에서 시선을 떼지 않았다.

처음 정원이 청연건설에서 일하게 됐다는 소리를 듣고 이런 날이 오지 않을까 내심 걱정되었다. 때문에 오빠 민혁과 정원을 어떻게 연결해 줄까 무던히 고민하면서도 쉬이 두 사람의 다리를 놓아 주지 못했다.

일본 연수 시절 한 달 정도밖에 함께하지 않은 그녀에게 무엇이 끌렸는지 아주 푹 빠져든 후 늘 꿈꾸던 일이었다. 물론 시도하지 않은 것은 아니었다.

지역도 다른 곳에서 온 그녀와 한 달을 찰떡궁합으로 붙어 있다가 일본을 떠나기 전날 무턱대고 민혁에게 전화를 걸어 공항에 나올 것을 당부했지만 중요한 일정이 잡힌 상태였다.

그리고 얼마 가지 않아 주연이 자신의 마음을 밝혀 오며 미친 듯이 공을 들이는 모습에 희진은 어쩔 수 없이 마음에 수놓은 선남선녀의 그림을 접어야 했다.

그러나 사람의 연이란 아무도 알 수 없는 것이었다. 우연치 않게 정원이 서울로 올라오게 되니 그건 정말 두 사람이 인연이 되려고 그런가 보다 여겼다.

사람의 감이라고 해야 할지 촉이라고 해야 할지 모르겠지만 희진은 확신했다. 자신과 다른 듯 많은 것이 닮아 있는 오빠 민혁이 여린 듯 강단 있고 유약한 듯 고집 있는, 정원의 묘한 매력에 빠져들 것을.

무엇보다 희진은 사람과 맺은 연을 뼛속 깊숙이 새기고 함부로 솎아 내지 못하는 정원의 태생적 성품이 상처받은 오빠 민혁의 좋은 연이 되어 줄 거라 믿었다.

어떤 바람도, 어떤 장애물도 그들을 가로막지 않고 있는 그대로 서로를 바라볼 수 있길 바랐다. 그래서 주연과 함께 있던 집으로 잘 불러들이지 않던 오빠를 이런저런 이유를 대며 연락을 해 댔다.

그러한 마음속에서도 한편으로 강현수라는 이름이 늘 저를 불안하게 만들었다. 두 사람을 어떻게 만나게 할까를 고민만 하던 어느 날, 희진은 정원의 양재동 집에 세간을 들고 갔다가 그녀의 집 우편함에서 우연히 그 이름을 봤다.

낯선 남자의 이름에 처음엔 그저 누굴까 여기며 비켜 나가던 시선 안으로 안양교도소라고 찍힌 발신처가 눈에 들어왔다. 그리고 머리를 스치는 그 이름에 그대로 주저앉아 버린 기억을 떠올렸다.

"강현수 씨와 어떻게 아는 사이야?"

조심스럽게 묻는 희진의 목소리가 떨리고 있었다.

15층에 도착한 정원은 몇 분째 대표 이사 비서실이라고 적힌 문의 손잡이를 잡을까 말까 계속 망설이고 있었다. 마침내 등을 돌렸다가 하는 수 없이 다시 문 앞에 섰다.

희진의 약혼식 이야기를 전해야 하나 말아야 하나 하는 망설임에서 한시라도 빨리 해방되고 싶었다. 호기롭게 연 문 뒤로 승연이 고개를 들고 정원을 바라보았다.

승연의 눈에 언뜻 알 수 없는 감정이 스치는가 싶더니 바로 사라졌다. 그리고 어떤 대답도 없이 조용히 자리에서 일어섰다. 언제나 뻣뻣하던 평소의 태도와 달랐다.

"사장님, 안에 계신가요?"

정원은 겸연쩍음을 숨기고자 재빠르게 제 용무를 말했다. 잠시 기다리라는 눈인사를 하고 인터폰이 아니라 전화기를 드는 승연에게 정원이 사장실에 없으면 관두라는 듯 고개를 가로저었다.

"서정원 씨 방문하셨는데, 어디까지 가셨어요? ……M2층이라고요? 네, 알았습니다."

하루에도 몇 번이나 무거운 한숨만 뱉어 내는 민혁이었다. 그런 모습을 지켜보는 게 정말 못 할 짓 같아 저답지 않은 일을 했다.

그렇게 아프게 울어 놓고는. 그녀의 이름 하나에 얼른 달려오면 될 텐데. 승연이 짧게 혀를 찼다.

"죄송해요. 번거롭게 해서."

그녀의 뜻을 오해한 정원이 민망한 듯 말을 뱉었다.

"사장님, 대망호텔 주주 총회 참석으로 청담동 사모님 모시러 가시는 길이에요. 마녀 사냥 하러 가는 길이죠. 무슨 용무인지 모르지만, 그 마녀 만나기 전에 힘 한번 실어 드리세요."

정원이 과한 친절이었다고 한마디 덧붙이려는 순간 승연이 재빠르게 말을 이었다.

"주로 H7에 차를 세워 두고 계시죠."

'대망호텔 주주 총회? 마녀? 차화연?'

멍한 얼굴로 승연을 바라보던 정원은 한참 만에 마녀가 화연을 지칭한다는 것을 알아챘다.

그 시각, 5층 광고 팀 복도에서 승연의 전화를 받은 민혁은 멍하니 선 채 자기 할 말만 하고 끊은 통화 내용을 되새겼다. 그리고 그 말뜻을 알아채자 지체할 사이도 없이 간부용 엘리베이터로 향했다.

5층 광고 팀 복도에서 어슬렁거리며 진욱이든 누구든 우연히 부딪쳐 광고 팀이 있는 사무실 안으로 들어갈 일을 한번 만들어 보고자 여긴 일주일 만의 일이었다.

늦은 겨울밤 거리에서 헤어진 다음 날, 민혁은 숙취로 인한 괴로움과 그녀를 잃은 상실감에 하루 종일 침대에서 몸을 일으키지 못했다.

그리고 지난 한 주 대망호텔 전무 이사 해임 건을 위한 주주 총회를 준비하는 틈틈이 5층으로 내려가 광고 팀 사무실 창가에서 서성거렸으나 어떻게 된 것이 그녀의 뒷모습조차 볼 수가 없었다.

딩동 하고 지하 M2층에 도착하기 무섭게 민혁은 엘리베이터에서 성큼 내려서 주변을 둘러보았다.

간이 소파가 놓인 대기 홀을 나와 주차장으로 들어서 넓은 통로를 아무리 두리번거려도 그녀의 모습이 보이지 않았다.

손바닥 사이로 땀이 흥건하게 배어들었다. 급한 마음에 호주머니에서 휴대폰을 꺼내 비서실로 전화를 넣으려는 찰나 50m 대각선 거리의 E라인 주차 구역으로 향하고 있는 그녀를 발견했다.

그제야 심장 박동이 천천히 제자리를 찾아갔다.

민혁은 바로 달려가고 싶은 마음을 참고 자신의 차가 있는 H라인으로 다가가는 그녀를 느긋이 바라보았다. 그녀의 뒷모습을 천천히 눈에 담아 갔다.

양쪽 바지 호주머니에 두 손을 찔러 넣고 그녀의 뒷모습을 응시하며 걷는 그의 발걸음은 느릿했지만, 생기가 가득했다.

아주 오랜만에 제대로 뛰기 시작한 심장 소리에 맞추어 그의 입술이 천천히 호를 그렸다. 그 순간 민혁의 얼굴이 있는 그대로 굳었다.

"정원아."

제 이름을 부르는 소리에 정원이 고개를 돌렸다. 그러나 순식간에 뒤에서 정원을 따르던 거구의 두 남자가 그녀의 양팔을 급히 부여잡았다.

퍽. 그녀의 앙칼진 몸부림이 벌어 준 시간 덕에 달려간 민혁이 한 남자를 발로 걷어찼다.

"민혁 씨!"

위험을 알리는 정원의 목소리와 함께 민혁의 빠른 발이 낯선 남자의 옆구리를 그대로 걷어차 버렸다. 먼저 쓰러진 남자가 주춤거리며 일어설 사이도 없이 민혁이 그의 턱을 날렸다.

"괜찮아?"

숨 하나 흐트러지지 않은 그의 목소리에 비해 깊게 주름 진 미간 사이 눈빛은 심하게 흔들리고 있었다.

"네, 민혁 씨……."

끼이익. 찢어질 듯 날아드는 타이어 소리를 향해 두 사람이 동시에 고개를 돌렸다. 까맣게 선팅한 검정 세단 한 대가 두 사람을 향해 급하게 달려오고 있었다.

탁. 있는 힘껏 정원을 주차 통로 반대편 차선으로 밀어낸 민혁이 공중으로 붕 떠올랐다.

쿵. D라고 큼직하게 적힌 벽돌 옆에 주차된 차의 왼쪽 범퍼에 정원이 머리를 세게 박으며 쓰러졌다.

그녀의 흐린 시야로 자동차 앞 유리창에 심하게 부딪힌 민혁이 다시 공중으로 한 번 튀어 오르는 것이 보였다.

그대로 땅으로 나가떨어지는 그를 보며 정원의 의식도 사라져 갔다.

지끈. 끔찍한 두통과 함께 정원이 눈을 떴다. 갑자기 시야로 쏟아진 실내등에 눈살을 찌푸리며 다시 눈을 감았다. 그러다 번쩍 눈꺼풀을 들어 올리곤 급하게 몸을 일으키다 휘청거리며 쓰러졌다.

뿌연 시선으로 돌아보는 주변에 흰색 가운을 입은 사람들이 분주히 움직이고 있었다. 그들이 누구인지 알아차리기도 전에 가족을 부르는 애타는 소리, 의료진을 찾는 다급한 소리가 이곳의 위치를 알렸다.

덮고 있던 얇은 시트를 아무렇게나 젖히고 왼팔에 꽂혀 있는 링거를 한 번에 빼 버렸다. 그리고 침대에서 일어서다 또다시 비틀거렸다.

머리가 지끈거리는 바람에 이마에 절로 손이 갔다. 손가락 끝에 넓게 붙여진 붕대가 만져졌다.

순간 민혁이 차에 힘껏 부딪치며 땅에 떨어지던 영상이 떠올랐다. 정원의 눈동자가 한순간에 두려움에 떨렸다. 난간을 부여잡고 겨우 몸을 일으킨 정원이 병원 침대 곁으로 쳐진 커튼을 힘껏 열어젖혔다.

"어? 정원아, 깼어? 이렇게 일어나면 안 되는데. 저기요, 의사 선생님. 여기……."

때마침 나타난 진욱이 놀란 얼굴로 정원을 부축했다.

"민혁 씨……. 진욱 선배, 민혁 씨…… 어디 있어."

정원이 마른 입술로 겨우 민혁을 찾았다. 진욱의 시선에 난감함이 스치자 그녀의 눈빛에 공포감이 떠올랐다.

"민혁 씨, 어디 있냐고. 응?"

온 힘을 내어 민혁을 부르짖으며 정원이 휘청거렸다.

"수술실에. 괜찮을 거야. 너도 많이 다쳤으니 일단 검사……."

자신의 팔을 부여잡고 있는 진욱의 손을 뿌리치고 정원은 신발도 신지 않은 채 응급실 한가운데로 뛰쳐나갔다. 그리고 눈앞을 스치고 지나가는 의사를 붙잡고 소리쳤다.

"어디예요. 차민혁 씨 수술실 어디예요."

"정원아, 너 이렇게 다니면 안 돼. 검사……."

놀란 진욱이 다급히 다가와 그녀를 말리고 나섰다.

"나 괜찮아, 선배. 민혁 씨 수술실……."

"알았으니까. 일단 의사 선생님……."

"선배."

가슴을 내리누르던 초조함과 공포로 인해 급기야 정원의 입에서 울음소리가 터져 나왔다.

"알았어. 알았으니까 침착하고, 얼른 신발이나 신어. 데려다줄 테니까."

세진병원 3층 신경외과 병동 일부엔 서늘한 기운이 감돌았다. 새벽이 가까워져서야 수술이 끝난 민혁의 1인실 병실 양쪽 문으로 경호원이 두 사람, 50m 앞 복도 막다른 곳에 경호원 몇이 더 서 있었다.

방금 병실에서 나온 기훈이 어디론가 전화를 걸어 누군가의 출국 금지를 지시했다. 통화를 마친 그가 맞은편 의자에 앉은 정원을 돌아보며 옅은 한숨을 내뿜었다.

"뭐 좀 먹었어?"

그의 질문에 주연이 고개를 저었다.

"넌?"

"난 조금 전에 아주머니 모시고 가서 대충 먹고 왔어."

기훈이 다시 한번 한숨을 뱉고는 정원의 앞으로 다가섰다.

"정원 씨, 이러면 안 돼요. 뭘 좀 먹든지, 아니면 병실에 가서 쉬든지 해야죠. 의사 선생님이 뇌진탕 우습게 보면 안 된다고 했다면서요."

그의 말에 엄격함이 묻어 있었다.

"아무것도 먹은 게 없으면서 계속 구토만 하고 있다니까. 이러다가 정원이도……."

정원은 사고 이후 아무것도 먹지 못한 채 민혁의 병실 앞에 쭈그리고 앉아 구역질만 하고 있었다. 그런 정원의 걱정으로 주연이 자신의 입술을 질끈 깨물었다.

그때 병실 문이 열리고 희진이 복도로 나왔다. 희진은 파리한 얼굴로 바들바들 떨고 있는 정원의 앞에 쪼그리고 앉아 그녀의 무릎에 머리를 묻었다.

"정원아, 이러지 마. 너까지 이러면 나 너무 무서워."

지난밤 늦게 연락을 받고 쓰러질 듯 병원으로 달려온 희진의 울음소리에 신경외과 병동의 모든 이들이 밤잠을 설칠 정도였다. 급기야 정신을 잃고 링거 한 병을 맞고서야 깨어난 희진은 울음을 뚝 그치고 의연히 이 시간을 견디고 있었다.

전날 오후 사고가 난 순간부터 이 늦은 밤까지 한순간도 눈을 붙이지도 않고, 먹지도 않은 채 민혁의 병실 앞에서 바들바들 떨고만 있는 정원을 위해 희진은 최선을 다해 자신의 슬픔을 참고 있었다.

"최고로 잘한다는 의사 선생님이 오빠 수술 잘됐다고 하는 소리 들었잖아. 머리의 피만 잘 흡수돼서 의식만 차리면 된다고, 원체 튼튼한 몸이라 골절이나 장 파손 따위는 아무것도 아니라고 했잖아. 흐흑."

기어코 정원의 허벅지를 감싼 환자복이 희진의 눈물로 얼룩져 갔다.

"정원아, 내가 아무리 불러도 오빠가 꿈적을 안 해. 아마 너 기다리고 있나 봐. 오빠 봐야지. 우리 오빠 네 목소리 듣고 일어나려고 부러 저러나 본데, 너 여기서 이러고 있으면 어떻게 해."

고개 숙인 희진의 목 뒤로 정원의 눈물방울이 툭 하고 떨어졌다. 정원의 입 사이로 새어 나오는 작은 흐느낌에 희진이 정원을 올려다보았다.

수술실 앞에 도착하고도, 뇌출혈로 응급 수술을 받고 있다는 소리를 듣고도, 수술실에서 나와 이동 침대로 병실로 옮겨지는 민혁을 보고도 눈물 한 방울 보이지 않던 정원이 기어코 눈물을 쏟아 내기 시작했다.

꽉 막혀 있던 수도꼭지가 열린 듯 폭풍 같은 눈물이 그녀의 볼을 타고 쉴 새 없이 흘러내렸다.

"울지 마, 정원아. 너 이러면 오빠가 더 아파."

"나 때문……에. 흐흑."

"말도 안 되는 소리 하지 마. 만약 네가 다쳤으면 오빤 저렇게 누워 있는 것보다 더한 고통 속에 있었을 거야."

그런 가정은 하고 싶지 않다는 듯 희진이 세차게 고개를 내저었다.

"어서 일어나. 저렇게 무의식인 듯 누워 있어도 네가 어떨지 궁금해하고 있을 거야. 그러니까 얼른 들어가서 괜찮다고 말해. 응?"

희진이 눈짓하자 기훈이 정원을 부축했다. 꼼짝도 않던 정원이 그제야 비틀거리며 자리에서 일어났다.

빨개진 눈으로 연신 훌쩍거리고 있던 주연이 얼른 병실 문을 열어 주자 희진과 기훈 두 사람이 그녀를 안으로 데리고 들어갔다.

침대 옆에서 민혁을 지키고 있던 희수는 정원이 들어오는 걸 보고서 자리에서 일어나 한 걸음 뒤로 물러났다.

휘오오오.

한겨울의 칼바람 소리가 고요한 병실을 더없이 스산하게 만들었다.

따스한 물수건으로 민혁의 손과 발을 꼼꼼히 닦아 가던 정원이 침대를 돌아 창문이 잘 닫혔는지 다시 한번 틈새를 살폈다.

서리 낀 창 너머로 보이는 썬큰 가든엔 얼마 전까지 장식되어 있던 크리스마스트리와 갖가지 장식들이 모두 걷혀 있었다.

그렇게 늦은 시간이 아닌데도 불구하고 한파 때문인지 지나는 사람 하나 없는 풍경이 더할 수 없이 을씨년스러워 보였다.

민혁이 의식을 차리지 못하고 있는 일주일 남짓. 그동안 세간은 더없이 시끄러웠다. 전무 이사 해임을 안건으로 열리는 대망호텔 주주 총회 개최 세 시간 전 사고를 당한 민혁의 소식이 언론에 흘러 들어가면서 나라는 시끄러운 연말을 맞았다.

그를 치고 달아난 차의 소유주가 현재 일본에 도피 중인 것으로 알려진 신 21세기파 두목의 오랜 수하인 것이 언론에까지 드러나진 않았다. 하지만 기훈의 발 빠른 조사로 그 뒤에 차화연이 있다는 사실은 명백해졌다.

한 집안의 재산 싸움을 두고 서울지검 특수부 검사가 앞장서 조사하는 게 이상했는지 법조계를 드나드는 기자들조차 움직였다. 그 바람에 현재 재심이 결정된 5년 전 사건마저 주목을 받게 되었다.

어쩔 수 없이 그때 사건을 담당했던 주연의 이름 역시 수면 위로 떠올랐다. 또한 서울검찰청의 최고 라인과 정치권에 진출한 당시 검사장도 스포트라이트를 받으면서 기훈이 궁지에 몰리게 되었다.

이 모든 상황을 잠식시킨 것은 대망의 차태석이었다. 지팡이를 짚고 기자 회견장에 나타난 차 회장은 허리를 숙이며 대국민 사과를 했다.

5년 전 대망건설 대표의 공금 횡령, 건설 하청 업체 선정에서의 뇌물 수수 및 아파트 건설 발주에 관련된 각종 로비 및 모든 비도덕적 행위를 대표 차원으로 인정했다. 그러면서 이 상무가 지니고 있던 박기태의 비자금 장부를 증거 자료로 검찰청에 제출하겠다는 의사를 밝혔다.

그리고 현재 형 집행 중인 전 대망건설의 이 상무와 미래건설 현장 소장 강현수의 억울한 복역에 대해서도 유감을 표했다. 이어서 당시 많은 뇌물과 금품수수로 재판에 관련했던 차화연의 그룹 내 모든 지위를 거두고 검찰 조사를 철저히 받도록 하겠다고 발표했다.

결국은 이 모든 것이 욕심을 버리지 못한 자신의 과오라며 국민 앞에서 끝내 눈물을 보였다. 마지막으로 박기태의 국내 소환도 최선을 다해서 돕겠다고 고개 숙였다.

오늘 오후 쇠약해질 대로 쇠약해진 차 회장이 측근들의 부축을 받으며 병원에 들렀다.

"일어나. 일어나기만 해."

흐느끼는 소리로 아들을 부르는 태석을 보며 정원도 따라 울었다.

언제나 더할 수 없는 풍채와 당당함으로 제 앞에 서 있던 민혁이 한낱 종이보다 가볍게 공중으로 붕 떠올라 땅으로 툭 하고 떨어져 내렸다. 그 끔찍한 기억이 지워지지 않고 그녀를 고통스럽게 했다.

기훈과 희진의 부축을 받아 병실에 들어서는 순간이었다. 어떤 고통의 흔적도 드러내지 않은 평화로운 얼굴로 눈을 감고 있는 그가 시야에 담겼다. 동시에 민혁의 목소리가 생생히 들려왔다.

"무슨 일이 생기더라도 언제나 내게 꼭 달라붙어 있어. 나만 믿고."

귀에 꽂히는 그 목소리에 정원은 그대로 민혁의 침대에 얼굴을 묻고 울었다. 그리고 꼼짝 않는 정원을 위해 희수는 병원 측에 이야기해서 민혁의 옆에 침대 하나를 더 마련하고 개인 간호사를 붙여 둔 채 집으로 돌아갔다.

이른 오전 병실로 돌아온 희수는 조금은 평온해진 눈빛으로 민혁의 얼굴을 닦아 주고 있는 정원을 발견했다.

정원 역시 온전치 못한 몸이기에 당장 그만두게 하고 싶었지만, 민혁에게서 그녀를 떨어뜨릴 수 없었다. 민혁의 곁을 지키겠다는 의지로 지금 이 시간을 견디고 있음을 알아차렸다.

그 마음을 아는지 희진 역시 민혁의 병간호를 정원에게 일임하는 듯했다. 그렇게 정원은 그의 곁에서 크리스마스와 한 해의 마지막 밤을

414

보내고 있었다.

정원은 찬바람이 비집고 들어오지 못하도록 다시 한번 창문을 꼭 닫았다. 그녀의 입에서 새어 나온 숨이 뿌연 창을 더욱 뽀얗게 만들었다.

검지를 연필 삼아 창에 글씨를 적어 내렸다. 또박또박 써 내려간 맑은 글자 위로 새까만 어둠이 솟아올랐다. 그러나 정원의 한숨이 이내 글자 위를 흐릿하게 덮었다.

"정원아."

병실을 울리는 작은 음성에 정원이 급하게 고개를 돌려 민혁을 바라보았다. 분명히 그의 목소리였는데, 여전히 조용히 눈을 감고 있는 그를 본 순간 정원의 눈에 눈물이 고였다.

커튼까지 꼼꼼히 닫은 후 정원이 민혁의 옆에 와서 앉았다.

"나 여기 있어요. 민혁 씨 옆에 꼭 붙어서."

정원이 이불 속 민혁의 차가운 손을 꺼내 포근하게 감쌌다.

"희진이에겐 미안하지만 어쩔 수 없어요. 무서워서, 너무 무서워서 여기 말고는 있을 수가 없어요."

정원이 침을 꿀꺽 삼켰다. 목 메인 소리를 들려주고 싶지 않았다.

"한 번만 더 봐줘요, 민혁 씨. 나 무서워하는 거 보고 싶어서 이러는 거라면 충분해요."

놀이공원에서의 기억이 떠오르자 애써 참은 눈물이 어쩔 수 없이 볼을 타고 흘렀다.

"많이 지치고 힘들었다는 거 알아요. 그러니 푹 쉬어요. 대신 당신 믿고 있는 날 봐서 꼭 일어나요. 애타게 했던 것, 애끓게 했던 것, 다른 누구도 아닌 당신에게 벌받을 테니까 일어나기만 해요. 며칠이 되었든."

며칠이 되었든 일어나기만 하라는 그 소리가 사흘이 되고 일주일이 되고 열흘이 넘자 정원의 불안감은 어쩔 수 없었다.

태석이 방문했다는 이야기를 듣고 찾아온 세진의 병원장과 주치의는 갈비뼈가 부러지면서 폐를 찔러 일으켰던 폐혈흉도 수술 후 잘 아물어 가고, 뇌에 미세하게 남아 있는 피 역시 잘 흡수되어 가고 있다고 그의 상태를 일렀다.

처음부터 뇌출혈 상태가 심각한 건 아니었지만 CT 촬영하면서 우연히 뇌동맥류가 꽈리처럼 부풀어 있는 것을 발견하고 함께 수술했다는 말을 덧붙였다.

걱정했던 뇌부종 현상도, 뇌실 크기도 변함이 없어 벌써 의식을 차릴 법한데 아직 눈을 뜨지 않는 이유를 알 수 없다는 주치의 말이 주변 사람들을 초조하게 만들었다.

정원은 민혁의 손가락을 하나하나 펴서 깍지를 낀 채 제 이마에 가져가 대었다.

만날 수만 있다면 도대체 당신이 무어냐고, 무엇이기에 이렇듯 남의 인생에 관여하느냐고 삿대질을 해 가며 고래고래 따져 보겠다던 신을 애절하고도 간절한 마음으로 찾았다.

그 마음에 처음으로 두려움을 가졌다. 엄마를 살려 달라던 협박도, 엄마를 자신의 곁에 둔다면 보답하겠다던 딜도 아니었다.

모든 것을 내려놓고 오롯이 경외심만을 앞에 두고 그를 위해, 사랑하는 이를 두고 아파하는 모든 이를 위해 마음을 모았다.

등 뒤에서 코를 훌쩍이는 소리가 어렴풋이 들려왔다. 언제 들어왔는지 희진이 서 있었다.

"희진아."

"음."

추위 때문인지 울기라도 했는지 코끝이 새빨개진 희진이 해사한 웃음으로 정원을 마주하고 있었다.

"왜 왔어. 내일 새벽에 청담동 어머니 간다며."

"보고 싶어서. 오늘이 한 해의 마지막인데, 보고 가야지."

"미안해, 희진아. 오빠 곁에 있고 싶을 텐데, 나 때문에."

"무슨 소리야. 너 때문에 내가 왜 오빠 옆에 못 있어. 있으려고 하면 여기 네다섯은 충분히 머무르고도 남을 공간인데. 이럴 때 부모님이 부자니까 되게 좋다. 그지?"

희진이 병실을 둘러보며 코를 찡긋거리며 웃어 보였다.

욕조가 구비된 샤워실에, 탈의실, 유리 칸막이 너머로 손님 접대를 위한 작은 소파 공간까지, 정원은 의료진이 드나들지 않을 때는 여기가 병원인지도 잊을 지경이었다.

"덕분에 내가 호강이지, 뭐. 삼시 세끼 차려 주는 밥에."

정원이 옅은 미소로 맞장구쳤다.

"호강은 무슨. 네가 고생하는 거 모르지 않아. 아무리 호텔같이 잘 꾸며진 병실이면 뭐 해. 수시로 드나드는 간호사들 때문에 잠이나 제대로 자겠니. 유치원 그게 뭐라고 너 이렇게 고생……."

"내가 말을 잘못했어. 미안한 게 아니라 고마워. 너 대신 민혁 씨 곁에 있게 해 줘서. 그러지 않았다면……."

"그만해. 꼭 내 입에서 오빠가 원하는 사람은 너일 거라는 말을 듣고 싶은 게 아니라면. 그리고 잠시라도 네 볼일 봐. 따뜻한 물에 샤워라도 하든지."

손에 소독제를 바른 희진이 민혁의 곁에 놓인 보조 의자를 끌어당겨 앉았다. 그리고 민혁의 손을 꼭 잡았다.

"우리 꼬맹이가 오니까 또 병실이 시끄럽네, 하고 속으로 욕하고 있지? 그럼 오빠가 얼른 말해 봐. 나야? 정원이야? 응? 가만히 생각해 보니까 정말 궁금하네. 야, 서정원."

희진이 욕실 쪽으로 향하는 정원을 불러 세웠다. 그리고 동그래진 눈으로 물었다.

"진심, 오빠에게 둘 중 하나를 선택하라면 누굴 것 같아?"

"당연히 나인 걸 왜 물어?"

"뭐? 어이없어. 왜 그런 결론이 나왔는지 객관적 근거를 대 봐."

"넌 재원 씨 선택했잖아. 민혁 씨가 너 선택한다고 해도 내가 고자질해서 못 하도록 할 거야."

정원은 그녀만의 은밀한 약혼식 계획을 상기시켰다.

"서정원, 너 내 친구 맞아? 아니면……."

톤 높았던 희진의 목소리가 한순간에 뚝 끊어졌다. 그리고 놀란 눈으로 제가 잡고 있던 민혁의 손을 내려다보았다.

잘못 느낀 것이 아니었다면 분명 잡고 있던 민혁의 손가락이 두어 개 움직이고 있었다.

"오빠……."

희진의 목소리가 이상했던지 정원이 욕실 문손잡이를 잡다 말고 고개를 돌렸다.

"오빠, 정신 든 거야? 응?"

초점은 없었지만 분명 그가 눈을 뜨고 있었다. 침대 끝으로 다가온 정원은 놀라움에 더 다가가지도 못한 채 한 손으로 떨리는 입을 가렸다.

"나, 나 알아보겠어? 희진이."

놀라는 희진을 뒤로하고 정원은 테이블로 다가가 수화기를 들고 간호사실 버튼을 눌렀다.

"오빠."

"목소리 좀 낮춰."

들릴 듯 말 듯 등 뒤로 꽂히는 그의 목소리에 정원의 심장이 쿵 하고 내려앉았다.

"아, 오빠. 깨어나 줬구나. 깨어나 줬어."

드르륵. 병실 문이 열리면서 간호사가 들어왔다.

"차민혁 씨. 정신 드셨어요? 어디 불편한 곳은 없으세요?"

심박수와 맥박을 체크하고 펜 라이트로 민혁의 동공을 확인한 간호사는 의사 선생님을 모셔 오겠다며 급히 병실을 나섰다.

"괜찮아? 머리 아프지 않아? 응?"

"네가 나타나니 병실이 시끄럽긴 하네."

"설마…… 깨어 있었던 거…….'

"꼬맹이. 침대 약간만 더 올려 봐. 머리가 울려."

그의 말과 동시에 한 걸음 뒤에 있던 정원이 침대 아래편에 있는 자동 버튼을 눌렀다. 침대가 움직이자 어지러운지 민혁이 인상을 썼다. 정원이 얼른 버튼에서 손을 뗐다.

동시에 정원과 민혁의 눈이 마주쳤다. 확 커진 그녀의 동공과 달리 그의 눈빛엔 어떠한 변화도 느껴지지 않았다.

이유 없는 불안과 초조함이 그녀의 낯을 스치는 동안에도 그의 얼굴은 텅 빈 영혼처럼 무감했다.

그가 정원을 향해 천천히 입을 열었다.

"누구? 회진이 친구?"

쿵. 조금 전과 비교되지 않는 심장의 울림이 정원의 귀를 때려 왔다. 바르르 떨리는 입술을 진정시키고자 침을 꿀꺽 삼켰다. 그것이 화근이 되었는지 눈가에 맺힌 물방울이 떨어져 내리는 순간이었다.

"아니면 내 여친? 둘 중 어느 쪽인지 꼬맹이와 내 앞에서 확실히 밝혀. 그래야 나도 선택하지."

투둑. 눈물이 빗물처럼 쏟아졌다.

"차민혁. 정말 살아났구나. 깨자마자 얻어맞을 소리나 늘어놓고."

희진이 혀를 차며 고개를 돌렸다. 손등으로 눈가를 닦아 내는 희진을 바라보며 정원이 머리를 떨구었다. 병실 바닥으로 눈물방울이 툭툭 떨어졌다.

"오빠 안 깨어나는 동안 정원이가 얼마나 고생했는지도 모르고."

희진이 눈물을 닦아 내느라 제대로 말을 잇지 못했다.

"그런 간 떨어지는 소리나 하고 말이야."

"이리 와."

정원을 향한 그의 목소리가 드르륵 하고 열리는 문소리에 묻히고 말았다.

"차민혁 씨, 깨어나셨습니까. 어때요? 기분은? 어디 불편한 데 없으세요?"

연이어지는 의사의 질문에 민혁이 눈을 감았다. 그리고 주변 사람들의 초조함을 아는지 몇 초 되지 않아 다시 천천히 눈을 떴다.

숨을 들이마시던 그의 미간에 깊은 주름이 새겨지고 얼굴이 있는 대로 구겨졌다.

"차민혁 씨, 괜찮습니까? 폐를 다쳐서 숨쉬기 힘드실 겁니다. 그러니 호흡을 천천히 하세요."

"정원아."

열흘이나 닫혀 있던 그의 입을 어렵게 뚫고 나온 말이었다. 그 고마운 이름에 정원이 흐느꼈다.

"이리 오라니까."

미세하게 위로 움직인 그의 왼팔이 침대 위로 바로 떨어져 내렸다.

"팔에 힘이 없습니까. 오른팔은 어떤가요. 감각 있나요?"

의사가 난감한 듯 민혁의 팔을 들어 팔꿈치를 톡톡 건드리며 물었다.

"저 여자."

"네?"

민혁의 뜬금없는 대답에 의사가 두 눈을 크게 떴다.

"그 끝없는 질문만 아니면 좀 참을 만한데. 일단 내 여자와 급한 용무부터 끝내고 문진하시면 어떻겠습니까."

"어휴, 살 만한가 보네."

희진이 밉지 않게 눈을 흘기고 의료진들과 함께 병실 문을 나왔다.

"저기 빈 침대 놔두고 왜 여기서 웅크리고 있어."

날이 바뀌고서야 두 사람은 제대로 얼굴을 마주했다. 송년회 모임을 나가던 주치의와 담당의가 올라오고 희진의 말이 채 끝나기도 전에 전화기를 던져 놓고 달려온 차 회장과 희수 때문에 민혁은 정원의 차례가 오기도 전에 다시 잠에 빠져들었다.

먼동이 트는 한 해의 첫 새벽에 두 사람은 얼굴을 마주 보고 있었다.

"나 때문이야?"

뜻을 알 수 없는 물음에 집중하려는 정원의 눈매가 조심스러워졌다.

"얼굴이 많이 상했어."

정원은 가만히 고개를 저었다.

"겨우 얼굴을 보나 했더니 이젠 목소리를 들을 수 없는 거야?"

"아파요?"

그가 짧은 인상을 찌푸리자 정원의 입술이 급하게 떨어졌다.

"음. 아파."

그녀의 얼굴이 절로 흐려졌다.

"당신 얼굴을 이렇게 만들어서 마음이 아파."

찢어진 입술, 눈에 띄게 여윈 얼굴. 정원을 바라보는 민혁의 눈이 애잔해졌다.

"그러게 좀 일찍 깨어나 주지 그랬어요."

애써 참았던 원망이 입 밖으로 툭 튀어나왔다.

"어떻게 사람이, 그렇게 눈을 감고 무소식이에요. 어떻게 그대로 말문을 닫아요. 내가 얼마나 불렀는데. 무서워서, 당신이 이대로 영영 깨어나지 못할까 봐 겁이 나서."

한번 터진 원망과 함께 그동안 녹아내렸던 애간장이 물 흐르듯 쏟아졌다.

"믿는다는 말은 거짓말이었나 보네."

"듣고 있었던 거예요?"

"꿈인가 했어. 당신 목소리. 눈을 뜨고 있다고 생각했는데 온통 암흑뿐이었지. 그러다가 또 환한 빛 속에서 누군가를 만났고, 그러다가 또 암흑이었어. 그 속에서 당신 말소리가 언뜻언뜻 들려왔어."

누군가를 만났다니. 그녀의 눈동자가 성큼 커졌다가 작아졌다.

"아버지."

언젠가 고열 속에서 아버지를 찾던 그를 떠올렸다. 잇따라 드는 생각에 눈썹이 절로 떨려 왔다.

"아니야."

그녀의 두려움을 느꼈는지 그의 목소리는 부드러우면서도 단호했다.

"그럴 수도 없었어. 푹 쉬라 해 놓고서는 어찌나 애타는 목소리로 불러 대는지 떠지지 않는 눈꺼풀이 그렇게 원망스러울 수 없었어. 그러니 인상 펴."

민혁은 자신이 밀치는 힘에 밀려 정원이 머리를 심하게 부딪치며 쓰러지는 것을 끝으로 정신을 잃었다. 그리고 무의식과 의식의 경계선에서 부친 석호를 만났다.

자신 때문에 오명을 쓰고 덧없이 가 버린 아버지. 꿈에라도 한번 볼 수 있길 간절히 바라던 그의 부친을 이제야 만났다.

그러나 이번 역시 부친의 따스한 미소만 온몸으로 받아 왔을 뿐 돌아서 가는 그분의 등 뒤로 어떤 말도 건네지 못했다. 그것이 비통해 소리 없이 울부짖는 순간 누군가 끊임없이 제 이름을 불러 왔다.

끊임없이 귓가를 방해하는 윙윙거리는 소음에 그것이 정원의 목소리인 걸 알아차리는 데 시간이 걸렸다. 목소리의 진원지를 찾은 순간, 암흑 속에서도 모든 의식은 그 목소리를 찾아갔다.

점차 깊이를 알 수 없던 어둠은 작은 원을 이루었고 그 안에 모여들던 그녀의 목소리가 점점 빛이 되어 그를 현실로 불러들였다.

"자기만 믿으라고 해 놓고. 언제나 말만 잘해. 사람 무섭게 그렇게 오랫동안 잠들어 있는 게 어디 있어요. 아무리 내가 말을 안 들어도 그렇지. 살살해 주면 좀 좋아. 언제나 이런 식이야."

"서정원 그새 많이 자랐네. 스스로 말 안 듣는 것도 인정하고 말이야."

"꼭 이렇게 사람을 벌세워야 해요? 당신 옆에 있다가는 제명대로 못 살 것 같아."

"이왕 믿기로 한 거 한 번 더 믿어 봐. 다시는 힘들게 안 할 거야. 더 이상 눈물짓게도 만들지 않을 거고."

민혁이 정원을 향해 손을 펼쳤다. 그것을 바라볼 뿐 정원은 꼼짝도 하지 않았다.

"이제 도망치지 마. 두려워하지도 말고. 아무리 상처받고 눈물범벅이 되어도 당신이 내 곁에 없을지도 모른다는 생각만큼 나를 겁나게 하는 게 없었어."

그가 침대를 탁탁 두드리며 그녀를 불렀다. 여전히 정원은 미동도 하지 않았다.

"내 욕심과 이기심인지 모르겠지만 당신에게 나도 그랬으면 좋겠는데. 아마 당신의 그분이 당신 그거 알라고 내 의지력을 잠시 뺏은 건지도."

드문드문 말이 들렸다고 하더니 제 기도조차 들은 모양이다.

"그러면서 본인은 날 밀어내고 그렇게 쓰러져 가요? 당신이 죽을지도 모르는 엄청난 상황에 나 혼자 던져 놓고 말이죠."

"죽다니. 한 여자에게 그렇게 여러 번 차여 놓고 허무하게 세상을 뜰 수는 없지. 명예 회복하기 전엔 쉽게 못 가. 그러니 이제 우리, 말은 그만하고 연애하자. 제대로 된 연애."

"싫어요. 이렇게 부실한 남자하고는 다시 연애하고 싶지 않아요. 제대로 하고 싶으면 얼른 낫기나 해요. 안지도 못하는 주제에."

순간 힘껏 뻗어 나온 민혁의 팔이 정원의 오른팔을 잡아당겨 제 품으로 그녀를 끌어들였다. 그의 왼편 가슴의 상처를 의식한 정원은 한 팔로 침대를 짚으며 체중을 싣지 않으려고 안간힘을 썼다.

지난밤 주치의가 왼쪽 수족에 있는 마비 현상은 조금씩 나아질 것이라고 했지만, 그 순간에도 정원은 살짝 들리다 떨어지고 마는 그의 왼팔에 마음이 아릿해 왔다.

바싹 메마른 그의 입술이 정원의 입술을 덮쳤다. 까슬거리는 그의 혀가 그녀의 촉촉한 혀를 한 번 감싼 뒤 아쉬운 듯 빠져나왔다.

"하아."

신음과 함께 그의 미간이 확 구겨졌다.

"괜찮아요? 정말, 왜 이렇게 말을 안 들어요. 그냥 조금만 기다려 달라고 하면 될 걸. 꼭 이렇게."

정원이 어쩔 줄 모르며 그의 상태를 살폈다.

"선은 봤어?"

"선이라니……."

뒤늦게 말뜻을 알아차리고 그대로 입을 다물었다. 짧은 침묵 끝에 정원이 퉁명스레 말했다.

"정말 볼까 봐요."

그의 한쪽 눈썹이 절로 씰룩거렸다.

"계속 간병인 노릇만 시키면 건강한 남자 찾으러 갈 거예요. 그러니 얼른 자리 털고 일어나도록 노력해요."

어렵게 시작하는 연인의 밀담을 들으려 밤바람이 병실 창문을 쉬지 않고 두드려 댔다.

15. 여자 보는 눈은 있어요

찰박.

"아."

정원의 손찌검에 민혁이 짧게 소리를 내질렀다.

"엄살 부리지 말아요."

"진짜 아파. 손이 왜 이렇게 매워."

아닌 게 아니라 그의 등 뒤에 빨간 손자국이 올라 있었다.

정원은 그것을 못 본 척 거품이 흠뻑 묻은 스펀지를 그의 등에 문지르며 꽉 다문 이 사이로 말을 뱉었다.

"아픈 줄 알면 접근 금지 구역에 손대지 말아요."

"그런 게 어디 있어. 내 몸은 전면 허용인데."

그의 손이 슬금슬금 헐거워진 티셔츠 속으로 들어오는 바람에 정원은 하는 수 없이 정원은 민혁의 뒤로 가서 섰다. 이틀 전 샤워 허락이 떨어지자 그는 기분 좋은 웃음을 지으며 욕실에 들어갔다가 침울한 표정으로 나왔다.

정원이 왜 그러느냐고 물으니 왼쪽 팔이 조금 불편해 만족스럽게 닦지 못했다고 했다. 침울해하는 그를 보며 정원은 전날 재활치료실에서 그가 혼자 운동하고 있는 것을 멀리서 바라보고 있을 때 담당 물리치료사가 다가와 했던 말을 떠올렸다.

"갈비뼈가 아직 완전히 붙지 않아 고통스러울 텐데 저렇게 열심히 하는 거 보면 정말 정원 씨 아끼는 마음이 보통이 아닌가 봅니다."

덧붙여 오는 말에 그의 감정이 전달되는 듯해 코끝이 시려 왔다.

"힘들지 않냐고 물었더니 자신을 기다리고 있는 여자를 지켜보는 것보다 덜 힘들다고 하더라고요."

갈비뼈가 뚫고 들어간 폐도 거의 다 아물었고 왼쪽 팔다리가 저린 마비 현상도 시간문제라던 주치의 말에 정원은 감사한 마음으로 하루하루를 보내고 있었다.

그러나 당사자의 마음은 아니었던 모양이다. 그리고 그의 자존심이 상하지 않을까 염려하며 앞으로 씻을 때 도와주겠다고 말했다.

감사할 따름이라며 싱긋 웃는 그를 따라 욕실로 들어간 지 얼마 되지 않아 금방 후회했다. 의식 없이 누워 있는 그를 수건으로 닦아 내는 일과는 차원이 달랐다.

자신의 손길에 따라 움찔거리는 그의 근육을 바라보는 것이 쉽지 않았다. 민혁 역시 부드러운 거품과 함께 정원의 손길이 닿는 곳이 뜨거워 미칠 것 같았다.

참지 못한 그의 손이 불쑥 티셔츠 안으로 들어와 가슴을 더듬어 대자 자신도 모르게 튀어나오려는 신음을 참느라 있는 힘껏 입술을 깨물어야 했다.

"머리 감겨 줄 테니까 고개 숙여요."

샤워기를 들어 그의 등에 물줄기를 끼얹으며 손바닥으로 마지막 거품을 쓸어내릴 때였다.

민혁이 팔목을 잡아 그의 앞으로 확 당겨 세우는 바람에 샤워기에서 뿜어내는 물줄기가 욕실 전체를 마구 휘감은 뒤, 구석 한편에 나가 툭 하니 떨어졌다. 그녀의 면티와 통 넓은 와이드 팬츠가 완전히 젖어 버렸다.

민혁은 놀란 정원이 정신 차릴 틈도 주지 않고 그녀를 끌어당겨 제 무릎에 앉혔다.

그녀의 다리 하나를 들어 그의 오른편 다리 옆에 내리자 그의 오른쪽 허벅지 위에 말을 타듯 두 다리를 걸치고 앉은 모양새가 되었다.

갑작스럽게 일어난 일에 정원이 황당해하고 있는 사이 민혁은 그녀의 얼굴에 있는 물방울을 천천히 닦아 내렸다. 얼굴에 달라붙은 머리카락을 손수 귀 뒤로 넘겨 주는 그의 손끝이 뜨거워 정원은 순간 얼굴이 확 달아올랐다.

마주한 그의 눈빛이 점점 짙어지자 심장이 금세라도 밖으로 튀어나올 듯 뜀박질했다.

어느새 입술을 비집고 들어온 그의 물컹한 혀가 입 안을 뜨겁게 달구었다. 티셔츠 안으로 젖가슴을 탐하는 그의 손길에 신음이 절로 새어 나왔다.

그의 손이 위험 수위를 넘은 곳까지 와 닿은 것을 뒤늦게야 알아차린 정원이 급하게 그를 밀어냈다.

"아."

무의식중에 그의 왼편 가슴을 쳤는지 민혁은 인상을 구기며 통증을 호소했다.

"괜찮아요?"

"미칠 것 같아."

"미안해요. 나도 모르게 그만."

"당신을 안고 싶어서."

"하아."

안도를 담은 헛웃음을 뱉으며 정원은 작게 도리질 쳤다. 두 팔을 뻗어 그의 머리를 제 어깨에 기대게 하고 뻣뻣한 목덜미를 마사지하듯 천천히 쓸어 주었다.

"내가 잘못했어요. 이제 절대 당신의 거짓말에 안 속을게요. 당신 왼팔의 힘이 이렇게 돌아온 걸 모르고 오지랖을 떨어도 한참 떨었네요. 다 제 탓이에요."

"여기가 호텔만큼 좋은 곳이라는 말에 동감할 수 없어."

쿡. 아이 그의 같은 투정에 웃음이 절로 났다.

"정말 호텔이라고 해도 아직 그 몸으로 저를 안고 나가지는 못해요."

민혁이 번쩍 고개를 들었다. 그의 눈에 스치고 지나는 야릇한 빛에 정원은 사색이 되어 고개를 흔들었다.

"아니에요. 당신 할 수 있어요. 있고말고요. 단지 상식과 교양이 있는 사람이 되기 위해 참고 있을 뿐이에요."

그의 품에서 쏜살같이 빠져나와 욕실을 문을 닫고 돌아서는 순간 정원은 또다시 아연실색하고 말았다.

"재원 씨."

"안 봤어. 벌써 뒤돌아섰어."

위아래 흠뻑 젖어 나온 정원의 몰골을 확인하자 희진은 자신도 모르게 재원의 이름을 불렀고, 다행히 문이 열리는 순간 재원은 반사적으로 등을 돌렸다.

얼른 탈의실로 뛰어 들어가 옷을 갈아입고 나온 정원은 예슬의 말똥거리는 눈빛으로 곤경에 처했다.

"정원이 이모는 옷 입고 샤워해요?"

희진의 동그란 눈과 마주치자 정원이 난감한 웃음을 지으며 시선을 피했다.

"아니야, 예슬아. 민혁이 삼촌이 몸이 아파서 정원이 이모가 도와주다가 젖었을 거야. 그렇지, 정원아?"

"맞아. 예슬이 목욕시킬 때 아빠 옷도 많이 젖을걸. 그거하고 똑같은 거야."

"예슬이는 목욕할 때 아빠 도움 안 받아요. 예슬이는 벌써 숙녀인 걸요."

희진의 말에 정원이 거들자 예슬이 콧방귀를 뀌었다.

"이런, 우리 예슬이가 다 큰 걸 깜박했네. 그리고 지난번 크리스마스에 선물 주는 것도 잊어버렸는데 이모가 어떻게 사과하면 좋지?"

"그건 예슬이가 이해해야지. 정원이 이모, 그동안 삼촌 간호한다고 바빠서 못 챙겼는데."

언제 나왔는지 목욕 가운을 걸친 민혁의 목소리가 등 뒤로 넘어왔다.

"자, 꼬마 숙녀님. 나이 한 살 먹은 걸 축하하며 삼촌 병문안 와 줘서 감사해요."

민혁이 다가와 내미는 손을 예슬이 잡을까 말까 망설였다.

"이런, 손이 너무 높아? 삼촌이 완전히 낫지 않아서 예슬이 키를 맞추긴 힘든데?"

아직 무릎을 꿇기가 불편한 민혁이 다시 한번 예슬을 향해서 손을 쑥 내밀며 싱긋 웃었다.

샐쭉한 표정의 예슬이 마지못해 해 준다는 식으로 그의 손끝만 살짝 잡았다가 놓았다. 민혁이 정원을 향해 눈짓을 해 보였지만 역시나 알 수 없는 정원도 어깨만 으쓱였다.

"오기 싫다는 숙녀 억지로 데리고 온 거 아니야? 예슬이 표정이 영 편치 않은데?"

"아니야. 민혁이 삼촌한테 간다니까 좋아하면서 현관으로 먼저 가서 신을 신었는데."

희진도 예슬의 마음을 알 수 없어 난감한 표정이었다.

"좀 괜찮으십니까."

조용히 뒤에 섰던 재원이 그제야 인사를 해 왔다.

"덕분에요. 시간 내서 찾아 주셔서 감사합니다."

"별말씀을요. 진작 한번 오고 싶었는데……."

"앉으시죠."

민혁이 자리를 권하자 희진이 예슬을 데리고 소파에 앉았다. 그 옆으로 재원이 앉았다.

"민혁 씨는 이리 와 머리부터 말려요. 감기 들어요."

두 사람을 바라보는 희진의 마음이 흐뭇했다. 정원이 있기에 재원을 이곳 병실까지 데려올 용기가 생겼다. 예슬도 있으니 천군만마였다.

"왜 정원이 이모는 아직도 민혁 삼촌한테 오빠라고 안 불러요?"

예슬의 말에 병실에 있는 네 사람의 눈이 동시에 커졌다.

"정원이 이모가 대체로 말을 안 들어. 그것 때문에 삼촌이 아주 많이 머리가 아프단다."

민혁이 입가에 호를 그리며 너스레를 떨었다.

"예슬아, 어른들은 모두 나이가 많다고 오빠, 언니 하는 게 아니야."

난감해하는 정원을 보며 재원이 조용한 목소리로 예슬에게 일러 주었다.

"나도 알아, 뭐. 희진이 선생님도 아빠에게 오빠라고 하지 않잖아. 그런데 그건 곧 결혼할 사이라서 그런 거잖아. 정원이 이모, 민혁이 삼촌이랑 결혼할 거예요?"

낭랑하게 물어 오는 아이의 말에 정원은 말문이 턱 하고 막혔다.

"예슬아."

"희진이 선생님하고 아빠하고 결혼하는 거 예슬이도 찬성이야?"

민혁의 말에 딸아이를 말리던 재원의 목소리가 뚝 끊어졌다.

"결혼은 남자와 여자가 사랑해서 하는 거래요. 예슬이는 희진이 선생님하고 아빠하고 사랑하는 거 찬성이에요."

"그럼 희진이 선생님이 예슬이 엄마가 되는데, 그것도 좋아?"

"민혁 씨."

"오빠."

민혁의 질문에 당황한 이들이 동시에 그의 이름을 불렀다.

"우리 엄마는 따로 있으니까. 희진이 선생님은 그냥 희진이 선생님 할래요. 그래도 예슬이는 엄마만큼 선생님도 좋아하니까⋯⋯."

예슬은 자신이 말해 놓고 조금은 미안한지 희진의 눈치를 힐긋 살폈다.

"그럼, 선생님은 괜찮아. 선생님은 한집에서 예슬이랑 같이 살 수 있는 것만으로도 좋아."

희진이 시무룩한 예슬을 달래듯 등을 다독였다.

"그러니까 민혁이 삼촌도 선생님과 아빠 결혼하는 거 야단치지 마세요. 안 그러면 예슬인 삼촌 미워할 거예요. 옛날에 잘생겼다고 한 말도 취소할 거예요."

그의 입이 벙긋 열리는 걸 보고 정원은 웃어야 할지 말아야 할지 난감했다. 그러나 드라이기를 제자리에 가져다 놓는 순간 결국은 쿡 하고 웃음소리가 새어 나왔다. 조금 전 샐쭉한 표정으로 손을 내밀던 아이의 마음을 이제야 알아차렸다.

"윤희진 너, 아이 듣는 앞에서 도대체 무슨 소리를 했기에."

"죄송합니다. 외갓집에 한 번씩 다녀오면 이상한 소리를 하더라고요. 아무래도 외할머니가 걱정스레 하시는 소리를 듣고 그러나 봅니다."

재원이 난감한 듯 대신 답했다.

"불쑥 들이닥치면서 편 하나는 확실히 데려왔네. 서정원, 뭐 해? 내편 안 해 줄 거야?"

킥킥대며 웃는 정원을 그가 불퉁한 목소리로 나무랐다.

"예슬이는 삼촌이랑 정원이 이모 결혼하는 것도 찬성이에요."

예슬의 입에서 끊이지 않고 나오는 폭탄에 그의 눈이 다시금 커졌다.

"민혁이 삼촌도 우리 아빠처럼 여자 보는 눈은 있나 봐요."

벌어진 입이 채 다물어지기도 전에 예슬의 일격이 들어오자 민혁은 결국 웃음을 터트렸다. 시원한 그의 웃음소리 덕에 이제껏 긴장해 있던 재원의 얼굴에도 옅은 미소가 그려졌다. 희진의 눈가엔 맑은 물방울이 맺혔다.

천하무적 차민혁에게도 천적은 있으리라 생각했다. 그 천적이 다름 아닌 민혁의 조카 자리를 떡하니 차고앉을 예슬이 아닐까 싶었다. 정원은 꼬마 숙녀를 얼른 제 편으로 만들고자 정원이 빠른 움직임으로 냉장고 문을 열었다.

✤ ✤ ✤

잠깐 외출을 하고 돌아오니 민혁은 창가에 서서 흩날리는 진눈깨비를 바라보고 있었다. 어느새 환자복을 벗고 말끔한 슈트 차림인 것에 놀라 정원이 말끝을 흐렸다.

"어디 가려고요?"

무슨 일인지 그는 창밖에서 눈을 떼지 않았다. 조심스러운 그녀의 목소리에 약간의 긴장감이 묻어났다.

"밖이 추운데. 외출 허락받았어요?"

민혁이 천천히 돌아보았다. 정원의 젖은 머리를 보며 말했다.

"택시 타지 그랬어."

"병원 바로 코앞까지 버스 오는데 뭐 하러 그래요. 그런데 어디 나가요? 나가도 괜찮대요?"

"점심 먹고 나간 사람이 어디 가서 뭘 하다가 해 질 때 돼서야 들어와?"

"늦게 들어와서 화난 거예요?"

"어디 다녀왔는지 묻고 있잖아."

무슨 일이 있긴 있나 보다.

"집에 다녀온다고 했잖아요."

"서정원."

그의 엄한 목소리에 놀란 듯 그녀의 두 눈이 살짝 커졌다.

"왜 할머님이 이 병원에 입원해 있는 거 말하지 않았어?"

"어떻게……."

"내가 어떻게 안 게 더 궁금할까. 아니면 할머님 퇴원이 다 되도록 그 사실을 숨긴 이유가 더 궁금한 일일까."

"흥분할 일 아니에요."

건조한 그녀의 대답에 그의 눈매가 살짝 날카로워졌다.

"저도 처음부터 안 건 아니에요."

"그것이 집에 다녀온다며 거짓말까지 해 가면서 3층 병실까지 혼자 병문안 가는 변명이 되기엔 한참 부족해."

"그저 말할 필요를 못 느꼈을 뿐이에요."

"말할 필요를 못 느꼈다고?"

"아니, 당신이 생각하는 그런 뜻이……."

그의 눈빛이 변하는 것을 보고서야 아차 싶었다. 그의 입장에선 충분히 섭섭할 수 있는 일인 것을.

그가 깨어나지 못하는 동안 그렇게 다짐을 해 놓고도. 역시나 미숙한 제 행동이 그를 또 상처 입히고 있었다.

그가 말을 가로막지 않았다면 집 안 구석구석 좀 치우느라 늦었다고 더한 거짓말을 했을 터였다.

그동안 그의 곁에 붙어 있느라 할머니의 수술 문제를 까맣게 잊고 있었다. 민혁이 깨어나고 일주일쯤 지나 편의점에 잠깐 필요한 물건을 사러 내려가다가 1층에서 계모 미애와 부딪쳤다.

놀란 마음을 감추고 친구가 아파서 입원했다고 둘러대는 그녀에게 미애는 그렇지 않아도 연락이 되지 않아 걱정했다는 말과 수술 일정이 잡혀 입원한 지 며칠 됐다고 전해 왔다.

그 후 목욕을 하러 다녀온다든지 하는 작은 핑계를 만들어 할머니의 병실에 다녀오곤 했다.

처음엔 그가 의식을 차린 지 얼마 안 되다 보니 많은 병문안 손님들이 다녀가느라 틈을 놓쳤고 그러다가 굳이 말해서 귀찮은 일을 만들 필요가 없다는 생각에 미쳤다.

"일부러 숨긴 건 아니었어요."

"일부러 숨긴 게 아니다?"

"그런데 어떻게 알았어요? 퇴원 사실까지."

"이유가 뭐야? 내 옆을 지키고 있는 이유."

민혁의 의도를 이해하지 못한 정원이 가만히 그의 얼굴을 바라보았다.

"차라리 아직 깨어나지 못하는 편이 나을 뻔했나."

그녀의 얼굴이 순식간에 굳어졌다. 침울한 민혁의 목소리에 심장이 덜컥 내려앉았다.

"그런 말이 어디 있어요."

"난 죽기 직전이 되어서야 당신 마음 한 자락을 겨우 움켜잡았어. 그게 아니면 차민혁은 절대 당신이라는 여자를 얻을 수 없었을지도 모르지."

"민혁 씨."

"당신이 무슨 생각을 하는지 알 수가 없어. 이 병원을 나가는 순간 어디로 튈지 모를 당신 때문에 내 마음이 얼마나 불안한지 알기나 해?"

몰랐다. 그가 이렇게 불안해하고 있을 줄은.

그러고 보니 병원이라면 질색을 하는 그가 퇴원을 보채기는커녕 퇴원 날짜와 외래 치료 날짜를 정해도 되겠다는 담당의 말에 별 반응을 하지 않았다고 희진이 말했었지. 그저 뜻 없이 들었던 기억이 머리를 스쳤다.

한시도 떨어지지 않으며 그의 손발이 되어 주고 있었지만 정작 제대로 된 연애를 하자던 그의 말에 어떤 확답도 주지 않은 상태였다.

민혁은 난감해하는 정원의 눈빛을 외면하고 다시 창밖으로 시선을 돌렸다.

그가 내쉬는 깊은 한숨이 어둑해진 창가에 희뿌연 자국을 내었다. 순간 민혁의 눈길이 창가 한 자리에 박히며 눈빛이 흔들렸다.

엄마, 도와줘.

그가 깨어나지 못하던 시간 속에 정원이 써 놓은 손가락 글씨가 희뿌연 유리창에 그대로 드러나 있었다.

"어떻게 하면 당신 어머니가 날 용서하시고, 네 옆에 당당히 설 수 있도록 도와주실까."

돌아서 있는 그의 등이 한없이 쓸쓸해 보였다. 정원은 잠시 숨을 멈추고 명치를 타고 흐르는 통증을 애써 참았다.

"당신을 포기하지 않은 날 원망하시고 계실까. 내 몸에 흐르는 이 피를……."

정원이 자조적인 말을 내뱉는 민혁을 등 뒤에서 꼭 부둥켜안았다. 그의 근육이 움찔거리며 긴장을 했다.

"당신 섭섭해하는 거 충분히 이해해요. 내가 잘못했어요. 그러니까 그렇게 아픈 말은 하지 말아요. 당신과 내가 이렇게 힘들어하는 걸 아신다면 그렇게 가셨다고 오히려 미안해하실 분이에요, 우리 엄마."

엄마라는 말을 입에 담자 어김없이 눈물이 볼을 타고 흘러내렸다.

"당신 원망한 적 한 번도 없어요. 내 마음 편해 보겠다고 당신 가슴에 상처 내고 그렇게 도망친 나 자신이 원망스러워 하루하루가 지옥이었어요."

그가 깨어나지 못하는 동안 노심초사했던 기억이 떠오르자 그의 허리를 감은 손에 힘이 절로 더해졌다.

"재심 받아 보겠다고 여기저기 뛰어다니는 거 말리지 못한 것도 매일 후회했어요. 잠 못 드는 당신 머리 감싸 안고 잠 한숨 제대로 더 재우지 못한 것도 내내 아팠어요."

그의 재킷이 그녀의 눈물로 얼룩져 갔다.

"관심 있다는 당신 말에 설레었던 마음을 전하지 못한 것도, 늘 어떤 이유를 붙여서 내게 다가오는 서툰 당신을 하루라도 빨리 받아 줬으면 몇 날은 더 같이 했을 텐데 싶어 내 머리를 얼마나 쥐어박았는지 몰라요."

그에게 조금 더 다가가야 했다고, 조금 더 표현해야 했다고, 답답하고 모진 말로 상처를 주지 않았어야 했다고 후회하고 후회한 시간이었다.

"강현수가 누구냐고 물었을 때 우리 오빠에게 왜 그랬냐고 따져 물었으면 좋았을 텐데. 당신 가슴에 생채기 덜 낸다고 한 행동이 결국은 당신 심장 타들어 가게 했음을 뒤늦게 알았어요."

민혁이 정원을 향해 섰다. 그녀의 눈물을 닦는 그의 손끝이 떨리고 있었다.

"언제나 내 생각만이 앞섰어요. 왜 하필 총회가 있던 날 당신을 붙잡았는지. 혹시나 당신 입에서 내 이름을 다시는 듣지 못할까 봐 내가 얼마나 두렵고 무서웠는지 안다면 깨어나지 않는 편이 나았다는 그런 말 할 수 없을 거예요."

"그만해. 반성문을 제출해야 한다면 오히려 내가 해야 하니까."

어느새 부드러워진 그의 목소리에 자책이 묻어났다. 불편한 몸이야 어떻든 그녀와 둘이 오롯이 함께 하는 시간이 행복하면서도 매 순간 불안한 마음을 떨칠 수 없었다.

그러다가 그녀가 이 병원에 함께 입원해 있는 조모의 일을 숨기고 몰래 가족들을 만나고 온다는 사실을 알았을 때 아직도 제가 그녀의 영역 밖에 있는 사람 같아 견딜 수가 없었다. 이렇게까지 그녀를 몰아붙일 생각은 아니었다.

"나 역시 마음을 제대로 표현한 적이 없었어. 그저 고집부리듯 당신에게 다가갔어. 허무하게 놓쳐 버리고 나서야 당신 없이 살 수 없는 내 마음을 직면하다니. 내 인생에 그런 바보 같은 짓은 더 이상 없을 거야."

"그럼 이번 일 용서해 주는 거죠?"

조심스러웠던 그녀의 눈빛이 반짝이는 걸 보니 괜히 심술이 났다.

"아니. 이제 더 이상 내가 모르는 당신 일은 용납할 수 없어. 단 내가 지금 듣고 싶은 말 해 준다면 생각해 볼게."

빤히 쳐다보는 그녀의 눈빛에 탐색의 기운이 엿보였다. 민혁은 절로 새어나오는 웃음을 삼켰다.

"해요. 제대로 된 연애."

민혁이 틀렸다는 듯 천천히 고개를 가로저었다.

"할머니 병실에 같이 가요."

"벌써 다녀왔어."

"네?"

"얼른."

민혁이 단호한 음성으로 빨리 정답이나 말하라는 신호를 보냈다.

"사랑해요."

순식간에 번쩍 떠지는 그의 눈꺼풀을 보며 정원은 오답이구나 싶었다.

"뭘 새삼스럽게 놀라는 척을 해요. 수없이 들어 놓고선."

벌써 세 번째 오답인데, 어떤 대답을 원하는지 감이 오지 않아 낭패감을 숨기려 쏘아 붙였다.

"처음 들었어."

"다 들렸다면서요."

"이렇게 그윽한 눈빛과 어여쁜 입술의 고백은 처음이야. 떨리는 심장이 주체가 안 되는데."

"그럼 이제 화 풀린 거예요?"

초롱초롱한 눈빛이 귀엽긴 하다. 그러나 이렇게 넘어가 줄 수가 없다.

"아직 정답 말 안 했어."

"도대체 듣고 싶은 말이 뭐기에 이렇게 손해 보는 장사를 시켜요. 직접 말해요. 내가 대답할 테니까."

"대답은 당연히 예스일 테고?"

"어서 말하기나 해요."

이미 사랑한다는 고백조차 이쪽이 먼저 했는데 더 해 봐야 민망할 것도 없다 싶었다. 얼른 끝내고 따질 일이 있었다.

"평생 내 곁을 떠나지 않겠다고 맹세해."

"네?"

"못 알아들었다면 한마디로 요약하지. 내게 시집와."

"무슨 말도 안 되는 소리를."

"조금 전 사랑 고백한 여자 어디 갔어?"

"제대로 된 연애하자고 한 지 며칠이나 됐다고 시집을 오라니. 이렇게 얼렁뚱땅하는 프러포즈가 어디 있어요?"

황당함에 말을 버벅댔다. 제대로 이해하기도 전에 훅훅 바뀌는 흐름에 정신을 차릴 수가 없었다.

"프러포즈 아니야. 당신 입에서 나와야 할 정답이 내 입에서 나오다 보니 그렇게 된 거야. 그리고 할머님께도 그렇게 말씀드려 놓았으니 이제 선보라는 소리는 하시지 않을 거야."

"뭐라고요? 지금 뭐라고 했어요?"

정원의 턱이 아예 떨어져 버렸다. 그러나 민혁은 생각지도 못한 그녀의 고백에 입가로 함박웃음이 걸렸다. 옷장 앞으로 다가간 그가 갑자기 정원을 향해 돌아보았다.

"옷도 차려입었는데 모처럼 데이트 나갈까?"

"어떻게 된 건지 제대로 말 안 할 거예요?"

짜증을 섞은 톤 높은 목소리에도 그는 여전히 싱글벙글이었다. 그때 똑똑 하고 짧은 노크 소리가 들리더니 병실 문이 드르르 열렸다.

"현우야."

이번엔 생각지도 못한 남동생의 모습에 다시 입이 벌어졌다.

"너, 여기 어떻게."

"엄마가 이거 갖다 드리라고 해서."

갖가지 과일을 정성스럽게 깎아 예쁘게 담은 유리그릇과 보온병이 눈앞에 있었다.

"어서 와, 현우 군. 여기 와 앉아."

"아니에요. 지금 아버지 모시고 이천에 내려갔다가 내일 오전 일찍 오려고요."

"그럼 내일 봐."

"네, 그럼. 누나도 내일 봐."

놀란 마음을 감추지 못하는 정원의 시선을 외면한 채 현우가 병실을 나갔다. 순간 정원은 이 모든 사달에 현우가 있는 것을 직감했다.

다정하지 못했던 누나에게 한결같이 싹싹하고 거침없는 동생이었다. 철이 들면서 그게 자신과 누나 사이에 있는 벽을 허물 수 있다는 걸 터득했는지 유독 어린양을 하고 들었다.

그런 녀석이 뭔가 찔려도 한참을 찔리는 짓을 한 것이다.

"예술 작품처럼 깎으셨네."

그다지 즐기지 않는 과일 하나를 입에 물고 능청스러운 표정을 짓는 그의 얼굴이 얄미워 한 대 때려 주고 싶다.

"현우를 만났군요. 어떻게 알았대요? 저 여기 있는 거."

"서지훈이 딱 한 번 마음에 드는 일을 한 거지."

441

현우는 곁을 내어 주지 않는 누나 대신 지훈을 큰형처럼 의지하고 따랐다. 누나 뒤에서 찔찔거리며 눈물 흘릴 때 언제나 지훈이 목마를 태워 달래 주곤 했다.

그 정이 남달랐는지 대학을 가고도 그와 자주 연락을 했다. 게다가 현우가 지훈의 동문 후배다 보니 그 관계가 유달랐다.

점심 식사를 물린 후 정원은 집에 다녀오겠다는 말을 남기고 병실을 나섰다.

언제나 택시를 타고 가라는 자신의 말을 무시하며 버스를 타는 그녀였기에 민혁은 병실 창가에서 그녀가 병원 중앙에 있는 가든을 돌아 나가는 것을 지켜보려고 했지만 어디서 놓쳤는지 좀체 나타날 기미가 보이지 않았다.

두세 시간 후 물리치료실을 나오던 중 로비를 나서는 그녀를 발견했다. 잘못 본 거겠지 하는 멍한 시선 속으로 그녀와 한 청년이 자연스럽게 말을 나누는 장면이 들어왔다. 얼마치 않아 매끄럽게 로비를 빠져나가는 그녀는 확실히 정원이었다.

멀찍이서 의아해하고 있는 그에게 다가온 것이 현우였다.

"차민혁 사장님 아니세요?"

구겨진 양미간 사이의 눈썹이 빠르게 치켜 올라갔다.

"서정원 씨 동생 서현우라고 합니다."

함께 병실로 올라온 현우는 사고가 나던 날부터 누나가 이곳 병원에서 민혁을 지키고 있다는 사실을 알고 있었다고 했다. 그리고 할머니가 대장암으로 며칠 전에 이곳 병원에서 수술을 받아 입원하고 있다는 사실도 전했다.

누나가 이곳 병원에서 머무르고 있는 것을 다른 가족은 아무도 알지 못하기에 차민혁 씨께도 선뜻 말하지 못했으리라 생각하니 누나를 이해해 달라는 말도 덧붙였다.

이제 곧 대학 졸업을 앞두고 군대 영장을 받아 놓고 있다는 그의 눈매에서 민혁은 정원을 느꼈다.

정원이 아프게 살아왔던 지난 시간을 짧게 전하며 누나를 부탁한다는 말 품새에서 말로만 듣던 종갓집의 교육은 정말 다른 게 있는 건가 생각했다.

할머니 병실이 어디냐고 묻는 그에게 현우는 환한 미소를 지으며 선뜻 대답했다. 할머니를 만나려는 그의 마음을 누나에 대한 진심으로 이해했는지 어려움으로 쭈뼛거리던 태도를 약간 내려놓고 편하게 말했다.

"우리 누나 옆에 누군가가 있다는 사실이 믿어지지 않아요. 상처받을까 봐 좋은 게 있어도 자신의 마음을 꽁꽁 묶어 놓는 스타일이거든요."

제 누나를 입에 담는 현우의 얼굴에 애정과 안타까움이 동시에 묻어났다.

"어쩌다가 저희 어머니께서 마음에 드는 인형이라도 사다 주시면 가지고 놀지 않고 항상 높은 곳에 올려다 두고 바라보기만 했어요. 처음엔 그저 엄마와 관계가 껄끄러워서 좋아하는 티를 내기 쑥스러운가 보다 했는데 자라면서 보니 그게 아니었어요. 아, 힘드신데 제가 괜한 이야기를."

말이 길어지지 현우가 그의 컨디션을 걱정하고 나섰다. 민혁이 가만히 고개를 가로저으며 다음 말을 재촉했다.

"아낀 용돈으로 본인이 갖고 싶은 물건을 사 와도 그랬고, 그나마 누나가 좋아하던 막내 고모가 와도 곁에 다가가지 않고 그저 바라봤어요. 너무 답답해서 고등학교 졸업식 날 처음으로 술을 마시면서 지훈 형에게 바보 같은 누나라고 퍼부었어요. 그때 형이 그러더라고요."

옛 시간을 떠올리지 마음이 울컥하는지 젊은 청년이 잠시 말을 멈추었다.

"엄마 아빠를 다 끼고 사는 너는 모를 거라고. 너무 좋은 걸 안 뺏겨 봐서 모르는 거라고. 제게 너무 소중한 걸 뺏겨 본 사람들은 그것이 사라지고 나서 생긴 상실감에 선뜻 마음을 열 수 없는 거라고."

다시 한참을 말이 없는 현우를 향해 민혁이 무슨 말을 해야 할까 망설일 때였다.

"그런 누나가 열흘이 넘도록 사장님 병실에 붙어 두문불출한 채 있다는 소리를 듣고 꼭 어떤 분인지 뵙고 싶었어요."

그리고 싱긋 웃으며 덧붙여 오는 그의 말에 민혁이 소리를 내고 크게 웃었다.

"우리 누나가 하는 대부분의 말은 마음에 없는 소리예요. 그냥 귀딱 닫고 사장님 좋을 대로 애정을 표현하면 된다고 생각합니다. 저도 처음엔 상처 엄청 받았거든요. 나름 다른 매력이 많으니까 예쁘게 봐 주십시오."

현우가 올라가고 한 시간 즈음 지나 깨끗이 샤워를 마친 그는 얼마 전 희진에게 부탁해서 가져다 놓은 슈트를 꺼내 입고 명주의 병실 문을 두드렸다. 병실에 들어서는 그를 향해 엄지를 척 드는 현우를 보며 그녀가 동생 하나는 잘 두었다는 생각에 마음으로 미소를 지었다.

"번거로운 걸음 하게 해서 미안해요."

"아닙니다. 그리고 말씀 낮추셔도 됩니다."

태석의 얼굴을 보는 건 민혁이 깨어난 날 이후 한 달 만이었다.

정원은 태석이 그때나 지금이나 누구도 함부로 근접하기 힘들다는 대망그룹의 차 회장이 아니라 여느 아버지들처럼 자식에 대한 애정과 걱정으로 일상을 보내는 이웃집 어르신으로 느껴졌다.

아픈 아들을 지켜보던 그에게 혼자 동지애를 품었다. 어쩐지 힘든 시간을 함께 이겨 낸 것 같아서. 그러니 그를 향하는 마음이 더욱 편안해졌다.

그룹의 회장으로 많은 직원과 수족을 거느린 태석은 맑은 기운의 정원을 볼 때마다 흐뭇하기 그지없었다.

듣기로 모친과 일찍 떨어져 외롭게 자랐다고 하는데, 말없이 앉아 있는 그 자태가 참하고 고운 것이 어디 한 군데 모자람이 없어 보였다.

병원을 드나들면서 여러 차례 스쳐보기는 했지만, 민혁이 의식을 차리지 못하는 동안에는 본인도 제정신이 아니었고, 이후 의식이 들면서는 민혁을 대신해 화연의 일과 5년 전 사건에 대한 재심 문제를 돕느라 정원을 미처 살피지 못했다.

그러다 희진의 친구이기도 하면서 아마도 미래 며느릿감이 될지도 모를 아이니 오다가다 보면 말이라도 따뜻하게 하라는 희수의 말에 태석은 그제야 병실 한편에서 붉어진 눈으로 눈물짓던 정원을 떠올리며 이제나저제나 하며 정원을 기다리고 있었다.

그런데 어떻게 된 게 퇴원한 지 열흘이 지나도록 그 기색이 없어 이틀 전 희수에게 슬쩍 떠보다가 정원과 자신의 집안이 좋지 못하게 얽힌 사실을 듣게 되었다.

"요즘 민혁이 얼굴을 볼 수 없어 이렇게 정원 양을 먼저 불렀는데."

태석은 이 나이 되도록 많은 사람을 만나 보았지만 이렇게 어려운 자리는 처음이었다.

"어떻게, 데이트는 제대로 하고 있나."

"네? 아, 네……. 어제, 오늘 저도 얼굴을 못 봤습니다."

순간 아들에 대해 뭐라고 말씀을 드려야 덜 섭섭해하실지 몰라 정원은 난감했다. 저 역시 어제오늘 그와 짧은 통화만 나누었을 뿐 얼굴은 보지 못했다. 퇴원 이후 회사 일에 시간을 쏟는 것인지, 그것도 아니면 법원을 다니고 있는지 물어도 제대로 된 대답을 주지 않았다.

"이 양반도 참. 무슨 말씀을 하고 계신 건지. 정원 양 난감해하는 거

안 보여요?"

희수가 과일과 차를 내오며 태석을 나무랐다. 정원이 자리에서 일어나 과일 접시에 손을 건네자 희수가 그냥 앉으라고 손짓을 했다.

"어허, 참. 최근에 희진이와 이야기를 자주 나눈다고 하지만 어디 내가 젊은 아가씨들과 자주 있어 봤어야지."

태석이 난감해하며 헛기침을 했다. 얼굴에 약간의 홍조까지 띠고 있었다.

"희진이 친구라 생각하고 편하게 생각하세요."

"그러면 되는데, 며느릿감이라고 생각하니 더 어려울 수밖에."

며느릿감이라는 말에 이번엔 정원의 얼굴이 붉어졌다.

"이 양반이 점점. 당신은 잠깐 가만히 계세요. 아니면 오늘 하시고 싶은 말씀 브리핑하듯 정리하고 계시든가요. 회사 일이다 싶으면 흐트러짐 없이 의사 전달 잘하시면서 정작 이럴 땐 헤매고 계시니."

희수가 혀를 차며 포크로 찍은 과일을 정원에게 건넸다. 얌전히 받아 한편으로 내려놓은 정원이 과일을 포크로 찍어 두 손으로 태석에게 건네었다. 흡족한 듯 고개를 끄덕이는 그의 얼굴엔 미소가 만연했다.

"실은 두 사람 잘 지내고 있다는 소리를 비서실의 한 실장에게 진작 들어 알고 있었어요. 지난번 오피스텔에서 봤을 때 혹시나 해서 제가 물어봤지요."

예상치 못한 말에 놀라 정원의 눈썹이 파닥거렸다.

"그리고 두 사람이 결별했다는 소식을 전해 들어 마음이 안 좋았어요. 그 이유에 우리 집안이 큰 몫을 했다는 사실은 민혁이 사고당하기 며칠 전에야 알게 되었고."

"당신은 벌써 알고 있었어? 그런데 왜 내겐 이제야…… 말을 해."

성질을 참지 못하고 버럭 소리를 지르던 태석이 정원의 존재에 아차 싶어 노기 띤 목소리를 낮추었다. 한평생 함께 살아온 남편이다 보니 그런 큰 목소리쯤이야 대수롭지 않은지 곁눈도 주지 않았다.

"병원에 있어서 잘 모르겠지만 그날 사고는 우리 고모, 그러니까 차 전무가 그렇게까지 시킨 일은 아니라고 밝혀졌어요."

희수 역시 말을 하면서도 마음이 편치 않았다. 아무리 그 죄가 미워도 남편에겐 동생이었고, 그렇다고 매끄럽게 고모라는 호칭을 주자니 지금 정원의 심정을 헤아릴 수가 없었다.

"민혁이 총회에 참석 못 하도록 잠시 발을 묶는다는 것이 그렇게 큰 사고로 이어지다 보니 지금 차 전무도 제정신이 아니라는군요. 민혁이 제 발로 걸어 병원을 나와 다행이지 어디 한 군데라도 탈이 생겼다면 지금 여기 있는 회장님 벌써 불호령을 내놓으셨을 거예요."

아직도 참담했던 주차장의 기억에 정원이 저도 모르게 눈을 감았다 떴다. 그 모습을 본 희수가 그 마음을 오해했는지 얼른 말을 이었다.

"그렇다고 이번 일을 그냥 넘길 생각도 없어요. 무엇보다 오늘 회장님이 부른 이유는……."

희수가 남편 태석을 향해 고개를 돌렸다.

"내가 할 수만 있다면 지금 당장 정원 양 앞에 무릎을 꿇고 싶네. 아니, 꿇어야 마땅하지."

태석이 엉거주춤 지팡이를 짚고 자리에서 일어섰다. 놀란 정원이 따라 일어서며 그의 팔을 잡았다.

"회장님."

"정원 양 어머님 그렇게 돌아가시게 한 게 우리 화연이라는 소리, 며칠 전에 들었어. 내가 키우다시피 한 동생이지. 잘못 키운 죄, 그리고 그런 잘못을 하고 있는 것도 몰랐던 죄. 무릎을 꿇어 사과한다고 해서 어디 그게 보상이 되겠나."

"이러시지 마세요, 회장님. 이미 제 마음에서 흘려보내려고 한 일이에요. 이러시면 제 마음이 더 불편합니다."

정원이 태석을 부축해 소파에 앉도록 도왔다. 그 모습에 마음이 시큰해진 희수는 고개를 돌렸다.

"무엇보다 제가 민혁 씨를 잃고 매일 눈물짓는 걸 저희 어머니가 원치 않으시겠다는 생각을 했어요. 제가 행복하기를 바라시고 계실 거예요. 제 이기심이 시킨 생각인지 모르겠지만."

"아니에요. 분명 어머니라면 지금 정원 양이 말한 그대로 말씀하시며 품어 주셨을 거예요."

희수가 눈가를 훔치며 정원의 말을 도왔다. 정원은 이틀 동안 그의 얼굴을 보지 못해 애가 타는 이유가 따로 있었다. 사흘 전에 안양교도소에 현수를 만나러 갔다가 민혁이 퇴원한 다음 날 바로 현수를 만나고 간 사실을 알게 되었다. 그때 현수가 들려주는 말이 그녀의 마음을 울렸다.

"차민혁 씨 다녀갔어. 내가 하고 싶은 말은 늘 네게 했던 말 그대로야. 너는 그때 일 모두 훌훌 털어 버리고 행복하게 살았으면 해. 차 검사님처럼 괜찮은 사람 만난 건 오로지 하늘에 간 이모가 널 돕고 있기 때문이라고 여겨. 그날 일은 그저 운명이었던 거야. 하필이면 그날 내가 집에 없었고, 하필이면 늘 병원에서 검진 받던 시간에 이모가 집에 계셨을 뿐이야. 그러니 누구 때문도, 누구 탓도 아니야. 굳이 탓을 하라면 그 검은돈에 끝까지 내가 버티지 못했던 것뿐이야."

현수의 말에 정원은 그저 미안하다는 말과 눈물밖에 줄 것이 없었다. 오빠를 생각하면 눈앞에 어려운 두 사람을 두고도 어쩔 수 없이 눈가가 붉어져 왔다.

"그리고 강현수 군 이야기도 들었네. 일단 보석으로라도 먼저 나올 수 있는지 알아보고 있어. 이미 그 공사 문제는 처음부터 부실 공사의 조건을 갖추었다는 모든 자료를 넘긴 상태이고."

정원을 바라보는 태석의 눈길에 진심으로 미안함과 죄책감이 깔려 있었다.

"우리 대망이 부실 공사의 모든 책임을 인정하고 나섰으니 좋은 재판 결과 있을 거야. 그리고 현수 군이 나오는 대로 건설 업계에서 열심히 일할 수 있도록 최선을 다해 도울 생각이네."

마침내 정원이 눈물을 보였다. 옆에서 함께 훌쩍이던 희수가 정원에게 하얀 면 손수건 한 장을 건네주었다.

"그런다고 모든 죄를 용서받을 수 없다는 것을 알고 있어. 화연이는 내 사심 하나 섞지 않고 있는 그대로 벌을 받고 나오도록 어떤 손도 쓰지 않을 것을 약속하지. 나오는 대로 당장 외국으로 쫓아낼 생각이야."

진작 했어야 할 일을 하지 못한 탓에 여러 사람이 다쳤다. 그 죄가 태석의 가슴을 치고 목을 메이게 했다.

"오늘 당장이라도 불러들여 무릎 꿇고 사과케 하고 싶은데, 아직 그 얼굴이 보고 싶을 것 같지 않고."

제 눈치를 살피는 태석을 향해 정원은 보일 듯 말 듯 고개를 끄덕여 그 뜻을 알렸다.

"언젠가 정원 양과 현수 군 앞에 꼭 무릎 꿇고 사과하도록 하겠네. 그렇지 않는다면 연까지 끊을 생각이야. 또한 기태는 모든 죗값을 받고 나와도 이 나라에서는 어떤 일도 하지 못하도록 할 거야. 그리고……."

태석이 말을 잇지 못하고 큰 한숨만 내어 쉬었다. 보다 못한 희수가 대신 입을 열었다.

"민혁이 대망에서 나갈 거예요."

정원이 번쩍 고개를 들어 희수를 바라보았다.

"회장님이 그렇게 하라고 허락하셨어요. 쉬운 결정이 아니었죠. 선대 회장님, 그 위 민혁의 증조부님 때부터 집 짓는 것으로 시작하여 차씨 가문 아들들의 인생들이 고스란히 담긴 곳을, 자식이 없다면 모를까 아들을 버젓이 두고도……. 나 좀 봐. 무슨 소리를 하는 건지. 정원 양은 신경 쓸 것 없어요. 민혁이도 강력히 원하고 있고, 또한 전문 경

449

영인에게 맡기면 되니까."

안타까운 마음에 자신이 횡설수설하고 있음을 느낀 희수가 난감한 듯 태석을 바라보았다.

"그러니 정원 양은 민혁이를 대망 사람으로 보지 말고 그저 한 남자로 받아들여 줘. 더 이상 애태우게 하지 말았으면 해. 나는 이제 그 아이가 좋은 가정 이루고 잘 사는 것을 낙으로 삼기로 했으니까."

따뜻함이 배어 나오는 태석의 웃음을 마주하자 정원은 또다시 눈가가 뜨거워졌다.

"민혁 씨처럼 능력 있는 사람을 그런 자리에서 내려오게 할 수는 없어요."

"알고 있었어? 조금만 가르치려 들면 또박또박 반박하고 나서기에 상사의 능력을 제대로 알지 못하나 생각했는데."

언제 들어왔는지 등 뒤로 성큼 나타난 민혁이 정원의 말을 받았다.

"언제 들어왔어? 대문 열리는 소리도 못 들었는데."

희수가 반색을 하며 자리에서 일어섰다.

"장 보러 나가시던 박씨 아주머니가 열어 주셨어요."

"해도 지기 전에 들어오다니 별일이구나. 어디서 정보를 들은 게지. 정원 양 여기 와 있다고."

태석의 불퉁한 목소리에서 요 며칠 코빼기도 비치지 않던 아들에 대한 섭섭한 마음이 드러났다.

"부모님께 가끔 바람직한 일도 해야 하는가 봅니다. 이런 선물이 기다리고 있을 줄 알았으면."

민혁이 싱긋한 웃음으로 답했다.

"허, 저 녀석 능청 좀 보게. 저러니 내가 정원 양 치맛자락이라도 잡고 우리 집안에 들어와 달라고 빌 수밖에."

"네?"

말뜻을 알아차리지 못하는 민혁을 보며 희수가 나무라듯 태석에게

450

눈짓을 보냈다.

"아니야. 너 얼굴 보고 반가워서 하는 소리야. 그건 그렇고 다들 저녁 먹고 갈 거지?"

"당신은 앞질러 가지 말고 가만히 있어 봐. 민혁이 너 정원 양에게 프러포즈는 했어?"

태석이 들떠 있는 희수의 기대를 꺾으며 화살을 민혁에게로 돌렸다.

"네?"

"오늘따라 이 녀석이 왜 이렇게 말귀를 못 알아먹어?"

태석이 못마땅한 듯 혀를 찬 뒤 말을 이었다.

"정원 양 입장에서 생각해 봐. 다 죽어 가는 놈 고생해서 사람 만들어 놨더니 병원 나오자마자 얼굴도 제대로 안 보여 줘, 그런데 그 부모 되는 사람들은 집에까지 불러서 내 아들 받아 줘라 마라 해. 이런 엉터리 결재 라인이 어디 있냐 말이야. 프러포즈했어, 안 했어?"

여전히 어리둥절한 채 서 있는 그를 향해 태석이 지팡이를 바닥으로 한 번 내리쳤다.

"안 했으면 어여 데리고 나가 제대로 하고, 다시 인사시키러 와."

역시 며느리 사랑은 시아버지였다. 희수는 태석이 모처럼 마음에 들었다.

"평안하셨습니까."

별채에 들어와 명주에게 큰절을 올린 민혁이 방석에 무릎을 꿇고 앉은 지 한참이었다. 아직 온전치 않을 그의 무릎 걱정에 정원의 마음이 타들어 갔다. 그렇다고 함부로 입을 뗐다가는 곤경에 처할 이는 그였다.

"내 손녀 데려갈 테니 선이고 뭐고 절대 안 된다고 엄포를 주고 가더니 왜 이제야 나타나."

"어머니, 엄포라니요."

명주의 대각선에 앉아 있던 훈재가 조용한 목소리로 한 마디 나섰다.

"엄포가 아니면 뭐야. 수술한 지 얼마 되지도 않아 끙끙 앓고 있는 참이었어. 그런 노인 병실에 불쑥 들어와서는 제 이름 석 자 하나 던져 놓고 웃음기 하나 없는 얼굴로 뭐라고 그랬어? 평생을 제 옆에 두고 있을 터이니 다른 남자는 절대 근처에 두면 안 된다고 그랬지? 표현만 정중했지 반협박이었잖아."

다시 생각해도 마음에 들지 않은지 명주의 이마 주름이 더욱 굵어졌다.

"보내 놓고 얼마나 괘씸하던지. 누가 내 귀한 손녀 견적도 안 내 보고 덜컹 준다고 했나. 그거 짚어 보자고 내 한참을 기다렸거늘 달포가 뭐야. 거의 두 달이 다 되어서야 얼굴을 보여."

"죄송합니다, 할머님. 이렇게 제 얼굴 보고 싶어 애가 타시는 줄 알았다면 정원일 업고서라도 달려오는 건데 제가 잘못했습니다."

"누가 자네 얼굴이 보고 싶다고……."

톤을 높이던 명주는 조금 체통을 잃었다고 생각했는지 끝말을 흐렸다. 어떻게 된 게 처음 만나던 날부터 민혁에게 자꾸 말려드는 느낌이 언짢았다.

"왜? 정원이 마음도 아직 못 얻은 게야? 생각보다 쓸 만한 인물이 못 되는 거 아닌가."

"할머니."

"네 남자라고 편은 들고 싶은 게냐. 어딜 끼어들어."

참다못해 정원이 끼어들자 명주가 어김없이 날카로운 시선을 던졌다.

"아낙네 목소리가 담을 넘어가는 걸 신경 쓰시는 분 말 품새에 격 떨어지는 단어가 섞여서요."

"뭐야?"

"맞습니다. 그렇지 않아도 제 덕이 부족한지 정원이 때문에 애 좀 먹었습니다. 듣기론 할머님을 많이 닮았다고 하던데, 할머님께서 어떻게 하면 정원이를 완전히 내 사람 만들 수 있는지 알려 주셨으면 합니다."

정원에게 떨어질 불벼락이 걱정된 민혁이 얼른 나섰다.

"허. 이거 잘 들으면 좋은 소리고 어째 들으면 또 언짢은 소리 같구면. 그래, 정원이 어릴 적부터 똑똑한 건 날 닮았네만. 저 사람 곁에 들이지 않는 독한 구석은 누굴 닮아 그런지 나도 모르겠네."

자신을 앞에 두고도 전혀 기가 눌리지 않는 것이 못마땅하면서도 썩 나쁘지 않다.

"그러고 보면 이 집 문턱에 자네를 들인 것만 해도 여간한 인물이 아닌 건 나도 인정하지."

명주가 잠시 말을 끊고 민혁을 바라보았다. 두 손을 공손히 모은 채 무릎을 꿇고 있다. 앉아 있음에도 한참이나 작은 자신을 위해서 어깨를 낮추고 있었다.

제 치마 끝자락에 닿아 있는 민혁의 시선은 본인이 말할 땐 고개를 조금 들어 부드러운 인상으로 제 인중 부위를 바라보았다.

너무 낮지도 높지도 않은 안정된 톤으로 나이 든 어른을 배려하고 있지만, 자신의 의사를 표현할 땐 속도감을 늦추면서도 한 마디 한 마디에 힘을 주고 있었다.

명주는 민혁이 가정 교육은 제대로 받았구나 싶었다.

정갈한 얼굴 윤곽에 눈, 코, 입이 조화롭게 균형을 이루고 있었다. 쌍꺼풀이 없는 큰 눈과 높은 콧대에서는 남성미를 드러내고 있었다. 무엇보다 부드러운 턱선이 돋보였다. 나이 든 명주의 눈으로 보아도 주변에서 쉬이 볼 수 없는 잘생긴 상이었다.

"우리 정원일 처음 눈에 넣었던 게 언제던가."

민혁의 두 눈썹이 살짝 위로 치켜 올라갔다. 그를 바라보는 정원은 눈살을 찌푸렸다. 듣는 사람이 말뜻을 찾아 대답토록 하는 명주의 화법이 오늘따라 거슬렸다.

"말씀의 뜻을 명확히 알기 어려우나 언제 마음에 담았느냐고 묻는 것이라면 제 눈에 정원이 처음 닿은 그날부터였던 것 같습니다. 무뚝뚝하고 다정치 못한 성격이라 사람에게 잘 향하지 않던 눈길이었습니다. 그럼에도 늘 정원이 서 있는 곳에 제 시선이 머물고 있었습니다."

한곳에 집중하면 곁눈질이 안 되는 성격이었다. 그럼에도 캐나다 밴쿠버의 한 공항에서 신문에 고정되어 있던 그의 시선이 무엇에 이끌리듯 한 여자에게로 옮겨 갔다.

옷깃만 건드리고 날아가 버리는 바람처럼 각자의 목적지를 향해 가는 많은 타인 속에서 그의 눈은 정원에게 머물렀다. 그리고 우연찮게 그녀를 만났다고 여겼건만 알고 보니 낯선 타인을 뚫고 그의 시선이 그녀를 찾아낸 것이었다.

"글쎄, 그 처음 만난 적이 언제냐 말이야."

명주는 언제 마음을 주었는가를 알고 싶은 게 맞았으나 어른 말귀도 못 알아듣는 우둔한 녀석이 아닌가 싶어 에둘러 물었다.

그런데 한술 더 떠서 이쪽 말귀를 시험하듯 호기심을 일으키는 그의 대답이 언짢았다.

"두 해 전입니다."

명주의 두 눈썹이 살짝 치켜 올라갔다.

"두 해 전이라니. 그럼 부산에 있을 때 알은 사이란 말인가."

"밴쿠버입니다."

"뉴욕이요."

민혁의 짧은 침묵이 이어지자 정원이 불쑥 끼어들었고, 그 바람에 민혁과 다른 대답을 내어놓아 버렸다. 방 안에 있는 모든 이의 눈에 호

454

기심이 담겼다.

"캐나다와 뉴욕이라니. 너 언제 바깥에 나갔더냐?"

"할머니, 지금 그런 게 중요한 게 아니잖아요."

괜히 난감해하는 민혁을 도우려다 그의 무릎만 계속 고생시키는 게 마음에 걸린 정원의 목소리에 짜증이 한껏 묻어났다.

"왜 중요한 게 아니야. 어디서 엉뚱한 여자 만나고 왔나 보구나. 처음 만난 곳이 다른 것을 보니."

"캐나다에서는 저 혼자 훔쳐본 겁니다."

처음 듣는 소리에 정원이 민혁을 바라보았다.

"방학 때 한번 들르라고 그리 일러도 안 듣더니만 그리 밖으로 돌아다녔다는 말이지."

중얼중얼 혼잣말을 잇던 명주가 재차 민혁에게 물었다.

"얼핏 듣기론 여동생이 하나 있다고."

"네."

"그 여동생이 정원이 친구고?"

"네."

천천히 두 사람을 번갈아 보는 명주의 눈길에 다정함이 깃들었다.

"누구에게나 주어지는 인연은 아니야. 감사하는 마음으로 받아들이고 언제까지나 좋은 연이 되도록 서로 노력해야 할 거야."

"마음에 새겨 두겠습니다."

"술은 좀 하나?"

그를 바라보는 명주의 눈매가 빛나고 입매에 옅은 웃음이 깔렸다.

"제 몸 간수할 만큼은 됩니다."

"제 몸 간수 못 할 때까지 마셔 보진 못했다는 말이기도 하겠구먼. ……그 웃음의 의미는 뭔가."

싱긋이 웃어 오는 그의 얼굴을 향해 명주가 물었다.

"정원이 언변이 누구를 닮았나 했더니 역시 할머님이다 싶어서입니다. 말씀 듣고 보니 저도 제 술 끝을 알 수 없긴 합니다."

"그럼 오늘 한번 마셔 봄세. 자네 오면 준다고 이천 쌀로 빚은 좋은 명술 많이 준비해 뒀지."

대문을 넘은 시각이 오후 6시. 간단한 요기 후 7시가 조금 넘어 시작한 술자리는 자정이 넘어서야 파했다.

현우가 떨어져 나갈 무렵 정원의 오촌 당숙이자 훈재의 사촌이 들어왔다. 훈재가 나가떨어질 즈음 훈재 당숙의 방문이 이어졌으며, 그 당숙이 곤드레만드레할 때쯤 이천 시내에 살고 있던 명주의 동생이자 훈재의 외숙이 자리를 함께했다.

차례차례 술 상대가 바뀌어 나가는 것을 지켜보던 정원은 애간장이 녹아내렸다. 이제 겨우 퇴원한 지 두 달밖에 안 된 그의 몸 상태에 술이라니. 절대 안 된다며 말리려 했지만 그의 단호한 눈빛이 가로막았다.

이천으로 내려오는 길에 그는 지난번 할머니 병실에서 작은 교통사고로 며칠 입원해 있는 중이라고 말씀드렸으니 다른 말은 보태지 말라고 했다. 아마도 이런 일을 예상했던 모양이다.

제가 조금만 더 생각했어도 이 방문을 미루고 미루었을 걸. 남자들의 술자리에 단 한 번도 끼어 본 적 없는 그녀였지만, 정원은 모자란 안주와 술을 가져다주는 척하며 물을 담은 술병을 들고 들어가 그의 잔에 따라 주었다.

민혁이 괜한 짓 하지 말라며 눈으로 경고했지만 작은 애교를 떨면서 당숙 어르신들 잔에 술을 따라 드리며 먼저 취하도록 유도를 했다.

서로가 서로를 보기 바빠 명주가 문턱 너머 말없이 지켜보고 있는 줄은 꿈에도 몰랐다.

사람을 내치기 바쁜 손녀가 어디서 저렇게까지 허우대 멀쩡하고 반듯한 남자를 데리고 왔을까.

게다가 현우의 말을 듣기론 예전에 검사까지 했다고 하니 공부도 할 만큼 했을 테고, 이름 대면 알 만한 기업가 집안 아들이라 하니 명주는 이제 눈감아도 여한이 없었다.

그 아픈 수술을 괜히 받았다는 생각까지 슬슬 들려던 참이었다. 무엇보다 저렇게 제 남자 몸이 상할까 노심초사하는 손녀의 얼굴을 보게 될 줄 어찌 알았을까. 오래 살기는 했구나 싶다.

민혁을 손님방으로 안내한 정원은 그가 방으로 들어가기 무섭게 약봉지를 내밀었다.

"얼른 먹어요."

"뭐야."

"술 깨는 약."

"잘 마신 술을 왜 깨우실까. 더 할 일도 없는데."

민혁이 수염이 거뭇하게 올라온 턱을 정원의 얼굴에 가져다 댔다.

"정말 제대로 취하셨네. 냄새나요."

정원이 그의 등짝을 살짝 두드렸다.

"속이 좀 괜찮으라고 그러는 거잖아요. 얼른 먹어요."

"괜찮아."

"괜찮긴 뭘 괜찮아요. 당분간 술은 절대 안 된다고 했는데."

너무 걱정이 되다 보니 콧소리가 절로 났다.

"걱정하지 마. 약 먹고 왔어."

"약 먹었다고요? 무슨 약?"

"청담동 어머니가 챙겨 줘서."

"어머니가 챙겨 줬다고요?"

처음 듣는 소리에 그녀의 두 눈이 동그래졌다.

"혹시 모른다고. 집안 주치의한테 이야기해서 준비해 놓으셨다고."

"그걸 당신이 먹었어요? 안 버리고?"

"버리기만 하면 경우가 아니지만 이천으로 전화를 넣어 현 상황을 말씀해 버리시겠다고 협박하시기에."

"헐."

감탄사를 터트리는 정원의 눈동자가 반짝반짝 빛을 발했다.

"잘하는 일인지 모르겠어."

"네?"

"차민혁이 점점 이상하게 되어 가는 듯해서. 그런 협박에 바로 받아 마시다니. 어쩌다 이렇게 되었을까."

깊어진 그의 한숨 소리에 절로 웃음이 새어 나왔다.

"갈수록 어머니가 마음에 들어요."

"그 뒤에 당신이 있으니 문제인 거지. 게다가 내 의견도 묻지 않고 덜컥 청담동으로 들어가 산다고 말해 버리고."

"1년인데 뭘 그래요?"

"1년이든 한 달이든 앞으로 이 서방님과 모든 일을 같이 결정 안 하기만 해 봐."

"청담동 들어가는 거 불편해요?"

정원이 조용히 물었다.

"나보다 네가 불편하잖아."

"불편하긴 뭐가요. 집도 엄청 넓고 희진이도 있는데. 그건 그렇고 희진이 정말 기특하지 않아요?"

"그럼, 누구 동생인데."

그의 얼굴에 얇은 눈웃음이 보였다. 얼마 전 희진, 재원 커플과 넷이서 술자리를 가졌을 때 처음 희진의 귀여운 주사를 접했다. 그때 희진의 웃음과 닮아 있었다.

재원과 민혁이 한자리에 있다는 것이 감격스러웠는지 시종일관 가느다란 눈웃음을 보이던 희진이 갑자기 허리를 펴고 진지한 표정으로 중대 선언을 했다.

재원과의 결혼은 1년 뒤로 미루고 청담동에서 두 부모님과 민혁 내외와 살겠다고 했다.

지난번 예슬이 병원을 다녀간 다음 날 민혁은 재원과 희진을 두고 무던히 심란해했다. 그리고 얼마 뒤 희진을 불러 두 사람의 사랑을 응원하겠다 했다. 때문에 민혁과 정원은 그들이 자신들을 앞질러 결혼을 운운할 거라고 생각했다.

1년 뒤에 결혼하겠다는 말도 놀라운 일이었지만 청담동에 들어와 살다니. 희진은 민혁의 놀란 얼굴 앞으로 오빠에게 더없이 소중한 분들과 정말 가족이 되어 보고 싶다는 말을 하며 재원에게 미안함을 표했다.

대신 민혁에게 절대 귀가 시간 터치는 하지 말라는 그녀의 말에 몇 번이나 실랑이가 이어졌다.

"그건 그렇고 밴쿠버에서 봤다는 말은 무슨 소리예요? 우리 비행기 안에서 처음 보지 않았어요? 아, 그럼 캐나다 맞나? 밴쿠버 상공이니까."

"아냐. 공항 내 카페였어. 당신이 우는 모습을 처음 본 곳이지."

민혁이 말을 멈추고 제게로 집중한 정원의 눈동자를 가만히 들여다보았다.

"다행이야."

"뭐가요?"

"맨해튼 오피스텔에서 눈을 떴을 때 당신이 집에서 나갔다는 사실도 모르고 태평하게 잠이나 자고 있었던 스스로가 되게 한심했어. 어렵게 돌아왔지만 이렇게라도 만났으니 천만다행이지 싶고. 안 그랬으면 희진이 결혼식장에 다른 사람을 옆에 끼고 나타난 당신을 볼 수도 있었잖아. 병원에 누워 있는데 불현듯 그 생각이 드니까 등골이 오싹하더라."

정말 소름이 돋는지 그의 어깨가 움찔거렸다. 어쩐지 그 모습을 보고 있자니 웃음이 절로 났다.

"감사한 소리네요. 다른 여자가 당신 팔짱을 끼고 나타나는 그림이 아니라서. 어, 지금 그거 무슨 웃음이에요? 말 안 해요?"

"실은 쌍방을 두고 상상했어. 당연히 내 옆에도 아름다운 아가씨를 세우고 있었지. 이 여자를 버려야 되나, 아니면 첫 여자를 선택해야 하나."

"뭐라고요?"

미간을 찌푸리고 입을 툭 내민 정원을 향해 민혁은 호탕한 웃음을 지으며 농담이라고 정정했다. 그리고 방문을 열어 보라 손짓을 했다.

"더워요?"

"아니. 어린 이현이 얼마나 무서웠는지 보려고."

정원의 눈빛에 작은 물결이 일었다. 민혁이 성큼 몸을 일으켜 한지를 덧댄 방문을 열고는 문설주에 몸을 기댔다. 훈훈한 방 안으로 시린 밤공기가 훅 하고 들어왔다.

"이리 와 봐."

민혁이 그녀의 팔을 쑥 잡아당겨 품 안으로 이끌었다.

"이런 풍경 처음이야. 밤하늘의 초승달 그리고 별빛. 달빛에 물든 야산의 솜털 같은 나무들. 그리고 내곁에 있는 서……이현."

민혁이 정원의 귓가에 대고 아주 작은 소리로 그녀의 다른 이름을 불렀다.

"아름답지 않아?"

새카만 밤하늘의 달빛에 시선을 고정한 민혁이 정원의 어깨에 두른 팔을 들어 그녀의 볼을 쓸어내렸다.

"어린 날의 서럽고 무서웠던 밤하늘의 기억들 위로 오늘의 이 기억을 새겨 뒀으면 해."

그의 손끝에 정원의 눈물이 젖어 들었다.

"사랑한다, 이현아. 이제 엄마 대신 항상 내가 곁에 있을 테니 울지 마. 음?"

휘이이이, 덜커러렁.

바람 소리에 안채 마당 대야가 굴러가는 소리가 작은 담벼락 너머로 들려왔다.

컹. 컹컹. 커커컹컹.

먼 집 너머의 순돌이 짖는 소리가 집 마당까지 깊은 밤 적요를 타고 왔다.

새까만 어둠에 질식될까, 그리움에 숨 막힐까 두려워하며 두 귀를 틀어막았던 어린 이현은 이제 어디에도 없었다. 방 안 가득히 사랑의 선율을 들려주는 그에게 온 마음과 귀가 열린 정원이 있을 뿐이었다.

그가 읊어 대는 자락이 무언지 알아차린 정원은 큰 눈을 뜨고 그를 올려다보았다.

쑥스러움이 묻어 있는 그의 부드러운 미소에 답하듯 정원이 허리를 펴고 그의 볼에 입을 맞추었다.

처음으로 하나가 되었던 맨해튼의 밤을 기억하며.

맨해튼의 밤

모두가 잠든 밤
쓸쓸히 거리를 걸었죠.
혼자인가 여겼던 그 길에
나란히 걷던 달그림자가
당신께 데려갔나 봐요.
모두가 꿈꿀 때
나 홀로 눈물을 흘리죠.
당신이 내어 준 어깨
따스히 감싸 주던 눈빛에
하나가 되었죠.
한여름 밤의 선물이란 걸 알면서도

그 밤을 잊지 못한 마음은 여전히 그대 품속이죠.
메마른 영혼에 안겨 온 당신의 숨결
밤이면 언제나 그대에게 데려가죠.
시작도 없이 품은 우리의 사랑
다행히 이별도 우리 몫이 아니죠.
말해 봐요. 그대여.
나 역시 한여름 밤의 꿈인가요.
물거품이 되어 버릴 내 깊은 그리움이여.

에필로그

뉴욕 맨해튼 38가 8 애비뉴 A 아파트 1809호.

딩동.

힘껏 누른 초인종 소리가 복도 끝으로 긴 여운을 남기고 사라졌다.

딩동, 딩동.

손끝에 묻어난 초조함이 벨 소리에 짜증을 담았다.

부재중인가.

저녁 6시 40분. 귀가 시간이 한참 지나 있었다.

세 번째 벨을 누르려는 순간이었다. 덜컥 문이 열렸다.

"누군지나 알고 벌컥 문을 열어?"

하여간 겁도 없다니까.

"······당신, 갑자기 어쩐 일이에요."

막 샤워를 한 모양인지 채 감싸지 못한 머리로부터 물방울이 떨어지고 있었다.

"나인지도 모르고 문을 열었단 말이야?"

기어코 민혁이 인상을 썼다.

"인터폰으로 확인이야 했죠. 그런데 당신, 한참 바쁠 땐데 어떻게 시간이……."

끝까지 말을 들어 줄 인내심은 없었다. 기다란 손이 정원의 얼굴을 끌어당겼다. 턱을 치켜세워 곧바로 입술을 겹쳤다.

민혁이 밀어붙이는 힘을 감당하지 못한 정원이 뒷걸음질 쳤다. 급작스럽게 뚫고 들어오는 혀에 말문이 막혀 떨어지는 물방울을 그대로 감당해야 했다.

그의 입술은 오늘따라 성급했다. 그러나 거칠지 않았고, 뜨거웠다. 참지 못한 열기가 맞닿은 입술에서, 등과 허리를 감싸 안은 손끝에서 뿜어져 나왔다.

그의 버거운 키스를 견디지 못해 정원이 잠시 비틀거렸다.

정원을 배려하느라 잠시 떨어져 나간 그의 얼굴이 고통스럽기 그지없다.

"왜 그래요? 무슨 일 있어요?"

정원이 숨을 헐떡이며 물었다.

"몰라서 물어? 반년을 홀아비 만들어 놓고도 모자라서……."

민혁의 입술이 더 뜨거운 열기를 담고 다시 달려들었다. 한 손으로 코트를 벗어 던지고 타이까지 풀어 버렸다.

그의 두 손이 정원의 허리를 움켜쥐었다. 그녀를 번쩍 안아 들고 곧장 침실로 직진했다. 침대 위로 풀썩 쓰러지고서야 두 사람의 입술이 간신히 떨어졌다.

"어쩌지? 나 씻을 여유 같은 건 없는데."

정원이 못 이기겠다는 듯 고개를 저으며 그의 목을 끌어안았다. 그의 손이 정원의 젖은 머리를 틀어 위로 올렸다가 그녀의 니트 안으로 들어갔다.

그의 입술이, 혀가 정원의 입을 열었다. 촉촉한 입 안이 만족스러웠는지 그가 작은 신음을 흘렸다. 젖은 혀가 작은 귓구멍에 삽입되자 정원이 몸을 움츠렸다.

그의 입술이 귓불을 따라 흐르며 팔딱이는 목덜미를 핥자 정원이 뜨거운 신음을 뱉었다. 그가 다시 그녀의 입술을 찾았다. 다급하게 각도를 바꿔 깊이 겹쳤다.

하…… 하…….

뒤섞인 호흡이 누구의 것인지 모르는 채 자연스럽게 정원의 니트가 그의 손에 벗겨졌다. 뽀얀 가슴이 고스란히 드러나자 숱하게 사랑을 나누고도 여전히 부끄러워 정원이 그의 눈을 가렸다.

그녀의 두 팔을 민혁이 천천히 끌고 가더니 자신을 목을 끌어안게 했다. 그의 얼굴이 그대로 앞으로 숙여졌다.

뜨거운 입술이 풍만한 가슴에 닿았고, 입을 벌려 단번에 유두를 물어 올렸다. 미치도록 뜨거웠다. 그녀의 몸이 부르르 떨렸다.

양손이 그의 손에 잡혀 있어 그 감각에서 빠져나올 수도 없었다. 강하고 남성다운 그의 몸에 한없이 부드러운 그녀의 몸이 밀착되자 그의 몸이 용암처럼 달아올랐다.

그가 너무나 빠르게 타오르고 있었다.

정원이 두 손을 내려 그의 벨트를 풀었다. 이미 아랫부분이 불룩해진 탓에 다리 사이가 뜨거워 견딜 수 없었다. 그의 목울대가 흔들리며 젖은 호흡이 흘러나왔다.

묵직한 열기가 닿자 정원이 헉하고 숨을 들이마셨다. 천천히 몸을 움직이는 그에게 손을 뻗어 셔츠를 벗겼다.

손길이 닿자마자 그의 숨결이 흐트러졌다. 마디 끝에 닿은 몸은 뜨겁다 못해 익어 버린 듯했다.

단단한 복근을 미끄러지듯 올라간 손이 그의 얼굴을 거머쥐었다. 뜨거운 시선에 온몸이 타들어 갈 것 같았다.

"오랜만이에요."

늘 화상 통화는 하고 있지만, 직접 살갗에 닿은 건 두 달 만이었다. 그와 결혼한 후 이렇듯 오랫동안 사랑을 나누지 못한 건 처음이었다.

"······보고 ······싶었어요."

숨을 헐떡이며 말을 잇는 그녀의 입술을 민혁이 아이스크림을 베어 삼키듯 흡입했다.

정원이 팔을 내려 감싸지 못할 만큼 부풀어 오른 그의 남근을 부드럽게 쥐었다.

"너······."

그의 눈동자가 순식간에 확장됐다.

그 변화를 지켜보기 부끄러워 정원이 그의 목을 끌어당겨 제 가슴에 묻었다. 다음 달이면 결혼한 지 4년 차에 들면서도 아직도 이렇듯 수줍어하는 그녀가 귀여우면서도 사랑스러웠다.

침대에선 늘 수동적인 그녀였다. 오늘따라 적극적으로 반응해 오는 모양새가 다른 꿍꿍이라도 있는 거겠지만 어림도 없었다.

젖을 대로 젖은 곳으로 손가락을 넣어 길을 확보한 그가 거침없이 들어갔다. 묵직하게 꿰뚫리는 감각에 정원의 몸이 전류가 흐르듯 떨었다.

감당이 되지 않는지 정원이 몸을 틀자 그가 아래에 있는 그녀를 움직이지 못하게 했다. 뜨겁고 촉촉한 몸속이 그의 움직임에 따라 한없이 조여들었다.

"아······ 정원아······."

그녀의 이름과 함께 질척한 신음이 흘러나왔다. 민혁의 몸짓이 차츰 빨라졌다. 격렬한 움직임을 따라 그녀의 작은 몸이 더욱 신음에 떨었다.

엄청나게 뜨겁고 단단한 것이 제 안에 움직이자 그녀가 어쩔 수 없이 허리를 비틀었다. 동시에 민혁이 악문 잇새로 삼키지 못한 숨을 토해 냈다.

뜨거운 입술이 귀를 핥자 그녀의 동공이 쾌락에 잔뜩 풀어졌다. 그의 움직임이 더욱 빨라졌다.

그가 내지르는 뜨거움에 그녀의 온몸이 타들어 갈 듯했다. 잔뜩 흥분한 몸에서 흐르는 땀줄기가 그녀의 가슴골까지 타고 내렸다.

그 순간이었다. 민혁이 뜨거운 신음을 뱉으며 부르르 몸을 떨었다. 그녀의 몸 안 가득 그의 체액이 쏟아져 내렸다. 동시에 그녀의 전신이 파들거렸다.

"……사랑해. 사랑한다……. 정원아……."

민혁이 그녀의 가슴 위로 온 힘을 잃고 무너져 내렸다.

유독 사랑한다는 말에 인색한 남자였다. 민혁의 아껴 둔 그 말에 정원이 눈물을 흘렸다.

이제껏 그 말이 없었다 해도 세상 누구보다 그에게 사랑받고 있음을 알고 있었다.

그러나 먼 이국 땅, 그를 처음 만난 곳에서 그에게 안겨 듣는 소리는 가슴을 벅차게 했다.

뉴욕에서 조금 더 머무르겠다는 말이 그렇게 섭섭했는지 전화를 끊고 바로 달려오는 길인 듯했다.

오는 길이 고되었는지 그는 그녀의 가슴에 머리를 묻은 채 잠이 들고 말았다. 살며시 그를 제 옆으로 눕히고 그녀도 눈을 감았다.

✣ ❃ ✣

따뜻한 수건으로 정원의 몸을 깨끗이 닦은 민혁이 손으로 머리를 괸 채 여전히 잠에 빠져 있는 그녀를 바라보았다. 자유로운 한 손이 눈을 가리고 있는 그녀의 앞머리를 조심스럽게 걷어 주었다.

허락도 없이 머리를 잘랐다고 화상 통화에서 눈살을 찌푸렸던 게 2주 전 일이었다.

흘러내리는 게 귀찮다고 긴 머리를 잘라 앞머리를 낸 그녀에게 원래대로 안 해 놓으면 당장 달려가 혼을 내겠다고 했다.

이 머리가 당신 건 줄 미처 몰랐다며 올 테면 와 보라고 약을 올리는 그녀에게 달려오기까지 보름이나 걸렸다.

어느새 자란 앞머리가 눈을 찌르고 있어 불편할 텐데도 제 말이 신경 쓰여 다시 기를 생각인 듯했다. 아직도 제 말이 통하고 있음에 은근히 기분이 좋았다.

민혁이 머리를 괴고 있던 팔을 내려 그녀에게 팔베개를 했다.

아내로 맞이한 그녀는 제가 알던 것보다 훨씬 섬세하고 감성적인 여자였다. 다시 만난 이후 도도하고 까칠하기만 했던 기억이 무색하도록 그녀는 다정다감했다.

때로 제가 알고 있는 그 여자가 맞냐고 농담을 하면 당신은 제가 알던 꼭 그대로라며 여전히 바쁜 그를 못마땅해했다.

그러면서 알게 되었다. 어린 날의 소외감과 외로움이 지나친 방어 태세를 만들었다는 것을. 그녀는 시누이로 맞이한 희진뿐 아니라, 청담동 부모님에게 정성을 쏟았다.

가정이라는 울타리 안에서 새로 생긴 가족을 위해 최선을 다했다. 그런 만큼 아이를 원했다.

그런 그녀가 처음 유산을 하고 침실에 주저앉아 울던 모습을 생각하면 민혁은 지금도 가슴이 먹먹해졌다. 그리고 이어진 두 번째 유산으로 그녀는 우울을 앓았다.

지난해 조모를 잃고 정원은 완전히 무너져 내렸다. 애증의 존재였던 조모가 제게 있어 정신적 근원이었음을 뒤늦게 알아차렸다.

희수를 비롯한 주변 식구가 아무리 마음을 써도 그녀의 우울증은 깊어 갔다.

보다 못한 민혁은 그녀에게 뉴욕 생활을 권했다. 맨해튼의 유명 광고 디자인 학교의 단기 코스를 신청했다.

그것에도 그다지 흥미를 보이지 않는 그녀를 데리고 뉴욕행 비행기를 탔던 게 벌써 반년 전 일이었다. 지난 6개월이 그에겐 6년보다 길게 느껴졌다.

2주에 한 번, 적어도 한 달에 한 번 비행기를 타고 뉴욕으로 날아왔다. 그러다가 지난달 변호사 사무실을 법무 법인으로 변경하며 일이 많아지는 통에 오지 못했다.

2주만 있으면 돌아올 그녀였기에 참고 참았다.

그런데 덜컥 어제 전화 통화에서 그녀가 말했다. 공부를 더 하고 싶다고. 1년 정도 더 머무를 수 있도록 허락해 달라고.

어림도 없는 소리였다.

민혁이 정원에게서 시선을 거두었다. 그의 깊은 한숨이 천장을 뚫을 지경이었다.

창문 틈 사이로 뉴욕의 거친 밤바람 소리가 들려왔다. 이 오피스텔을 고집한 것도 그녀였다. 그녀를 위해 준비한 단독 주택을 무섭다는 이유로 한사코 거절했다.

그리고 이곳이 비어 있는지 알아봐 달라고 했다. 웃돈을 주고 살고 있던 세입자를 보냈다. 못 이기는 척 들어준 이유도 고작 반년이라는 이유였기 때문이다.

짐 정리를 하는 동안 그녀의 곁에 함께 머물렀다. 그리고 그녀와 우연히 만났던 74번가의 작은 성당, 작은 카페, 그가 일하던 펍에 들렀다. 마지막으로 브루클린 브리지를 함께 걸었다.

조금씩 생기를 찾는 그녀를 두고 돌아서던 괴로움이 어제 일처럼 떠올랐다.

쌕쌕. 그녀의 고른 숨소리가 듣기 좋다.

잠을 잘 못 잔다더니 그래도 남편 품이 좋긴 좋은가 보지.

씁쓸하던 민혁의 입가가 빙긋 호를 그렸다.

얼굴로 내리비치는 햇살에 정원이 눈살을 찌푸렸다. 혼자 살기 딱이라 여긴 이곳의 단점이라면 침실 창이 동쪽으로 나 있다는 거였다. 잠 못 이루는 밤에 달구경은커녕, 늦은 아침잠은 꿈도 꾸지 못했다.

그러나 정원은 그와 첫날밤을 보냈던 기억 때문인지 오래도록 이곳에서 살아온 듯 정감이 있었다.

정원이 놀란 듯 몸을 일으켰다. 그리고 비어 있는 옆자리를 바라봤다. 구겨진 시트와 침대 가장자리로 밀려난 베개로 보아 지난밤 그가 이곳에 있었음은 분명했다.

이불을 걷어 젖히고 급하게 침실 문을 밀었다.

설마 그렇게 가 버린 건 아니겠지.

정원이 이전엔 창고였지만 옷방으로 꾸민 작은 공간의 문을 활짝 열었다. 반듯하게 걸린 그의 코트를 바라보며 안도의 한숨을 쉬었다.

급하게 왔다가 급하게 갈 때가 많았지만 이번에 그렇게 보낼 수 없었다. 1년만 더 머무르겠다는 제 말에 그는 말도 안 되는 소리라고 잘랐다.

그럼 1년을 채울 수 있도록 딱 반년만 봐달라는 말에 그는 그대로 전화를 끊어 버렸다. 어떻게 설득해야 할지 모르겠지만 오늘은 제대로 된 대화를 해 볼 생각이었다.

커피 머신을 켜는 순간 삐리리 하고 돌아가는 현관문 소리가 들렸다.

"열쇠 가지고 있었어요? 그런데 왜 어젠……."

아침부터 장을 봤는지 민혁이 들고 있는 커다란 봉지를 보고 정원이 말을 멈췄다.

"뭘 이렇게나 사 왔어요?"

"도대체 뭘 먹고 살길래 냉장고가 텅텅 비었어."

"운동했어요?"

아침 공기가 싸늘할 텐데, 그의 목덜미가 땀으로 젖어 있었다.

472

"욕구 불만을 그렇게라도 풀어야지."

"욕구 불만은 무슨……."

어제 그렇게나 덤벼들어 놓고.

"그대로 있었으면 당신 잠 못 잤어."

그녀가 삼킨 말을 짐작했는지 그가 퉁명스럽게 그녀의 말을 받았다.

"나 아침 해 주게요?"

"싫어?"

"싫긴요. 너무 기대돼서 그렇죠. 그런데 안 바빠요?"

"바쁘지."

"당신 자리에 없길래 벌써 가 버린 줄 알았잖아요."

"그 누구 때문에 법인 설립하자마자 문 닫게 생겼지."

"에이, 왜 그래요? 사람 미안하게."

정원이 물건을 정리하던 손을 멈추고 싱크대 앞에 서 있는 그의 옆
으로 다가갔다.

"애교 부리지 마."

입술을 꽉 다문 채 채소만 다듬고 있는 그를 보며 정원이 머쓱한 듯
한걸음 물러섰다. 그러다 말고 몸을 돌려 뒤에서 그의 허리를 감싸 안
았다.

"미안해요. 민혁 씨."

"안 하던 짓도 하지 말고."

"당신 곤란하게 만들려던 건 아닌데."

"지금 곤란이라고 그랬어?"

민혁이 수도꼭지를 잠그고 몸을 획 움직였다. 허리에 둘러진 정원의
손을 잡아채는 손끝은 꽤 차가웠다.

"내 마음을 그렇게 몰라? 내가 어떤 심정으로 당신을 이곳에 데려다
놓았는데. 여기가 얼마나 좋아졌길래 앞으로 또 1년이라니?"

정원이 손을 뻗어 민혁의 한쪽 볼을 감쌌다. 딱딱하게 굳은 턱선이

화를 참듯 꿈틀대고 있었다.

"알아요. 당신 마음. 나라고 여기가 좋은 건 아니에요. 당신이 없는데 어떻게 좋을 리 있겠어요."

"말은."

민혁이 볼에서 그녀의 손을 떼고 싱크대를 향해 돌아섰다.

"그냥, 아무 생각도 안 할 수 있다는 게 좋아요. 뭔가에 집중할 수 있다는 게 좋아요."

"돌아가서 해. 아버지가 홍보 팀에 당신 자리도 만들어 놨어."

"조금만, 조금만 더 시간을 줘요."

"왜 여기선 되고 거기선 안 된다는 건데."

"……알잖아요."

모르지 않았다. 그곳에 가면 그녀는 또 사람에 집착할 터였다. 저를 위해서, 다른 가족을 위해서, 그리고 자신의 2세를 갖고 싶어 안간힘을 쓸 게 분명했다.

그것들로부터 멀어져서 오로지 너 하나만을 바라보라고, 믿고 기다리는 가족과 다시 돌아갈 곳이 있는 자만이 누릴 수 있는 자유와 고독을 맘껏 즐겨 보라며 이곳으로 데려 놓은 사람은 다름 아닌 저였다. 그러나 민혁은 더 이상 그녀 없는 빈집을 지킬 자신이 없었다.

"민혁 씨."

"약속해. 앞으로 딱 반년만이라고."

언제는 제가 그녀를 이겼던가.

펄펄 끓는 육수에 된장 한 수저를 푼 뒤 민혁이 그녀를 돌아보았다.

정원이 빠르게 고개를 끄덕였다.

"잘 챙겨 먹는다고도 약속해."

그녀가 더 빠르게 고개를 끄덕였다.

"그리고 학교도 옮겨."

"지금 뭐라고 그랬어요? 학교를 옮기라뇨?"

"그 이케우찐가 뭔가 하는 일본 녀석 없는 곳으로 옮기라고."

"네?"

이케우찌는 정원이 다니는 디자인 학교의 유일한 동양인이었다. 장기 유학생이기도 하고 나이가 엇비슷해서 많은 도움을 받고 있었다. 처음에 낯선 곳에서 잘됐다며 말을 받아 주던 민혁이었다.

그러나 얼마 전 정원이 이케우찌에게 저녁을 두 번 대접한 말을 듣고 경계의 태세를 보였다. 그리고 통화에서 그에게 어려운 과제를 도움받았다고 말했더니 늦은 시간까지 함께 있었다는 이유로 버럭 화를 내고 나섰다.

"설마 그 어린애에게 질투하는 거 아니죠?"

"스물일곱이 왜 애야?"

"당신, 내 나이가 몇 살인 줄 알기나 해요?"

"나이가 문제가 아니잖아."

"그럼 뭐가 문제인데요."

"됐어. 하여튼 다른 학교 알아봐."

웬만한 사내가 돌아볼 미모가 문제라는 말을 했다간 분명 팔불출이라 놀릴 게 뻔했다.

"그럼, 당신도 정 변호사 잘라요."

"뭐?"

"우리나라 3대 로펌 제의 거절하고 당신 사무실로 들어오기로 한 정은채 변호사. 당신 두 해 후배라면서요?"

"어떻게 알았어?"

"어떻게 알긴요? 제 정보통이 한국에 한둘인 줄 알아요?"

"도대체 누가 뭐라고 했길래."

"누가 뭐라고 한 걸 궁금해하지 말고 당신이 말해 봐요."

정원이 이미 끓어 넘치기 시작하는 된장찌개의 불을 껐다. 면장갑을 찾아 끼는 그녀를 말리고 민혁이 찌개를 식탁으로 옮겼다.

"뭘 말하라는 거야?"

"왜 그녀가 그 좋은 제의를 거절하고 당신 사무실로 들어오는지."

"은채는 검사가 천직인 아이였어. 그런 큰 로펌과 맞지 않을뿐더러, 늘 약자의 편에 서고 싶어 했어."

"거기다 하나 덧붙여야죠."

"뭘?"

정말 모르겠다는 듯 민혁이 눈썹을 치켜떴다.

"당신 말이라면 끔뻑 죽는 시늉도 한다는 것."

"무슨 말도 안 되는."

그가 눈살을 찌푸렸다.

"당신 곁에 딱 붙어 있는 주연이 때문에 말은 못했지만 줄곧 당신을 바라봤다는 거."

"시답잖은 소리 하지 마. 그리고 설사 그랬기로서니 그게 언제 적 이야기인데."

"언제 적 이야기든. 정 변호사 아직도 미혼이라면서요?"

"그런데?"

"그런데라뇨? 몰라서 묻어요?"

"아. 지금 우리 마나님께서 질투하고 계시는 건가?"

"질투가 아니라, 임시 홀아비 신세인 당신하고 여전히 미혼인 정 변하고의 물리적 위치를 걱정하고 있는 거죠."

"잘됐네."

그가 싱긋 눈웃음을 지었다.

"뭐가요?"

"당장 짐 챙겨 한국 들어가자고. 독수공방하는 남편이 어떤 사고를 칠지 모르는데, 당신이 여기서 태평하게 있을 수 없잖아."

"민혁 씨, 그 이야긴 끝냈잖아요."

"이리 와. 일단 식사부터 해. 된장 다 식어."

정원이 밉지 않은 눈길로 그를 흘겨본 후 식탁에 앉았다.

"우와. 뭘 넣고 끓였길래 이렇게 맛있어요?"

"사랑. 당신을 향한 나의 애정이지 뭐가 따로 있어?"

정원이 어이없는 웃음을 지어 보였다.

"이놈의 된장찌개."

그녀의 입에서 불쑥 튀어나오는 비속어에 민혁의 눈썹이 꿈틀거렸다.

"이거 한번 얻어먹어 보겠다고 여기 들렀다가 코 꿰인 거잖아요."

"그날, 저녁 먹고 온 거 아니었어?"

뒤늦게 말뜻을 알아차린 민혁이 먼 기억을 더듬었다.

"먹긴요. 아점 한 끼 먹고 종일 굶었는데. 네다섯 시 무렵에 샌드위치 하나 먹고 브루클린까지 걸었잖아요."

민혁의 턱이 툭 떨어졌다.

"그리고 술을 마셨다는 말이야?"

정원이 어깨를 으쓱해 보였다.

"내게 안긴 건 완전 술김이었나."

"아니면요?"

"난 내 외모에 완전 빠져든 줄 알았지."

정원이 소리를 내어 웃었다.

"지금은 어때?"

"뭘요?"

"맨정신에 내게 빠져 보는 건."

"이제 두 수저 떴어요."

민혁이 긴 손을 뻗어 정원의 입술 옆에 붙은 밥알을 뗐다. 그리고 그것을 제 혀로 날름 핥았다. 정원이 못마땅한 듯 미간에 주름을 세웠다.

"얼른 먹어. 그래야 내가 먹지."

"같이 먹어요."

민혁이 천천히 고개를 가로저었다.

"난 당신이 고플 뿐이야."

어이없는 듯 짧은 웃음을 뱉어 낸 정원이 이내 소리를 내고 웃었다. 그녀를 바라보는 민혁이 환한 미소를 지었다.

그녀의 얼굴에 다시금 피어난 웃음이 태평양을 가로지르던 성난 가슴을 한순간에 잠재웠다.

그녀가 올 수 없다면 제가 오면 그만이었다. 회사는 재능 있는 새 식구들이 잘 꾸려 줄 터였다.

정원이 내려놓은 커피 한 잔을 들고 그가 침실로 들어섰다. 커피 맛이 고소했다.

어젯밤 두 사람이 사랑을 나누었던 침대를 물끄러미 바라보았다. 구겨진 이불, 침대 끝에 포개져 있는 두 개의 베개.

지난밤 흔적이 그대로 남아 있는 곳에 그녀와 단둘이 있었다.

이곳에서 그녀와 처음 사랑을 나눈 다음 날, 제가 지녔던 상실감을 오래도록 잊을 수 없었다. 그랬기에 그녀가 여기를 원했어도 민혁은 이곳이 싫었다.

그날 아침 내렸던 커피는 입에 대지도 못한 채 싱크대 개수구로 버려졌다.

세상은 살아 볼 가치가 있었다. 참고 견디면 생각지도 못하는 선물이 준비되어 있기도 하니까.

"여기서 뭐 해요?"

멍하니 서 있는 그의 등 뒤로 정원이 물었다. 민혁이 가만히 고개를 저었다. 의구심 가득한 그녀의 눈이 그를 물끄러미 바라보았다.

그가 정원의 입술에 천천히 입을 맞추었다. 그렇게 시작된 두 사람의 사랑이 다시 불붙었다.

아마 당신은 이곳에서 머지않아 떠나게 될 거였다. 작정하고 당신에게 아기라는 선물을 곧 만들어 줄 테니까. 그리고 이번에는 최선을 다해 우리의 아기를 지킬 테니까.

민혁은 정원을 안은 채 온종일 침실을 떠나지 않았다.

아침에 지나간 해는 하루 내내 두 사람의 사랑을 방해하지 않았다.

— *end*

작가 후기

청연(淸緣). 맑은 인연. 읽는 이보다 쓰는 제가 더 즐기며 의욕적으로 연재했던 글입니다. 이 글을 적어 내리는 동안 만난 독자님들이 여전히 제게 좋은 인연으로 응원해 주고 계시는 것을 알고 있습니다. 단순히 그 인연들과 소통하고 싶은 이유로 재미는 덜해도, 인기는 없어도 어느 작은 공간에서 여전히 연재를 하고 있는지 모릅니다.

2020. 지난 한 해 동안 역사에 남을 코로나19와 바쁜 개인사에 치여 어렵게 개정을 준비했습니다. 부족한 부분은 메꾸고, 쓸데없는 것은 버리고, 알뜰살뜰 챙겨서 내보내고 싶었던 의지를 반도 채우지 못한 채 다시 선보이게 되었습니다.

이대로도 괜찮을까, 잘하는 일인가 싶지만, 옛 주인공을 오래 잡고 있는 것 또한 옛 애인을 잡고 놓지 못하는 것처럼 마음이 고단한 일이 었기에 조금 부족해도 정원과 민혁을 손에서 떠나보내려 합니다.

다른 출판사에서 출간되었던 글을 받아 새로운 모습으로 단장해 주신 봄 출판사 편집 팀, 그리고 청연을 응원해 주신 독자님들께 다시 한 번 감사의 말씀을 전합니다.

새해 건강하세요.

—2021년 2월,
안정원 드림.